Monaldi & Sorti

DIE REFORM DES SALAÌ

aufbau

Monaldi & Sorti

DIE REFORM DES SALAÌ

Roman

Aus dem Italienischen übersetzt
von Annette Kopetzki

aufbau

Das italienische Original wird nicht gedruckt.
Erstveröffentlichung auf Deutsch
im Aufbau Verlag, Berlin.

FSC
www.fsc.org
MIX
Papier aus verantwortungsvollen Quellen
FSC® C083411

ISBN 978-3-351-03565-5

Aufbau ist eine Marke der Aufbau Verlag GmbH & Co. KG

1. Auflage 2014

Einbandgestaltung hißmann, heilmann, hamburg
Satz Dörlemann Satz GmbH, Lemförde
Druck und Binden CPI – Clausen & Bosse, Leck
Printed in Germany

www.aufbau-verlag.de

Ich leide, aber ich werde ewig sein.
Luther

Vorwort der Herausgeber

Wir freuen uns, dem Lesepublikum und der Fachwelt erneut ein außergewöhnlich bedeutendes Dokument vorlegen zu können, das Historikern jedoch bis heute unbekannt geblieben war. Es handelt sich um den autobiographischen Bericht des Ziehsohns von Leonardo da Vinci, Salaì (mit bürgerlichem Namen Giangiacomo Caprotti, 1480–1524), über seine Reise nach Deutschland. Wie schon die beiden vorausgehenden, von den Autoren unter dem Titel Die Zweifel des Salaì *und* Die Entdeckung des Salaì *veröffentlichten Texte gehört auch der vorliegende zu den in Italien aufgefundenen Handschriften, die offenbar von Salaì selbst verfasst wurden. Sie werfen ein neues Licht auf Personen und Ereignisse seiner Zeit, in diesem Fall besonders auf den berühmten deutschen Reformator Martin Luther (1483–1546), dessen Gast Salaì im Jahre 1523 gewesen zu sein scheint. Aufmerksame Leser werden den ungeheuren historischen Wert dieses einzigartigen Zeugnisses zu schätzen wissen, ohne dabei Salaìs besonderes Temperament außer Acht zu lassen, das zwar teilweise die Klarheit seiner Absicht trübt, jedoch nie den Kern seiner wertvollen Informationen über Luthers ureigene Wesenszüge verdunkelt, wie angesehene Studien bestätigen.*

Das Tagebuch dieser Reise war für den Papst bestimmt, dem Salaì die wichtigen Informationen, die es enthält, zu verkaufen gedachte. Die Handschrift weist zahlreiche Lücken auf und besteht im Grunde nur aus flüchtigen Notizen für eine erste Reinschrift, die zu nicht nummerierten Kapiteln geordnet und durch Salaìs plötzlichen Tod unvoll-

ständig geblieben sind, wie die letzten Seiten des Dokuments bezeugen. Salaì wurde von einem tödlichen Büchsenschuss getroffen, den ein Unbekannter auf ihn abgab, als er an einem nicht näher präzisierten Tag vor dem 10. März 1524 durch die Straßen von Florenz ging.

In den dreißiger Jahren des vergangenen Jahrhunderts kam dieses außergewöhnliche Dokument zum ersten Mal ans Licht. Ein Ordensbruder des Klosters Grugliate (Mailand), dem Fundort auch der anderen Handschriften Salaìs, entdeckte die Aufzeichnungen, woraufhin der Abt des Klosters, ein Deutscher, seinen Landsmann Professor Paul J. Reiter auf den Fund aufmerksam machte. Paul J. Reiter, Medizinischer Leiter des Komunhospitalet in Kopenhagen und Chefarzt der Kliniken für Nerven- und Geisteskrankheiten der Universität Roskild in Dänemark, ist weltweit einer der angesehensten Erforscher von Luthers Psyche und Autor des berühmten Werks *Martin Luthers Umwelt, Charakter und Psychose* (Kopenhagen 1937). Nachdem er Einsicht in die Handschrift genommen hatte, gab Professor Reiter 1940, drei Jahre nach seinem Hauptwerk, die Abhandlung *Martin Luther: Psychiatrische Überlegungen anhand eines unveröffentlichten Dokuments* in Druck. Sie reproduziert das Reisetagebuch Salaìs in großen Teilen, beginnend mit der Ankunft des florentinischen Tagebuchschreibers bei dem Reformator, und lässt die vorhergehenden Seiten sowie große Teile dessen, was folgt, aus. Diese versah Professor Reiter lediglich mit einigen Anmerkungen, die er direkt in die Originalhandschrift eintrug. Sie wurden nicht in die 1940 veröffentlichte Abhandlung aufgenommen, weil sie nicht von psychopathologischem Interesse sind.

Philologische Sorgfaltspflicht hat uns bewogen, die gesamte Handschrift Salaìs in Druck zu geben, ohne sie jedoch von Reiters psychiatrischer Analyse zu trennen, die einen aufschlussreichen Rahmen bil-

det und sie ergänzt, außerdem in hervorragender Weise belegt, dass Salaìs Zeugnis, zumindest was die Psyche des Reformators betrifft, absolut glaubwürdig ist.

Die vorliegende Ausgabe folgt daher strikt der chronologischen Ordnung, die Salaìs Tagebuch zugrunde liegt, und bereichert es um Professor Reiters Erklärungen.

Wer weitere Informationen über die Originalhandschrift wünscht, sei auf die Berichte der 3. Tagung »Salaì und seine Zeit« verwiesen, die kürzlich in Grugliate stattfand.

Monaldi & Sorti

DIE REFORM DES SALAÌ

oder: Tagebuch einer Reise nach Teutschland
unternommen im Jahr des Herrn 1523 von Salaì
Maler und Ziehsohn des Leonardo da Vinci
außerdem ein Dieb und Lügner,
dickköpfig und verfressen.

*Mit einem klinischen Kommentar von
Professor Paul J. Reiter, ärztlicher Leiter der psychiatrischen
Klinik Komunhospitalet in Kopenhagen und Chefarzt der
Kliniken für Nerven- und Geisteskrankheiten der
Universität Roskild in Dänemark, über Leben und
Werk Martin Luthers.*

TAGEBUCH DES SALAÌ

Erzählt wird vom Tod des Lionardo da Vinci und von dieser Sache mit der Erbschaft in der Salaì sein Recht verteidigen musste gegen einen Hauffen neidischer und verlogener Verräter.

Erhabenste und durchlauchtigste Heiligkeit!
Heiliger, edelmüthiger und von allen wahren Christenmenschen innig geliebter Pontifeks!
Heiliger Vater voll der Güte und des Erbarmens!

Ich werf mich Euch zu Euren gesegneten Füßen und küss ich sie mit der Demut und dem Gehorsam eines echten Sohns der römischen Kirche. Wie abgesprochen, lege ich Euch hier den Bericht von mir, Salaì, Maler und Künstler, über die Reise vor, so ich im Jahr des Herrn 1523 nach Teutschland gemacht, und den ich alljetzo Eurer Heiligkeit übergebe, damit er Euch nützlich ist bei Eurem Krieg gegen die Feinde der Heiligen Kirche und vergesst nicht den Lohn, wo wir vereinbart haben.

Ihr werdet sofort sehen, Heiligkeit, die Enthüllungen, die ich Euch mache, sind so wichtig und himmelschreiend, dass ich selbst in der Angst lebe, totgeschlagen zu werden, ja, und wirklich ist mir schon seit einiger Zeit, wie wenn man mich verfolgen und bei Tag und Nacht beobachten tät, und wenn das rauskommt, dass ich Eurer Heiligen Person all die Geheimnisse verrate, so ich in Teutschland erfahren, dann wird man mich früher oder später mit gespaltenem Schädel finden, aufgehackt mit der Hippe und darin eine schöne Suppe aus meinem kleingewürfelten Gehirn.

Kümmert Euch nicht drum, Signior Heiligervater, wenn ich nicht immer alles so schön klar und genau schreibe als wie die Skribenten und Sekretaren in Euren Diensten, aber Salaì ist ein Mann aus dem Volk und das Schreiben ist wie eine Herde Schafe hüten, wenn du dir eins nach dem andren vornimmst, laufen sie wie geschmiert, aber wenn du versuchst, sie alle zusammen in den Pferch zu treiben, rennt eins hierhin eins dahin, und dasselbe passiert mir mit den Gedanken, nemlich jedes Mal nur einen aufschreiben, kein Problem, aber wenn ich viele auf einmal in die Feder reinzwängen muss, geht das Durcheinander los, und eigentlich ist mein Gewerbe ja auch, die Dinge zu malen, nicht sie aufzuschreiben.

Doch werd ich in diesem Heftchen versuchen, Eurer Heiligkeit alles so gut ich irgend kann zu erklären, damit es von Nutzen sei für Eure Heilige Person und Eure Werke und Ihr allen das Rückgrat mit dem Stock entzweischlagen könnt, diesen Ketzern und Sündern wider den Wahren Glauben an Jesus Christus, insonderheit diesen Protestanten, den Anhängern des Teutschen Martin Luther, dem großen Feind Eurer Heiligkeit und einer, wo Zwietracht sät und Zank und gewaltigen Stunk zwischen uns anständigen Christen.

Durch meinen Bericht kann man sehen wie gefehrlich die Lehre von Martin Luther ist und voller Lügen obendrein, und so wie ich Euch das erklären werd, teuerste Heiligkeit, so kann das keiner, weil während meiner Reise nach Teutschland haben Luther und ich fast wie Brüder so eng zusammengelebt, und ich hab Dinge von Luther gesehen, die keiner weiß und die von größter Nützlichkeit sein werden um ihn zu ~~ekskonumizi~~ ~~exkumi~~ ~~exzuzie~~ wie zum Teuffel schreibt man das bloß, egal, um das Unkraut der Ketzerei in ganz Teutschland und vielleicht sogar im Rest von Europa auszureißen.

Wenn Eure Heiligkeit mich anhört, werd ich Euch nicht nur all die unglaublichen Geheimnisse von Luther verraten, sondern auch seine Laster und schwachen Stellen, auf dass Ihr, Heiliger Vater, grad dann gegen ihn zuschlagen könnt, wann er's am wenigsten erwartet und ihn prima reinlegen könnt, so wie er's verdient.

Und denkt immer dran, Heiligkeit, dass Luthers Worte, die Ihr in meinem Bericht lest, alle wahr sind, nemlich ich hab kein einziges davon erfunden, und ich wette, eines Tages werden die Geschichtsschreiber sie in ihren Büchern aufschreiben, und die Leute werden sagen, Das ist ja unglaublich, was dieser Luther gedacht und gesagt und geschrieben hat, aber ob das auch wirklich alles wahr ist? Und dann könnt Ihr sagen, Klar doch, das ist alles wahr, Salaì hat's mir auch gesagt.

Nun geht es aber in meinem Bericht um viele schwierige Dinge und Probleme, wo nur schlaue, mit guten Ideen vollgestopfte Köpfe kapieren können, wie zum Beispiel der von Eurer Heiligkeit. Und darum fang ich wohl am besten ganz von vorne an, nemlich bei dem Grund, warum ich überhaupt nach Teutschland gegangen bin, also erklär ich das jetzt lieber gleich, bevor ich den Faden verliere, was mir übrigens andauernd passiert, und Ihr müsst bitte entschuldigen, meine liebe Heiligkeit, aber ich hab schließlich schon ein paar Jährchen auf dem Buckel, dann will das Gedächtnis auch nicht mehr so wie früher, hab ich recht?

Wie Eure Heiligkeit schon durch Euren Nunzius in Teutschland weiß, ein Mann, der mich sehr gut kennt und höchlichst schätzt, bin ich der Ziehsohn von Lionardo da Vinci, nemlich diesem toskanischen Maler, wo vor ein paar Jahren gestorben ist und hat einen Hauffen Zeichnungen gemacht und wunderliche Maschinen gebaut und Erfindungen, um zu fliegen, zu schwimmen, Gewichte zu heben etcetera, und alle sagen, er war ein Genie und einen wie ihn wird's nicht nochmal geben.

Bestimmt denkt Ihr jetzt, dass es ein Segen ist, der Ziehsohn von so einem Mann zu sein, und dass ich, Salaì, ein Riesenschwein gehabt hab, mit Lionardo zu leben und zu arbeiten. Ha, von wegen, mein teuerster Papst, und es wird Zeit, dass die Welt endlich mal die Wahrheit über Lionardo erfährt, indem sie vom Leben aus Leiden, Schmerzen und Opfern hört, die der arme Salaì wegen Lionardo durchmachen musst, ja, alles war die Schuld des Alten und genau das ist der Grund warum ich dann die Reise nach Teutschland gemacht hab.

TAGEBUCH DES SALAÌ

Hier kommen jetzt die großen Leiden und Gemeinheiten, die Salaì sein ganzes Leben lang von Lionardo zugefügt wurden. Außerdem der ergreifende Bericht darüber, wie heldenmüthig er sie ertragen hat ohne es Lionardo je heimzuzahlen.

Eure Heiligkeit muss erstmal wissen, dass Lionardo schon vor seinen berühmten Zeichnungen von der Anatomi des Menschen, den Maschinen und den verschiedenen Apparaten etcetera bei den Gelehrten und Weisen in ganz Europa durch seine Gemälde berühmt war, Porträs waren das von der Heiligen Familie, der Madonna, vom Heiligen Johannes, und dann auch von Weibern und vornehmen Damen aus der Toskana und aus Mailand. Aber jetzt hört Euch mal an, Signior Papst, wer die Bilder von Lionardo in Wahrheit gemalt hat, nemlich nicht er! Wer wirklich gearbeitet und sich den Arsch aufgerissen hat, das waren wir Jungen in seiner Werkstatt und besonders ich, Salaì, aber auch ein paar andre, dieser Dreckskerl Cecco Melzi[1], der hat allen erzählt, er wär Lionardos Liebling, aber das stimmt gar nicht, dann der Masini und der Zenale und noch andre, aber zuvörderst ich, denn, in aller Bescheidenheit, Signior Pontifeks, ich war der Beste von allen, weil von mir hat Lionardo massenweise schlaue Tricks und Kniffe in der Malerei ge-

1 HANDSCHRIFTLICHE NOTIZ VON PROF. REITER: Francesco Melzi (1492–1570), Maler und junger Schüler von Leonardo, Mitarbeiter und Erbe der Zeichnungen des großen Künstlers. Kurz darauf werden Tommaso Masini (1462–1520) und Bernardo Zenale (1463–1526) erwähnt, ebenfalls Schüler Leonardos.

lernt. Uns dagegen hat Lionardo immer bloß seine Ideen gesagt und hat befohlen, du malst diesen Arm, du machst den Kopf, du mischst die Farben, du gehst mir ein Brötchen kaufen etcetera, aber ohne uns hätte der nicht mal Fliegendreck malen können. Doch ich bitte Euch, macht es wie ich und erzählt das niemandem weiter, denn der arme Lionardo wollte nicht, dass die Leute es wissen.

Jedenfalls versteht Ihr jetzt, Signior Papst, dass Lionardos Gemälde im Grunde eher von mir waren als von ihm, denn hätt ich ihm nicht geholfen und vor allem hätt ich ihn nicht vor seiner stinkenden Faulheit gerettet, Lionardo hätte bei seinem Tod kein einziges Gemälde hinterlassen, das diesen Namen verdient, sondern bloß Dreck und diese Kritzeleien von Maschinen, die er mit Blei in seine Hefte geschmiert hat, allesamt aus alten Handschriften von Leuten kopirt, die viel tüchtiger waren als er, nemlich lauter Sachen, bei denen die Dummen Stielaugen kriegen. Zugegeben, ein bisschen neugierig machen sie schon und man dreht sie hin und her um zu begreifen wie diese verdammten Maschinen funktioniren, aber mal ehrlich, Signior Papst, wenn man sie bloß so anguckt, ist kein bisschen Vergnügen dabei.

Gut, jetzt kommen wir also zu dem Moment, wo Lionardo stirbt, und der ist wichtig, um die ganze Sache zu verstehen. Als mein Meister krepiert ist, hatte ich ihn schon seit einiger Zeit nicht mehr gesehen, und das kam daher dass ich beschlossen hatte, keine Zeit mehr mit den Weibern zu verlieren. Denn es gibt hauffenweise

Weiber auf der Welt und immer kommen neue dazu, die grad eben noch kleine Mädchen waren, und selbst wenn man pingelig sein wollte und würd sich nur die richtig Schönen auf den Spieß stecken, man wär früher oder später doch fix und fertig oder hätte sich irgendeine Krankheit geholt. Also hab ich mir eine brave Jungfer genommen, Signior Papst, Bianca heißt sie[2], nach und nach hab ich sie dann sogar geheiratet, also musste ich viele Dinge mit Bianca machen und konnte wirklich nicht immer weg um diesen Sabbergreis Lionardo im Frankenreich zu besuchen, wohin es obendrein ziemlich weit ist.

Stimmt, ich hatte ja vergessen zu sagen, dass mein Ziehvater in den letzten drei Jahren vor seinem Tod im Frankenreich in einem Schloss gewohnt hat, Ambuase[3] heißt das, da war er Gast vom König. Und obwohl ich nur manchmal ins Frankenreich kam, hat er auch mir einen festen Lohn gezahlt, er wusste ja, dass ich den mehr als verdient hab. In Ambuase hatte Lionardo außer diesem Arschkriecher Cecco Melzi einen Diener Batista und eine Köchin, also ein Hausmädchen, das für ihn gekocht hat und Maturina hieß. Diese Maturina machte meinem Ziehvater immer nur Sachen zu essen, die furchtbar schwer im Magen liegen, nemlich Soßen und Tunken und Würzen schwer als wie Mühlsteine, *Mamma*

2 ANMERKUNG VON MONALDI SORTI: Es handelt sich um Bianca Coldiroli, die Salaì 1523 heiratete.

3 HANDSCHRIFTLICHE NOTIZ VON PROF. REITER: Salaì meint sicher das Schloss Amboise im Süden Frankreichs, wo Leonardo von 1517 bis 1519 seine letzten Lebensjahre verbrachte.

mía, Signior Papst, verrat mir mal einer, wieso die Frantzosen so gerne Kremes und Würzsoßen mögen, kaum gibst du ihnen ein Stück Brot, schon stecken sie's in eine dieser fetten Laken, und wirklich, ich glaube, einer der Gründe für Lionardos Tod ist das Zeug gewesen, das Maturina ihm kochte. Oftmals hab ich diesem Weib gesagt, dass ihr Essen einem den Magen verdirbt, aber statt mir zu antworten, Lieber Salaì, danke für den guten Rat, sagt sie, Scher dich zum Teuffel, Salaì, was einem auf den Magen schlägt ist dein Gesicht, bestimmt nicht mein Essen. Und wenn Ihr jetzt denkt, diese Maturina ist nicht wichtig, dann sag ich Euch, sie ist wichtig, und ob, später werdet Ihr schon sehen, warum.

Ach, da gibt's ja noch was Wichtiges, nemlich das hier. Ich versteh schon, Heiligkeit, dass Ihr Euch wundert, wieso Lionardo kein Genie war wie alle sagen, aber das kommt nur daher, dass Lionardo ein schlauer Hund war und hat mit ein paar kleinen Tricks alle glauben machen, er wär ein großer Geist, und wenn ich Euch ein bisschen was drüber erzähle, werdet Ihr mir glauben, ganz bestimmt. Zum Beispiel hat mein Ziehvater einmal ein Weib gemalt mit verschränkten Armen und einem ziemlich blöden Lächeln und hinter ihr sieht man Flüsse und Täler und Berge. Ich wollte sie Joconda oder was in der Art nennen, weil das schien mir ein schöner neuer und ungewöhnlicher Name, aber Lionardo wollte nicht, er sagt, das ist eine blöde Idee und mit so einem Namen hat das Bild niemals Erfolg. Natürlich hat er nicht kapiert, dass das Problem ganz woanders lag.

Ja, denn Ihr müsst wissen, teuerste Heiligkeit, dass Lionardo einen gewaltigen Fehler hatte, nemlich von den Weibern verstand er nicht die Bohne und brachte auf dem Gebiet rein gar nichts zuwege, indem er immer nur seine Erfindungen im Kopf hatte und war felsenfest überzeugt, sie würden ihn berühmt machen (aber darüber reden wir später ausführlich, denn das lohnt sich, glaubt mir). Darum ließ Lionardo uns Jungen in der Werkstatt Bildnisse von Weibern malen, die waren platt und steif wie Bügelbretter und machten ein Gesicht, als wollten sie sagen, He, was gibt's da zu glotzen? aber vor allem hatten sie praktisch keine Möpse. Ich hab immer zu ihm gesagt, He Lionardo, die Weiber so zu malen ist eine Riesendummheit. Denn das hat nie und nimmer Erfolg, im Gegenteil, es beweist nur, dass Lionardo keinen Schimmer von den Regeln der Malerei hat. Um ihm das zu zeigen, hab ich sein Bild von dieser Dame mit dem blöden Lächeln und den verschränkten Armen und dahinter Flüsse, Täler und Berge genommen und hab zehn gleiche Kopien davon gemacht, aber viel besser gemalt, nemlich mit zwei schönen Brüsten, gut sichtbar von allen Seiten[4], und hab allen gesagt, dass sie Joconda heißt, ein wunderbarer Name finde ich weil man dabei an ein Weib denkt, das gerne spielt, also gerne Sauereien macht.

4 ANMERKUNG VON MONALDI & SORTI: Es handelt sich vermutlich um eine der sogenannten nackten Giocondas, die die Mehrzahl der Kunsthistoriker heute Salaì zuschreibt (bekannt ist die Nackte Gioconda der Ermitage und eine weitere in einer Schweizer Privatsammlung).

Nun, lieber Papst, meine zehn Kopien habe ich alle in wenigen Tagen um einen sehr guten Preis verkauft, und Lionardo ist vor Neid fuchsteuffelswild geworden und wollte sogar einen Teil von meinem Erlös haben, weil das originale Bild wär ja immerhin seine Idee gewesen. Seht Ihr jetzt, Heiligkeit, wie unverschämt mein Ziehvater war und was für Gemeinheiten der arme Salaì ertragen musste?

Wo zum Henker war ich stehengeblieben, ach ja, ein anderer schlimmer Fehler von Lionardo war, dass er wie ein Landsknecht fluchte und nicht an Unsren Herrn Jesus Christus und an die Madonna glaubte und nie gebetet hat, nicht in die Kirche gegangen ist, nie gebeichtet hat, nicht an die Wunder glaubte, ja, nicht mal an die Hölle und das Fegefeuer und das Paradies, und hat immer gesagt, das sind alles Ammenmärchen für dumme Bauern und Leichtgläubige. Ich will ja nicht petzen, Heiligkeit, aber seht Ihr jetzt, was für ein grässlicher Sünder und Ateist Lionardo war?

Ich dagegen, das nur nebenbei, ich bin sehr gläubig und mordsmäßig fromm und sage jeden Tag einen Hauffen Gebete, das Vaterunser, das Avemaria und viele andre, die Namen hab ich jetzt grad vergessen, und führ ich ein Leben so fromm und vollkommen fast wie ein Heiliger, und mögt Ihr das bitte nicht vergessen, wenn Ihr den Lohn für diesen meinen Bericht festlegt, den Ihr gerade lest, und der mich, nebenbei gesagt, verflucht viel Mühe kostet, weil ich bin ein Künstler und das Schreiben ist beileibe nicht mein Gewerbe, o nein.

Und wo der Teuffel mit Ateisten und Ungläubigen wie meinem Ziehvater bekanntlich leichtes Spiel hat, hat er ihm ein verfluchtes Pech an den Hals gehext und fuderweise kleine und große Unglücksfälle, so dass auch die wenigen Sachen, die für Lionardo gut begannen, schließlich immer schief und krumm endeten. Darum sind all die Freunde und Kollegen meines Ziehvaters, zum Beispiel diese gerissenen Gauner Michelangelo und Raffael und Bramante, ganz groß rausgekommen und haben fünfmal mehr verdient als Lionardo, und immer wann er an ihr unanständiges Glück dachte und an sein beschissenes Pech, entschuldigt die Ausdrucksweise, Heiligkeit, dann wurde er gelb mit grünen Punkten von den Haarwurzeln bis an die Spitze vom Schwengel.

Darum hat mein Ziehvater auch immer so mürrisch dreingeschaut und nie war ihm was recht und hat er wegen jeder dummen Kleinigkeit geknurrt, kurzum, Ihr könnt Euch nicht vorstellen, Heiligkeit, wie nervtötend das Leben mit ihm war, und das Mindeste, was man tun musste, damit er mal ein bisschen lächelte, war, ihm mit der Drahtbürste die Fußsohle zu kitzeln.

Ich hab immer versucht, ihm zu erklären, dass er selbst der Grund für sein Unheil ist, und dass er sich wie ein Idiot alle guten Gelegenheiten selbst versaut, zum Beispiel als man ihm den Auftrag gab, ein Porträh oder Fresko oder was weiß ich zu machen, da hat er, statt hart zu arbeiten, die Abende damit zugebracht, seine fliegenden Maschinen zu zeichnen und sich tausend verrückte Projeckte von Brücken, Palazzi, Kanälen, Reiterstatuen, Kriegsgerät etcetera auszudenken, und so kam's dass er das Porträh oder Fresko mit dreihundert Monaten Verspätung abgeliefert hat und der Auftraggeber war total stinkig und klar, dass er ihm nie wieder eine Arbeit gegeben hat.

Aber sogar wenn Lionardo mal alles drangesetzt hat und ein richtig schönes Bild malen wollte, hat er die falsche Technik benutzt und ein Schlamassel angerichtet, wie bei der Verkündigung, wo er die Figuren des Engels und der Madonna in einer ganz schiefen Perspektiwe gemalt hat, und das hat mein Ziehvater erst zum Schluss gemerkt, als schon alles gemalt war, sogar beim Engel die Haare unter den Achseln, aber der Fehler ließ sich nicht mehr korrigiren und Lionardo hat fast einen Herzschlag gekriegt. Oder dieses Fresko vom letzten Abendmahl unsres Herrn Jesus in Mailand, das war eben fertig, da hat es sich schon von der Mauer gelöst, eine Sache, über die ich mich wochenlang totgelacht hab, aber die Mönche, die ihn damit beauftragt hatten, fanden das gar nicht lustig, die waren auf hundertachtzig und haben meinen Ziehvater mit Arschtritten davongejagt.

Jedesmal musste ich Lionardo trösten, Pontifeks, und ihm sagen, Kopf hoch, lieber Ziehvater, das nächste Mal läuft es besser, nur Mut, sorgt Euch nicht, aber manchmal, das muss ich Euch gestehen, liebe Heiligkeit, sind mir die Nerven gerissen wie alte Violinsaiten, dann ist es aus mir rausgeplatzt und ich hab zu Lionardo gesagt, Hört mal, Ziehvater, wann wollt Ihr endlich aufhören Scheiß zu bauen und Euch wie ein dummer Junge zu benehmen und mir und Euch das Leben zur Hölle zu machen? Dann hat Lionardo mich beschimpft und bedroht, denn er hasste es wenn man ihm die Wahrheit sagte, und am Schluss hat er mich dann immer grün und blau geprügelt, vor allem als ich noch ein Junge war, Nimm das Salaì, hat er gesagt, du bist ein Dieb, verfressen, ein Lügner und Dickkopf.

Nun ja, Signior Papst, ganz ohne Fehler war ich natürlich nicht, wie alle jungen Burschen, zum Beispiel hab ich Lionardo manchmal Geld aus seinem Säckchen stibitzt und auch Essen aus dem Küchenschrank, denn ich hatte immer einen Mordskohldampf, und dann hab ich gesagt, ich wär's nicht gewesen, aber manchmal hab ich ihm das Geld hinterher wieder in sein Säckchen getan, und außerdem ist das Leben verflucht lang und man kann ja nicht andauernd ehrlich sein, oder?

Außerdem müsst Ihr bedenken, liebe Heiligkeit, dass Lionardo auch im alltäglichen Leben eine Katastrofe war, ständig musst ich ihm sagen, So lernt doch bitte endlich, wie man sich in der Öffentlichkeit benimmt und flucht nicht, redet nicht über Sachen, von denen Ihr keine Ahnung habt, denn die Leute merken das und Ihr blamirt Euch, kleidet Euch nicht nach der Mode von vor dreißig Jahren, sonst lacht alles über Euch, bohrt nicht in der Nase und sucht Euch endlich ein Weib zum Heiraten anstatt Euch in Eurem Alter immer wieder einen runterzuholen etcetera etcetera.

Ach, und da war ja auch noch die Sache mit seinen Zeichnungen, nemlich Lionardo hat einen Hauffen Skitzen und Zeichnungen und Entwürfe von höchst absonderlichen Maschinen gemacht, mit denen man fliegen, segeln, rollen, ausgraben, pumpen, festnageln und was sonst noch alles kann, aber das Lustige ist, dass seine Maschinen nie funktionirten, ja, sie waren sogar gefehrlich, wenn man sie ausprobierte. Glaubt mir, Heiligervater, ich hab ihn immer gewarnt, ehrlich. Hört mal, lieber Ziehvater, hab ich gesagt, wie kommt Ihr bloß auf die saublöde Idee, Euch zwei künstliche Flügel an den Rücken zu kleben und aus dem Fenster zu springen? Aber er hörte gar nicht, immer wieder hat er's versucht, und nach jedem Sturz hab ich mich kaputtgelacht, während ich ihm den blutigen Kopf verband, aber dann wurde er böse und sagte, Salaì, du elender Hundsfott, du bringst mir nur Pech mit deinem dummen Geschwätz, und dann gab's wieder eine gehörige Tracht Prügel.

In Wirklichkeit aber, Signior Pontifeks, war ich der Einzige, wo Lionardo die Wahrheit klar und deutlich ins Gesicht gesagt hat, aber was will man machen, so ist halt das Leben von uns armen und ehrlichen kleinen Leuten, die wir den Mut zur Ehrlichkeit haben, hab ich nicht recht?

TAGEBUCH DES SALAÌ

Hier wird das Geheimnis gelüftet
wie man ein erfolgreicher Künstler wird,
sogar wenn man so eine jämmerliche Niete ist wie Lionardo.
Nee, ich sag's lieber gleich, nemlich:
Man muss einen Hauffen stinkreicher und dummer Freunde haben,
wo für Bilder einen Batzen Geld rausrücken,
aber man muss sich die Gemälde von
einem großen Maler machen lassen zum Beispiel von Salaì.

Etwas hatte Lionardo aber wohl kapiert, das muss ich zugeben, nemlich wenn man Erfolg haben will, zählt es nicht, dass man gut zeichnen, schreiben, bildhauern, malen kann etcetera, nein, man muss sich mächtige einflussreiche Männer zu Freunden machen, denn wenn du Glück hast, stellen sie dich andren Freunden vor und unter denen findest du bestimmt einen der wo noch dümmer ist als die andren, und der gibt dir dann den Auftrag, das Bildnis eines schönen jungen Mädchens zu malen, mit der er seiner alten, vertrockneten Ehefrau Hörner aufsetzen will. Er zahlt dir einen Hauffen Schotter für das Porträh, um vor dem Mädchen gut dazustehen, wogegen er für die alte, vertrocknete Frau zuhause nie und nimmer so viel Geld lockergemacht hätte.

Und so hat mein Ziehvater es nach allerlei Rumprobieren geschafft, Freund von den wichtigsten Männern in Rom und Fiorenza und Mailand und dem Frankenreich zu werden und hat den Leuten dutzendweise gut bezahlten Mist andrehen können. Dabei redete er wenig (das hab ich ihm geraten), denn wenn Lionardo den Mund aufmachte, kam immer nur dummes Zeug heraus, aber dazu hat er stets ein ernstes und nachdenkliches Gesicht gemacht, so als hätt er tausend gewichtige komplizirte Gedanken im Kopf, so nur ganz wenige Menschen verstehen können, und wann einer ihm eine Frage stellte, auf die er ums Verrecken keine Antwort wusste, dann kratzte er sich am Bart um sehr weise und vernünftig zu erscheinen (auch so eine großartige Idee, die er von mir hatte) und sagte, Tja mein lieber Freund, diese Sache hängt mit einem sehr alten und sehr verwickelten filosofischen Problem zusammen über das ich eine Abhandlung schreiben wollte, allein, die Zeiten und die Menschheit sind noch nicht reif dafür! Danach guckte Lionardo immer mit strenger Miene woandershin, und wer ihm die Frage gestellt hatte, dachte, Teuffel auch, was für ein großer Filosof dieser Lionardo doch ist und ich Ärmster bin so dumm.

Denkt bloß, Signior Papst, der Herzog von Mailand und der König vom Frankenreich bezahlten meinen Ziehvater sogar dafür, dass er ihnen Feste, Mittagessen, Abendessen und solche Sachen organisirte, aber das ist nun wirklich eine Arbeit für Trottel, denn man muss ja nur einen Plan von dem Festsaal machen und aufschreiben, dass die Pagen links stehen sollen, den Tisch tun wir rechts hin und die Musiker in die Mitte, etcetera. Lionardo entwarf auch die Masken für die Tänzer und wenn der Abend zu Ende war, kam er mit der Rechnung und sagte, Seht her, Hoheit, das macht dreihunderttausend

Dukaten, vielen Dank, auf Wiedersehen, und die Hoheit, der die dreihunderttausend Dukaten mehr oder weniger schnurzegal waren, dankte ihm und legte sich nach dem Fest sogar zufrieden schlafen, ist das nicht verrückt?

Tja, die Wahrheit sieht leider so aus, dass Lionardo bloß wegen solcher Schlaumeiereien ein bisschen Erfolg hatte, wogegen ich, Signior Pontifeks, mit all meinem Talent nicht berühmt geworden bin, weil den Reichen und Mächtigen in den Arsch zu kriechen, nein, das gefällt mir nicht, nemlich ich bin ein überaus anständiger aufrichtiger Karakter.

Kapiert Ihr jetzt, Eure Heiligkeit, wie Salaì sich für seinen Ziehvater aufgeopfert hat? Kapiert Ihr worauf ich verzichten musste, um ihn zu unterstützen zu bewachen zu verbessern etcetera pp? Kapiert Ihr wie viel Ehre und Ruhm er abgekriegt hat obgleich er nicht mal einen Löffel in der Hand halten konnte, wogegen kein Schwein Salaì kennt?

Logisch also, dass ich fest drauf baute, eines Tages eine hübsche Erbschaft zu bekommen, denn das geht ja nun gar nicht, einen Ziehvater wie Lionardo ertragen ohne den Lohn dafür zu kriegen, oder?

Vor fünf Jahren bin ich ihn im Frankenreich besuchen gegangen (wo ich eigentlich nicht so gern hinging, nemlich seine Köchin Maturina kochte nur ekliges Zeug und schwer verdauliche Tunken und wir haben immer gestritten, aber das hab ich Euch vielleicht schon erzehlt) und da hab ich meinen Ziehvater gefragt, was er mir nach seinem Tod hinterlassen würde.

Sei unbesorgt, Salaì! sagt er, die andren Erben kriegen nur wertlosen Kram, die guten Sachen aber vererbe ich dir, verstanden? Nein Ziehvater, bitte erklärt mir das genauer. Und er: Junge, du bist und bleibst ein Dickkopf, jetzt sperr die Ohren auf. Hier im Frankenreich hab ich meine kostbarsten Gemälde allesamt bei mir, die Gioconda und die Leda mit dem Schwan und die heilige Anna. Ach so, Ihr meint die Sachen, die ich mit den Jungen von Eurer Werkstatt gemalt hab, während Ihr uns bloß Ratschläge gegeben habt? Pssst, schon gut, halt den Mund, was zum Teuffel hat das jetzt damit zu tun? Und vergiss nicht, Junge, wenn ich diese Gemälde nicht signiert hätte, hätte keiner sie gekauft und du würdest jetzt nicht in eleganten Kleidern nach spanischer Mode herumlaufen sondern in Lumpen, kapiert? Und jetzt, Salaì, übertrage ich dir eine sehr wichtige Aufgabe, nemlich du sollst meine Gemälde dem frantzösischen König verkaufen. So verdienen wir beide einen Batzen Geld, ich meine, es wird genug da sein, für mich jetzt und für dich später, wenn ich tot bin.

Ah gut, lieber Ziehvater, aber warum muss gerade ich sie dem König verkaufen? Sieh mal, Salaì, antwortet er, diesen würdelosen Handel kann ich nicht selbst betreiben, denn ein erhabener, unsterblicher Künstler wie ich beschmutzt sich keinesfalls die Hände mit ordinärem Geld, vor allem aber bietet er dem König des Frankenreiches nicht gleich drei oder gar vier seiner Werke an, sonst erkennt der nemlich sofort, dass ich ihn auspressen will wie eine Zitrone. Du, lieber Salaì, wirst Seiner

Majestät sagen, dass die Gemälde dir gehören, indem ich sie dir als Vorschuss auf die Erbschaft geschenkt habe, also steht es dir frei, sie zu jedem Preis zu verkaufen, der dir beliebt und wie ein blutsaugender Vampir zu verhandeln, denn darin bist du Meister. Aber gibt Acht, Salaì! Versuch ja nicht den König zu betrügen, denn du bist zwar ein gerissener Lümmel, aber wenn du seinen Zorn erregst, lässt er's dich teuer bezahlen und ist imstande dir eigenhändig den Schwengel abzureißen und seinen Jagdhunden zum Fraß vorzuwerfen, hab ich mich klar ausgedrückt? Ja, Signior Lionardo, das habt Ihr.

Uff, einen Moment, Signior Pontifeks, jetzt lass ich eine halbe Seite frei und ruh mich ein bisschen aus, denn über all dem Schreiben haben sich mir fast die Finger verknotet. Nein, wisst Ihr was? Ich werde mir ein schönes Glas Wein holen und ein Stück Brot mit Schafskäse, was wirklich gut zu Rotwein passt, ich weiß nicht, ob Ihr das auch mögt, aber ich bin mir ziemlich sicher.

TAGEBUCH DES SALAÌ

Enttäuscht vom Geiz seines Ziehvaters findet Salaì einen sehr guten und ehrbaren Weg, dem König vom Frankenreich einen Hauffen Geld abzuknöpfen, denn zum Glück hat niemand (außer wahren Künstlern wie Salaì) den leisesten Dunst von der Malerei.

Da bin ich wieder, Mensch, wie sauwohl man sich doch fühlt, wenn man sich den Magen gefüllt hat, also Signior Papst, wir waren bei der Sache mit dem König vom Frankenreich und tatsächlich kam der kurz darauf in Ambuase vorbei, und ich hab um Audienz bei ihm gebeten. Ich war mir ziemlich sicher, dass er sie mir gewären würde, weil er einen Narren an italienischen Künstlern gefressen hat und, in aller Bescheidenheit, ich bin sehr künstlich und erst recht sehr italienisch. Um vom König empfangen zu werden, musst ich aber vorher erklären, was der Grund für meine Bitte um Audienz war, außerdem musst ich von den Sekretaren und den Würdenträgern und dann noch von den Pagen und Majordomussen des Königs die Erlaubnis kriegen, also ich sag Euch, Heiligkeit, ein irrer Aufstand war das. Aber nach zwei drei Tagen Wartezeit bin ich empfangen worden.

Der König hat sofort in sehr freundlichem Ton einen Satz auf Frantzösisch gesagt, etwas wie, Lieber Salaì, spuck's aus, was zum Henker willst du von mir? Ich habe ihm mein Angebot erklärt, nemlich die Gemälde von Lionardo, und da hat er ein bisschen schwammig geantwortet, Hm, ich weiß nicht, ob ich interessiert bin, du hörst von mir. Aber am nächsten Tag hat ein Sekretarius des Königs mir sofort ein Angebot gemacht, 2000 Turnosgroschen, und hat noch dazu gesagt, Ich hoffe, das Angebot meines Königs stellt Euch zufrieden.

Zufrieden? Signior Papst, Ihr müsst wissen, dass 2000 Turnosgroschen für Lionardo ein ganzer Jahreslohn sind! Also bin ich fast aus den Schuhen gekippt, aber ich hab's mir nicht anmerken lassen, im Gegenteil, mit einer etwas enttäuschten Miene hab ich gesagt, Naja, hm, gut, für Seine Majestät bin ich sogar bereit, mich von diesen unsterblichen Meisterwerken meines Ziehvaters zu trennen. Aber es würde mir recht wohl gefallen, wenn Seine Majestät einen weiteren Beweis seiner Großzügigkeit geben könnte, etcetera, kurzum, ich hab vom frantzösischen König 3500 Turnosgroschen bar auf die Kralle gefordert, sonst könnt er die Sache vergessen. Am nächsten Tag kam der Sekretarius des Königs wieder, Lieber Salaì, der König, mein Herr, bietet 2600 Turnosgroschen, friss oder stirb, und da hab ich ein bisschen ärgerlich getan und gesagt, Nun ja, darüber muss ich eine Zeitlang nachdenken, und hab ihn gebeten, in drei Tagen wiederzukommen.

Jetzt passt auf, Signior Papst, was ich Euch jetzt erzähle, dürft Ihr keinem weitersagen, sonst gibt's mächtig Stunk, aber ich weiß ja, dass ich mich auf Euch verlassen kann, oder? Ich war nemlich wirklich ein bisschen sauer, dass ich meine 3500 Kröten nicht kriegen konnte, denn die hatte der König ganz bestimmt irgendwo rumliegen, also warum rückt er nicht raus damit, statt dieses Geschachere mit mir zu veranstalten? Und da hab ich mir gedacht, ich hätt ja nicht übel Lust, diesem Knauser eine Lektion zu erteilen, und hab die Kopien von der Leda, der heiligen Anna und der Joconda rausgeholt, die ich im letzten Jahr bloß so aus Spaß gemalt hatte, und hab sie gut abgestaubt. Nicht mal Lionardo wusste, dass es Kopien von diesen drei Gemälden gab. Ich hatte sie gemacht, weil ich wusste, dass ich früher oder später irgendeinen Schwachkopf finden würde, dem ich sie andrehen konnte. Und außerdem waren sie viel besser gemalt als die Originale von Lionardo, denn die hatte ich ganz allein gemacht, ohne die schiefen und falschen Pinselstriche von Lionardo.

Nach drei Tagen hab ich dann den Sekretarius mit einem breiten Lächeln empfangen und dieweil ich verkünde, dass ich das Angebot des Königs annehme, ziehe ich das Tuch von den drei Kopien und presentiere sie ihm anstelle der Originale, und der Sekretarius, wo natürlich ein Idiot ist wie alle Höflinge der Welt und nicht die Bohne was von Malerei versteht, geht geradewegs in die Falle und ruft hocherfreut aus Aaah, Oooh, welch Meisterwerke, Meister Lionardo ist wahrlich ein Genie, und ich bestätige ihm das, Na logisch.

Die Sache hatte zwei gute Seiten, nemlich die erste war, dass ich einen Berg Geld kassiert hatte, die dritte und letzte war, dass ich die Originale von der Leda, der Joconda und der heiligen Anna für mich behielt, weil ich hatte sie ja durch die von mir selbst gemalten Kopien ersetzt, nicht übel, was? In zehn oder fünfzehn Jahren, dachte ich mir, wenn Lionardo endlich krepiert ist und der König vom Frankenland auch, werd ich die Originale verkaufen können und sagen, dass der König bloß Kopien besessen hat. Denn nach so langer Zeit wird niemand mehr durchblicken, wie es immer geschieht, wenn ein Maler stirbt, dann sagen die Exsperten und Bildersammler nemlich jeder was andres, teils um anzugeben, teils weil sie alle immer so tun müssen, wie wenn sie die Originale in der Hand hätten. Die wollen sie nemlich irgendeinem vertrottelten reichen Käufer für viel Geld andrehen.

TAGEBUCH DES SALAÌ

Lionardo ist gemein und ein Verräter und zwingt Salaì zu Leone Prestasoldi zu gehen.

Nachdem der Sekretarius des Königs mir das Geld (ein schönes Säckchen voller Goldmünzen) überreicht und ich es Lionardo gebracht hatte, ist auch er fast aus den Latschen gekippt, denn so viel Piepen auf einmal sieht er nicht alle Tage. Gleich nachdem er sich wieder berappelt hat, reißt er mir das Säckchen aus der Hand und sagt, Sehrgutsehrgut, du kannst dich drauf verlassen, Salaì, dass ich dieses Geld trefflich verwenden werde, nemlich ich werde es in Sicherheit bringen, damit es eines Tages deins ist.

Was? Ziehvater, ich dachte eigentlich, Ihr würdet mir sofort einen Teil geben! Oh nein, mein lieber Salaì, sagt er, ich bin doch nicht blöd! Wenn ich dir jetzt einen Vorschuss auf das Erbe gebe, wollen auch der Melzi und die andren Erben dasselbe haben, und sobald ihr alle euren Teil eingesackt habt, werdet ihr alle den Teuffel tun und mir weiter das Mittagessen kochen, mich zum Spaziergang ausführen, mir die Füße waschen, mir den Hintern abwischen und mir helfen, nachts in meinen Nachttopf zu pinkeln.

Ihr müsst wissen, Signior Papst, dass Lionardo einen schönen Nachttopf aus Eisen hatte, mit einer Holzkiste drum herum, den hatte er mit mir in Rom gekauft und musste jede Nacht mindestens zweidreimal reinpinkeln, aber jedesmal brauchte er Hilfe, sonst pinkelte er daneben, und nun ratet mal, wer der Arme war wo ihm jahrelang helfen musste, genau zu zielen und sich hinterher den Schwengel abzutrocknen, und den Boden wischen, wenn er danebengepinkelt hatte?

Lionardo hat weitergeredet, Sieh mal, lieber Salaì, ich hab dich wirklich sehr gern, aber ich kenne euch Jungen aus der Werkstatt gut und weiß, dass ihr allesamt selbstische Nattern an meinem Busen seid, Hurensöhne seid ihr und wollt nur mein Geld, ihr wartet ja nur darauf, dass ich krepiere, denn keiner sorgt gern für einen alten Mann, auch wenn er ein alles überragendes Genie, gütig und bescheiden ist.

Seht Ihr, Heiligkeit, was für ein misstrauischer, eigensüchtiger Schweinehund mein Ziehvater war? Ich hätte ihm gerne entgegnet, Verfluchter Tattergreis, du Stück Scheiße, warum lässt du mich dreitausend Jahrhunderte warten bis ich meinen Anteil bekomme, geh zur Hölle du und dein eiserner Nachttopf, aber dann hab ich mir gesagt, Hm, ich halt lieber den Mund und versuche das Problem mit meinem Grips zu lösen, denn Lionardo hat sehr wenig davon, ich aber etwas mehr.

Bitte um Entschuldigung, Ziehvater, sag ich, aber der Melzi kommt aus reicher Familie hinwiederum ich arm bin, und trotzdem müssen wir beide auf Euren Tod warten, ihn kostet das ein Lächeln, weil er ist reich, aber ich muss hungern, findet Ihr das richtig? Habt Ihr keine Angst, ein gewaltiges Unrecht zu begehen und dafür in die Hölle zu kommen, wo Satan Euch den Arsch aufreißt?

Ich hab dir doch schon tausendmal gesagt, Salaì, dass ich an diesen Humbug von Gott, Seele, Hölle, Fegefeuer und Paradies nicht glaube, denn das sind alles Ammenmärchen für Dumme und Bauern. Aber mir ist was eingefallen. Damit du Ruhe gibst, lass ich dir auch meinen Weinberg in Mailand, zufrieden?

Ihr müsst wissen, Signior Papst, dass Lionardo in Mailand einen Weinberg mit einem Häuschen besaß, den ihm vor Jahren Ludovico il Moro, der Herrscher über die Stadt, geschenkt hatte. Auf Lionardos Weinberg wohnte ich aber schon, da wohnte sogar meine ganze Familie, nemlich mein Vater meine Mutter und meine Schwestern, und dann kam noch meine Frau Bianca dazu, und Lionardo nahm uns dafür eine Wuchermiete ab. Also war das nicht gerade ein tolles Geschenk, wenn er mir nun den Weinberg vererbte. Habt Ihr kapiert, Signior Heiligervater, wie undankbar und doppelzüngig mein Ziehvater war?

Nach diesem Gespräch fühlte ich mich als hätte mir jemand einen Besen in den Arsch gesteckt, angefangen beim dicksten Teil, dem nemlich, womit man den Boden fegt. Dann hab ich gedacht, früher oder später fährt mein Ziehvater ja sowieso unter einem Hauffen Erde zur Hölle, und dann krieg ich endlich den Erlös aus dem Verkauf der Gemälde, nemlich die 2600 Turnosgroschen des Königs vom Frankenreich. Von dem Geld bau ich ein schönes großes Haus auf seinem Weinberg in Mailand für mich und meine Familie und dort mach ich Wein, den ich verkaufen kann und so verhungere ich auch dann nicht, wann keiner meine Bilder kauft. Und weil Lionardo schon ziemlich morsch und kurz vorm Abkratzen ist kommt die Erbschaft sowieso bald, also muss ich nur ein bisschen Geduld haben, nicht wahr?

Aber Pustekuchen, die Zeit verging und Lionardo konnte sich nicht aufraffen, endlich den Löffel abzugeben, um Himmelswillen Signior Papst, mein Ziehvater war mir wirklich lieb und teuer, aber verdammter Mist, er strotzte nicht nur von einer eisernen, ich würde sagen übertriebenen Gesundheit, es war auch ganz klar, dass er nicht die geringste Lust hatte sich vom Acker zu machen, nein, er hatte sogar allerlei Pläne, dies zeichnen, das bauen, eine Abhandlung über Malerei schreiben etcetera. Und ich, sollte ich etwa noch fünftausend Jahrhunderte warten um mein Haus zu bauen?

Obendrein hatte ich einen Mörderschiss, dass Lionardo seine Meinung ändern und den Weinberg klammheimlich dem Melzi vererben könnte, bloß um mir eins auszuwischen, was bei einem Hundsfott wie meinem Ziehvater durchaus möglich war. Also bin ich wieder zu Lionardo gegangen und hab ihn gefragt, Bitte lieber Ziehvater, kann ich mir schon jetzt ein Haus auf dem Weinberg in Mailand bauen, den Ihr mir vererben wollt? Aber gewiss doch, Salaì, bau es dir, bau es ruhig, der Weinberg ist doch eh schon praktisch dein. O wie gut Ihr seid, Signior Lionardo, hab ich gesagt und gedacht: Jetzt muss ich dieses Haus sofort bauen, damit der Melzi und die andren Erben sehen dass der Weinberg praktisch schon mir gehört!

Meine Frau Bianca war nicht einverstanden, sie sagte, das wär eine saudumme Idee, denn wenn Lionardo uns den Weinberg doch nicht vererbt, was zum Henker machen wir dann? Sei unbesorgt, mein Schatz, hab ich gesagt, aus Lionardo hol ich ganz bestimmt entweder den Weinberg oder einen schönen Batzen Geld raus, du wirst schon sehen.

Aber wie ich schon gesagt habe, wollte Lionardo ums Verrecken nicht sterben, also musste ich mir von irgendwem Geld leihen, um das Haus zu bauen. Die einzige Stadt, wo ich hoffen konnte das Geld aufzutreiben war Fiorenza, da kannte ich einen, der sagt nie nein, wann du ihn bittest dir Geld zu leihen, nemlich dieser ekelhafte Wucherer Leone Prestasoldi, der reichste Halsabschneider der ganzen Toskana.

Auch in der heiligen Stadt Rom gibt's hauffenweise Wucherer, und jetzt sagt nicht, das stimmt nicht, Eure Heiligkeit, direkt bei San Pietro hab ich einige ganz üble Kerle kennengelernt, aber Leone Prestasoldi aus Fiorenza übertrifft sie alle, denn er ist der reichste von der ganzen Bande. Er leiht nemlich allen Geld, auch den Armen, indem er weiß, dass keiner es wagt ihn reinzulegen und alle die ganze Schuld mit Zins und Zinseszins bis zum letzten Blutstropfen bezahlen. In Fiorenza ist er wohlbekannt denn in seinem Geschäft nah bei der Kirche Santa Reparata hat er einen unglaublichen Berg Geld in der Kasse, das liegt immer bereit, zu Wucherzinsen verliehen zu werden, und keiner kapiert wo er dieses ganze Geld hernimmt, man könnt fast meinen, er macht es selbst.

Mit Prestasoldi hab ich einen ganzen Tag lang die Bedingungen des Kredits diskutiert, denn wie jeder Wucherer macht Leone dir tausend Schwierigkeiten und will immer noch eine Klausel hier eine Klausel da und noch eine dort in den Vertrag setzen, so dass du am Ende der Verhandlung gar nicht mehr durchblickst, wogegen er sich eine prima Metode geschaffen hat um dich übers Ohr zu hauen.

Wann wir beide den Vertrag unterschrieben hatten, bietet Leone Prestasoldi mir ein Glas Wein an um zu feiern (winzig wie ein Fingerhut war das, denn wie alle Wucherer ist Leone ein widerlicher Geizknochen) und sagt: Lieber Salaì, dieses Geld leih ich dir nur, weil du mir versicherst dass du, sobald Lionardo dein Ziehvater stirbt, mir alles wiedergeben kannst, einschließlich der Zinsen bis auf den letzten Centesimo, stimmt's? Ich antworte, Ja natürlich, lieber Freund Leone, aber warum wiederholst du zum dreihundertsten Mal, was ich dir selbst zweihundertneunundneunzig Mal gesagt hab, um dich von meiner Ehrlichkeit zu überzeugen? Und Leone: Ich wollte dich nur dran erinnern, lieber Salaì, wenn du den Vertrag den wir heute geschlossen haben, nicht in allen Punkten erfüllst, werde ich so richtig, aber wirklich richtig enttäuscht sein.

In Fiorenza wissen alle, wer sich Geld von Leone Prestasoldi leiht, hat praktisch einen Pakt mit Beelzebub persönlich gemacht und mit all seinen Unterteufeln und Satanassen und Dämonen dazu, und Ihr, Heiligkeit, der Ihr Euch in diesem Kram mit dem Paradies und der Hölle auskennt, Ihr versteht mich genau. Wenn der Schuldner nemlich säumig wird, kommen ein paar Tage nach Ablauf der Frist die Gehilfen von Prestasoldi mit Eisenhämmern und Sägen und Zangen an, holen ihn aus seinem Haus und foltern und zermalmen und zerfleischen ihn bis er eine Art Brei ist, wo man mit einem Löffel aufsammeln kann und wie ein Erdbeermus in ein Fläschchen schütten kann, gluckgluck und Stopfen drauf, hoffentlich hab ich mich klar ausgedrückt.

Bevor er mir die Säckchen mit dem geliehenen Geld überreicht, lässt Leone Prestasoldi zwei seiner Gehilfen kommen, das sind zwei enorme Berserker, Arme und

Rücken mit Muskeln bepackt, und mit sehr bösen Augen und einem eckigen Kiefer hart wie Marmor, und sie halten Eisenhämmer Kneifer und Zangen in der Hand, und wie Prestasoldi mir das Geld gibt, starren die beiden mich an und ich schwitze als hätt man mir einen Krug Eiswasser über den Rücken bis zu den Arschbacken geschüttet. In den nächsten sechs Monaten hab ich jede Nacht von den Gehilfen von Prestasoldi geträumt und wie ich nach dem Alptraum aufgewacht bin, hab ich wieder dieses Eiswasser auf dem Rücken gefühlt, bis hinunter in die zu Eis gefrorenen Arschbacken.

Auch meine Frau wachte nachts auf und sagte, Mamma mia Salaì, was war das bloß für eine hirnverbrannte Idee dir Geld von Leone Prestasoldi zu leihen, wenn du es ihm nicht zurückzahlst, bleibt mir anstelle eines Ehemannes ein Fläschchen Erdbeermus, das hätt ich mir auch einfach auf dem Markt kaufen können statt zu heiraten, mir ein Brautkleid zu kaufen und Leute einzuladen.

In den nächsten Monaten aber hab ich all meinen Mut zusammengenommen und das Häuschen mitten auf dem Weinberg von Lionardo gebaut und langsam bin ich wieder ruhiger geworden, denn im Grunde hatte ich diesen Dreckskerl ja schon ein ganzes Leben lang ertragen, und indem er das genau wusste und wahrscheinlich auch ein kleines bisschen Gewissen im Leib hatte wie zum Beispiel die Hunde die Katzen die Ratten die Vögel und die Eidechsen etcetera, fühlte ich mich ziemlich sicher dass er mir den Weinberg und die Goldmünzen wirklich vererben würde, und zu Bianca hab ich gesagt, Mach dir keine Sorgen, meine Liebe, aber sie fragte, Bist du sicher, mein guter Mann? Ganz sicher. Aber sie: Warum hörst du eigentlich nicht auf, an Lionardos Geld zu denken und suchst dir ein anständiges Gewerbe, so was wie Bäcker Bader Wirt Schneider oder Totengräber, statt die Malerei, bei der es das eine Jahr gut geht und man im nächsten Jahr Hungers stirbt? Nicht doch, mein Schatz, du wirst schon sehen, alles geht gut, aber sie sagt, Ach, ihr Männer scheint mir alle blöd und verfault im Hirn.

Um die Wahrheit zu sagen, Eure Heiligkeit, fürchtete ich, dass meine Frau recht hatte, aber das Geld von Lionardo brauchte ich wirklich unbedingt, und zwar aus einem Grund den ich Bianca nicht sagen konnte, und das ist folgender.

In aller Bescheidenheit sei's gesagt, teuerster Pontifeks, ich war immer einer, dem die Weiber zulaufen wie die Mäuse auf den Käse, hinter jeder Ecke eine Neue, und darum hab ich mir in meiner Jugend zwei oder drei Kindchen andrehen lassen, die laufen nun in der Welt herum, vor allem in Rom wo die Weiber, vielleicht habt Ihr das auch schon bemerkt, alle unglaublich scharf drauf sind, Schweinereien zu machen, und obendrein haben sie unterm Kleid fast immer zwei gewaltige Melonen, und wie Ihr Euch vorstellen könnt, muss jedes Kind von Salaì ja auch essen und trinken und was zum Anziehen haben, und das hat mich eine Stange Geld gekostet. Aber sagt bitte Bianca nichts davon, denn wenn die hört, dass ich Geld für Kinder gegeben hab, wo aus dem Bauch von andren Weibern rausgekommen sind, dann packt sie meinen Schwengel, schneidet ihn in Streifen und näht sie sich als Schleifen auf den Rock, und wann sie den ihren Freundinnen zeigt, sagt sie, Seht nur wie schön, liebe Freundinnen, das ist ein Geschenk von meinem Mann, diesem Flachwichser.

Wo zum Teuffel war ich stehengeblieben, ach ja, jetzt hört euch das an, was dieser Drecksack Lionardo mir mit der Erbschaft für einen hundsgemeinen Streich gespielt hat (entschuldigt meinen zornigen Ton, Heiligkeit, aber Lionardos Verrat brennt noch immer so als hätt ich ein Stück glühender Kohle zwischen den Hinterbacken).

TAGEBUCH DES SALAÌ

Hier wird von dem gemeinen Streich erzählt,
den der Lügner Lionardo dem armen Salaì
in der Sache mit der Erbschaft gespielt hat,
und auf welche Weise Salaì sich aus der Patsche zog.

Wann Lionardo kapiert hat, dass es ans Sterben geht, hat er bitter bereut, dass er ein Ungläubiger und Gotteslästerer war, und hat eine Heidenangst vor der Hölle gekriegt und gerufen, Ein Priester, holt mir einen Priester, Hilfe, Hiiilfe, bitte holt mir einen Priester!

Sagen wir's rundheraus, Heiligkeit, diese gottlosen Gesellen wie Lionardo sind doch alle gleich: Solange es ihnen gutgeht, geben sie mächtig an und lassen einen fahren auf Unsren Herrn Jesus Christus, aber bei der kleinsten Erkältung scheißen sie sich in die Hose aus Angst vor dem Tod und davor, wie ein Furz, ffft, einfach so zu verpuffen, oder schlimmer noch, im Maul des Teuffels zu enden, also klammern sie sich dem Priester an die Sutane und heulen ärger als die scheinheiligsten Christen.

Dem Priester hat Lionardo dann sofort seine unzähligen Sünden gebeichtet, wie ein reißender Fluss kam das raus, und hat alle Sakramente genommen, um als guter Christ zu sterben, so wie ich ihm tausendmal geraten habe, aber blöd wie er war hat er darüber immer nur gelacht.

Wie Lionardo abkratzte war ich grad nicht im Frankenreich sondern in Mailand bei Bianca, und wann man mir gesagt hat, dass der Alte kurz davor war ins Gras zu beißen, hab ich sofort meine Abreise nach Ambuase vorbereitet. Bianca hat nochmal gefragt, Bist du wirklich sicher, Salaì, dass Lionardo dich nicht reingelegt hat mit der Erbschaft? Ganz bestimmt nicht, Frauchen, er hat mich geliebt wie einen Sohn, du wirst sehen, ich komme mit viel Geld zurück. Es mag ja sein, wie du sagst, Salaì, aber ich glaube nicht, dass Lionardo einen bösen Lümmel und Dummkopf wie dich gernhaben konnte, darum versuch wenigstens mit der Besitzurkunde dieses Weinbergs in der Tasche zurückzukommen, wo wir doch schon unser Haus draufgebaut haben, vergiss das nicht. Schon gut, mach dir keine Sorgen, der Weinberg gehört uns praktisch schon, hab ich gesagt und bin abgereist, Mamma mia, was für Nervensägen diese Weiber, Heiligkeit, immer müssen sie das Haar in der Suppe finden.

Als ich in Ambuase ankam, lag Lionardo schon als Fraß für die Würmer unter der Erde und ich hab auf seinem Grab geweint, Oh mein über alles geliebter Meister und Vater! Warum habt Ihr mich so früh verlassen? Ich war sehr gerührt und aufrichtig betrübt und grad deswegen hat es mich sehr gestört hinter mir den Melzi und den Batista, den Diener von Lionardo, flüstern zu hören: Hör auf mit dem Teater, Salaì, die Spatzen pfeifen es von den Dächern, dass du nur wegen des Geldes vom Alten gekommen bist, und sie haben noch mehr Gemeinheiten gesagt, wie nur zwei Arschlöcher wie der Melzi und der Batista sich ausdenken können.

Nachdem ich auf dem Grab von Lionardo ausgiebig geweint hatte, bin ich zum Melzi gegangen. Nun, was steht in dem Testament? Lieber Salaì, antwortet Melzi mit einem bösen und sehr zufriedenen Lächeln, Tut mir leid, aber ich glaube, die Sache ist ein bisschen anders gelaufen als du dachtest.

Wie ich das Testament gelesen hab, Eure Heiligkeit, da bin ich so stinkig geworden dass ich fast durchgedreht wär! Aber ich muss Euch die Sache genau erklären, denn es ist eine sehr ernste und ein bisschen verwickelte Angelegenheit.

Dem Melzi hatte mein Ziehvater seine Blätter hinterlassen, nemlich Notizen, Hefte, Zeichnungen von Maschinen, Erfindungen, Pläne, kurz, diesen ganzen

Quatsch, wo meiner Meinung nach nicht das Papier wert ist, auf das Lionardo ihn gekritzelt hat, also scheiß drauf, hab ich mir gesagt. Lionardos Geschwister haben das Geld geerbt, was in einer Bank in Fiorenza deponirt war, aber diese Kohle hatten sich die Geschwister sicher schon längst komplett vom Konto geholt, also scheiß auch darauf. Wirklich schlimm aber war, dass Lionardo mir nur die Hälfte vom Weinberg in Mailand vererbt hatte! Die andre Hälfte hatte er dem Batista vermacht, seinem Diener! Und von meinen Goldmünzen kein einziges Wort im Testament.

Der gemeinste Scherz aber war der, dass die Trennungslinie zwischen meiner Hälfte vom Weinberg und der vom Batista mitten durch das Haus lief, was ich mir mit dem Geld von Leone Prestasoldi gebaut hatte! Damit hatte dieser verfluchte Mistkerl von einem Ziehvater mir wirklich ein feines Ei gelegt, findet Ihr nicht auch, Heiligkeit? Und um die Verarschung abzurunden, hat Lionardo der blöden Kuh Maturina, seiner Köchin, Geld und feinste Stoffe vermacht, und das hat er sicher getan, um mir in die Suppe zu spucken, denn er wusste ja genau, dass Maturina mir maximamente auf die Eier ging.

Und dann hat auch gleich der Ärger angefangen, denn Batista kommt hochzufrieden an, Hallo lieber Salaì, wir zwei beiden müssen jetzt eine Menge Dinge besprechen, denn die Hälfte von eurem Haus steht auf meinem Teil des Weinbergs, und das kann ich natürlich nicht dulden, also müsst ihr mir doch wohl eine ordentliche Entschädigung zahlen, oder was?

Mir war hundeelend, Signior Pontifeks, denn ich wusste, wenn ich nach Mailand zurückkomme, würde meine Frau Bianca aus Wut und Enttäuschung mindestens unser Haus in Stücke schlagen, natürlich mit meinem Kopf als Hammer, ist doch klar, oder?

Ich protestiere, hinter dem Testament steckt ein Betrug, aber Melzi und Batista wollen das nicht hören. Was zum Teuffel willst du eigentlich von uns, Salaì? Alles ist in Ordnung, das Testament ist vor Zeugen geöffnet worden, dieweil du gemütlich auf deinem Weinberg in Mailand gesessen bist. Und weißt du denn nicht, dass Lionardo ein zusätzliches Testament nur für dich hinterlassen hat? Was? ruf ich, nur für mich? Lionardo hat mir nie was von diesem zweiten Testament erzählt!

Da mischen sich die Sekretaren und Würdenträger des frantzösischen Königs ein, die waren nemlich bei Lionardos Tod dabei und sagen, Ja, das ist wahr, dein Ziehvater hat ein Testament nur für dich hinterlassen, Salaì. Echt wahr? staune ich. Zeigt es mir sofort. Sie sagen, Nein, das geht nicht, denn aus Angst, es könnte verlorengehen, hat Lionardo es an einem sehr geheimen Ort versteckt, nemlich seinem eisernen Nachttopf, um genau zu sein, in dem doppelten Boden der Holzkiste wo der Nachttopf drinsteckt. Was, im Nachttopf? ruf ich, den kenn ich sehr gut, darin hab ich Lionardos Schwengel mindestens sechstausendmal ausgeschüttelt, ja, dann holen wir doch den Nachttopf und die Kiste. Nein, Salaì, sagen sie, bevor du angekommen bist, sind der Nachttopf mitsamt Kiste und andrer wertloser Kram von Lionardo an einen teutschen Händler verkauft worden, der gerade hier vorbeikam. Warum das denn? schrei ich. Naja, der wertlose Plunder deines Ziehvaters kann schließlich nicht im Haus des Königs vom Frankenreich bleiben um zu verschimmeln, meinst du nicht auch? Das habt ihr absichtlich gemacht, ruf ich, Scheiße, wer gibt mir jetzt mein Testament?

Die Würdenträger und Sekretaren des Königs sagen, Lieber Salaì, das ist ganz allein dein Problem, als wir den Nachttopf verkauft haben, wussten wir ja nicht, dass das Testament da drin steckt. Bevor er starb hat Lionardo seiner Köchin Maturina vom Nachttopf erzählt und hat sie inständig gebeten, Ich beschwöre dich, liebe Maturina, vergiss um Himmels willen nicht, Salaì die Sache mit meinem Nachttopf zu sagen. Aber wer weiß warum, Maturina hat das vollkommen vergessen und hat sich erst in dem Moment erinnert, als wir den Nachttopf gerade verkauft hatten, merkwürdig, nicht wahr?

Darum musst du jetzt nach Teutschland gehen, sagen die Sekretaren und Würdenträger des Königs, um diesen Nachttopf zu finden, denn wir können gar nichts mehr für dich tun. Ja, aber wie finde ich einen Nachttopf in Teutschland was mindestens zwei oder dreimal so groß ist wie Fiorenza? Kinderleicht, sagen sie, du gehst hin und fragst nach dem teutschen Händler, Foghel heißt er, hahaha, und sie haben sich schiefgelacht, denn sie wussten genau dass das sogar für Jesus Christus unmöglich gewesen wäre.

Da bin ich fuchsteuffelswild geworden, Signior Pontifeks, aber so richtig stinkig, bin in die Küche gerannt und hab dieses Miststück Maturina gefunden wie sie grad mit einem großen Messer einem Huhn den Kopf abschneidet, und ich pack sie am Hals und hätte ihr fast mit dem Messer die Kehle durchgeschnitten wie eine Zucchine, aber unterdessen waren mir die Wachen vom frantzösischen König gefolgt und halten mich zu viert oder fünft fest, damit ich die Köchin nicht abmurkse. He, ganz ruhig, Salaì, rufen sie, jetzt wo dein Ziehvater tot ist, bist du gar nichts mehr, also hau ab nach Teutschland oder nach Fiorenza oder wohin auch immer, Hauptsache du gehst uns hier nicht mehr auf die Eier.

Wie Ihr Euch vorstellen könnt, Eure Heiligkeit, war ich schier von Sinnen vor Wut und hätte sie am liebsten alle miteinander kaltgemacht, Maturina, Batista, Melzi, den König, und auch Lionardo sollte zum zweiten Mal sterben, denn schon bald ist zwischen mir und Batista wegen der Teilung des Weinbergs ein irres Teater losgegangen mit Streitereien und Gerichten und Klagen und Prozessen und Anwälten und Briefen und Drohungen und Pfändungen etcetera etcetera.

TAGEBUCH DES SALAÌ

Hier wird erklärt, warum es notwendig war,
eine ganz miese Figur abzugeben
und Leone Prestasoldi nochmal um Hilfe zu bitten.

Nun bin ich aber nicht völlig blöd, Eure Heiligkeit, und darum hab ich irgendwann kapiert, dass der Streit mit Batista über Anwälte und Gerichte etcetera so lange dauern wird bis ich alt und trottelig bin wie Lionardo. Jedenfalls waren meine Hoffnungen auf die Goldmünzen von Lionardo zusammen mit dem Nachttopf in Teutschland den Bach runtergegangen, und um die Anwälte nicht unnötig reich zu machen, wo allesamt verlogene Hurensöhne sind, und um nicht noch mehr Zeit zu verlieren, bin ich mit Batista einig geworden dass ich ihm seinen Teil des Weinbergs abkaufe.

Doch leider war schon zimlich viel Zeit vergangen und ich hatte von dem Geld das mir Leone Prestasoldi geliehen hatte, keinen Groschen mehr in der Tasche, denn Münzen rammeln ja nicht und vermehren sich wie die Kaninchen, stimmt's Heiligkeit?

Also bin ich zu Leone Prestasoldi zurückgekehrt und hab ihm meine Situazion haarklein erzählt und auch von dem Verrat dieser Schlampe Maturina, und hab ihm geschworen, dass die Geschichte von dem Nachttopf wahr ist, absolut wahr, und dass Salaì ein armer Teuffel ist, verfolgt von der Niedertracht der andren, und dass es oft im Leben so kommt, nemlich immer dann, wenn etwas Gutes passiert, wie dass Lionardo endlich abkratzt, kommt so ein Miststück wie Maturina daher, um alles zu ruinieren, und darum bitte ich ihn, die Dauer des Kredits auf mindestens zehn oder zwanzig Jahre zu verlängern.

Leone Prestasoldi hört sich alles an ohne ein Wort zu sagen und am Schluss sagt er, Lieber Salaì, ich weiß nicht ob du mir Lügen auftischst oder ob das alles wahr ist, und sowieso geht mir das am Arsch vorbei. Es gibt zwei Wege: Der erste ist, dass du deinen Weinberg in Mailand und dein Häuschen verpfändest, aber weil deine Schuld damit noch nicht ganz abgeglichen ist, lass ich dich von meinen Männern holen, die dich zu Erdbeermus zermalmen zerstoßen und zerquetschen, das sie dann in ein Fläschchen schütten, darin du für immer bleibst. Der zweite Weg ist weniger schmerzhaft, nemlich: Ich verpfände deinen Weinberg und dein Haus auf jeden Fall, aber ich lass dir ein wenig Geld, damit du nach Teutschland gehen und den Nachttopf dieses Schwachkopfs Lionardo suchen kannst.

Oh, wie gütig du bist und was für ein großes Herz du hast, mein Freund Leone, sag ich und war sehr froh über seine Nachsicht. Aber dann hat Leone hinzugefügt: Aufgepasst, Salaì! Ich geb dir diese Möglichkeit bloß, weil es mich wenig kostet und ich Hoffnung hab, meinen ganzen Kredit mitsamt Zinsen zurückzubekommen. Aber du musst wissen, dass ich in Teutschland und in allen Ländern, wo du durchqueren musst um hinzukommen, zwei oder drei Vettern in jeder Stadt habe, die Geldverleiher sind wie ich, und jeder von ihnen hat zwanzig oder dreißig Männer mit Eisenhämmern Zangen Zwicken Nägeln etcetera, die können aus dir Erdbeermus im Fläschchen machen. Wenn du also versuchst mich reinzulegen, schreib ich an einen meiner Vettern, irgendeinen, und eine halbe Stunde später wirst du als Erdbeermus ins Fläschchen geschüttet, gluckgluck, verstanden?

Sicher doch, sag ich, denn klare Reden waren mir immer schon das Liebste.

Nun sag mir, fragt Leone, wie heißt dieser teutsche Händler? Foghel, sag ich. Ah gut, natürlich, das ist der Foghel aus Wittenberg, und wenn ich mich nicht irre, handelt er mit Eisen und mit Büchern. Da denk ich, meine Fresse, was für ein verflucht gutes Gedächtnis dieser Leone Prestasoldi hat, du nennst ihm den Namen von irgendeinem Händler und schon sagt er dir, in welcher Stadt der lebt, was für ein Gewerbe er treibt, kurz, er weiß alles, sicher auch den Namen von dem Kerl mit dem ihm seine Frau heimlich Hörner aufsetzt.

Jetzt komm mit, sagt Leone und führt mich durch eine alte, dreckige Tür in seinem Geschäft eine stockdunkle, stinkende Treppe runter und wir kommen in einen Keller mit hohen Regalen voller Hauptbücher, Riesenwälzer mit tausenden von Seiten, so groß und schwer, dass man sie praktisch nicht wegbringen kann, also stiehlt sie auch keiner.

Siehst du, Salaì, sagt Leone, dieweil er mit einer Laterne leuchtet, hier habe ich die Rechnungen all meiner Schuldner und all der Personen mit denen ich Geschäfte und Handel und Kontrakte mache, in Fiorenza wie in Italien und im Rest von Europa und der Welt, einschließlich Amerika und der Türkei und Afrika. Jetzt beweg deinen Arsch und hilf mir, Salaì, und er zeigt auf ein gigantisches Buch ganz hoch oben auf einem Regal, Mamma mia, was für eine Plackerei, Signior Pontifeks, das wog so schwer wie anderthalb Kühe, aber zuletzt hab ich's doch geschafft, das Ding herunterzuholen und auf einen Tisch zu legen, ohne dass es auf mich fällt und mich zu dem bekannten Erdbeermus zerquetscht, und das ohne was Böses getan zu haben, stellt Euch vor, Heiligkeit, was für ein Mordspech das gewesen wär!

Nun, hm, wolln doch mal sehen, malsehn, sagt Leone Prestasoldi, wie er seinen Buckel über den Tisch beugt und die Augen zusammenkneift und mit dem knochigen krummen Finger über eine Liste mit Namen am Ende des Hauptbuchs fährt, Aha ja, hier, ich erinnere mich sehr gut, lieber Salaì, dein Foghel ist, wie ich schon sagte, ein Händler mit Eisenwaren und Büchern und wohnt in Wittenberg, einer Stadt, wo es viele Buchdrucker gibt und Teologen und Filosofen und die bekannt geworden ist, weil dort der berühmte Luther wohnt und lebt, der die christliche Religion reformieren will, denn er sagt, der Papst ist ein Schurke und der Teuffel auf Erden. Jedenfalls wissen wir jetzt, warum Foghel den Nachttopf deines Ziehvaters genommen hat, denn der ist aus Eisen und er handelt mit Eisen, klar, oder?

Aber wie finde ich diesen Foghel in Wittenberg? frag ich. Wie zum Henker soll ich das wissen, sagt Leone, du musst in der Stadt herumfragen und denk dran, Foghel schreibt man auf Teutsch Vogel wie Vogel, und darum hängt über der Tür zu seinem Geschäft vielleicht ein Schild mit einem Adler, einer Eule einem Sperling oder irgendeinem anderen blöden teutschen Piepmatz. Und vergiss nicht dir zwanzig bis dreißig Wolljacken mitzunehmen, sagt Leone noch, wie er mich aus seinem Geschäft schmeißt, denn in Teutschland ist es immer schweinekalt.

TAGEBUCH DES SALAÌ

Für die Reise besorgt er sich jemanden,
wo versteht, was die Teutschen reden.
Zum Glück hatte Salaì den schon in der Familie,
darum ist er sogar gratis, aber er will einen Gefallen
von der Sorte, die einem mächtig auf den Sack geht.

Bianca konnte ich natürlich nicht die Wahrheit sagen, sonst hätte die aus der Haut von meinem Schwengel Schleifen gemacht die sie ihren Freundinnen zeigen kann etcetera, also hab ich ihr nur gesagt, es gäbe rechtliche Probleme mit einem von den andren Erben, nemlich einem Vetter von Lionardo wo in Teutschland lebt, und den müsst ich besuchen um was Bestimmtes mit ihm zu vereinbaren. Sie hat so getan als würd sie mir glauben und hat gesagt, Wie du willst, Salaì, aber wenn es so ausgeht, dass wir unser Haus und den Weinberg verlassen müssen und sogar noch Schulden bei Leone

Prestasoldi bleiben, ich schwöre dir, dann schäl ich dir die Haut vom Schwengel, lass sie in der Sonne trocknen und mach mir Schleifen draus, die ich mir auf die Schuhe setzen und meinen Freundinnen zeigen kann, ist das klar? Aha, denk ich, Bianca tut sich die Schleifen auf die Schuhe, nicht auf den Rock, dann ist sie also stocksauer, und sag in fröhlichem Ton, Ganz klar, mein Schatz, mach dir keine Sorgen, in meinem Kopf hab ich alles bestens organisirt, also wird alles gutgehen.

In Wirklichkeit aber, verdammter Mist, Signior Pontifeks, war ich zwar viele Male im Frankenreich gewesen, aber wer zum Teuffel kennt Teutschland?

Dann ist mir der einzige Mensch eingefallen, wo mich begleiten und mir auch helfen konnte zu verstehen, was diese Teutschen sagen, wann sie untereinander reden, nemlich eins von meinen beiden Kindern, der Junge, Alighiero heißt er und ist schön, groß und stark und blond mit blauen Augen, was vortrefflich passt, denn fast könnt man ihn für einen Teutschen halten, immerhin ist seine Mutter ja auch Teutsche. Nur schade, dass Alighiero einen kleinen Fehler hat, nemlich, haltet Euch fest, Heiligkeit, er ist ein Kapuzinermönch mit Kutte Kruzifix Bart und Rosenkranz am Gürtel etcetera, kurzum, ein echter Mönch mit Mönchsnamen, nemlich Bruder Redento.

Um Himmelswillen, Heiligervater, nehmt mir das bitte nicht übel, denn dieser kleine Fehler meines Sohns hat ja nichts mit Eurer Heiligen Person zu tun, aber Ihr müsst verstehen dass Mönche und Priester mich immer in Verlegenheit bringen, denn ich denk mir, wenn sie gut und heilig sind, grübeln sie andauernd über unsren Herrgott nach, lesen Messen, beten und segnen und predigen den Menschen, Seid gut, meine Schäfchen, seid heilig, fastet, seid geduldig und vögelt nicht zu viel etcetera. Mamma mia, das nervt wirklich, Signior Papst, denn meiner Meinung nach sind all diese Sachen gegen die Natur, sie machen ja die Priester und Mönche selbst ganz blass und schwach und schüchtern und total hilflos, zum Beispiel, wenn ein Dieb sie halbtot schlägt und ihnen alles Geld klaut, sagen sie bloß, O ja, lieber Dieb, schlag mich noch mehr, wie schön, Gottes Wille geschehe.

Oder das Gegenteil, wenn sie lustige Naturen sind wie manche Mönche, wo übertreiben und Weiber haben und Karten spielen und wie die Schweine fressen und sich volllaufen lassen, dann scheint mir das auch falsch, denn die sündigen ja nicht nur, sondern nehmen uns andren Männern ohne Kutte die wir uns totschuften müssen um durchs Leben zu kommen, auch das Geld und die Frauen weg. Hinwiederum sie von ihren Klöstern und Pfarreien unterhalten werden und das ist unlauterer Wettbewerb, findet Ihr nicht auch, Eure Heiligkeit?

Was zum Henker wollt ich gerade sagen, ach ja, also mein Sohn gehört als Mönch weder zur ersten noch zur zweiten Gruppe, nein, er ist so einer in der Mitte, nemlich er vögelt nicht, frisst nicht wie ein Schwein, pfeift den Weibern auf der Straße nicht hinterher, besäuft sich nicht in der Schenke und flucht nicht, aber er ist auch keiner von den Priestern, die schreiend weglaufen und vor Angst sterben, wenn du einmal Buh! machst, weil sie von all dem Fasten dem Grübeln den spirituellen Übungen zu mager und schwach geworden sind. O nein, mein Sohn hat einen Löwenmut und bestialische Muskeln, weil seine Mutter war ja Teutsche, ich weiß nicht, ob das klar ist, nemlich die teutschen Weiber sind immer auch ein bisschen Männer, sie wollen immer recht haben und wenn sie diskutiren oder streiten dann blasen sie sich auf wie Kröten und über all dem Aufblasen werden sie groß und dick und stark auch ohne echte Muskeln, ganz zu schweigen davon, dass sie immer ganz genau und exakt sein wollen, aber davon reden wir später, Signior Heiligervater.

Alighiero also ist ein ordentliches Muskelpaket mit dichten lockigen Haaren wie ich sie habe und blauen Augen, und hat immer einen Mordshunger und die Kraft eines Elefanten, obwohl auch er manchmal fastet, und an Gott Jesus Maria und die Heiligen glaubt er wirklich sehr und betet alle Tage und hilft den Armen, sammelt Almosen für sie, und nimmt einem Hauffen Sünder die Beichte ab, sogar richtigen Schwerenötern wie Mördern Dieben Schwulen etcetera und sogar mir, nemlich seinem Vater. Ja, Beichte hören ist sogar seine Spezialität, bei ihm dauert das immer mindestens eine halbe Stunde, manchmal sogar mehr als eine Stunde bis er einem noch die letzte Sünden aus der Seele gequetscht hat wie aus einer Zitrone, und wo er so schön und groß ist und sehr schlaue Augen hat mit denen er alles im Nu kapiert, gestehen ihm die Sünder jedes kleinste Laster, auch dass sie sich noch gestern Abend einen runtergeholt haben und dabei denken sie, Hm, so wie der aussieht, wenn ich dem nicht alles erzähle, merkt er's und jagt mich mit Arschtritten aus dem Beichtstuhl.

Ich würde sogar sagen, Heiligkeit, entschuldigt, wenn ich mich in Eure Angelegenheiten einmische und als treusorgender Vater zu Euch spreche, aber ich finde, Ihr müsstet Alighiero eigentlich mal eine schöne Beförderung verschaffen, ihn zum Bischof oder Kardinal oder was in der Art ernennen, denn als Beichtvater ist er wirklich tüchtig. Ein listiger Sünder, wo zu ihm geht um bloß irgendeine Lappalie zu beichten, zum Beispiel, dass er einen Apfel geklaut hat, den bringt Alighiero immer dazu, endlich die Kröte auszuspucken, und dann gibt der Sünder weinend zu, dass er geraubt getötet und vergewaltigt hat und kommt mit einer irren Reue aus dem Beichtstuhl raus, die hatte er vorher nicht, und fühlt sich in Frieden mit Gott und hört sofort auf, den Scheiß zu bauen, wo er bis zu dem Tag gemacht hat, und wird ein guter Christ und fromm wie ein Lämmchen.

Kurzum, Alighiero ist eine ganz seltene Art von Mönch und hätt er nicht die mönchischen Gelübde abgelegt, wäre er heute hundertprozentig verheiratet und hätte mindestens sechs oder sieben Kindchen, denn als er klein war gefielen ihm die Weiber sehr und auch die Weiber sind ihm immer hinterhergelaufen wie schon meiner Wenigkeit. Wann er noch keine Kutte trug sind sie ihm auf der Straße sabbernd gefolgt und haben ihm zugeflüstert, He, schöner Jüngling, ich bitte dich, bring mich sofort in eine dunkle Ecke damit wir ordentlich Sauereien machen können, und obwohl er jetzt Mönch ist mit Kutte und Sandalen und Bart und ihm der Rosenkranz am Gürtel baumelt, starren die Jungfern ihn noch immer mit versauten Blicken an, und es ist sonnenklar dass sie ihn stantepede zu sich nach Hause nehmen würden, um bumbum, ah, ah, ah auf dem Bett zu machen. Darum frag ich ihn immer, Junge, wie zum Henker schaffst du das bloß, zu widerstehen? Lieber Papa, sagt er dann, erstens weil ich an Jesus glaube, und zweitens weil ich meinem Schwengel die Befehle gebe, nicht umgekehrt, wie bei dir.

Der einzig wirklich große Fehler von Alighiero, den gibt's jetzt zum Glück nicht mehr, nemlich die Mutter, die hieß Dorothea und war Elsässerin, also praktisch Teutsche, aber von einer besondren Art, denn sie war ein Mordsweib, unglaublich gut gebaut, Möpse Hals Rücken Hintern Schenkel Füße, wirklich überall, blonde Haare und schneeweiße Zähne wie die von einem frisch gestriegelten Pferd, also eine, wenn du der auf der Straße begegnest, denkst du, Verflucht, die muss ich mir so bald wie möglich auf den Spieß stecken, und obendrein war sie richtig scharf drauf, sich aus allen möglichen Richtungen aufspießen zu lassen, immer wieder anders, also ein Karakter wo trefflich zu mir passt und tatsächlich hab ich mich anfangs sogar in sie verliebt, verrückt was?

Das Problem aber war, dass sie hinter dieser Außenseite grässlich pingelig und penibel und zickig war, unerträglich war das, immer hat sie mich wegen jeder Kleinigkeit getadelt, zum Beispiel sagte sie, Salaì, sei nicht so unordentlich, sag keine Schimpfwörter, halt deine Versprechen, lauf nicht so zerlumpt rum wie ein Vagabund, benimm dich bei Tisch, ändere deine Meinung nicht alle fünf Minuten, was soll ich sagen, Signior Pontifeks, anfangs war ich fast verliebt in Dorothea, aber dann nach einer Weile hab ich rausgefunden dass sie ein falsches Luder und eine Verräterin war und vor allem ist sie mir so gründlich auf den Sack gegangen, dass ich fast auf der Straße getanzt hab, als wir uns trennten, und schließlich ist sie in ihre Heimat nach Straßburg zurück, zum Glück ist das ziemlich weit weg.

Der arme Alighiero wo schon als Kind an Gott und Jesus Christus geglaubt hat, war derweil auf die etwas spinnige Idee gekommen, Kapuziner zu werden, also ist er in Rom geblieben statt mit ihr nach Straßburg zu gehen, und in ein Kloster eingetreten. Und weil die Mutter so fromm und gottesfürchtig war als wie ein Stück Marmor, war ihr die Vorstellung einen Sohn zu haben wo Mönch ist, so zuwider, dass sie keinen Finger gerührt hat, damit er mit ihr ins Elsass geht, nein, es war ihr sogar ganz recht, dass er in Rom blieb, was soll man da machen, Signior Papst, so sind manche teutschen Weiber eben.

Und wo ich ja wegen der Arbeit für Lionardo immer auf Reisen war, ist der arme Alighiero nach einer Weile ganz allein bei den Fratres gewesen und obgleich er als Kind ein kleiner Teuffel war, ganz wie meine Wenigkeit, nemlich er hat sich vollgefressen, gestohlen, gelogen etcetera, ist er durch das Leben bei den Mönchen zur Vernunft gekommen und hat volle Kanne studiert und ist irrsinnig weise geworden. Jetzt kennt er eine Masse Dinge, nemlich die Bibel, das Evangelium, die Filosofie die Teologie Griechisch Latein und sogar Häbreisch, ich sag Euch, Heiligkeit, es ist der reine Wahnsinn, wie viel dieser Junge weiß, und manchmal wann ich mit ihm rede, komm ich mir als ein ignioranter Bauer vor, grad wie die Deppen aus Vinci, dem Dorf wo Lionardo herkommt.

Aber das Wichtigste war, dass Alighiero in den ersten Lebensjahren bei seiner Mutter Dorothea sehr gut Teutsch gelernt hat, nemlich im Grunde perfekt. Doch als ich ihm erklärt hab, dass ich ihn genau deswegen brauche, hat er mich fast zum Teuffel geschickt.

Waaas? Papa, du willst, dass ich mit dir bis nach Teutschland gehe um den Nachttopf von Lionardo zu suchen? Er war ein bisschen sauer. Nun komm schon, Alighiero, mach keinen Aufstand, ich hab dir doch schon gesagt, dass es eine Sache von allergrößter Wichtigkeit ist. Mein Güte, Papa, du weißt doch genau, dass du mich, auch wenn ich dein Sohn bin, nicht mehr Alighiero nennen sollst, sondern Bruder Redento wie alle, denn das ist mein Name als Geistlicher, verstanden?

Jaja, schon gut, ich verspreche ich werd dich nicht mehr Alighiero nennen, und wisst Ihr was, Signior Papst, von jetzt an schreib ich seinen richtigen Namen auch nicht mal mehr in diesem Bericht, wenn mein Sohn den dann eines Tages liest, sieht er, dass ich ihm gehorcht hab und geht mir nicht mehr auf den Senkel mit dieser blöden Namensgeschichte.

Wo waren wir stehengeblieben, ach ja, also sag ich, Nun versteh doch, Bruder Redento, wie soll ich mich denn bei den Teutschen verständlich machen, wenn du nicht mit mir nach Teutschland kommst? Du weißt genau, lieber Sohn, dass ich in eurer Scheißsprache gerade mal Gutenabend sagen kann, außerdem muss ich um jeden Preis die Goldmünzen von Lionardo finden, sonst machen Leone Prestasoldi und seine Männer Erdbeermus im Fläschchen, gluckgluck, aus mir, verstehst du? Das ist allein deine Schuld, lieber Papa, wo du immer mit den ärgsten Schurken Händel kriegst und dich in Schwierigkeiten bringst und alles nur noch komplizirter machst, statt dich in Gottes Willen zu fügen. Ach ja? Gut, mein Sohn, dann werde ich mich in Gottes Willen fügen, wann dich wieder mal die Sbirren dabei erwischen, dass du auf dem Markt Schweinebacke klaust, wie du's als Junge gemacht hast, und dann lass ich dich verhaften, was sagst du dazu? Lieber Papa, vergiss nicht dass ich für meine alten Süden büße und mein Leben beileibe nicht als Völlerer und Gotteslästerer genieße wie du. Hör mal, Junge, ich bin ein Künstler, kein Fresssack, und das Geld was ich verdient hab, das ging immer alles an deine Mutter, dieses Luder, damit du zu essen hattest, verstanden? Ach, rede doch keinen Unsinn, Papa, du hast alles ausgegeben, um an jeder Ecke Unzucht zu treiben, und pass auf, ich bin zwar ein Mönch, aber nicht blöd. Naja, Signior Pontifeks, so ging das eine gute Weile weiter, denn mein Sohn ist fast so ein schlimmer Dickkopf als wie ich.

Wie wir kurz davor sind, uns gegenseitig zur Hölle zu schicken, sagt er: Na gut, Papa, du hast gewonnen, ich geh mit dir nach Wittenberg, aber unter einer Bedingung, nemlich dass du nach unsrer Rückkehr mit mir eine schöne Pilgerfahrt zum Sanktuarium von La Verna machst und dich dort endlich entschließt, eine ordentliche Beichte abzulegen, dann wird Gott dir ein Fünfhundertstel deiner Sünden vergeben, und das wären schon sehr viele, denn, lieber Papa, ich kenne dich und bin felsenfest überzeugt, wenn man all die Sünden und Schweinereien aufschreiben würde, die du in deinem Leben begangen hast, würde das eine Liste von hier bis nach Jerusalem und zurück ergeben.

Nein, die Beichte in La Verna nicht! schrei ich, denn Ihr müsst wissen, Heiligkeit, um zum Heiligtum von La Verna zu gelangen, wo der heilige Franziskus gelebt hat, muss man mindestens vierzig Stunden lang durch Wälder voller Wölfe und Bären gehen und wenn man angekommen ist, sind die Beine so aufgebraucht, dass man praktisch auf den Knien geht.

Doch mein Sohn, der Mönch mit dem härtesten Dickschädel von ganz Italien, hat nicht aufgegeben sondern gesagt, Aha, nun gut, wie du willst, aber dann vergiss die Reise nach Wittenberg, schöne Grüße und wir bleiben Freunde, ja?

Jedenfalls musst ich am Ende nachgeben und hab feierlich geschworen dass ich, zurück von der Reise nach Teutschland, all meine Sünden im Sanktuarium von La Verna beichten gehen würde, und so brachen wir zwei Wochen später nach Wittenberg auf.

Am Tag der Abreise hatte ich Gedanken schwarz wie Pech und brummte, Verflucht sei dieser Drecksack Lionardo und seine Idee, das Testament in einen Nachttopf zu stecken, verflucht soll auch dieser Wucherer Leone Prestasoldi sein und dreimal verflucht meine Frau, wo immer das Unmögliche von mir verlangt, etcetera.

Mein Sohn, auch er soll verflucht sein, sagt, Kopf hoch, Papilein, füge dich in Gottes Willen, ertrage ihn, und dann zwingt er mich, mit ihm den Rosenkranz zu beten, Avemariagraziaplena etcetera, und droht mir: Papa, denk dran, dass der Rosenkranz immer mindestens von zwei Menschen gesprochen werden muss, und zeig endlich mal guten Willen, sonst kehr ich auf halbem Weg um und lass dich allein unter den Teutschen, kapiert? Ja gut, Junge, du bist eine grässliche Landplage, aber du hast gewonnen. Und so, mein lieber Papst, haben wir die ganze Reise über fast ohne Luft zu holen den Rosenkranz gebetet und weil die Reise elendig lang gedauert hat, haben wir, glaube ich, mindestens achthundertfünfzigtausend Mal Avemaria gesagt. Obendrein wollt mein Sohn mir während der Reise die Beichte abnehmen, aber da hab ich protestiert, Mensch, was zum Teuffel soll ich denn noch beichten, wenn wir beide sowieso von morgens bis abends den Rosenkranz beten?

Lieber Papa, meiner Ansicht nach musst du Gott all die Verwünschungen beichten, die du in diesen Tagen in Gedanken gegen mich ausgestoßen hast, weil ich dich überredet hab, nach der Reise nach Teutschland im Heiligtum von La Verna Buße zu tun, und sag nicht, das stimmt nicht, denn ich kann deine Gedanken nicht lesen, aber Gott ja.

Wie ich schon sagte, war die Reise furchtbar lang und voller Hindernisse, darunter zum Beisp

HANDSCHRIFTLICHE NOTIZ VON PROFESSOR REITER

Hier weist Salaìs Manuskript eine große Lücke auf, vermutlich etwa zehn Seiten. Die Schilderung der Reise durch Deutschland ist demnach verlorengegangen. Der Bericht setzt mit den folgenden Worten wieder ein:

Nun, Heiligkeit, jetzt habt auch Ihr gehört, was für eine beschissene Ochsenstur diese Reise ist und wie viehisch man sich schinden muss um nach Teutschland zu gelangen, denn das liegt ganz weit hoch oben, nemlich im Norden, und es ist arschkalt selbst wenn die Sonne scheint, was aber in Wirklichkeit nie vorkommt.

Wittenberg ist wie alle andren teutschen Städte wo wir auf unsrer Reise gesehen haben, nemlich es hat lauter Spitzdächer und oben drauf einen eisernen Hahn, der dreht sich nach dem Wind. Überhaupt sind die Dächer hier alle spitz als wie Lanzen, sowohl die der Kirchen und der Palazzi als auch die der Häuser von gewöhnlichen Leuten, und Bruder Redento, also mein Sohn, der sagt, das ist normal, denn so legt sich kein Schnee aufs Dach, ich aber, liebster Signior Papst, habe den Eindruck, dass den Teutschen diese Form gefällt, weil sie gibt den Häusern ein grimmiges drohendes Aussehen. Und das mögen die Teutschen, denn ihr größter Spaß ist andren Menschen Angst einzujagen indem sie ein böses Gesicht machen, die Muskeln zeigen und die Stimme erheben, wogegen die Metode der Italiener meiner Meinung nach intelligenter ist, nemlich immerzu freundlich lächeln und sagen, Bitte, kommt ruhig in mein Haus, setzt Euch und nehmt ein Glas Wein, aber – zack – in dem Wein ist ein tödliches Gift. Das ist zwar ein bisschen hinterlistig als Metode, aber im Vergleich zu der von den Teutschen erspart sie viel Mühe.

TAGEBUCH VON SALAÌ

Nach einer langen Reise stoßen Salaì und Bruder Redento endlich auf Foghel, aber die Sache ist viel komplizirter als gedacht und es scheint als hätte Salaì von Lionardo vor allem das ewige Pech geerbt.

Kaum sind wir in der Stadt, fragen wir sofort nach dem Händler wo es gewagt hat, Lionardos Nachttopf mit meiner Erbschaft darin nach Teutschland zu bringen, also tritt Pater Redento zu einem Bauern der grad an uns vorbeigeht, räuspert sich, Ähm, ähm, Entschuldigt, guter Mann, kennt Ihr zufällig einen Händler mit Namen Vogel[5] und der antwortet sehr freundlich, Aber sicher, klar doch! Bartholomäus Vogel, wo Bücher verkauft.

Als Bruder Redento mir die Antwort übersetzt hat, zuck ich zusammen, Was? Wieso Bücher? Ach so, stimmt ja, Leone Prestasoldi hatte gesagt, dass Foghel mit Eisen und mit Büchern handelt. Redento fragt den Bauern wie man zu Foghels Geschäft kommt, und der sagt lächelnd, Ah, Ihr seid Fremde, Ihr braucht Hilfe. Kommt, kommt mit mir, ich bring Euch zu seinem Geschäft.

Dieser Bauer war sehr freundlich und hat uns zu einem Haus mit dem üblichen Spitzdach geführt, aber da strömen unglaubliche Massen von Menschen aller Art rein und raus, nemlich Bauern Laufburschen

5 ANMERKUNG VON MONALDI & SORTI: Hier wie auch an anderen entsprechenden Stellen wurden die Sätze, die Salaì mit seinen spärlichen Deutschkenntnissen wiedergibt, aus Gründen der Verständlichkeit von uns übersetzt.

Kinder Alte Mädchen Jungen Händler Krauter Arme Reiche etcetera. Durch eine Tür kommt man auf eine Treppe in ein Warenlager, einen riesigen Kellerraum wo auf der linken Seite ein höllisches Durcheinander herrscht, die Leute rennen wie Ameisen hin und her zwischen Millionen Sachen, aufgetürmt in riesigen Holzkisten an den Wänden des Lagers. Waren aller Art Form und Größe liegen da, aber nur aus Eisen, nemlich Gabeln Messer Schwerter Schrauben Hämmer Sägen Stößel Hacken Meißel Nägel Klingen Scheren Waffen Uhren Klinken Scharniere Schnallen Krüge Pokale Gefäße Nadeln Gewichte etcetera pp, kurzum, alles, aber auch wirklich alles was man wünschen kann, aber nur aus Eisen.

Überall wimmelt es von Teutschen wo mit halbnackten Armen in den Kisten wühlen und haben ganz schwarze Hände von dem staubigen Eisenzeug, kramen hier was und dort was heraus, betrachten es, schütteln den Kopf und werfen es wieder zurück auf den Hauffen, wo das Durcheinander immer größer wird, dann wühlen sie in einer andren Kiste. Von Zeit zu Zeit findet einer endlich das Stück was ihm gefällt und bringt es zu einem Ladentisch mitten im Lagerraum, da sitzt ein dicker Mensch, das Gesicht ganz von Fett verschmiert, und eine Diskussion beginnt, es ist klar, dass sie über den Preis reden, bis der fette Mensch den Kopf schüttelt, dann gibt der andre auf und drückt ihm irgendein Geld in die Hand und geht mit seinem Stück unterm Arm fort. Über dem Ganzen liegt ein irrer Lärm von

Stimmen, alle rufen schreien brüllen und alle auf Teutsch, und unter der hohen Decke des Warenlagers vervielfachen sich die Stimmen zu einem infernalischen Echo wie in den Höllenkreisen.

Aber damit nicht genug, denn auf der andren Seite des Lagers ist auch eine Masse Leute, die laufen in einem Labirint aus vollen Bücherregalen herum, und nehmen mal dies mal das Buch heraus, blättern darin und stellen es wieder an seinen Platz oder bringen es zu demselben Fettsack mit dem ölverschmierten Gesicht und dann wird wieder über den Preis verhandelt, aber schneller als bei denen, wo Eisen kaufen, vielleicht weil der Dicke bei den Büchern nicht so viel vom Preis nachlässt.

Der Bauer erklärt uns, dass der Fettsack Foghel ist, der setzt alle Preise und Rabatte fest und ist mit dem Sammeln und Verkaufen von Eisen schwerreich geworden, aber jetzt hat er sich auf das Drucken und den Verkauf von Büchern verlegt, denn das ist ein Geschäft wo in Wittenberg in der letzten Zeit, nemlich seit Luther da ist, trefflich blüht.

Mein Nachttopf! ruf ich und zeige auf einen gewaltigen Berg Eisen in einer Kiste, wo ich einen eisernen Topf gesehen hab, der gleicht dem von Lionardo, dünkt mich. Ich stürze los ohne mich von dem freundlichen Bauern zu verabschieden und zieh meinen Sohn hinter mir her, doch kaum sind wir die Treppe runter in dieses Inferno aus hin und her laufenden Teutschen geraten, bin ich sofort verloren und weiß nicht mehr, wo diese bestimmte Kiste ist. Da sag ich zu meinem Sohn, Komm, wir gehen den Fettsack fragen, der weiß bestimmt wo Lionardos Nachttopf steckt.

Mamma mia was für ein Gewühl war das mitten zwischen diesen Teutschen, alle schwitzen und sind fast eine Elle größer als ich, verflucht, Signior Papst, wie groß diese Teutschen doch sind, ich versteh gar nicht wie ihre Mütter sie im Bauch tragen können, aber mit ein paar Ellenbogenstößen in die Leber von denen neben mir und Tritten in die Waden der Leute vor mir bahn ich uns einen Weg bis zum Verkaufstisch des Dicken, nemlich Foghel. Und dort schieb ich sofort meinen Sohn nach vorn, damit er unser Problem erklärt: Entschuldigt, guter Mann, wir kommen aus Italien und suchen einen eisernen Nachttopf in einer Holzkiste, den hat Euer verehrtes Geschäft im Frankenreich erworben und er gehörte einem wirklich sehr genialen Mann, könnt Ihr uns helfen, den Topf zu finden? Der Dickwanst antwortet indem er auf irgendeine Stelle hinter sich zeigt, Eimer und Nachttöpfe sind da hinten. Ich sag meinem Sohn, er soll Foghel fragen, ob er den Nachttopf für uns finden kann, weil er hat ihn ja selbst im Frankenreich gekauft. Aber da fängt der Teutsche an zu lachen und sagt, all seine Männer, wo das Eisenzeug kaufen und ihm nach Wittenberg bringen, nennen sich der Einfachheit halber Foghel wie ihr Padrone. Er selbst, Foghel persönlich, bewegt sich nie aus seinem Warenlager fort, und das versteht man sehr gut wenn man sich ansieht wie massig viel Geld jeden Tag durch seine Hände geht, das will er bestimmt alle zweieinhalb Augenblicke ganz genau kontrolliren.

Wie wir zu der Kiste mit den Eimern und Nachttöpfen gehen, sag ich, Hör mal, Söhnchen, du hast Foghel doch nicht etwa gesagt, dass mein Testament in der Holzkiste steckt, oder? Verdammt, Papa, red kein Blech und lass mich machen, sonst geh ich zurück nach Italien und lass dich allein unter den Teutschen, klar?

Seht Ihr, Heiligervater, dass sogar mein Sohn, wo doch Mönch ist, mich wie den letzten Dreck behandelt, trotz allem was ich für ihn getan hab? Verrückt, was? Wie ich ihm das sage, erwidert er auch sofort, Das Einzige was du für mich getan hast, ist mit meiner Mutter Unzucht zu treiben und mich aus Versehen in ihren Bauch zu pflanzen, denn du hast nicht aufgepasst, Mama hat's mir nemlich gesagt. Oh, diese gemeine teutsche Schlampe, ruf ich, da macht er, Pssst! Papa, hier wimmelt es von Händlern wo sehr gut Italienisch verstehen und wann sie dich so sprechen hören, hacken sie uns beiden den Schwengel ab, schneiden ihn in Scheiben und braten ihn sich in der Pfanne mit Schweinespeck, verstanden?

An der Kiste angekommen hab ich sofort in den Eimern und Töpfen gewühlt und dabei nach rechts und links Tritte und Püffe ausgeteilt, denn diese dummdreisten Teutschen versuchten, mit ihren mörderisch langen Armen die Sachen vor mir zu ergreifen, aber leider hab ich bald kapiert, dass es bloß Zeitverschwendung war, es gab zwar ein paar eiserne Eimer die dem Nachttopf ähnelten, aber der eine war zu groß, der andre zu klein, wieder einer zu alt etcetera, Schluss, aus, basta, Lionardos Nachttopf war nicht dabei und das hab ich meinem undankbaren Sohn sofort gesagt.

Sag mal, Papa, wie sieht dieser Nachttopf denn eigentlich aus? Hm, mal überlegen, warte, jetzt wo ich drüber nachdenke, fällt mir ein, dass Lionardo ihn in Rom gekauft hat, auf einer Reise, die er mit mir gemacht hat, und an der Seite war eine Inschrift mit dem Namen des Künstlers, ein gewisser Petrus Strianus, und da stand auch das Jahr, wann er ihn gemacht und welcher Papst da regiert hat oder so was in der Art.

Aha, etwas wie Petrus Strianus Fecit Anno Domini Nostri etcetera?

Ja, genau! ruf ich laut, und um das Datum genau anzugeben stand da auch der Papst, der Name vom Papst, an den erinnere ich mich jetzt grad nicht, aber es war wirklich ein Papst.

In dem Moment, Signior Pontifeks, stößt mein Sohn mich heftig in die Seite, denn fünf oder sechs Teutsche wo ihn schon die ganze Zeit misstrauisch beglotzt hatten weil er als Mönch gekleidet ist, haben sich umgedreht und uns sehr böse angeschaut. Pssst, Papa, zischt er mir ins Ohr, Gütiger Himmel, wie kannst du bloß so dämlich sein und das Wort Papst hier in Wittenberg aussprechen, im Hauptquartier des schlimmsten Feindes der Kirche von Rom, nemlich diesem Erzketzer Luther? Jaja, schon gut, Junge, aber erst fragst du mich was und dann verbietest du mir den Mund, wie soll ich dir denn antworten, mit Fürzen etwa? Ach, leck mich doch, Papa, du bist wirklich ein Volltrottel, das nächste Mal werde ich den Teuffel tun und dich an einen so gefehrlichen Ort begleiten, und jetzt lass uns sofort von hier verschwinden, denn die starren uns immer noch böse an und wir riskiren, vor dem Fenster von Luther an den Eiern aufgehängt zu werden. Nachdem er das gesagt hatte, ist Bruder Redento auf den Ausgang zugestrebt, und dachte, ich komm hinterher.

Aber nein, liebste Heiligkeit, ich hab nemlich eine gute Idee gehabt, und statt sofort meinem Sohn zu folgen, bin ich einen Augenblick bei diesem Fettsack Foghel vorbeigegangen, der spricht vielleicht nicht Italienisch, aber ein bisschen Frantzösisch möglicherweise, denn er schickt seine Leute ja zum Einkaufen ins Frankenreich. Also hab ich mir gedacht, wetten dass er ein bisschen Latein versteht, und obwohl mein Latein recht jämmerlich ist, ist es doch immer noch besser als das von Lionardo, der konnte es nemlich fast gar nicht, und so sag ich ganz ruhig, *Buongiornus ego sum filius adoptivus de Lionardus da Vinci et me servit vasum da noctem ad pissandum cum scriptum nomen de Papa.*

Foghel starrt mich an wie wenn mir Rotz aus der Nase bis runter zu den Schuhspitzen läuft, nemlich überrascht empört und angeekelt gleichzeitig. Ich wiederhole meine Frage, doch der Teutsche tut so als hätt er nichts gehört und fängt an, mit einer Alten zu palavern wo einen Hauffen verrosteter Nägel in der Hand hält, und wenn ich richtig verstanden hab, will sie die billiger kriegen. Da spreche ich lauter und sage Foghel dass mich Leone Prestasoldi aus Fiorenza zu ihm schickt, der sendet ihm außerdem massenweise freundliche Grüße, was zwar ganz und gar nicht stimmte, Signior Papst, aber vielleicht glaubte Foghel es ja, jedenfalls konnte er es nicht so leicht überprüfen, oder?

Trotz des Riesendurcheinanders in seinem Lagerhaus, wo sich meine Stimme mit denen von ein paar tausend schwitzenden Teutschen vermischte, die Berge aus Metallzeug durchwühlten, klong, tscheng, klirr, begann das Gesicht von Foghel zu strahlen, als ich diese paar Worte gesagt hatte, und es war als hätte ich gesagt, Mein Freund, heute Abend bist du zu einem Fest eingeladen wo zwölf oder dreizehn Jungfrauen alle von hinten genommen werden wollen.

Er sagt in einem höchst freundlichen Ton und einem noch schlechteren Latein als meinem, *Amicus carissimus te honoro multissimum* und andere Sachen, die so klingen wie, Heda, lieber Italiener, wie simpatisch du bist, ich möchte dir wirklich gerne helfen, und ich werde dich auch durch Wittenberg führen, damit du siehst, was wir in dieser Gegend Schönes haben etcetera, und er hebt sogar den Hintern von seinem Stuhl um besser mit mir reden zu können und fragt mich, Erzähl, mein Freund, wie war die Reise? Gefällt dir unsere Stadt? Wie viele seid ihr? und mehr dergleichen Dummheiten, dieweil Leute kommen um zu bezahlen und mit ihm zu sprechen, aber Foghel guckt sie nicht mit dem Arsch an und so bildet sich wegen mir eine Schlange aus sieben acht Teutschen.

Um ehrlich zu sein, Signior Papst, ich bin wirklich

reichlich ungebildet, aber dumm bin ich nicht würd ich sagen, also hab ich sofort nachgedacht warum unser Foghel, kaum dass ich den Namen von diesem verfluchten Wucherer Leone Prestasoldi genannt habe, mich wie den besten seiner Freunde behandelt und so übertrieben liebenswürdig wird, dass wenn ich gesagt hätte, Hör mal, Foghel, du hast doch nichts dagegen, ich geh mal einen Augenblick zu dir nach Hause und vögele deine Frau und deine Tochter, dann hätte er geantwortet, Natürlich, lieber Salaì, aber versprich mir dass ich dir auch Essen und Trinken kredenzen darf während du es tust.

Unterdessen ist mein Sohn angekommen, nemlich Bruder Redento, der war ein bisschen besorgt, weil wie er in diesem Meer von riesigen Teutschen den Ausgang gesucht hat, hat er mich aus den Augen verloren und nicht gewusst, wo zum Teuffel ich hingeraten bin.

Grad in diesem Moment erkenn ich den Grund warum Foghel meiner Wenigkeit so honigsüß um den Bart geht, darum sage ich auf Latein etwas wie, Gut, lieber Foghel, du musst wissen, dass wir zu euch gehören und auf einer Mission hier sind, um euch zu helfen, denn in Italien gibt es leider nur sehr wenige von uns, das heißt von euch, also bin ich mit meinem Sohn hierhergekommen, um in Rom und in Fiorenza eine Gruppe zu gründen, damit sie die Predigt von Luther verbreitet, heimlich natürlich. Ihr werdet sehen, gemeinsam schaffen wir es, diesen Scheißpapst, der ein Antichrist und Teuffel und ein großes Schwein ist, zur Hölle zu jagen!

Leider hab ich diese Sachen ausgerechnet in dem Moment gesagt, wie mein Sohn von hinten ankommt, und kaum hat er sie gehört, ist sein weißes Gesicht rot geworden wie ein glühender Ofen, aber all die roten Pickel auf seinen Wangen und der Stirn, die wurden weiß als wie Milch, kurz, es war, als hätt ihm jemand ordentlich kräftig die Eier ausgequetscht wie zwei Oliven, wenn man Öl macht, ich weiß nicht, ob Euch das mal passiert ist, Heiligkeit, aber es macht richtig Eindruck, Ihr könnt Euch nicht vorstellen, wie viel Öl aus zwei Oliven rauskommt.

Natürlich glaubt Ihr dieses grässliche Zeug nicht, Signior Papst, was ich Foghel gesagt hab, denn damit das klar ist, nie im Traum hab ich dran gedacht, die katolische Religion von Rom und Euch, unsren lieben teuersten heiligsten Pontifeks zu verraten, behaltet das immer gut im Gedächtnis, verstanden? Aber wie auch Ihr sicher gleich verstanden habt, mit Eurem feinen und blitzschnellen Verstand, musste Leone Prestasoldi wohl ein heimlicher Freund von Foghel sein, denn wie hätte er sich sonst, wann ich in sein Geschäft in Fiorenza gekommen bin, sofort an Foghels Namen, an die Stadt wo er wohnt und das Gewerbe was er treibt erinnern können? Also musste Leone Prestasoldi dieselben reichlich durchgeknallten Ideen haben wie die Freunde von Luther, nemlich Leute wie Foghel. Und wenn jemand mit einer Empfehlung von Leone Prestasoldi kam, würden alle Freunde aus diesem Kreis ihn mit offenen Armen empfangen, denn je heimlicher die Bruderschaften sind, desto enger sind die Verbindungen zwischen den Mitgliedern der Bruderschaft, stimmt doch, oder? Was überaus nützlich ist, wenn man sie reinlegen will, denn so sie dir vertrauen und dich in ihre Gruppe reinlassen, dann hast du sie – zack – alle miteinander vom ersten bis zum letzten im Sack.

Foghel sieht Bruder Redento hinter mir und sagt lächelnd, Aha, und dieser hübsche Bengel ist dein Sohn? Wie schön, ein echter italienischer Mönch will uns helfen, den Papst, diesen Hurensohn, zu vertreiben. Hier bei uns sterben die Mönche langsam aus, denn Luther hat gesagt, man soll die Klöster schließen und Priester darf es nicht mehr geben und sie dürfen vögeln, freitags Fleisch essen und fast alles tun wozu sie Lust haben, doch Luther selbst trägt ja immer noch die Kutte, also sorgt euch nicht, wenn ihr euch anständig benehmt und vor allem ordentlich schlecht vom Papst sprecht, werden die Leute hier deinem Mönchssohn nichts Böses antun!

Redentos Pickel wechseln noch immer zwischen weiß und rot dann wieder weiß, sein Gesicht idem, und er sieht aus wie eine Öllampe, wenn du aus Spaß die Flamme hoch und gleich wieder ganz klein drehst, und er kriegt den Mund nicht auf vor Staunen über das was ich gesagt hab und vor Entsetzen über das was Foghel geantwortet hat. Denn aus seiner persönlichen Sicht, was immer eine etwas zu ernste und darum anstrengende Sicht ist, hab ich ihn gerade eben als Verräter hingestellt und Foghel hat ihn in die Reihen der andren Verräter aufgenommen. Also muss ich antworten, Ja, das ist mein lieber Sohn, dem die Kirche von Rom mittlerweile gründlich zum Hals raushängt, und er ist hierher nach Wittenberg gekommen weil er mehr wissen will von den Lehren des großen Luther, ja, er würd ihn sogar sehr gerne kennenlernen und mit ihm reden etcetera etcetera.

Seeeehr gut! sagt Foghel, der es kaum glauben kann, einen echten italienischen Mönch an der Hand zu haben, wo frisch aus Italien angekommen ist um sich zu Luthers Religion zu bekehren, und wenn er zurück nach Italien geht, wird er womöglich selbst reihenweise Italiener bekehren, was dem Papst sicherlich maximamente auf den Sack gehen würde.

TAGEBUCH DES SALAÌ

Endlich begegnet man dem großen Luther
und macht die Bekanntschaft einiger seiner Freundinnen.
Es wird über Religion geplaudert,
derweil man deutsches Essen isst
nemlich vor allem Bier.

Um es kurz zu machen, Foghel lässt diesen rufen lässt jenen rufen lässt einen Dritten benachrichtigen, denn er muss allen die große Kunde bringen, dass zwei Italiener, darunter sogar ein junger Mönch, aus Italien gekommen sind um Luther kennenzulernen, also verdienen sie, mit allen Ehren empfangen zu werden. Binnen einer halben

Stunde sind wir auf dem Weg zu Luthers Haus um dort mit ihm zu essen. Uns begleitet ein Grüppchen Teutscher, alle gut gekleidet und alle gebärden sich sehr ernst und feierlich, und derweil erklärt uns Foghel wer sie sind, Seht ihr den, das ist einer der reichsten Kaufleute von Wittenberg, der da sitzt im Stadtrat, der da hinten ist ein sehr berühmter Maler, der hier druckt Bücher, der andre ist ein sehr berühmter Teologe, und alle kommen herbei um uns zu begrüßen und wir begrüßen sie auch, und unterdessen marschieren wir zu Luthers Haus. Alle reden Teutsch mit uns, Ah, welch große Ehre und was für eine schöne Überraschung ist dieser Besuch, oder sie sagen, Wunderbar, dass wir sogar in Italien Gefolgsleute finden, oder: Ihr habt ein Riesenglück, dass Ihr Luther sprechen dürft, Ihr werdet sehen, er ist ein großer Mann, und so immer weiter. Ich antworte auf Latein und Bruder Redento übersetzt für mich das Teutsche, und wir teilen nach links und rechts ein breites, etwas dümmliches Lächeln aus, wir hören gar nicht mehr auf damit, denn wer weiß wozu diese Teutschen fähig sind, wenn man sie aus irgendeinem Grund ärgert?

Wie wir mit diesem festgefrorenen Lächeln voranschreiten, sagt Bruder Redento mir leise ins Ohr, Papa, ich schwöre, wenn wir nach Italien zurückkommen, zieh ich dir bei lebendigem Leib eigenhändig die Haut ab und steck dir die aufgerollte Haut in den Arsch. Oder er sagt, Papa, ich schwöre, wenn wir nach Rom zurückkommen, zieh ich dich mit einem Seil an den Füßen hoch und tunk dich ins Meer ein, rauf und runter wie ein

Zwieback in die Milch, bis die Fische alles von dir abgefressen haben und nur dein weißes, schön fein sauberes Skelett übrigbleibt, und er sagt noch mehr solche ein bisschen unfreundlichen Sachen.

Ja, Heiligkeit, denn mein Sohn ist ein sterbensehrlicher Geselle und nimmt alles immer todernst, und darum macht es ihm gar nichts aus, dass er Gefahr läuft, vom Schwert der Lutheraner in Wittenberg zu Hackfleisch gemacht zu werden, aber die Schande, den Verräter der Kirche von Rom spielen zu müssen, das fuchst ihn. Denn nach all dem, was ich zu Foghel gesagt hatte, konnte er ja nicht mehr widersprechen, O nein, wartet mal, ich muss Euch erklären, dass Luther mir in Wahrheit über die Maßen zuwider ist, denn ich bin ein getreuer Anhänger des Papstes mitsamt der Kirche von Rom und Reformatoren wie euch finde ich zum Kotzen, also vielen Dank, nichts für ungut und Ciao.

Wann wir bei Luthers Haus ankommen, trifft mich fast der Schlag, Signior Papst, denn schon sein Haus zeigt, dass Luther ein verteuffelt schlauer Hund sein muss, es ist nemlich gar kein Haus (aber das hat Euch bestimmt schon Euer Nunzius in Teutschland berichtet, wo sehr gut darin ist, solche Informazionen zu sammeln), sondern ein Kloster groß wie ein Schloss mit Dutzenden Gemächern und einem sehr hohen Turm und drei Stockwerken und nochmal zwei unterm Dach. Das war das Kloster, wo der junge Luther als Mönch des Augustinerordens lebte, aber dann hat er die Reformation erfunden und das Kloster wurde aufgelöst, alle Mönche mussten gehen, außer Luther, der hat sich das Kloster unter den Nagel gerissen und da lebt er jetzt ganz allein in Saus und Braus praktisch wie ein Papst, und alle nennen diesen Ort das Lutherhaus, Mann, was für ein gerissener Schachzug, findet Ihr nicht auch?[6]

Vor dem Lutherhaus ist eine Wiese mit Bäumen und Sträuchern und das sieht wunderschön aus, fast denkt man, man geht auf das Schloss eines großen Herrn oder eines Fürsten zu. Der einzige Unterschied zu einem echten Schloss oder einer Festung war, dass zwischen den Büschen eine große Schar Kinder spielte und sich vergnügte.

Wie wir näher kommen seh ich, dass diese Kinder alle Schwerter und Helme und Schilder und Rüstungen tragen, falsche natürlich aus Holz und Eisenteilen, und mit Rechen, Reisigbesen, Hippen etcetera haben sie sich Lanzen und Piken gemacht, als Helme benutzen sie Seiher und Töpfe, und sie spielen Krieg, wo sie sich gegenseitig abmurksen indem sie einander furchtbare Schläge auf die Helme verpassen, und wann die Holzschwerter auf die Helme aus Metall schlagen, macht es Dennng Bonnng Tschannng, kurz, ein mörderischer Radau so dass es sich wirklich wie der Lärm von Krieg und Schlachten anhört.

6 HANDSCHRIFTLICHE NOTIZ VON PROF. REITER: Tatsächlich trat Luther, vier Jahre nach seiner Ankunft 1504, im Jahr 1508 als Augustinermönch in das Kloster zu Wittenberg ein. Im Zuge der Reformation wurde die klösterliche Gemeinschaft aufgelöst und das Gebäude wurde zu Luthers privater Wohnstatt, wo ab 1515 dann auch seine spätere Frau Katharina von Bora und ihre Kinder lebten.

Kinder hab ich immer schon gerne gemocht, Signior Papst, ja, es tut mir sogar leid, dass ich nur zwei in die Welt gesetzt habe (soweit ich weiß, hihi), also beobachte ich diese teutschen Putten eine Weile um mir anzuschauen wie sie sich benehmen, verglichen mit den italienischen, aber weil diese hier aus Wittenberg auf Teutsch singen und toben, muss ich Bruder Redento bitten zu übersetzen.

Er erklärt mir, dass der erste sagt, Wir sind ein großes teutsches Heer, ein andrer fächelt sich Luft zu wie wenn es ganz heiß wäre und sagt, Ich bin der Kommandant der Wüstentruppe, ein dritter tut so als zittert er vor Kälte und sagt, Ich bin der Anführer von denen die im Schnee kämpfen, wieder einer, dem Flügel aus Stoff auf den Rücken genäht sind, sagt, Ich kämpfe aus der Luft wie ein Vogel, einer zeigt mit dem Finger in den Himmel wie ein Profet und sagt, Mit meiner Propaganda beweise ich allen wie tapfer wir sind, der nächste hält ein Buch hoch und sagt, Ich bin der wo den Ruhm unsres Heeres aufschreiben und davon berichten wird, und dann fangen sie an einander zu bekriegen, Hier nimm dieses Schwert in deinen Bauch, Aaaah, grausamer Feind, du hast mich umgebracht, hahaha, Bastarde, elende Hunde, ich brech euch alle Knochen etcetera, Ihr wisst ja, Signior Papst, wie die Kinder sind wann sie Krieg spielen, bloß dass diese teutschen Kindlein das sehr viel besser machten als die italienischen, nemlich es schien fast als würden sie wirklich Krieg führen nicht spielen, und ich hab mir gedacht, Mamma mia, bei diesen Teutschen muss man wirklich auf der Hut sein, denn sie sind schon als Kinder bestens vorbereitet, dir ein Schwert in den Nabel zu rammen.

Wie wir ins Lutherhaus reinkommen ist da ein Hauffen Leute wo überall herumlaufen, zum Beispiel Bauern, die bringen Sachen zum Essen, Dienerinnen die waschen und bügeln und den Boden wischen und Holz für den Kamin oder Wasser für die Küche bringen etcetera und dann junge Menschen die scheint's Wache stehen und andre Leute wo andauernd Berge von Papieren und Büchern und gedruckten Blättern von hierhin nach dorthin tragen, also etwas wie Sekretaren sind, kurzum man glaubt sich wirklich am Hof eines Königs. Ich hab sogar gedacht, Verdammte Axt, dieser ganze Betrieb hier kostet doch einen Batzen Geld, wer zum Teuffel zahlt das alles?

Dann kommt einer der Buben wo draußen Krieg spielen hinter uns rein und läuft auf eine Dienerin zu, nennt sie Mama, und da erkenn ich, Aha, diese Kinder da draußen sind die Kinder von all den Leuten die hier drinnen im Haus von Luther leben.

Man führt uns durch eine Reihe Korridore und über Treppen und durch verschiedene Zimmer und endlich kommen wir im Speisesaal an. An dieser Stelle verabschiedet sich die ganze Gruppe wo uns bis hierher begleitet hat und bevor sie gehen, sagen sie, wenn ich mich recht erinnere, Sehr erfreut, auf Wiedersehen liebe Freude, wir wünschen einen angenehmen Aufenthalt. Nur Foghel bleibt bei uns und fordert uns auf, am Tisch Platz zu nehmen. Bruder Redento durchbohrt mich mit feurigen Blicken, als will er sagen, Nun sieh dir bloß an, in was für eine Scheiße wir uns hier geritten haben, jetzt müssen wir sogar noch mit diesen Ketzern zu Mittag essen.

Plötzlich geht eine Tür auf und ich denk, Ah jetzt kommt Luther, aber von wegen, welch eine Überraschung! Durch die Tür kommt eine Riesenbrust dann eine zweite und gleich dahinter auch das Weib, dem sie gehören, und alle drei treten ein, nemlich die zwei gewaltigen Möpse und die Frau, das war eine Teutsche wie sie im Buche steht, blaue Augen, blonde Haare und weiße Zähne, glänzend gebürstet wie die von einem gesunden Pferd, und dieses Weib war wirklich gut beieinander, schön rund überall, auf den Hüften und dem Rest, Beine Arme Rücken, alles, und wenn ich noch ein junger Spund in meinen goldenen Zeiten gewesen wär, Signior Papst, ich hätt sofort irgendeinen Vorwand erfunden und gesagt, Ähm, ähm, Verzeihung werte Jungfer, aber ich hab etwas im Keller vergessen, würdet Ihr mich bitte begleiten, denn ich bin sehr ängstlich und kenn mich mit den teutschen Kellern nicht so gut aus, und dann hätt ich keine Viertelstunde gebraucht um sie zu überreden, im dunklen Keller eine Menge Sauereien zu machen, vielleicht sogar im Stehen. Das Weib kommt näher, mit einem sehr frommen und schüchternen Lächeln und nimmt zwischen uns Platz, die wir um den Tisch herumstehen, jeder vor seinem Stuhl.

Sofort stoß ich meinen Sohn mit dem Ellenbogen in die Seite, wie um zu sagen, He Junge, hast du gesehen, nicht übel diese teutsche Maid, was? Aber solche Bemerkungen sind Bruder Redento fast immer unangenehm und tatsächlich, er antwortet mir mit einem Tritt ans Schienbein unterm Tisch und zischt mir leise zu, Halt den Mund, Papa, mach keinen Scheiß, wir sind von Feinden umgeben. Grad in diesem Moment kommen durch dieselbe Tür – ein Wunder! – wieder drei rein, nemlich zwei dicke Möpse und das Weib, ihre Besitzerin, und auch sie ist schön rund, blonde Haare weiße Haut Pferdezähne bei guter Gesundheit etcetera und vor allem an der Vorderfront zwischen Hals und Bauch diese zwei Kuppeln so groß, dass sie die Sonne verdunkeln, und auch sie setzt sich an den Tisch.

Zuletzt kommt noch ein Weib, aber die hat keine Melonen und ist nicht schön rund, im Gegenteil, klapperdürr wie ein Besenstiel und hat ein Gesicht, das könnt ich nicht beschreiben, aber praktisch steht ihr auf der Stirn geschrieben: Ich-bin-eine-Zimtzicke, und ihre Miene scheint zu sagen, Verpiss dich bitte, ich hab heute Kopfschmerzen und außerdem stinkt ihr alle wie die Schweine.

Da am Tisch jetzt nur noch Luther fehlte, haben wir uns vorgestellt und Foghel hat auf Latein gesagt, Lieber Salaì und Redento, diese Damen hier sind Freundinnen von Luther, und dann hat er den Grund unsres Besuchs erklärt, und die drei Weiber haben sehr erstaunt und interessirt ausgerufen, Aaah, Oooh, Italiener[7] und die erste hat freundlich gelächelt, die zweite hat freundlich gelächelt und die dritte hat zickig gelächelt.

Ich bin recht guter Laune und frag die drei Weiber leise auf Latein, Bitte, wie heißt ihr? Ave, sagt die erste, die zweite sagt auch Ave und die dritte sagt Catarina[8]. Ich mach ein etwas enttäuschtes Gesicht, denn es scheint als hätten die ersten beiden mich verarscht, indem dass sie auf lateinisch gegrüßt haben, nemlich Ave, wogegen nur die dritte, die mit dem Zickengesicht, richtig geantwortet hat.

Doch Foghel erklärt mir, dass die beiden so gut ausgestatteten Weiber mich nicht verarscht haben, denn die erste heißt Ave Fonschönfeld, die zweite Ave Alemann, also alle beide Ave. Da sag ich, Na prima, dann werden wir sie Ave1 und Ave2 nennen, so verwechseln wir sie nicht, hahaha, und die beiden Ave lachen schallend. Oh oh oh Ah ah ah.

Redento flüstert mir ins Ohr, Papa bitte benimm dich nicht gleich wieder wie ein Schwein gegenüber allen Frauen wo dir begegnen und vergiss nicht, dass du mit Bianca verheiratet bist, ja? Ich antworte leise, Sei still, verflixt, ich will ja nur ein bisschen reden mit den

7 HANDSCHRIFTLICHE NOTIZ VON PROF. REITER: Obwohl die italienischen Staaten noch keine politische Einheit bildeten, blieb die Idee des italienischen Volkes und seiner Sprache in Italien und Europa immer lebendig, auch im Mittelalter, wie man zum Beispiel an den Werken von Dante Alighieri sieht.

8 HANDSCHRIFTLICHE NOTIZ VON PROF. REITER: Es handelt sich offensichtlich um Ave von Schönfeld, Ave Alemann und Katharina von Bora (1499–1552). Den ersten beiden machte Luther zur gleichen Zeit vergeblich den Hof, die dritte wurde von ihm 1525 geheiratet.

beiden Riesenmöpsen, und geh mir nicht auf den Sack, ich bin schließlich kein Mönch wie du.

Foghel erklärt, es sei kein Zufall dass die beiden mit dem Holz vor der Hütte den gleichen Namen tragen, denn beide wurden von ihren sehr frommen und gläubigen Familien für das Leben im Kloster bestimmt, darum haben beide den Namen Ave angenommen, das ist das erste Wort am Anfang von dem berühmten Gebet Ave Maria gratia plena etcetera. Aaach, wirklich? ruf ich aus, dann sind unsre Jungfern hier also ehemalige Nonnen? Da kichern die drei Weiber, die ersten zwei auf nette Art, die dritte auf zickige Art. Ein bisschen verlegen sagt Foghel, Hm, ja, was ist daran so schlimm? Auch das Fräulein Catarina hier war im selben Kloster wie die andren beiden und sie sind alle drei am selben Tag zusammen geflohen. Das ist ja unglaublich, wie sind sie denn aus dem Kloster geflohen? frag ich, obwohl ich schon einen Verdacht hatte, nemlich dass es jemanden gab, der den Riesenmöpsen bei der Flucht geholfen hat, um sich die dazugehörigen Weiber dann von vorn und von hinten auf den Spieß zu stecken, und das, seien wir ehrlich, Signior Papst, ist wirklich ab-so-lut ver-ständ-lich.

Nun, sagt Foghel, der Mann, dem die beiden Fräulein Ave und das Fräulein Catarina ihre Freiheit verdanken, steht just hinter dir, lieber Salaì.

Grad in dem Moment ist ein Mönch in den Speisesaal gekommen, richtig mit Kutte und das Gesicht ein bisschen schief aber eigentlich ein Schweinsgesicht mit kleinen Äuglein und kurzer Nase, die Haare zerzaust, dann der Bauch und das Doppelkinn von einem, der wo gerne isst, zwei plumpe Bauernhände und schließlich zwei lange breite Füße. Und das war Luther, Eure Heiligkeit.[9] Er sah ganz simpatisch aus, aber nicht gerade fromm, eher das Gegenteil, doch das ist meine persönliche Meinung von Salaì, Signior Papst.

Sofort stehen alle auf zum Zeichen des Respekts und verbeugen sich, worauf Luther sehr zufrieden lächelt und ich sehe, dass er einen verstohlenen Blick auf die Möpse von Ave1 und Ave2 wirft, denn wie die beiden sich verbeugen rutschen ihnen die Dinger ein bisschen aus dem Kleid, das haben sie todsicher mit Absicht gemacht, Ihr wisst ja, Heiligkeit, wie die Weiber sind, oder?

Luther stellt sich vor seinen Platz und alle Augen sind auf ihn gerichtet, da fängt er mit sehr ernstem Gesicht und geschlossenen Augen zu murmeln an, aber alles auf Teutsch, also kapiert man nicht die Bohne. Jedenfalls scheint es ein Gebet zu sein, also sprechen Bruder Redento und ich auch ein Gebet, aber da macht Luther seine Äuglein auf (die sind bei ihm winzig klein wie Knöpfe) und sagt, Gebete wo mit lauter Stimme geplappert werden, waren mir immer ein Gräuel, außerdem sind Meditazion und Beten und alle andren Spekulazionen der Mistiker bloß Rauch. Nieder mit dem Fasten und der Fastenzeit, es lebe das gebratene Wildschwein am Karfreitag! Bruder Redento und ich verstummen.

9 HANDSCHRIFTLICHE NOTIZ VON PROF. REITER: 1523 trug Luther noch die Kutte, die er erst kurz vor seiner Hochzeit ablegte.

Luther macht seine Äuglein wieder zu und sagt auf Teutsch, Danke Herr, für dieses Mahl und für den Hafer für die Pferde, da denk ich, Bruder Redento hat mir falsch ins Ohr übersetzt und flüstere ihm zu, Was zum Teuffel haben Pferde damit zu tun? Aber mein Sohn macht mir ein Zeichen, ich soll die Klappe halten, also beobachte ich Luther, der sieht fast gerührt und so leidend aus, als hätte er diese Dinge zum letzten Mal in seinem Leben gesagt, und ich denk, Der Ärmste, das hier ist sehr schlecht für seinen Magen, denn wenn einer sich in Gesellschaft zu Tisch setzt, soll er mit frohem Herzen essen und lauter gute glückliche Gedanken im Kopf haben, nicht so wie Luther, der aussieht, als würde draußen vor der Tür der Henker auf ihn warten um ihm den Schwengel mit einer glühenden Zange abzuzwacken.

Dann rülpst Luther endlich in seiner Sprache ein Wort das sich mehr oder weniger anhört wie Amen und schnalzt mit den Fingern, da kommt eine Dienerin mit dem Essen, und das war der beste Teil des Mittagessens, nemlich das Essen. Auf den Tisch stellen sie ein Tablett voll mit gebratenem Schweinefleisch und einengroßen Teller Karotten und Rüben und reichlich Brot und große Krüge mit sehr gutem Bier, und alle machen dazu eine Art tiefen Seufzer Aaah, Eeeh, Hmmm, denn alle haben einen Mordshunger.[10]

10 HANDSCHRIFTLICHE NOTIZ VON PROF. REITER: Es ist bekannt, dass Luther bei Tisch lange Gespräche mit Freunden und Schülern zu führen pflegte, die von den Anwesenden mitgeschrieben und später als *Tischreden* publiziert wurden.

Dieweil wir zu essen beginnen bring ich das Gespräch sofort auf die Sache wo mich einzig und allein interessiert, denn Ihr habt vielleicht schon gesehen, Signior Papst, dass langes Herumreden und viele Worte Salaì ungeduldig machen, also sag ich, *Carissimus dominus Luterus, ego sum Salaì pictor de Florentia et cerco in Vittemberga pitalem de magistro meo nemlich vasum wo man pissiat, habete vobis hoc vasum in casa vestra?*

Bruder Redento stößt mir sofort den Ellenbogen in die Leber dass er sie mir fast zerbröselt, und flüstert, Pssst Papa, bist du völlig übergeschnappt? Ich wusste natürlich was er mir sagen wollte, nemlich, Lieber Papa, wir sind im Haus des größten und wichtigsten Mannes im heutigen Teutschland, von dem alle reden, verflucht, wie kannst du es nur wagen ihn nach deinem Nachttopf zu fragen, ohne dich besser vorzustellen und obendrein während wir essen und trinken?

Zum Glück hat niemand den Stoß von Bruder Redento bemerkt, denn die Teutschen reden untereinander. Dann sagt Luther in einem Gemisch aus Italienisch und Latein: Wie freue ich mich, zwei italienische Freunde in meinem Hause zu haben, überdies zwei Anhänger der wahren Lehre! Das ist überaus selten, denn im Land dieses Tirannen, des Papstes, haben wir bisher wenig ausrichten können. Bitte entschuldigt mein Italienisch, es stammt aus der Zeit meiner langen Reise nach Rom, wo ich auch die Kirche des heiligen Petrus, also das schmutzige Nest des Papstes besuchte, welcher der schlimmste, teufflischste Mann auf dem Angesicht der Erde ist, und wo ich auch alle Laster der römischen Kirche sah.

Oooh Aaah Oooh! rufen die drei Weibsbilder wie vor Angst schaudernd aus. Wie gut er italienisch spricht! sagt Ave1, O ja, er ist wirklich gut, sagt Ave2, Man sieht, dass er alle andren Männer an Größe überragt, sagt Catarina, und Luthers Blick schweift über die drei Weiber und ihre Riesenbrüste, ein Blick fast wie ein Zungenschlecken, und es ist, als hätt er gesagt, Ha, welch herrliche Besitztümer ich habe, was bin ich doch für ein überragender Mann.

Sehr gut, das ist ja wirklich ein glücklicher Zufall, sag ich, jetzt verstehen wir uns ja so gut als wie unter Italienern.

HINWEIS VON MONALDI & SORTI

Hier endet der erste Teil des Tagebuchs von Salaì, den Prof. Reiter nicht in seine psychiatrische Abhandlung aufnahm. Die folgenden Seiten enthalten daher die Abhandlung zusammen mit dem mittleren Teil der Handschrift, der die komplexe Persönlichkeit des deutschen Reformators so präzise erfasst. Wir haben lediglich die erklärenden Anmerkungen des deutschen Gelehrten über Personen und Ereignisse entfernt, die schon im ersten Teil des Tagebuchs auftraten und den Lesern der vorliegenden Ausgabe daher bereits bekannt sind.

Prof. Dr. med. Paul J. Reiter

Martin Luther: Psychiatrische Überlegungen anhand eines unveröffentlichten Dokuments

Einführung

Die Religion hat einen privilegierten Sitz in der Seele. Sie ist eine lebendige Flamme, entzündet durch einen unveränderlichen Glauben, genährt von der Hoffnung auf den endgültigen Sieg im Kampf des Guten gegen den ewigen Feind der Menschheit. Ist der Glaube wahr und tief, kann ihn kein Materialismus verstören, kein Rationalismus beugen, so groß ist die Kraft, die seine Wurzeln für das Opfer und den Schmerz verleihen, so stark erleuchtet er das Denken in seinem Aufstieg zur Wahrheit.

Dass dies bei Martin Luther nicht der Fall war, wird in der vorliegenden Abhandlung noch klarer dargelegt als in meinem vor drei Jahren veröffentlichten Hauptwerk über Luthers Psychose. In dieser neuen Arbeit analysiere ich die gestörte Psyche des Reformators, so wie sie sich in einem Dokument niedergeschlagen hat, das vor kurzem in einem norditalienischen Kloster gefunden wurde. Es handelt sich um die unvollständige Abschrift des Reisetagebuchs eines Zeitgenossen Luthers, eines gewissen Salaì aus Florenz, welcher ein Adoptivsohn des großen Leonardo da Vinci war. Die historischen Umstände von Salaìs Leben sind im Rahmen dieser medizinisch-psychiatrischen Betrachtung nicht von Interesse, entscheidend ist jedoch, dass die grobe Offenherzigkeit des florentinischen Tagebuchschreibers, verbunden mit seinem ungewöhnlichen Scharfsinn, uns ein aufregend lebendiges Bild des hochmütigen deutschen Mönchs zeichnet, der die Kutte ablegte und von Papst Leo X. exkommuniziert wurde. Jener Salaì scheint zwar ein bizarrer Charakter gewesen zu sein, seine Leistung hingegen ist beeindruckend: Er gibt uns einen präzisen Eindruck von den Wesenszügen, Absichten und kämpferischen Aktivitäten des sächsischen Ketzers und erhellt uns die tieferen Gründe für seine Ideen, sein Aufbegehren gegen die Kirche, seine Erfolge, seinen Hochmut und seine vulgären Seiten.

Um dem Leser eine bessere Orientierung zu ermöglichen, seien die wesentlichen Abschnitte im Leben Martin Luthers kurz zusammengefasst. Er kam 1483 in der deutschen Kleinstadt Eisleben zur Welt und starb dort im Jahr 1546. 1507 wurde er im Erfurter Augustinerkloster zum Mönch geweiht, und seine nun einsetzenden Angriffe auf den Inquisitor Tetzel wegen der Ablasspraxis, seine (historisch nicht bewiesenen) 95 Thesen, angeschlagen am Portal der Schlosskirche zu Wittenberg, wo er Pfarrer war und einen Lehrstuhl innehatte, sind hinlänglich bekannt, ebenso wie sein Kampf gegen die Lehre der römischen Kirche. Als er 1520 mit der Exkommunikation bedroht wurde, verbrannte er die Bannbulle öffentlich und verfluchte den Papst. In einem bekannten Aphorismus sagt Nietzsche: »Allen jenen überlegenen Menschen, welche es unwiderstehlich dahin zog, das Joch irgend einer Sittlichkeit zu brechen und neue Gesetze zu geben, blieb, *wenn sie nicht wirklich wahnsinnig waren*, nichts übrig, als sich wahnsinnig zu machen oder zu stellen.« Nun, Luthers Leben ist ein schlagender Beweis für diese Behauptung. Wie sollte man aus diesem Leben nicht schließen, dass Martin Luther geistig und moralisch zerrüttet war, dass er unter mystischer und religiöser Paranoia sowie gelegentlichen psychasthenischen Anfällen litt? War er charakterlich nicht einzigartig und sonderbar, zeigte sein Verhalten keine Neigung zur Unmoral? Nicht selten verbindet sich religiöse Paranoia mit Größenwahn. »Paranoiker mit Wahnideen in Religionsdingen«, schreibt Tanzer, »stehen immer an der Spitze, nie an der Basis der priesterlichen Hierarchie.« Wir sehen, dass Luther seinen Kampf gegen das Papsttum und die Kirche für göttlich hält; dass er behauptet, seine Dogmen vom Himmel zu empfangen; dass er sich der Überzeugung hingibt, Johannes Hus habe sein Missionierungswerk hundert Jahre früher vorhergesehen; dass er sich für unfehlbar hält, allen Königen überlegen; dass er als Evangelist, Ekklesiastes, Prophet unterzeichnet und sich zum Richter über die Engel erhebt. Wahnhafter Ehrgeiz verbindet sich oft mit Verfolgungswahn: Luther schrieb, alle Kräfte der Luft, des Meeres und des Landes seien gegen ihn; manchmal erwähnte er die Möglichkeit, man könnte ihn den Wölfen oder Wildschweinen zum Fraß vorwerfen. Doch der größte Sieg (so will es das delirierende, sich über alles erhebende Ich) sei ihm gewiss.

Zweifellos halluzinierte Luther auch, als ihn in Rom eine himmlische Stimme mit der Ermahnung traf, die der heilige Paulus dem Propheten Habakuk entnahm: »Der Gerechte wird für den Glauben leben«, und er daraus den irrigen Schluss zog, dass der gute Wille für Gott nicht zähle.

Und weitere Analogien folgen, zunehmend zwingender. Paranoiker pflegen unabhängig von ihren krankhaften Zwangsvorstellungen einen anscheinend, wenn nicht gar tatsächlich vortrefflichen Intellekt zu besitzen, glänzende, wenn nicht gar zwingende logische Fähigkeiten, Geistesgegenwart, wenn nicht gar Leidenschaftlichkeit des Denkens. So auch bei Luther, dessen Jugend von heiteren Hoffnungen erfüllt war, dessen Reife von einer athletischen, muskulösen, offen zutage liegenden Begabung bestätigt wurde, gleichzeitig jedoch von Irrtümern, von der Neigung zur Sophisterei, von Überschwänglichkeit und Inkongruenzen beschmutzt wurde. Seine Sprache war eher leichtfertig als fruchtbar, eher feurig als beständig war seine Eloquenz. Er, die »himmlische Trompete, der Mund Gottes, das Werkzeug des Heiligen Geistes«, überrannte die Zuhörer eher als zu argumentieren, er riss eher mit als zu überzeugen.

Nicht immer verbindet sich die Paranoia mit Wahnvorstellungen, doch immer mit Störungen des Gefühls, welches finster oder ängstlich, depressiv oder reizbar erscheint, und wenn es sich, was freilich seltener geschieht, um eine blühende Psychasthenie handelt, dann kommen verzweifelte Ungewissheiten, quälende Skrupel, unkontrollierte Impulse, Obsessionen, mentale Erregungszustände, Angstattacken und Anfälle von Psycholepsie hinzu.

Auch an diesem vielgestaltigen Syndrom litt Luther. Er, der in seiner gewalttätigen und trivialen Sprache gegen die Kirche eine impulsive Neigung zeigte, unflätige Fluchworte auszustoßen; der mehr als einmal, von Nervenkrisen heimgesucht, bewusstlos am Boden lag; der häufig von Panikattacken gequält wurde, von Herzrasen und Schweißausbrüchen; der in obsessiver Weise auch an sich selbst und seinen Lehren zweifelte, welche ihm die Seele zu beschweren schienen wie eine abscheuliche Gewalttat, die ihn bereuen ließen, dass er gefehlt hatte, dass er das göttliche Gesetz gebrochen hatte. Luther starb so, wie er gelebt hatte.

I. Die Anfänge von Luthers Psychose

Die protestantische Reformation gilt zu Recht als letztes Resultat sehr komplexer Ursachen nicht nur religiöser, sondern auch ethnischer, gesellschaftlicher, politischer, philosophischer und sogar literarischer Natur. Eine weitere günstige Bedingung für den Ausbruch jener stürmischen Umwälzung war der eingeborene Stolz der Deutschen, welcher dem Herrschaftsanspruch der römischen Kirche widerstritt. Das war Luther wohlbewusst, der ausrief: »Für meine Deutschen bin ich geboren, ihnen möchte ich auch dienen.«[11]

Auch wenn man nur das betrachtet, was Luther selbst unternahm und wofür die Kraft von tausend Männern nicht genügt hätte, laden sein Geist und sein Charakter doch unwiderstehlich zu psychologischen Nachforschungen ein. Mit einer Kühnheit ohnegleichen verhandelte Luther auf Augenhöhe mit Fürsten und hochrangigen Klerikern und ließ den Kaiser wie den Papst den Zusammenprall mit einer Kraft spüren, die sie sich nicht hätten träumen lassen. Er sammelte diverse Rebellionen und Aufstände, die aus unterschiedlichen Gründen aus allen sozialen Schichten zusammenflossen, und machte daraus mit Hilfe einer neuen Form der Religion, die er nach seinem eigenen Bilde schuf, ein Ganzes, das in Deutschland und in ande-

11 *Epistolarium reverendi patris domini D. Martini Lutheri, tomus primus a Johanne Aurifabro collectus,* Ihenae 1556, Blatt 363 recto.

ren Nationen universale Anerkennung fand. Aus welchem Stoff dieses Konglomerat aus unzufriedenen Ständen und Völkern war, wurde bald deutlich, als die protestantischen Kirchen in einen Staub aus noch heute zahllosen Körnchen zerfielen, während der Katholizismus immer unter der Ägide der Kirche von Rom blieb.

Das wertvolle Zeugnis des Salaì zeigt uns, aufgrund welcher Geisteshaltung, welcher Mischung aus Verstandes- und Willenskräften und widerstreitenden Gefühlen Luther innerhalb weniger Jahre so viele jahrhundertealte Überzeugungen, Glaubensinhalte und Institutionen stürzen oder verändern konnte, indem er sie mit seinem Siegel versah und in neue Ströme der Geschichte lenkte. Beispielhaft und äußerst bedeutsam wird die Lektüre des folgenden Kapitels aus dem Reisetagebuch des Salaì sein, wo er von seiner Teilnahme an den berühmten *Tischreden* des Reformators berichtet, also den Reden und Gesprächen, die während des Essens an Luthers Tafel stattfanden.

TAGEBUCH DES SALAÌ

Luther gibt den sehr interessanten Bericht
von seiner Erleuchtung in Rom.
Dann bricht ein Gewitter los.

Da sagt Luther, Um die ganze Wahrheit zu erzählen, ich habe Rom nicht nur besucht, sondern dort auch eine der größten Offenbarung meines Lebens gehabt.

Sofort werden alle am Tisch mucksmäuschenstill um

Luther zuzuhören, und der fährt in einem unordentlichen Mischmasch aus Sprachen fort, nemlich immer wenn er etwas nicht auf Italienisch sagen kann, behilft er sich mit Teutsch und Latein.

Nun also, fängt er an, dreizehn Jahre ist es her, ich stieg die heilige Treppe hinauf um meine Sünden zu büßen und da hör ich plötzlich die Stimme des Profeten Habakuk, der sagt: Der Gerechte wird für den Glauben leben.

Die drei Weiber, nemlich Ave1 Ave2 und Catarina kreischen wieder vor Staunen und Bewunderung Oooh Aaah Oooh! und seufzen so tief, dass ihre Möpse auf und ab schwingen, bong, bong. Luther fährt fort, Nun liebe Freude, in diesem Moment hat Gott mir zu verstehen gegeben, dass es ganz und gar nicht entscheidend ist, ob einer gute Werke tut oder nicht, wichtig ist allein der Glaube und nur der rettet die Seele.

Oh, wie ergreifend und wahr, sagt Ave2, war dies das erste Mal, dass Euch ein solches Wunder geschehen ist?

Nein, mitnichten, antwortet Luther mit sehr ernster Miene, dieweil er ein Hühnerbein abnagt, alles hat begonnen als ich meine erste Messe zelebrirt habe.

Aaah Oooh Aaah! das sind wieder die drei aufgeregten Weiber. Erzählt, erzählt! Und wieder schwingen die Möpse auf und ab, bong, bong. Dieweil spür ich unterm Tisch etwas Schweres was sich nach rechts und links bewegt und mich manchmal stößt, Aua! aber was es ist, versteh ich nicht.

So ist es, sagt Luther zunehmend erfreut, dass er so

großen Eindruck auf drei Weiber und vier Möpse auf einen Schlag macht, ich war soeben zum Priester geweiht worden und las die Messe, da packte mich ein so gewaltiger Schrecken, dass ich für mein Leben gern vom Altar geflüchtet wäre.[12] Etwas später, wieder als ich die Messe zelebrirte, ergriffen mich eine schauerliche Angst und kalter Schweiß und ein unglaublicher Schrecken, und das Gleiche passierte mir an Corpus Domini, da fingen meine Beine an zu zittern und fast konnte ich nicht mehr gehen.

Oh, Ihr Ärmster, Ah, armer Luther! Bong bong, das sind wieder die drei Weiber mit auf und nieder schwingenden Möpsen, während Foghel mich und meinen Sohn hochzufrieden anschaut, als wollte er sagen, Seht ihr, was für ein intelligenter und faszinierender Mann er ist?

Unterm Tisch stößt mich wieder was gegens Knie, aua, also schau ich mal unter den Tisch, Heiligkeit, und sehe dass es Luthers Bein ist, nemlich während er über Gott und die Religion redet, macht er schweinische Sachen, er hat sich einen Schuh ausgezogen und reibt seinen Fuß zwischen den Schenkeln von Ave2, wo ihm genau gegenüber sitzt.

Foghel macht Luther unterdessen andauernd Zeichen und Winke und Grimassen, damit er nicht nur zu den drei Weibern spricht sondern auch ein bisschen in unsre Richtung, denn wir beiden, Salaì und Bruder Re-

12 C. Ulenberg, *Historia de vita, moribus, rebus gestis, studiis ac denique morte Praedicantium Lutheranorum Doct. Martini Lutheri* etc., Bd. I, Coloniae Agrippinae 1622.

dento haben zwar keine Möpse, aber wir kommen aus Italien also von sehr weit her und darum benimmt sich Luther wirklich wie ein ungehobelter Bauer und Flegel.

Aber Luther sind die Winke und Grimassen von Foghel scheißegal und nachdem er sich einen halben Krug in die Kehle geschüttet hat, wischt er sich den Mund mit dem Ärmel ab und macht weiter: Wie ich schon sagte, liebe Freude, es ging mir sehr schlecht, ich konnte fast nicht mehr gehen, also musste ich mich ins Bett legen, aber die Krankheit wollte nicht enden und keine Arznei konnte mich heilen. Da kam mich ein alter Mitbruder besuchen, der betete neben meinem Bett das Credo und als er an die Stelle kam, wo es heißt »Ich glaube an die Vergebung der Sünden«, ich weiß nicht warum, aber da ging es mir plötzlich besser und ich wurde gesund.

Oooh Aaah Oooh! bong bong, Ein Wunder, ein Wunder! rufen die drei Weiber und Luther freut sich ein Loch in den Bauch und merkt nicht (während es mir schon sonnenklar war, Heiligkeit, denn ich kenne die Kniffe der Weiber, es sind immer dieselben, auch in Teutschland), dass Ave2 unterm Tisch Luthers Fuß gepackt und zwischen Catarinas Schenkel geschoben hat, die einzige ohne Möpse und obendrein mit dem Gesicht einer Zimtzicke, also ist sie sehr überrascht und hocherfreut dass Luther ausgerechnet ihr den Fuß zwischen die Schenkel steckt, und auch Luther hat seinen Spaß weil er denkt ja, er hat seinen Fuß noch immer zwischen den Schenkeln von Ave2.

Also, liebe Freunde, sagt er, als ich auf der heiligen Treppe in Rom diese Stimme hörte, wurde mir ein für alle Mal klar, dass gute Werke einen feuchten Kehricht wert sind, im Gegenteil, wenn wir Menschen einen Hauffen Bosheiten und Laster begehen, müssen wir umso stärker drauf hoffen, dass Gott uns unsre Sünden vergibt, und dadurch wird der Glaube erst recht stark und genau darum retten wir uns, denn nur der Glaube zählt, verstanden? Christus hat uns davor bewahrt, das göttliche Gesetz zu erfüllen, indem er es für uns erfüllte. Also sündigt was das Zeug hält und bereut danach umso mehr, hahaha! schließt Luther und kippt sich wieder einen halben Krug Bier hinter die Binde.

Dieweil er oben spricht reibt er unterm Tisch mit dem Fuß und merkt nicht, dass Ave2 schöne weiße Wangen hat wie alle teutschen Jungfern, wogegen die von Catarina rot vor Aufregung und Scham sind, also hätte auch ein Trottel gemerkt, dass sie seinen Fuß zwischen den Schenkeln hat, nicht Ave2, das ist doch klar, oder?

Ein Trinkspruch auf unsre Freundinnen, was meinst du Foghel, fragt Luther, aber Foghel schämt sich ein bisschen für Luthers schlechtes Benehmen und sagt, Ja gewiss, aber auch auf unsre italienischen Freunde, denke ich. Hä? Ach so, jaja, gut, und Luther sieht uns an als wär er eben aus einem Traum aufgewacht, nein so was, ich rede doch die ganze Zeit schon für sie auf Italienisch und Latein, also hab ich sie nicht vergessen und bin durchaus kein Flegel, hahaha.

Dann fragt Catarina, immer noch hochrot und aufgeregt, etwas auf Teutsch, ich glaub, das war ungefehr, Lieber Luther, warum um alles in der Welt hast du diese geheimnisvolle Stimme ausgerechnet in Rom und nicht hier in Wittenberg gehört?

Foghel unterbricht sie sofort: Komm schon, Catarina, das ist doch klar! Es ist ein göttliches Zeichen, dass die Reform der Religion von Rom ausgehen muss, verstehst du das nicht?

Luther macht Foghel ein Zeichen mit der Hand als will er sagen, Schon gut, aber jetzt halt den Mund, denn ich spreche. Er steht auf (da beruhigen sich Catarinas Wangen ein wenig, sie hat Luthers Fuß nicht mehr zwischen den Schenkeln) und fängt mit mächtiger Stimme an zu reden: Freunde! Wenn wir Diebe mit dem Galgen bestrafen, Mörder mit dem Schwert und Ketzer mit dem Feuer, warum stürzen wir uns dann nicht mit allen Waffen auf die Meister der Verderbnis, die Kardinäle und Päpste, und auf den ganzen Sündenpfuhl des römischen Sodom das die Kirche Gottes schändet, und waschen uns die Hände in ihrem Blut?[13] Für meine Deutschen bin ich geboren, ihnen möchte ich auch dienen!

In diesem Moment, Signior Papst, hab ich mich umgedreht und nach einer ganzen Weile wo ich überhaupt nicht mehr auf ihn geachtet hatte, wieder zu meinem Sohn, nemlich Bruder Redento geblickt, und da seh ich,

13 *Tomi septem omnium operum Rev. D. Martini Lutheri*, Witebergae 1558, Bd. I, Blatt 195 *recto*.

dass sein Gesicht gelb ist und irgendwie nach innen gedrückt wie eine schlecht ausgequetschte Zitrone, und ich denk mir, Na ist ja klar, einem Mönch wo der Kirche von Rom treu ergeben ist, können diese Art Reden nicht besonders gut gefallen. In seiner Wut und Empörung blickt Redento mich mit zwei roten Augen voller Tränen an, als hätt man ihm eine rohe Zwiebel unter die Lider gesteckt, denn er wusste zwar, dass er in Teutschland keine freundlichen Reden über den Papst hören würde, aber so was hier, nein, das hatte der Ärmste bestimmt nicht erwartet.

Hör mal, Luther, dem Papst werden deine Reden doch nicht unbedingt gefallen haben, oder? fragt Bruder Redento mit einem Ausdruck im Gesicht, den ich kenne, Luther aber nicht, und der bedeutet ungefehr, Meiner Meinung nach bläst du dich hier bloß gewaltig auf, hast aber im Grunde auch eine Scheißangst.

Derweil gießt es draußen schon als würde Gott den Regen eimerweise auf dieses Scheißland schütten, wo es kalt und dunkel ist wie im Keller, und da hört man plötzlich einen furchtbar starken Donnerschlag, laut wie ein Kanonenschuss, und Luther kriegt sofort ein starkes Zittern, klammert sich an das Tischtuch und bedeckt sich die Beine und den Bauch als könnte das Tischtuch ihn vor dem Blitz schützen. Blass ist er geworden wie der Hintern von einem Putten, kniet sich auf den Boden und will sich schon unter dem Tisch verstecken, aber Foghel packt ihn unter den Achseln und zieht ihn hoch, dann setzt Luther sich hin und man sieht, dass er sich schämt, aber er versucht, es nicht allzu sehr zu zeigen.

Entschuldigung, Martino, was los ist mit Euch? frag ich und man sieht, dass meine Frage die Weiber und Foghel verwundert und auch ein wenig ärgert, denn sie gucken mich an als wollten sie sagen, Kümmere dich um deinen eigenen Scheiß, aber Luther macht ihnen ein Zeichen mit der Hand und sagt, Schon gut, ich erklär dir die Sache. Und er erzählt, dass er selbst, also Martin Luther, sich als junger Mann in einem Kloster der Augustiner einquartiert hatte ohne seinem Vater und seinen Freunden was davon zu sagen. Bei den Mönchen ging's mir prächtig, sagt er, denn sie hatten mir ein bequemes Zimmer gegeben, im Winter schön warm, das ist klar, die Klöster haben immer einen Hauffen Brennholz und Essen und Angenehmlichkeiten aller Art, bei ihnen lebt sich's gut. Aber ich hab niemandem was gesagt, denn natürlich wollte ich von meinen Freunden nicht ausgelacht werden, verstehst du? Entschuldigung Martino, sag ich, warum sollten sie dich denn auslachen? Was für dumme Fragen du stellst, Salaì, ein junger Mann in der Blüte seiner Jahre sollte sich doch nicht im Kloster einschließen, während draußen in den Städten alles voll schöner Weibsbilder ist, die dir ihre runden Birnen entgegenstrecken, da macht er sich doch lächerlich, findest du nicht auch? Da fangen die Weiber und Foghel wieder an zu lachen und mit ihren Gabeln auf die Teller zu schlagen, deng deng, als wollten sie sagen, Mamma mia was für lustige und zutiefst menschliche Scherze macht unser Meister Martin Luther, und Catarina sagt, Es lebe unser Meister Luther und nieder mit den römischen Papisten, diesen Schweinen! Alle heben ihre Krüge und rufen im Chor, Nieder mit den schweinischen Papisten von Rom, es lebe unser Martin Luther!

Der fährt fort: Eines Tages war ich sehr traurig, weil ein Freund gestorben war, den ich sehr gern gehabt hatte. Ich ging allein über die Felder spazieren und stellte Betrachtungen über den Tod an, die waren sehr fromm und gläubig und voll von Heiligkeit und moralischen Dingen, wie ihr Menschen mit geringem Verstand sie euch nicht mal vorstellen könnt, da brach plötzlich ein verfluchtes Gewitter los, eins von dieser unerwarteten und teufflisch starken Sorte, bumm! ein gewaltiger Donnerschlag und dann schlug ein Blitz in allernächster Nähe gleich neben mir ein und erschreckte mich zu Tode, denn wenn er mich erwischt hätte, wär ich nur noch ein Häuflein Asche gewesen, ganz benommen war ich von dem Krach und dem Schreck, aber gleich darauf dünkt mich, ich höre eine Stimme, die mich ruft, Martin! Martin! ruft sie und dann: Ins Kloster! Ins Kloster! Das bedeutete nicht nur, dass ich ins Haus der Augustinermönche zurückkehren sollte, um mich vor dem Regen zu schützen, denn das hätte ja jeder Idiot verstanden, nein, es war eine Botschaft von Gott, der mir den Weg für meine Zukunft wies, nemlich dass auch ich ein wahrer, tugendhafter Augustinermönch werden sollte. Also habe ich sehr bald danach die Gelübde abgelegt und bin ein tadelloser tugendhafter

Mönch voll des guten Willens geworden und hab mehr gebetet als all die andren Mönche im Kloster zusammen und immerzu gebüßt und gefastet und mit dem wenigen Essen, was ich mir gönnte, bin ich bis auf die Knochen abgemagert und fast Hungers gestorben.

Leider ist seit diesem Erlebnis die Angst gleich groß geblieben, nemlich immer wann ein Gewitter mit Blitzen hereinbricht und plötzlich kommt ein Donner, dann denk ich, ich bin noch in diesem Gewitter von vor langer Zeit, als der Blitz mich fast kaltgemacht hätte, und dann verknäulen sich mir die Eingeweide wie Wollstrümpfe und ich krieg eine Scheißangst, hast du jetzt verstanden?

Die Augustinermönche ließen Luther die schmutzigsten ekligsten Arbeiten machen, nemlich fegen, wischen, Pförtnerdienste, Uhren aufziehen und sogar die Latrinen putzen. Dann befahlen die Mönche, Cum sacco per civitatem! nemlich sie schickten Luther auf den Markt einkaufen, und einmal hat der Abt Luther sogar mit fünfzehn Peitschenhieben bestraft. Kurzum, am Ende ist Luther eines schönen Tages aus dem Augustinerkloster abgehauen. Als er zurückkam, hatte die Universität die Mönche überreden können, Luther nicht mehr so viele niedrige Arbeiten tun zu lassen, also fing er an Teologie zu studieren und noch andre Sachen mit Religion. Und so wie er früher geschuftet hatte wie eine Bestie, um die Latrinen zu putzen die Uhren aufzuziehen die Kirche zu fegen und auf dem Markt einzukaufen etcetera, so studierte er jetzt Tag und Nacht wie ein Verrückter und war wochenlang so erregt von seinen Studien dass er nachts nicht schlief und Augenränder dick und schwarz als wie Bratpfannen bekam. Unterdessen war er auch Priester geworden, aber die Angst verging nicht, denn er dachte immer, Gott wär sehr mächtig und stark und grausam und bestraft alle Sünder und reißt ihnen den Arsch auf.

>>><<<

KLINISCHER KOMMENTAR:

Der oben wiedergegebene Ausschnitt aus Salaìs Tagebuch bestätigt, dass Luther sich vom Beginn seines klösterlichen Lebens an in einer traurigen Gemütsverfassung befand, wie auch Forstmann bestätigt. Freilich erlitt er schon zuvor, im Alter von zwanzig Jahren, eine erste Depression; denn aufgrund der Mühen, denen er sich unterzog, um sich auf das Bakkalaureat in Philosophie vorzubereiten, war er schwer erkrankt, und sein Geist wurde von finsteren Ängsten vor dem nahen Tod erschüttert. Damals hatte ihn ein alter Priester mit tröstlichen Worten aufgemuntert. Doch der zukünftige Reformator geriet nach und nach in einen Zustand tiefer melancholischer Depression, der durch den Gegensatz zwischen den unkeuschen Neigungen, die aus den Tiefen seines Wesens aufstiegen, und der Furcht vor göttlicher Strafe Nahrung erhielt.

Seine Oberen, denen sein reizbares und hochmütiges Naturell nicht entging, bürdeten ihm die abscheulichsten Arbeiten auf: Pförtnerdienste, Uhren aufziehen, den Boden der Kirche wischen, die Aborte putzen und in der Stadt um Almosen betteln. Als der junge Mönch durch das Einschreiten der Universität Erfurt schließlich von diesen Arbeiten befreit wurde, warf er sich mit so großem Eifer auf das Studium, dass er manchmal zwei oder drei Wochen lang das Lesen der Messe versäumte. Dann wieder bereute er und schloss sich in seiner Zelle ein, um die versäumten Messen alle auf einmal zu beten, ohne zu essen oder zu schlafen, was zu Nervenzusammenbrüchen führte. Er trieb es so weit, dass er sich einmal sogar fast zwei Monate lang keinen Schlaf gönnte.

Seinem Vertrauten Melanchthon gestand er in einem Brief vom 9. September 1521, dass er eher *raptus* als *tractus* zum Mönch geworden sei[14] und im Vorwort zu seiner Abhandlung *De votis monasticis*, abgefasst in Form eines Briefs an den Vater, schrieb er, er sei »durch Schrecken aus dem Himmel gerufen worden, denn ich bin nicht gern oder willig Mönch geworden, noch weniger um des Bauches willen, sondern durch Schrecken und Angst vor einem plötzlichen Tod, von allen Seiten umstellt, habe ich gezwungen und aus Not das Gelübde getan.«

Als er sich seinem Beichtvater Staupitz anvertraute, sagte dieser, um seine Sünden wirksam zu bereuen, müsse er beginnen, Gott zu lieben, denn das sei der Anfang der wahren Reue, wie viele ausgezeichnete Beichtväter lehrten, nicht aber ihr Ziel, wie einige Kirchenrechtler dächten, welche den Gläubigen bei der Beichte als Erstes fragen, ob er seine Sünden bereue, statt dessen Absicht zu loben, sie dem Herrn zu bekennen.

14 *Epistolarum reverendi patris domini D. Martini Lutheri, tomus primus a Johanne Aurifabro collectus*, Ihenae 1556, Blatt 353 *verso*.

Diese durchaus normalen Worte trafen Luther wie ein Blitz, so dass er daraus die verrücktesten Schlüsse zog, wie zum Beispiel »sündige tapfer, aber glaube noch tapferer!«

Und Luther wartete nicht lange, um diese Idee zu noch extremeren Konsequenzen zu treiben: Bei seinen Vorlesungen vor Studenten in den Jahren 1516 und 1517 behauptete er, dass die göttliche Gnade umso stärker bei uns wirke, je sündhafter wir seien, und »wo Verdienst ist, kann es keine Hoffnung auf das Heil geben.« Luther zufolge hat Gott alles und jeden auf der Welt mit der Sünde belegt, um das Selbstvertrauen des Menschen zunichte zu machen.

Diese Lehre Luthers erfuhr übrigens in den nur acht Jahren zwischen 1517 und 1525 gut sechs verschiedene Versionen. Ebenso zahlreich sind seine unterschiedlichen Auffassungen des Abendmahls, wobei es jeweils darum geht, ob es den wahren Leib und das wahre Blut Christi sowie die Seele und Göttlichkeit unseres Herrn Jesus Christus enthält, wie die Lehre der katholischen Kirche besagt.

II.
Die Heuchelei Luthers

TAGEBUCH DES SALAÌ

Luther und Foghel erklären, wie man Verhandlungen mit der Kirche von Rom führt und den Papst mit List besiegt.

Wann er sich von dem Schreck wegen des Gewitters erholt und seine Erzählung beendet hat, fragt Luther Bruder Redento, Mein Freund, was hattest du mich gefragt? Lieber Luther, sagt mein Sohn, ich hatte dich gefragt, ob der Papst sich freut wenn du ihn und die Kardinäle Meister der Verderbnis und Rom ein Sodom nennst.

Da fängt Luther an mit seinem dicken Hintern auf dem Stuhl hin und her zu rutschen, zittert und springt auf wie wenn ihn ein Skorpion in die Hinterbacken gestochen hätte oder als wär der Stuhl plötzlich sehr unbequem geworden, aber das war bloß die Wirkung der Frage von Bruder Redento, und schließlich sagt er, Was soll diese blöde Frage? Wie der Bischof mich darüber befragt hat, hab ich gesagt: Ich disputiere, ich bestätige nicht! Auch dem Papst hab ich schon vor fünf Jahren klipp und klar mitgeteilt: Heiligster Vater, ich werfe mich dir zu Füßen und ergebe mich deiner Heiligkeit mit allem was ich besitze, du belebe, töte, rufe, rufe erneut, versuche und versuche mich abermals, wie es dir gefällt; ich werde deine Stimme als die Stimme Christi erkennen, welcher in dir wohnt und aus dir spricht, und wenn ich den Tod verdient hab, werde ich ihn nicht zurückweisen.

Bruder Redento und ich blicken uns höchlichst verwundert an, denn es scheint wie wenn Luther, wann er persönlich mit dem Bischof oder dem Papst gesprochen hat, also mit der Kirche, fügsam wie ein Lämmchen war, er sagt es ja selbst, aber wann er mit seinen Freunden und Verbündeten über den Papst spricht, dann ist er mutig wie ein Löwe.

Luther wirft einen schiefen und sehr listigen Blick auf Bruder Redento um zu sehen ob ihm diese Worte gefallen haben oder nicht, aber Bruder Redento senkt den Kopf über seinen Teller und isst so genüsslich als gäbe es auf der ganzen Welt nur diesen seinen Teller, also kann man nicht erkennen was ihm im Kopf herumgeht.

Da mischt sich Foghel ein: Wisset, liebe italienische Freunde, der Papst hat hauffenweise Ratgeber und Sekretaren und Botschafter wo ihn pausenlos beraten, so man also mit ihm verhandelt, muss man äußerst gerissen sein und alle Kniffe benutzen, sonst legt er einen garantiert rein.

Aha, können wir bitte noch ein Beispiel hören, wie man das macht? frag ich.

Gut, sagt Foghel, zwei Monate nachdem Luther dem Papst auf diese raffinirte Weise geantwortet hatte, rief der Papst ihn nach Rom, dass er in zwei Monaten vor ihm erscheinen sollte um seine Lehren zu rechtfertigen, weil sie denen der Kirche widersprachen. Also bat Luther den Kurfürst Friedrich von Sachsen, auf dessen Hoheitsgebiet Luther lebte, dem Papst in einem Brief zu schreiben, er könne Luther nicht gestatten, sein Fürstentum zu verlassen, er verbiete ihm darum nach Rom zu gehen. Außerdem sollte der Brief ein falsches Datum tragen, nemlich früher als die Vorladung Luthers nach Rom, damit es so schien als hätten die beiden Dinge nichts miteinander zu tun[15].

So erreichten der Kurfürst und die Universität von Wittenberg, wo Luther lehrte, dass Luther nicht in Rom sondern in Teutschland vom päpstlichen Nunzius befragt wurde, und das war Kardinal De Vio.

Verstehst du, was für einen überaus gewitzten Einfall Luther da hatte? lacht Foghel und füllt die Krüge mit frischem Bier, worauf wir mit den Krügen anstoßen, boing! Das Bier spritzt über den Tisch und die drei Weiber lachen aus voller Brust dass die Möpse noch mehr wabern als vorher, Hahaha, bonnng, bonnng.

Wartet, die Geschichte ist noch nicht zu Ende, he! sagt Foghel, dieweil Luther mit einer Miene befriedigter und sehr stolzer Überlegenheit zuhört und immer mal wieder einen verstohlenen Blick auf die Möpse von Ave1 und Ave2 wirft, als wär er der Fürst von ganz Teutschland und blickt von seinem Schloss auf seine Besitz-

15 *Epistolarum reverendi patris domini D. Martini Lutheri, tomus primus a Johanne Aurifabro collectus*, Ihenae 1556, Blatt 60 *verso*.

tümer, nemlich die teutschen Berge wo alle ihm gehören, und um ihm zu gefallen machen die drei Weiber ihm schmachtende Augen und klimpern so heftig mit den Wimpern dass es ein Geräusch fast wie von einem Fächer ergibt, frrr frrr, und sind wie drei sehr versaute aber gleichzeitig auch schamhafte Landweiber.

Schon bei der zweiten Begegnung mit De Vio, fährt Foghel fort, wurde Luther ein bisschen schwummrig bei dem Gedanken an all die Leute wo kommen würden um das Verhör mitzuerleben, also ist er in Begleitung von vier Senatoren und einem Notar angetreten und hat De Vio eine feierliche Erklärung überreicht, dass er niemals, nicht jetzt nicht fürderhin etwas gegen die Lehre der römischen Kirche sagen wollte. Aber kaum war De Vio wieder weg, hat Luther ein Buch geschrieben worin er beweist, dass der Papst ganz und gar nicht unfehlbar ist, ha, da hat er ihnen aber nach allen Regeln der Kunst eins ausgewischt, nicht wahr? Hahaha! und wieder Gelächter, wogende Möpse, Wimpernklimpern, hahaha, bong bong frr frr.

Dann, Signior Papst, haben wir wieder die Krüge gefüllt und angestoßen, boing und nochmal boing! aber Foghel will weiterreden und schreit fast vor Begeisterung: Wartet, wartet, jetzt kommt das Beste! Der Papst hat dann nämlich einen neuen Botschafter geschickt, aber die Geschichte hat sich genauso wiederholt. Luther hat dem Botschafter Stein und Bein geschworen, er würd dem Papst schreiben, dass er sich seinem Willen und seiner Zensur unterwirft, aber kaum war die Gefahr vorüber, hat Luther allen erzählt, wie er den päpstlichen Botschafter erschreckt hat, nemlich er hat in allen Städten Teutschlands wo der Botschafter durchqueren musste, eine unglaubliche Menge von seinen Anhängern, Luthers natürlich, aufmarschieren lassen. Außerdem hat Luther, ohne sich zu schämen überall erklärt, der Kuss wo ihm der päpstliche Botschafter zur Begrüßung gegeben hat, wär ein Judaskuss gewesen.

Und dann wurde der Brief an den Papst nicht abgeschickt? fragt Catarina und blickt Luther bewundernd an, aber der grinst nur aus seinem von Hochmut aufgedunsenen Gesicht, antwortet nicht und überlässt Foghel die Aufgabe.

Aber sicher wurde der abgeschickt! sagt Foghel sehr vergnügt, ja, um den Papst noch mehr zu verspotten hat Luther darin sogar geschrieben, dass seine berühmten 95 Tesen mit denen er gegen die Kirche von Rom protestiert hat, inzwischen so bekannt und so sehr in die Herzen der Menschen eingedrungen sind, dass er sie nicht mehr zurücknehmen kann[16]. Und dann ist ihm noch was Besseres eingefallen, um den Papst zu demütigen und lächerlich zu machen, also hat er in demselben Brief hinzugefügt, er habe nie die Absicht gehabt, die Macht der Kirche und des Papsttums zu bestreiten oder mit List zu schädigen. Ist unser Luther nicht ein ganz ausgefuchstes Schlitzohr?

16 *Epistolarum reverendi patris domini D. Martini Lutheri, tomus primus a Johanne Aurifabro collectus*, Ihenae 1556, Blätter 153–154 *recto*.

Obendrein, erklärt Foghel, hatte Luther unverschämtes Glück, denn grad zu der Zeit war das Reich ohne Führung, der Kaiser Maximilian war gestorben und wir Lutheraner konnten ausnutzen, dass es niemanden gab, wo kommandierte, also haben wir ungeheure Mengen an Büchern und Flugblättern mit Luthers Reden und Predigten in Umlauf gebracht, dagegen konnte ja niemand was unternehmen. Da fing der Papst schon wieder an, uns auf den Zeiger zu gehen und hat einen Gesandten geschickt, und Luther hat nochmal so getan als würd er nachgeben und gehorchen wollen ... aber gleichzeitig hat er ein Buch drucken lassen darin er sagt, dass der Papst und der Antichrist dasselbe sind. Verteuffelt durchtrieben, was? Hahaha, bong bong, frr, frr, boing und wieder boing, gulp! und das letzte, was Ihr da grad lest, Signior Papst, das war ein Rülpser von Luther und das Geräusch war viel schlimmer als ich es schreiben kann, aber so werden Eure Heiligen Ohren geschont. Und wieder Gelächter von Ave1 und Ave2 und Catarina wo tun als wären sie ganz erstaunt und verlegen wegen des Geräuschs von Luther, aber ich denk, so rülpsen die Weiber manchmal selbst ganz gern.

Um es kurz zu machen Signor Papst, Foghel hat am Schluss noch mehr Kniffe und sehr heuchlerische Listen von Luther erzählt, nemlich zum Beispiel dass er manchmal denselben Brief in zwei Fassungen schrieb, eine nachgiebigere auf Latein, die ging an den Papst in Rom, und eine mutigere auf Teutsch für das Volk von Teutschland, damit es Feuer fängt und denkt, O was für ein leuchtendes Vorbild des Heldenmuts ist doch unser Luther![17]

Und um diese feigen Finten noch ausgefeilter zu machen, hat Luther eine Abhandlung veröffentlicht mit dem Titel Von der Freiheit eines Christenmenschen, worin er nicht nur den Glauben ohne gute Werke rechtfertigt, sondern auch sagt, der Glaube und gute Werke sind nicht miteinander vereinbar, ja gute Werke sind sogar Sünde, anders gesagt, wann einer wirklich glaubt, dann darf er nichts Gutes tun, und wenn Ihr meine Meinung dazu hören wollt, Signior Pontifeks, das wär wie wenn Luther sagen würde, Leute, seid immer schön gemein böse und egoistisch, denn wenn ihr gut seid, ärgert ihr Gott, seht Ihr jetzt, Heiligkeit, was für verschrobene Ideen Luther im Kopf hat?

Wie der Papst von damals die Abhandlung mit diesen hirnrissigen Ideen gelesen hatte, hat er sofort eine Bulle geschickt, darin er Luther aus der Kirche schmeißt, aber der hat mit einem Büchlein geantwortet, das wirklich und wahrhaftig diesen Titel trägt: Wider die fluchwürdige Bulle des Antichrist. Luther sagt darin, dass der Papst ein ungerechter Richter, ein hartnäckiger Ketzer und ein Gotteslästerer sei. Danach hat Luther die Bulle vor den Toren Wittenbergs verbrannt, vor einem Publikum aus Studenten und andren Professoren, seinen Kollegen von der Universität, und vor den Flammen, in denen die

17 *Epistolarum reverendi patris domini D. Martini Lutheri, tomus primus a Johanne Aurifabro collectus*, Ihenae 1556, Blätter 255–261.

Bulle verbrannte, hat er ausgerufen: »Weil du den Heiligen Gottes betrübt hast, so betrübe dich das ewige Feuer!« und der Heilige Gottes ist niemand andres als er, Luther, was sagt Ihr dazu, Signior Papst?

Ich will Euch aber nicht lästig fallen, Heiligkeit, denn Ihr wisst ja vielleicht schon ein bisschen was von diesen Sachen, aber für mich war das alles neu und ich muss sagen, wann ich es gehört hab, konnt ich's kaum glauben. Da geht man nach Teutschland und denkt, die teutschen Lutheraner sind höchstens ein bisschen nervtötend und pingelig aber Maniren werden sie doch wohl haben, wie Dorothea, nemlich die Mutter von Bruder Redento, und dann findet man raus, dass sie ein einziger Schweinestall voll Sauereien sind, indem sie die Religion verfluchen und vor allem die logischen Gaben des menschlichen Geistes, was mich auch eine sehr schlimme Sache dünkt.

Ihr seht, liebe italienische Freunde, fährt Foghel unterdessen fort, unser guter Martin Luther hat vor gar nichts Angst, denn er hat beschlossen sein ganzes Leben der Reform der christlichen Religion zu widmen, ich würde sogar sagen, nicht nur sein Leben, auch seinen Tod und vielleicht noch etwas mehr als den Tod. Wirklich? Wie denn? fragt Ave2 zitternd und voll Bewunderung.

Da fällt Luther ein, dass er seinen Fuß zwischen den Schenkeln von Ave2 herausgezogen hat, obwohl sie in Wirklichkeit Catarina gehörten, und blitzschnell streckt er unterm Tisch den Fuß vor, dass der sich wieder ein paar Schenkel sucht, aber Signior Papst, ich bitte Euch, gewisse Dinge muss man Luther nachsehen, denn im Grunde handelt es sich um einen ehemaligen Mönch, also einen von denen wo viele Jahre oder das ganze Leben lang eine totale Weiberdiät machen müssen und vielleicht sogar eine Wichsdiät (wenngleich mir das Letztere ziemlich unmöglich erscheint).

Wann Luther seine Riesenmauke unterm Tisch ordentlich weit vorgestreckt hat, seh ich, dass Catarina und Ave2 weiß bleiben wie zwei Stück Marmor, wogegen Ave1 ganz rot wird, Aha, denk ich, dann hat sie also jetzt den Fuß.

Foghel sagt: Wollt ihr wissen, warum ich gesagt hab »und vielleicht noch etwas mehr als den Tod«? Erklär du es ihnen, Martin!

III.
Luther und der Teufel

TAGEBUCH DES SALAÌ

Martin Luther erzählt von seinem Kampf mit dem Teuffel.

Freilich, sagt Luther, ich muss oft mit dem Teuffel persönlich kämpfen!

Aaah Oooh Aaah! rufen die drei Weiber, wieder machen die Möpse bong bong, und da wird Avei blass, Catarina dagegen im selben Moment knallrot, und ich denke, Aha jetzt hat Luther seinen Fuß zwischen die Schenkel von der ohne Möpse gesteckt, hochinteressante Sache, wenn Lionardo hier wär, er würde sofort eine Maschine erfinden, die von weitem Signale mit Farben aussendet.

So ist es, sagt Luther, wisset dass ich jede Nacht vom Teuffel besucht werde, der mich verfolgt und peinigt.

Wirklich? rufen die drei teutschen Weiber angstvoll aus. Aber sicher, meine Teuren, zum Beispiel wann ich lese nimmt er mir das Buch aus der Hand oder er löscht meine Kerze, wann ich schlafen geh, erwartet er mich in meinem Schlafgemach, und wann ich morgens aufwache, steht er schon da und hat mich erwartet, er ist die erste und letzte Person die ich am Tag sehe. Wie ich damals auf der Wartburg saß[18]), als Gast des Kurfürst von Sachsen, um zu studieren und zu schreiben, sah ich den Teuffel andauernd und einmal haben wir sehr lang über das Problem disputiert, ob es etwas gilt, Priester zu sein, und übers Abendmahl, nemlich ob in der Hostie wirklich und wahrhaftig Jesus Christus ist, wie der Papst behauptet.

In dem Moment zuckt mein Sohn zusammen, also Bruder Redento wo das Gesicht fast in den Teller drückt beim Essen, um nicht zu zeigen was er von Luthers Reden denkt, und er fragt: Sag Luther, wie denkt der Teuffel denn darüber?

Tja, er hat gesagt, weder die Priesterschaft noch die Hostie taugen was.

Aha, das dachte ich mir, sagt Bruder Redento.

Plötzlich seh ich dass zwei Weiber rot angelaufen sind, nemlich Catarina und Ave I, wie zum Henker ist das möglich? Aha, ich sehe, Luther ist fast unter den Tisch gerutscht, er hat seine beiden Riesenmauken wie die Tentakel einer Krake ausgestreckt um sie zwischen den Schenkeln von zwei Weibern gleichzeitig zu reiben, statt bloß einer, pfiffig, nicht?

Obwohl er jetzt bis auf den Kopf und die Hände fast ganz unterm Tisch verschwunden ist, um Sauereien mit seinen Füßen zu machen, redet Luther weiter wie wenn nichts wär: Also, liebe Freunde, wie ich

18 HANDSCHRIFTLICHE NOTIZ VON PROF. REITER: Auf die Festung Wartburg flüchtete sich Luther von 1521–22 zu Beginn seiner Tätigkeit als Reformator, um einige seiner Schriften zu verfassen, darunter auch die Übersetzung der Bibel ins Deutsche.

schon sagte, habe ich meine Lehre nach diesen langen und mühseligen Disputen mit dem Satan entwickelt, freilich musst ich noch andre Visionen und gräuliche Erscheinungen ertragen, darunter zum Beispiel Bilder von schwarzen Hunden, schwarzen Säuen oder die Augen an Kruzifixen, die sich bewegten und mich anstarrten als wenn sie lebendig wären. Während meiner müßigen Einsamkeit auf der Wartburg war ich Tausenden von Teuffeln ausgesetzt! Es ist viel leichter gegen Menschen zu kämpfen, und wären sie auch Dämonen in Menschengestalt, als gegen die Geister des Bösen, die durch die Luft fliegen.[19] Aber am häufigsten, liebe Freunde, kam mich der Teuffel persönlich besuchen!

Luther kaut und trinkt und knallt den Bierkrug auf den Tisch und spricht laut, kurzum er macht einen Höllenlärm, darum hat sich nach und nach draußen vor der Tür eine Schar Studenten, Mägde und Diener aus seinem Haus versammelt, die wollen seine Predigt hören, und einige sind sogar schon in unsren Speisesaal hereingekommen.

Und wie ist es Euch gelungen den Teuffel zu vertreiben? fragt Catarina voller Bewunderung, die unterdessen wieder weiß im Gesicht ist, wogegen Ave1 und Ave2 brennen als wie zwei Fackeln, denn Luther hat wahrscheinlich endlich auch kapiert, dass er die Schenkel von Ave1 und

19 HANDSCHRIFTLICHE NOTIZ VON PROF. REITER: Brief Luthers an Nicolaus Gerbel vom 1. November 1521 (zit. bei H. Grisar, Luther, Freiburg/Breisgau 1911, Bd. I, S. 189, Nr. 14).

Ave2 nur dann getroffen hat, wenn sie ihre Gesichtsfarbe wechseln.

Wie ich den Teuffel vertrieb, fragt Ihr? Ganz einfach, ich rief ihm zu: Küss mir den Arsch! oder: Lieber Teuffel, ich hab mir in die Hosen geschissen, knüpf sie dir um den Hals und wisch dir den Mund damit ab! Oder ich hab ihn verarscht, indem ich betete, Heiliger Satan, bitte für mich etcetera etcetera, dann hat er sich ganz schnell verpisst, hahaha.

In Italien heißt es, sagt Bruder Redento in einem sehr höflichen Ton, wenn einer viel vom Teuffel spricht fasst der das als Einladung auf und erscheint sofort.

Ohne es zu wollen, macht Luther ein verdattertes Gesicht, als wollt er sagen, O Mist, daran habe ich noch gar nicht gedacht. Dann reißt er sich zusammen und sagt, Aber abgesehen von diesen Siegen über den Teuffel, liebe Freunde, war das Leben auf der Wartburg sehr hart.

Habt Ihr gefastet? Habt Ihr vielen Dingen entsagt? fragt mein Sohn, also Bruder Redento.

Fasten? Was zum Henker hast du denn verstanden, kleines Mönchlein? antwortet Luther. Der Kurfürst von Sachsen ließ mir alle Tage Wildbret und Rheinwein bringen, ich aß bis zum Platzen, litt unerträglich stark unter den Versuchungen des Fleisches und fühlte mich in Müßiggang und Völlerei und Schläfrigkeit schier versinken, ich betete nicht, schrieb nicht und manchmal kriegte ich acht Tage hintereinander rein gar nichts zuwege.

>>><<<

KLINISCHER KOMMENTAR:

Im Fall der angeblichen Kontakte mit dem Teufel, von denen Luther erzählt, handelt es sich um eine klassische Halluzinationsattacke, in präziser Ausführlichkeit und gleichzeitig dramatisch bewegt geschildert, bei der er unter dem Einfluss nervöser Übererregung und eines völligen Verlusts des Zeitgefühls meint, der Teufel gebe ihm wunderbarerweise Ideen ein, die in Wahrheit seit langer Zeit in seinem eigenen Geist gereift waren, und die er bereits in vielen vor der Begegnung erschienenen Abhandlungen dargelegt hatte, wie Seckendorff in seinem Werk unmissverständlich klärt.[20] Man fragt sich natürlich, warum Luther die falschen Eingebungen des Teufels in Sachen Priestertum und Abendmahl akzeptiert, statt sie zu fliehen. Aber von genau dieser Art sind die Widersprüche bei psychisch Kranken.

20 HANDSCHRIFTLICHE NOTIZ VON PROF. REITER: V.L. von Seckendorff, Commentarius historicus et apologeticus de Lutheranismo seu de refomatione, Halle 1688, Bd. I, S. 167

IV.
Egotismus und Logolatrie bei Luther

Warnende Vorzeichen – Störungen der Sinneswahrnehmung steigern Luthers Egotismus. Er nennt sich Ekklesiastes, Prophet Deutschlands, Evangelist von Wittenberg. Er richtet Appelle an die Deutschen – von Erfolgen genährter Stolz, gesteigert durch die Verfolgungen, die in Prophezeiungen angekündigt werden – Wie der Doktor sich über die Undankbarkeit der Menschen hinwegtröstet. Er äußert düstere Vorahnungen über Deutschland – Duldet keine Diskussionen über seine Lehren – Er maßt sich das Recht an, kirchliche Rituale und Sakramente zu verändern oder abzuschaffen und Priester zu weihen. Sein Ehrgeiz zielt auf Wundertaten.

Luthers Geistesschärfe, sein starrsinniger Wille und sein maßloser Stolz werden während der Isolation auf der Wartburg krankhaft. Es ist auffällig, dass der Gelehrte Johannes Cochläus[21], um Luther zu beschreiben, den Begriff *philautia* benutzt, der exakt dem modernen Begriff des Egotismus entspricht.

Es war eben jener Egotismus, der in dem Erneuerer die Überzeugung nährte, der von ihm begonnene Kampf gegen die Kirche und das Papsttum sei ihm als eine Mission von Gott anvertraut, die dieser ihm allerdings nur nach und nach offenbaren sollte:

21 J. Cochlaeus, *Commentaria Ioannes Cochlaei de actis et scriptis M. Lutheri Saxonis*, apud S. Victorem prope Maguntiam, 1549

»Wir haben den Papst ohne jede außerordentliche Sendung Gottes angegriffen, doch jetzt sehen wir, dass diese Regung göttlich war, ohne dass die Vernunft und unser Ratschlag daran Anteil gehabt hätten.«

Und 1518: »Die Feder diktiert mir ungewöhnlich Großes.« Und auch: »Meine Feder geht mit noch größeren Dingen schwanger. Ich weiß selbst nicht, woher diese Gedanken kommen.« Und am 20. 2. 1519: »Gott lenkt mich nicht, er gibt mir die Sporen. Ich bin nicht mehr Herr meiner selbst. Gerne möchte ich in Frieden leben, sehe mich aber mitten unter die Tumulte geworfen.«

Die von Luther auf der Wartburg erlittenen Halluzinationen taten das Ihre, seine Überspanntheit ins Unermessliche wachsen zu lassen, so dass, wie zu erwarten stand, im August 1521 schließlich die Paranoia ausbrach.

TAGEBUCH VON SALAÌ

Das Mittagessen bei Luther verwandelt sich zuletzt in ein Fest und Luther erklärt einige wichtige Gedanken seiner Lehre.

Dann hätte es auf der Wartburg ja ein ruhiges Leben sein können, wenn nur der Teuffel nicht gewesen wäre, sagt mein Sohn.

Ruhiges Leben? Was hast du bloß im Kopf, mein Freund? Wann ich auf der Wartburg war, hab ich geschrieben wie ein Irrer. Der Kurfürst und andre Freunde hatten mir geraten: Mensch Luther, schreib nicht wenn du so eine Stinklaune hast, ruh dich lieber ein bisschen aus, Martin, aber ich hab immer entgegnet, dass ich nicht anders kann.

Warum nicht? fragt mein Sohn.

In dem Moment erinnert Foghel dran, dass Bruder Redento und ich bis hinauf nach Wittenberg gekommen sind weil wir die Reformation in Italien unterstützen wollen, also wollen wir Luther kennenlernen und uns in seinen Lehren ausbilden, kurz, wir sind zwei Verbündete und wertvolle Freunde, denn in Italien lauert der Papst hinter jeder Ecke, also wagt niemand sich für Luther zu interessieren, sonst kommt der Papst und schneidet ihm – zack – sofort die Kehle durch.

Sehr gut, sehr gut, sagt Luther, Wie wollt ihr zwei uns denn in Italien helfen?

Oh, das können wir nicht so einfach hier und jetzt erklären, sag ich, denn es handelt sich um eine sehr komplizirte und vertrauliche Angelegenheit, darüber müssen wir unbedingt alleine sprechen, weil wir sind zwei glühend überzeugte Reformatoren, stimmt's Bruder Redento? Ich sag Euch sogar, Signior Luther, wenn Ihr uns ordentlich belehrt, werden wir die Anstifter der Reformation in Italien sein, denn wir kennen einen Hauffen wichtiger Leute, die waren Freunde meines Ziehvaters in Mailand Fiorenza und Rom und sogar im Frankenreich, wo ich, stellt Euch das mal vor, sogar Seine Majestät den König kenne, ich könnte Euch sogar mit ihm bekanntmachen, nicht schlecht, was?

Auf einmal zwickt mich mein Sohn so kräftig in den rechten Arm, Signior Papst, dass er ihn mir fast abreißt, und flüstert mir zu ohne einen Muskel im Gesicht zu bewegen, Papa, bist du jetzt völlig durchgedreht? Wenn du zu viele Versprechungen machst und sie dann nicht einhältst, wird Luther dich das büßen lassen, kapierst du das nicht?

Aber ich hab nicht auf ihn gehört, Signior Papst, denn das hier war eine einzigartige Gelegenheit, mit Luther persönlich in Kontakt zu kommen, und wenn ich mich nicht mit ein paar Versprechungen interessant und nützlich für ihn und seine Männer machte, wie sollte ich dann an meinen Nachttopf kommen?

Luther scheint sehr erfreut über das was ich gesagt hab, und auch die andren drum herum sehen zufrieden aus, denn der eine konnte Latein der andre ein bisschen Italienisch, kurz, am Ende hatten alle fast alles von dem kapiert, was ich gesagt hatte.

Aber dann bin erschrocken, denn Luther ist aufgestanden und hatte Augen wie von einem Besessenen und hat angefangen nur auf Teutsch zu reden, aber zum Glück hat mein Sohn, nemlich Bruder Redento mir alles ins Ohr übersetzt, also kann ich Eurer Heiligkeit alles berichten, was Luther gesagt hat, nemlich dies:

Freunde! Ich weiß gewiss, dass meine Worte göttlichen Ursprungs sind. Ich bin der Erste dem Gott sein Wort geoffenbart hat. Darum weiß ich, dass Ihr das reinste Gotteswort besitzet wann ihr mir zuhört. Ihr kennt die Mühsal nicht, die es kostet, mit dem Dämon zu kämpfen, bis man ihn besiegt, ich aber kenne sie gut! Ich kenne den Teuffel so wohl wie der Teuffel mich kennt. Glaubt ihr, der Teuffel schläft? Er schläft nicht, ich habe ihn kennengelernt und glaube sogar, ich habe Einfluss auf ihn; ich habe gelernt, mit ihm zu kämpfen, ich fürchte ihn nicht; ich fügte ihm mehr als eine Wunde zu, so er noch lange spüren wird. Und ich bin sicher, dass ich meine Lehren alle vom Himmel empfange, denn meine Lehren werden die Zeiten überdauern, der Papst aber wird fallen!

Mein Sohn Bruder Redento und ich, wir sind ein bisschen verlegen, ich guck unter den Tisch, Bruder Redento guckt zum Fenster raus, denn man muss ja zugeben dass wir auch in Italien ein paar übergespannte junge Männer als wie Luther haben, wo sagen, Liebe Freunde, ihr müsst wissen, Gott und ich sind dick befreundet, wir gehen sogar zusammen angeln, aber der Unterschied, Signior Pontifeks, ist der, dass wann einer in Mailand oder Fiorenza so spricht, wird er sofort gefesselt und ins Spital für die Irren gesteckt, wogegen in Teutschland Luther von allen ernst genommen wird, verrückt was? Das ist wie wenn ich Gast Eurer Heiligkeit wär, ein schönes Essen mitten unter Kardinälen und Bischöfen etcetera, alles sehr ernste und wichtige Leute mit vielen Zerimonien und schönen Reden, und plötzlich sagt Ihr vor allen Leuten, Hahaha Salaì, weißt du was? Wie ich neulich Abend im Bett lieg ist ein rosa Elefant aus dem Laken hervorgekommen und hat Geige gespielt und mir gesagt, Lieber Papst, bitte mach mich zu deinem Assistenten und ich hab natürlich Ja gesagt.

Sonnenklar, dass dann alle sehr besorgt wären und denken würden, Hilfe, der Papst hat nicht mehr alle Tassen im Schrank! In Teutschland aber ist es genau umgekehrt, nemlich sie würden sagen, O was für ein Genie dieser Papst, und wie niedlich ist sein rosa Elefant.

Derweil ist das Grüppchen Leute, wo aus andren Teilen von Luthers Haus zu uns reingekommen ist, immer größer geworden, jetzt ist es fast eine Menschenmenge, der Saal ist stickig, alle sind sehr aufgeregt und hören mit inspirirter und gläubiger Miene zu wie wenn sie in einem Sanktuarium wären oder vor einem heiligen Orakel.

Luthers Gesicht ist rot und geschwollen vom Bier und vom Fleisch was er gegessen, und wie er redet schwingt er mit der rechten Hand einen leeren Krug und sagt, Freunde! Ich, Martin Luther, wittenbergischer Evangelist und Profet von Teutschland, sage euch, der Teuffel höret nimmer auf, den allerwichtigsten und größten Glaubenssatz zu untergraben und auszuhöhlen, nemlich dass allein der Glaube ohne gute Werke vor Gott rechtfertigt. Ich, Martin Luther, unwürdiger Evangelist Unseres Herrn, ich sage, dass dieser Glaubenssatz anerkannt werden muss vom römischen Kaiser, vom Kaiser der Türken, vom Kaiser der Tartaren, vom persischen Kaiser, vom Papst, von allen Kardinälen, von allen Priestern und Mönchen und Nonnen, von den Königen, von den Fürsten, von den Herren, von den falschen

Brüdern und von der ganzen Welt mitsamt ihren Dämonen, welche das Feuer der Hölle auf ihrem Haupt versammeln werden und keinerlei Nutzen daraus ziehen können. Dieser Gedanke des Doktor Luther, mir eingegeben vom Heiligen Geist, ist das wahre heilige Evangelium. Mein Kommen hat der heilige Jan[22] profezeit, wann er aus dem Gefängnis schrieb: »In hundert Jahren werden sie einen Schwan singen hören, den sollen sie leiden.« Da soll es auch dabei bleiben wenn Gott will. Wer mir gehorcht, gehorcht nicht mir, sondern Christus![23] Mein wahrer Name ist Ekklesiastes, und würde ich mich »Evangelist durch Gottes Gnade« nennen, könnte ich alles was ich sage mit mehr Recht beweisen als ein Bischof seinen Titel beweisen kann. Beim Jüngsten Gericht wird Christus es bestätigen! Habt ihr verstanden?

Aus der Menge wo sich um den Tisch herumgestellt hat, bricht ein Applaus los wie ein Donnerhall, Luther setzt sich hochzufrieden hin, jemand füllt ihm den Bierkrug und er gießt sich mit zwei drei Schlucken mehr als die Hälfte davon in die Kehle. Gleich darauf (aber das kann nur ich sehen) versucht er wieder unterm Tisch seine Schleppkähne von Füßen zwischen die Schenkel von Ave1 und Ave2 zu stecken, derweil sie begeistert applau-

22 Salaì meint den böhmischen Theologen Jan Hus (1369–1415), der ein berühmter Vorläufer der protestantischen Reformation war.

23 Eine Behauptung, die auch bei J. Cochlaeus wiedergegeben wird, vgl. *Commentaria Ioannes Cochlaei de actis et scriptis M. Lutheri Saxonis*, apud S. Victorem prope Maguntiam, 1549, S. 102.

dieren, aber ihre Schenkel kriegt er nicht, sie weichen ihm aus, also nimmt die schlaue Catarina Luthers Mauke und steckt sie sich zwischen die Schenkel was Luther leidlich zufrieden macht obwohl er immer noch auf die Möpse von Ave1 und Ave2 starrt.

Die Studenten und Zuschauer der Predigt klatschen ununterbrochen in die Hände und besprechen Luthers Rede, Hast du gehört was er sagt? Ja, das ist wirklich ein großer Mann, ein neuer heiliger Paulus. Nein, ein neuer Prophet Elias, sag ich euch, Unsinn, ein neuer Johannes der Täufer! und mehr solcher Sätze wo ich nicht verstehe, also sag ich, Los Redento worauf wartest du, übersetz mir was die Leute sagen, aber mein Sohn hat immer noch ein Gesicht wie eine ausgepresste Zitrone und übersetzt mit Bauchschmerzen und ist so sauer und angewidert von diesen Reden, dass er immer wann er drei Sätze übersetzt hat sagt, Lieber Papa, vergiss nicht, dass jedes von mir übersetzte teutsche Wort für dich einen Schritt weiter in Richtung auf das Sanktuarium La Verna bedeutet. Da sage ich, Mann, ihr nervt, du und dein Sanktuarium und besonders du, denn du bist ein verfluchter Erpresser genauso einer wie Leone Prestasoldi!

Liebe Freunde, spricht Luther unterdessen weiter, darum gehorcht mir und ihr werdet sehen, binnen zweier Jahre werden der Papst, die Bischöfe, die Kardinäle, die Priester, Mönche und Nonnen, Glocken und Glockentürme, Messen, Vigilien, Alben, Kasel, Messdiener, Klosterregeln und das ganze Sammelsurium der päpstlichen Herrschaft verschwunden sein!

Da hält die kleine Menschenmenge um den Tisch es nicht länger aus und ruft: Lut⸗ter! Lut⸗ter! Lut⸗ter! Andre rufen: Himmlische Trompete! Mund Gottes! Werkzeug des Heiligen Geistes! Zwei oder drei Jungen kommen nach vorn und fangen an Luther zu umarmen und zu küssen, dieweil er allen die Hände schüttelt, den Männern auf die Schulter haut und den Weibern die Wangen liebkost.

>>><<<

KLINISCHER KOMMENTAR:

Einer der am besten nachgewiesenen Prozesse in der Psychopathologie ist der Übergang vom Verfolgungswahn zum Größenwahn. Wer sich unverschuldet verfolgt wähnt, gelangt nach und nach zu der Überzeugung, das Objekt von Neid und Missgunst zu sein, weil er in außergewöhnlichem Maße mit herausragenden Eigenschaften begabt ist. Deutlich sieht man das bei Luther, der in Bezug auf seine Feinde behauptet: »Je wütender sie werden und auf diesem Weg mit Gewalt beharren, umso weniger erschrecken sie mich (…) ich bin wie Jeremias, der Mann des Haders und der Zwietracht, doch je mehr sie drohen, je freudiger und getroster bin ich« (1518).

Je höher der Rang seiner Gegner, desto stärker pries sich Luther. Er ging sogar so weit zu behaupten, für den König von England bedeute es eine Ehre, mit ihm zu tun zu haben: »Demnach gönne ichs zwar dem Könige zu Engelland, dazu dem Teufel auch fast wohl, dass sie solche arme, elende Bettler über mir werden (…) Für die Welt will ich auch fromm sein und bins so sehr, dass sie nicht wert sollen sein mir die Schuhriemen aufzulösen (...) Wohlan allzusammen, wir ihr zusammen seid und zusammen gehöret, Teufel, Papisten und Schwärmer auf einen Haufen, nur frisch an den Luther, hetzt, jagt, treibet getrost von vorn, von der Seite, nur zu, greift an! Ja, freilich in tausend Jahr ist kaum edler Blut gewesen, denn der Luther!«

Unschuldig gemeinte Ermutigungen, die Luther in seiner Jugend von Lehrern erfuhr, denen der depressive junge Mann leidtat, las er in einem prophetischen Licht: »Gott wird aus Euch einen Mann machen, der wiederum andere tröstet« oder: Nicht umsonst prüft Gott dich in so vielen Kämpfen, er wird sich deiner für große Dinge bedienen.«

Luther hielt sich für so bedeutend, dass er sich häufig mit den Gedanken tröstete, Gott werde seine Feinde mit exemplarischen Racheakten strafen. Deutschland, das den Aufforderungen Luthers seiner Meinung nach zu langsam folgte, sagte er »Verfall bis in die Grundmauern« voraus. Und weiter: »Was meine Aufgabe, meine Lehre und mein Leben betrifft, welches ganz und gar meiner Lehre entspricht, so erwarte sich niemand Geduld oder Demut von mir, denn in diesen Dingen muss ich geachtet werden wie ein lebender Heiliger.«

TAGEBUCH DES SALAÌ

Nach dem Essen im Lutherhaus trifft Salaì gewisse Verabredungen mit einem Weib während Luther seine Lehre noch gründlicher erklärt.

Hinter Luther steht ein Mensch wo nach rechts und links Hiebe und Püffe austeilt, um sich von den andren nicht überrennen zu lassen und kein einziges Wort von dem zu verpassen was Luther sagt, und er schreibt mit rasender Geschwindigkeit alles auf ein Blatt Papier.

Ich frag Foghel, wer zum Teuffel das ist und er sagt, es wär ein gewisser Rore[24], nemlich einer wo alles aufschreibt was Luther sagt, Wort für Wort, denn dann druckt und veröffentlicht er das Ganze. Wie schafft er es bloß, so schnell zu schreiben dass ihm nicht mal ein Wort entgeht? frag ich. Oh, das ist ein Geheimnis, sagt Foghel, aber er schafft es.

Irgendwann kommt eine kleine Magd zu Luther, die hat unter der Bluse ein paar so dicke Melonen, dass sie gleich zu platzen scheinen, und sieh mal einer an, ihr gibt Luther statt einem Streicheln einen fetten Kuss auf die Wange, dabei kann er nemlich aus dem Augenwinkel zwischen die Melonen der Magd spähen und meiner Meinung nach guckt er sogar tiefer nach unten bis in ihre Unterröcke hinein. Ich hab das sofort gemerkt, denn in aller Bescheidenheit, Signior Pontifeks, das ist ein

24 Es handelt sich offensichtlich um Georg Rörer (1492–1557), der Luthers Reden fünfundzwanzig Jahre lang aufzeichnete, sammelte und herausgab.

Kniff, den kenn ich sehr gut, darin bin ich Meister, ich hab ihn sogar meinem Sohn beigebracht, aber Pustekuchen, er wollte nicht mal was davon wissen, und als ich ihm gesagt hab, gucken ist ja nicht anfassen, wurde er bloß stinkig und hat gerufen, Kleingeist! Die Sünde liegt in der Absicht, nicht im Auge oder der Hand, und ich muss euch gestehen, teuerste Heiligkeit, wenn Bruder Redento auf diese Weise den Filosofen spielt dann vergeht mir die Lust mit ihm zu streiten und ich sag bloß, Ach, fahrt doch zur Hölle, ihr Mönche, überall seht ihr die Sünde, sogar in einem Paar unschuldiger Brüste.

Wo zum Henker war ich stehengeblieben, ach ja, mittlerweile herrscht ein Mordsdurcheinander im Speisesaal, die Leute rufen immer weiter Lut-ter! Lut-ter! andre trinken und essen die Reste auf unsrem Tisch, wieder andre drängen sich um Luther.

Manche glotzen mich und Bruder Redento sehr neugierig an, weil man sah ja sofort, dass wir keine Teutschen waren, sondern aus irgendeinem andren Land kommen, und sie flüstern sich untereinander Bemerkungen zu, im Glauben, wir verstehen kein Teutsch, aber mein Sohn versteht diese Leute sehr gut und übersetzt mir einige ihrer Bemerkungen, zum Beispiel:

Woher kommen diese beiden wunderlichen Menschen?

Aus Italien, sie wollen Luthers Reformation unterstützen.

Aber der Jüngere ist doch ein Mönch!

Ja, aber sie haben gesagt, sie wollen bei sich zuhause und auch in Rom Propaganda machen.

In diesem Moment erreicht das Tohuwabohu seinen Höhepunkt denn jetzt kommen auch noch die Kindchen wo draußen im Garten Krieg gespielt hatten und machen eine Art Militärparade mit einem mörderischen Radau. Um echte richtige Soldatenhelme nachzumachen, tragen sie Töpfe oder Seiher auf dem Kopf, und der erste in der Reihe hat eine Blechtrommel, da schlägt er mit einem Holzlöffel drauf, beng benng bennng. Luther fragt ihn, Wie heißt du? und der Kleine sagt Adolf, ich bin der Kommandant von diesem Heer. Sehr schön, Adolf, und was machst du mit der Blechtrommel? Lieber Herr Luther, die Blechtrommel hilft mir mit ihrem Krach das Geräusch meiner wahren Gedanken zu übertönen, denn das sind die Gedanken eines echten Teutschen wo den Krieg liebt, aber aussehen tu ich wie einer wo bloß die Blechtrommel spielen will, doch in Wirklichkeit möchte ich das Blut meines Feindes sehen.

Luther lacht schallend und zufrieden, Sehr gut Adolf, hahaha! Hast du gesehen dass wir italienische Gäste haben? Und er zeigt auf mich und Bruder Redento. Der Junge ist sehr gut erzogen, er kommt herbei um uns zu begrüßen, lüftet den Helm, nemlich den Seiher auf seinem Kopf, dann stellt er sich hinter mich und kneift mich in den Hintern und ruft, Papstfreund, du bist ein italienischer Papstfreund! Da machen die andren Kindchen es ihm nach und zwacken mich alle fest in den Hals, ich weiß nicht warum, Signior Pontifeks, aber Kinder, auch in Italien, wollen immer mit mir herumtoben und mir Streiche spielen, Ihr wisst ja wie die Kindlein sind, nicht wahr? Diese teutschen Kleinen hier haben so viel Spaß mit mir, dass sie erst aufhören wann Luther und Foghel beide mit einer Art Knurren in der Stimme rufen, Genug Kinder, Schluss jetzt! Schluss! Ihr glaubt es nicht, Signior Papst, die Kinder haben auf der Stelle wie vom Blitz getroffen aufgehört, und ich denk, Scheiße, diese Teutschen verstehen es, ihre Kinder genauso zu erziehen wie wir es in Italien mit den Tieren machen, und beide Male ist das Ergebnis sehr gut, nemlich bei den Tieren in Italien wie auch bei den Kindchen in Teutschland, sie gehorchen beide auf genau dieselbe Weise, was sehr gut ist, insonderheit bei den Tieren.

Wie Adolf mir aus Spaß auf den Kopf haut und nah an meiner Nase vorbeikommt, riech ich ganz zufällig dass da was Seltsames an ihm war, nemlich er stank nach etwas mir sehr Vertrautem aber was es war konnte ich ums Verrecken nicht sagen.

Dann kommt das zweite Kerlchen an, wo gesagt hatte, Wir sind das teutsche Heer, das vom Wort des Reformators Luther geleitet wird, und wieder fragt Luther, Wie heißt du? Stolz antwortet der Kleine, Joseph, und all unsre Tischgenossen rufen begeistert aus, Sehr gut, Joseph, hahaha! So geht's mit den nächsten weiter, nemlich Erwin der vorhin so getan hat, als müsst er sich Luft zufächeln wegen der Hitze, und er sagt, Ich bin der Kommandant des Heeres was Krieg in der Wüste Afrikas führt, dann kommt Fridrich Wilhelm der Erste, wo vor Kälte gezittert hatte und sagt, Ich bin der General von den Russlandkämpfern, dann der kleine Hermann mit seinen Flügeln aus Stoff auf dem Rücken, wo sagt, Ich kämpfe wie ein Vogel aus der Luft, und der kleine Joseph hebt einen Finger zum Himmel wie ein Profet und sagt, Mit meiner Propaganda beweise ich allen wie tapfer wir sind, die Kinder von Luthers Reformation. Der kleine Heinrich hält ein Buch in der Hand und sagt, Ich werde von unsrem Ruhm und dem der Teutschen aus alter Zeit schreiben und erzählen. Dann zieht die Parade der Kindchen wieder raus und macht dabei wieder einen Höllenradau, beng, benng, bennng.

Luther ist mittlerweile recht betrunken und spricht mit einem schweren Schluckauf, woran er fast erstickt, von sich in der dritten Person: Freunde! An den Höfen der Könige, der Fürsten und der Bischöfe, hick! hat Luther gewisse Leute reich und groß hick! werden lassen, die, wäre ihnen nicht hick! die Aufgabe erteilt worden, ihn zu verfolgen hick! höchstens ein paar Eicheln bei den Schweinen hick! im Stall abgekriegt hätten. Und so hick! ist Luther eine Gottheit geworden, denn aus Bettlern hat er hick! reiche Männer, aus Eseln Doctores, hick! aus Betrügern lautere Naturen, aus Schlamm Blumen, aus Verworfenen ehrenwerte Bürger gemacht! Versteht ihr mich, Freunde, hick? Hick!

Foghel, Ave1 Ave2 und Catarina betrachten das Schauspiel genauso wie wir, bloß dass Ave1 und Ave2 Möpse haben die wo vor Begeisterung auf und ab schwingen, bong, bong, Catarina, Foghel und wir hingegen nicht.

Die Menge ist nicht enttäuscht von Luthers besoffenem Gerede, im Gegenteil, zwei drei kräftige junge Männer heben ihn unter den Achseln hoch und setzen ihn sich auf die Schultern um ihn im Triumfmarsch herumzuführen, derweil sie rufen Bravo! Bravo! Und von dort oben macht Luther zwischen Rülpsern und Schluckauf mit seinen wirren Reden weiter.

Verdammt, übersetz mir das, ich kapier nicht die Bohne, sag ich zu Bruder Redento, Ich tu's ja, Papa, aber vergiss dein Versprechen mit dem Sanktuarium nicht! Jaja, schon gut, jetzt übersetz schon, geh mir nicht auf die Eier.

Ave1 Ave2 und Catarina klatschen Luther so heftig Beifall dass ihnen fast die Haut an den Händen aufplatzt, das nutz ich aus und mach mich an Ave1 ran bis mein Mund hinter ihrem Ohr ist, und dann sag ich ihr die paar Worte auf Teutsch, wo ich kenne, weil die hab ich von der Mutter von Bruder Redento gelernt wann wir Ferkeleien zusammen gemacht haben. Alles Sätze wo mir später sehr nützlich waren, um die Verhandlungen mit andren teutschen Jungfern abzuschließen die ich in Rom Fiorenza Mailand etcetera kennengelernt hab. Denn Ihr, Heiligkeit, Ihr lebt ein wenig zurückgezogen, darum könnt Ihr Euch nicht vorstellen wie viele teutsche Weibsbilder alleweil aus Teutschland weglaufen wegrennen wegschwimmen wegfliegen, und sabbern Italien entgegen, wo sie dann ganz staubig ankommen, und alle sind sie auf der verzweifelten Suche nach einer guten Dosis Schwengel, da frag ich mich doch, was zum

Henker machen die teutschen Männer bloß falsch, dass Dutzende von Millionen teutsche Weiber Lust kriegen, sich so weit weg von ihrem Zuhause durchvögeln zu lassen?

Was wollte ich eigentlich sagen, ach ja, also, Signior Papst, zwei oder drei Sächelchen auf Teutsch sagen zu können ist überaus wichtig wann der Moment da ist, mit diesen teutschen Jungfern, von denen ich grad erzählt hab, zur Sache zu kommen, also praktisch immer.

Darum hab ich Avei das Beste aus meinem Vorrat ins Ohr geflüstert, dabei ist zwar ein ziemlich mickriges Teutsch herausgekommen aber es hat ganz gut funktionirt: Du wissen Jungfer dass du sehr hübsch? Ich gleich ganz bezaubert von deine Augen und deine Stimme süß als wie Honig und von deine Worte wo aus deine Mund kommen wie Blätter von Rosen. Avei hat zugehört und sofort ganz genau verstanden, aber sie hat sich nicht umgedreht, hat getan wie wenn nichts wäre, und nach meiner dreißigjährigen Erfahrung mit den Weibern war das just so als hätte sie gesagt: Die Sache interessiert mich, aber sag doch mal was du so vorschlägst? Und ich hab genau gewusst was für Gedanken ihr im Kopf rumgehen, nemlich grad die wo ich mir erhofft hatte.

Unterdessen ist aus der fröhlichen Versammlung in Luthers Speisesaal ein richtiges Fest geworden, die Leute trinken und lachen und erzählen sich dreckige Witze oder was in der Art, denn alle lachen sehr übertrieben laut und schweinisch, hahaha harr harr, und nicht nur die Männer, auch die Weiber.

Nemlich das Schöne an den Teutschen, Signor Pontifeks, das ist, dass sie immerzu ernst und steif sind als wie Holzstücke und sehr stolz auf das was sie sagen was sie denken was sie tun, etcetera, aber wann sie mal feiern und sich ein bisschen Bier hinter die Binde kippen, oh! dann gibt's kein Halten mehr, dann lassen sie die Sau raus und werden mit jedem sofort dick Freund und hauen dir auf die Schulter, He, mein Freund, ich find dich richtig nett und es macht mir einen Mordsspaß mich mit dir zu besaufen, was für schöne fette Rülpser du machen kannst, komm, wir gehen zusammen nach draußen kotzen, etcetera. Für uns Italiener ist das sehr ungewöhnlich, Signior Papst, aber auch lustig, denn wir sind so sehr dran gewöhnt uns gegenseitig übers Ohr zu hauen, dass wir uns auch auf einem Fest mitten im größten Trubel nicht so gerne betrinken wie die Teutschen, im Gegenteil, wir bleiben immer wachsam, weil in jedem Krug Bier könnte ja Gift sein, extra für uns zubereitet, und jeder wo freundlich lächelnd zu uns sagt, Hallo wie geht's dir? könnte ja gerade der sein der den Auftrag hat, uns in eine dunkle Ecke zu zerren um uns ein Messer in die Kehle zu jagen.

In so einer Ecke steht gerade auch ein Grüppchen von diesen Teutschen, die sind ein bisschen betrunken und reden miteinander ohne sich umzuschauen, also ganz ohne Vorsicht, und darum schleicht Bruder Redento sich an sie ran und belauscht was sie sagen, dann kommt er zu mir und flüstert mir ins Ohr, He Papa, weißt du was diese Teutschen gesagt haben? Nein, Junge, was haben sie gesagt? Er wiederholt mir fast Wort für Wort was er gehört hat, nemlich ein Reden über uns beide, Bruder Redento und mich, Salaì. Einer der Teutschen hat gesagt: Die beiden Italiener könnten uns sehr nützlich sein. Ein anderer: Bestimmt, aber vorher müssen wir ihnen sehr viel erklären. Ein dritter Teutscher sagt: Aber sagt ihnen nicht dass die Geschichte von den 95 Tesen an der Kirchentür Humbug ist, sonst rutscht ihnen das irgendwann raus und am Ende klaut der Papst uns die Idee, hahaha.

Wo grad so ein schönes Durcheinander ist, nutz ich das aus, um Avei noch ein paar gut gebaute Sätze ins Ohr zu flüstern: Ich dir sagen das alles weil hier bei mir ist ein Junge, wo sehr gut Teutsch sprechen und er brauchen dringend Liebe und ein Mädchen wie dich, so süß und klug, kennenlernen.

Da dreht Avei sich zu mir um und ist knallrot im Gesicht wie wann sie Luthers Fuß zwischen den Schenkeln gehabt, aber noch viel röter, und sagt, Sehr gut, machen wir es so bald wie möglich, sag du mir wann und wo, ich wohne zwei Häuser neben dem Geschäft von Vogel, und nachdem sie das gesagt hat, wirft sie einen liebevollen und ein bisschen versauten Blick auf Bruder Redento, wo ein paar Schritte hinter mir steht und mich sehr besorgt anschaut, denn wie immer denkt er natürlich, sein Vater kann nur Unheil anrichten, also genau das, was ich immer von meinem Ziehvater Lionardo gedacht hab, denn wie man's auch dreht und wendet, Signior Pontifeks, am Ende läuft zwischen Vätern und Söhnen doch immer das Gleiche ab, oder?

Ich bin sehr zufrieden, denn Avei hat so reagirt wie alle teutschen Jungfern, wann man sie an der richtigen Stelle packt, dann lassen sie dich nemlich nicht dreitausend Jahre warten wie die italienischen Weiber, bei denen muss man zur Vorbereitung von ein paar Sauereien erst mit ihnen mal hier mal da spazieren gehen und ihnen hauffenweise nette Sachen sagen, aber originell und klug müssen sie sein, und Witze über die man lachen kann und Liebeserklärungen und manche Weiber muss man sogar zum Abendessen in eine teure Locanda einladen, uff, und erst nach all diesen endlos langen Manövern darf man ihnen einen Finger in die Unterröcke stecken, kurzum, eine irre Zeitverschwendung und Mühe, Heiligkeit, das könnt Ihr Euch nicht vorstellen.

Bruder Redento nimmt meinen Arm, den zerquetscht er fast, und zischt mir ins Ohr, Was zum Henker hast du mit Avei ausgeklüngelt? Och, nichts mein Sohn, wir haben ein Treffen verabredet um ein bisschen über Luther zu plaudern, diesen guten und edlen Mann, das ist alles, ich schwör's dir.

Luther hockt immer noch auf den Schultern von den drei kräftigen Jungen und fuchtelt mit zwei Bratspießen, einen in der linken, einen in der rechten Hand, wie wenn es Schwerter wären, und schreit: Sie sagen, meine Übersetzung der Bibel enthält Fehler und Irrtümer. Na und? Dies will ich, so befehle ich, statt einer Begründung gelte mein Wille![25] Die Freunde des Papstes frage ich: Sie sind Doctores? Ich auch. Sie sind gelehrt? Ich auch. Sie sind Prediger? Ich auch. Sie sind Theologi? Ich auch. Sie sind Disputatores? Ich auch. Sie schreiben Bücher? Ich auch. Und will weiter rühmen: Ich kann Psalmen und Propheten auslegen, das können sie nicht. Ich kann die Heilige Schrift dolmetschen, das können sie nicht. Ich verdamme den verderbten Papst, der sich bereichert indem er Vergebung und Absolution verkauft, um die Kirche von Sankt Peter in Rom bauen zu lassen. Die Messe ist nichts wert, sie ist kein Sakrament wie auch die Ehe nicht! Auch die guten Werke nicht! Nur der Glaube rettet uns!

Die Menge ruft: Wohl wahr! Genau! Stimmt!

Liebe Freunde, ruft Luther weiter, um die Bibel zu verstehen sind keine Priester vonnöten, man muss nur lesen können! Allein die Heilige Schrift kann uns die Heilige Schrift selbst verstehen machen, mehr brauchen wir nicht! Die Muttergottes und alle Heiligen sollen nicht verehrt werden, in der Bibel steht kein Wort davon! Schließen wir die Klöster der reichen, korrupten und lasterhaften Mönche und werfen wir sie allesamt auf die Straße, dass sie Hunger leiden!

25 *Sic volo, sic iubeo, stat pro ratione voluntas*. Dieser Satz, wie auch die ganze Rede Luthers findet sich bei C. Ulenberg, *Historia de vita, moribus, rebus gestis, studiis ac denique morte Praedicantium Lutheranorum Doct. Martini Lutheri* etc., Bd. I, Coloniae Agrippinae 1622, S. 423–424.

Wieder ruft der Chor der Freunde und Bewunderer: Sehr gut, sehr gut! Machen wir dem Papst und den Priestern Feuer unterm Arsch!

Ich allein, fährt Luther fort, ich kann ihre eigene Dialektika und Filosofia besser als die Freunde des Papstes alle zusammen. Und weiß dazu, dass keiner von ihnen Aristoteles versteht. Was nun mein Dolmetschen des Neuen Testaments betrifft, so sage ich: Luther will es so und verkündet, dass er der gelehrteste aller Doctores in der ganzen Kirche des Papstesels ist. So sei es festgestellt!

Unterdessen ist Bruder Redento zu Foghel gegangen und fragt ihn: Sag mal, enden Mittagessen und Abendessen bei euch immer auf diese etwas seltsame Weise? Und der antwortet, Hm, eigentlich nicht, aber manchmal hat Luther eben eine Inspirazion für seine Reden, und wenn das geschieht, geraten die Leute in eine solche Begeisterung, dass es so ausgeht wie Ihr gerade seht, nemlich mit Jubel und Freude über die große Reformation der christlichen Religion wo Luther unternimmt.

>>><<<

KLINISCHER KOMMENTAR:

Eines der klarsten Symptome des paranoiden Zustands ist die Neigung, Worten und Texten eine ganz besondere Bedeutung und Wertigkeit zu unterlegen. Dies geschieht, indem sie entweder in einer grob buchstäblichen Bedeutung interpretiert werden, indem ihr Sinn verengt, bzw. erweitert wird, oder indem schlichten, eindeutigen Sätzen ein verborgener Gehalt zugeschrieben wird, und schließlich, indem der Kranke Schriften und Reden, die an andere gerichtet sind, auf sich selbst bezieht. Diese geistige Einstellung, Logolatrie genannt, zeigt sich sehr deutlich in jedem Abschnitt von Luthers Leben. Besonders auffällig ist sie bei der Art und Weise, wie er die Heiligen Schriften versteht, darstellt und anwendet. Das Wissen um diese angeborene Anomalie im Denken des Reformators ist der Schlüssel, der uns den psychopathologischen Ursprung der Luther'schen Lehre offenbart.

Ein eklatantes Beispiel bieten die Widersprüche, in die Luther sich bei seiner Interpretation der Bibel verwickelt. Einmal sagt er: »Das Wort Gottes ist frei, es will nicht Fesseln dulden durch Vorschriften der Menschen.«[26] Ein anderes Mal: »Nichts darf man dem Urteil der Menschen weniger anvertrauen als das Wort Gottes«[27], für dessen einzig wahren Ausleger er sich hielt. Tatsächlich schrieb er über sich: »Noch lange erhalte Gott seiner Kirche einen sehr frommen Manne, geboren, um die christliche Lehre zu reformieren und die Glorie Christi zu künden. Amen«[28] Und im *Contra Henricum regem Angliae* (1522): »Hier rühme ich mich, hier triumphiere ich, hier beleidige ich die Papisten, die Thomisten, die Anhänger Heinrichs, die Sophisten und alle teuflischen Mächte, außerdem die Sprüche von Män-

26 *Epistolarum reverendi patris domini D. Martini Lutheri, tomus primus a Johanne Aurifabro collectus*, Ihenae 1556, Blatt 317 *recto*.

27 *Tomi septem omnium operum Rev. D. Martini Lutheri*, Witebergae 1562, Bd. II, Blatt 167 *recto*.

28 *Tomi septem omnium operum Rev. D. Martini Lutheri*, Witebergae 1562, Bd. II, Blatt 168 *recto*.

nern, wie immer heilig sie seien (...). Die göttliche Majestät, die mit mir ist, lässt mich nicht schrecken, wenn tausend Augustiner, tausend Zyprians, tausend Kirchen König Heinrichs sich wider mich erheben. Gott (den Luther hier, wohlgemerkt, mit seinen eigenen Ideen gleichsetzt) kann nicht irren und sich nicht täuschen. Augustinus und Zyprian aber, wie alle Auserwählten, konnten sich täuschen und sie täuschten sich.«

Luthers Bibelübersetzung war alles andere als genau. Es gibt nicht wenige Stellen, sie sind bei Cochlaeus aufgezählt, wo sich seine Übersetzung als untreu erweist. Eines der bevorzugten Angriffsziele ist, zusammen mit dem guten Willen, natürlich die Marienverehrung. Im Lobgesang Mariens, gemeinhin *Magnificat* genannt, wo es heißt »von nun an preisen mich selig alle Geschlechter«, ersetzt Luthers dies durch »von nun an werden mich selig preisen alle Kindeskinder«. Im Gruß des Erzengels Gabriel an die Jungfrau heißt es in der kirchlichen Version »Gegrüßet seist du Maria, voll der Gnade«, während Luther den Gruß verkleinert zu einem »Gegrüßet seist du Maria, du holdselige«. Luther wollte das Volk glauben machen, dass die Kirche den wahren biblischen Text nicht besaß, darum übersetzte er die bekanntesten Bibelstellen abweichend vom gewohnten Gebrauch. So veränderte er zum Beispiel den Beginn des Vaterunsers in »Unser Vater im Himmel! Dein Name werde geheiligt.«

Diese pathologischen Tendenzen Luthers lösten Kopfschütteln bei Erasmus aus, der über ihn schrieb: »Was ist vergeblicher, als mit Luther zu disputieren, welcher nichts anderes als seine eigene Auslegung der Bibel gelten lässt und sich erlaubt, immer dann, wenn es ihm frommt, etwas zu erfinden, was sich nicht leichter aus der Heiligen Schrift entnehmen lässt als Milch aus einem Stein? Dennoch ist er überzeugt, ein hervorragender Streitredner zu sein!«[29]

Der Egotismus scheint tödlich für Luthers Seele gewesen zu sein, wenigstens nach dem Zeugnis der Mystikerin Schwester Maria Serafina Micheli (1849–1911)[30] zu urteilen, der Gründerin des Instituts der Suore degli Angeli, die 1883 nach Eisleben in Sachsen kam, der Geburtsstadt Luthers. An dem Tag feierte man gerade das vierhundertjährige Jubiläum der Geburt des großen Häretikers (10. November 1483), darum waren die Straßen voller Menschen, die Balkone mit Fahnen geschmückt. In großer Zahl waren hohe Herrschaften anwesend, und alles erwartete die Ankunft Kaiser Wilhelms I., der den Feierlichkeiten vorsitzen sollte. Die Schwester bemerkte das lebhafte Treiben, aber der Grund dieser ungewöhnlichen Aufregung interessierte sie nicht, denn sie hatte nur den einen Wunsch, eine Kirche zu finden, um Jesus in Gestalt der geweihten Hostie anzubeten. Nachdem sie lange in der Stadt umhergewandert war, fand sie endlich eine Kirche, deren Türen jedoch verschlossen waren. Trotzdem kniete sie auf den Stufen zum Eingang nieder, um ihre Gebete zu sprechen. Da es mittlerweile Abend geworden war, hatte sie nicht bemerkt, dass dies eine protestantische Kirche war. Während sie betete, erschien ihr der Schutzengel und sagte: »Steh auf, denn dies ist ein protestantischer Tempel.« Dann fügte er hinzu: »Ich will dir den Ort zeigen, zu dem

29 J. Cochlaeus, *Commentaria Ioannes Cochlaei de actis et scriptis M. Lutheri Saxonis*, apud S. Victorem prope Maguntiam, 1549, S. 158–159.

30 ANMERKUNG VON MONALDI & SORTI: Schwester Serafina Micheli wurde am 28. Mai 2011 seliggesprochen.

Martin Luther verurteilt wurde, und die Strafe, die er für seinen Stolz erleiden muss.«

Da erblickte sie einen entsetzlichen Abgrund aus Feuer, in dem eine unermessliche Menge Seelen grausam gequält wurde. Am Grund dieser Schlucht war ein Mann, Martin Luther, dessen Behandlung sich von der der anderen unterschied: Er war von Dämonen umringt, die ihn zwangen, niederzuknien. Alle Dämonen hielten Hämmer in den Händen und bemühten sich vergeblich, ihm einen großen Nagel in den Kopf zu schlagen. Die Schwester dachte: Wenn das ausgelassene Volk dieses fürchterliche Bild sehen könnte, würde es einen solchen Menschen gewiss nicht mit Ehrbezeugungen, Gedächtnisfeiern und Festakten ehren. Später ermahnte sie ihre Mitschwestern bei jeder Gelegenheit, in Demut und Verborgenheit zu leben. Sie war überzeugt, dass Martin Luther vor allem für die erste Todsünde, den Hochmut, in der Hölle bestraft wurde.

Aber kehren wir zu Luthers Logolatrie zurück. Für einen an Logolatrie Erkrankten kann ein einziger Satz genügen, um eine ganze Lehre umzustoßen, wie Eugenio Tanzi in seiner Studie über die »Neologismen der Geisteskranken in Verbindung mit dem chronischen Delirium« (*Rivista speciale di Freniatria*, 1890) klar bewiesen hat. Tatsächlich bediente sich Martin Luther der beinahe identischen Buchstaben in den Worten Missa und Maosim, um daraus zu folgern, dass die Messe nichts anderes sei als der Götze Maosim, von dem der Prophet Daniel als einem der Stützpfeiler des Antichristen spricht, und leitete daraus ab, dass »die Messe außer Gebrauch kommen muss und dass es kein Heilmittel mehr gibt, sie zu retten.«

Nicht zufällig schrieb Erasmus, »wenn man aus Luthers

Büchern die Übertreibungen, die Schmähungen, die Scherze, das Selbstlob, das Reden mit tragischem Pathos und die bloßen Behauptungen, außerdem all das tilgt, was er von Jan Huss, John Wycliff und einigen anderen nahm, bleibt nicht viel, dessen Luther sich als eigene Schöpfung rühmen könnte.«[31]

Luthers logolatrische Veranlagung ist die Ursache für seine Vorliebe für Inschriften und Sentenzen. Die Wände im Schlafraum des Doktors waren übersät mit Sprüchen aus der Bibel, mit Kreide geschrieben. Er ließ sie sogar auf die Ärmel der Gewänder seiner Hausdiener sticken. Dort las man auch andere Zitate weltlicher Dichter, vor allem Homers.

Ungeachtet ihrer Fehler, sahen die Lutheraner in seiner Übersetzung des Alten Testaments eines der größten Wunder Gottes vor dem Ende der Welt. Johannes Bugenhagen, Pastor in Wittenberg, legte einen Tag fest, an dem in seinem Haus jedes Jahr mit der Familie und mit Freunden die Übersetzung der Bibel gefeiert wurde. Melanchthon widmete ihr ein Gedicht, das mit der Behauptung endet: »Man darf wohl sagen, dass die Alten etwas erreicht hatten, aber Luther hat alles zusammengefasst und zur höchsten Vollendung geführt.«

In Wirklichkeit hat Luther kaum mit den griechischen und hebräischen Originalen gearbeitet, da er diese Sprachen schlecht beherrschte, vielmehr hat er den von seinen Akolythen angefertigten Übersetzungen einen mitreißenden Stil verliehen, der die deutsche Seele ergreifen und die Menschen für all das einnehmen sollte, was er beabsichtigte.

31 Zitiert bei: J. Cochlaeus, *Commentaria Ioannes Cochlaei de actis et scriptis M. Lutheri Saxonis*, apud S. Victorem prope Maguntiam, 1549, S. 268–269.

Luther war von seiner Mission also vollkommen durchdrungen. Daher war es zu erwarten, dass er, nachdem er die Lehre der Kirche bekämpft hatte, auch ihre Liturgie angriff. 1523 maßte er sich das Recht an, neue Riten einzuführen. Er veränderte die Tauformel und schaffte die Messe ab (was ihm nach seinen Worten der Teufel selbst während des berühmten Streitgesprächs geraten haben soll), indem er ihr die Bedeutung als Opfer Christi in Fleisch und Blut nahm und das Abendmahl nur noch als Gedächtnisfeier verstehen wollte. »Hier verwerfe und verdamme ich alle Theorien, welche den freien Willen einräumen; gleichermaßen erkläre ich, dass die Messen, die Vigilien und die Fürbitten für die Verstorbenen nutzlos und ein Werk des Teufels sind; dass man die Heiligen nicht anrufen darf; dass die letzte Ölung, die Ehe und die Priesterweihe keine Sakramente sind.« Und so schlug er weiter auf Beichte, die Taufe und anderes ein. Natürlich widerstand er der Versuchung nicht, selbst heilige Weihen zu verleihen: Er weihte einen der Theologen von Wittenberg nur mit Handauflegen zum Bischof und überzeugte den Kurfürsten von Sachsen, ihn zum Nachfolger des verstorbenen Bischofs von Naumburg zu machen. Er versuchte sogar, das Wunder zu vollbringen, Tote wieder zum Leben zu erwecken, aber trotz zahlreicher Versuche gelang es ihm nicht.[32] Als sein Freund Wilhelm bei einer Überfahrt über die Elbe kläglich ertrank, versuchte Luther, ihn durch zahlreiche Gebete ins Leben zurückzuholen, doch ohne Erfolg.[33]

32 vgl. T. Forstmann, *Vita Lutheri exibita a M. Thom. Forstmann*, Susati 1717, S. 47.
33 vgl. J. Cochlaeus, *Commentaria Ioannes Cochlaei de actis et scriptis M. Lutheri Saxonis*, apud S. Victorem prope Maguntiam, 1549, S. 76.

HINWEIS VON MONALDI & SORTI:

An dieser Stelle fehlt im Buch des Prof. Reiter ein großer Teil der Handschrift von Salaì, da dieser keine Beschreibungen von Luthers pathologischen Symptomen enthält und somit für die Zielsetzung von Reiters Arbeit nicht relevant war. Wir fügen diese Seiten, die in der psychiatrischen Abhandlung des deutschen Arztes fehlen, im Folgenden ein.

TAGEBUCH DES SALAÌ

Man bezieht ein Zimmer in einer Herberge,
und nach einigen Betrachtungen über den Unterschied
zwischen Deutschen und Italienern
nähert man sich endlich dem Ort
wo Lionardos Nachttopf versteckt ist.

Wann Bruder Redento mir die Antwort von Foghel übersetzt hat, sag ich, Ja gut, aber ich habe nach diesem gewissen Ding gefragt, wonach ich suche, nemlich den Nachttopf meines Ziehvaters, und Luther hat mir keine Antwort drauf gegeben, also wann können wir nochmal mit ihm sprechen?

Seid unbesorgt, sagt Foghel, Luther hat mir gesagt, er wird euch beide allein empfangen, damit ihr euch absprecht wie ihr die Reformation in Italien unterstützen könnt. Jedenfalls hat Luther mir aufgetragen, euch zu sagen, dass er den Nachttopf grad im Moment nicht mehr hat, denn er hat ihn einem Freund geliehen der hier in Wittenberg sehr berühmt und bedeutend ist, einem ganz wichtigen Reformator, und er hilft Luther bei einem Hauffen Angelegenheiten. Aha, sehr gut, sag ich, wie heißt der denn? Er heißt Melanchton, sagt Foghel.

Wo können mein Vater und ich hier in Wittenberg übernachten, fragt Bruder Redento. Kommt mit mir, ich bring euch zu einem Freund von mir, der hat ein sehr feines Zimmer zu vermieten und heißt Hans. Aha, und ist das teuer? Aber nicht doch, liebe Freunde, sorgt euch nicht, wir sind hier ja nicht unter Betrügern wie bei euch in Italien, hahaha.

Das Haus von diesem Hans war recht hübsch, ganz in Weiß und Gelb und sehr ordentlich und hatte einen Garten und den Hahn wo sich auf der Dachspitze dreht, also das echte teutsche Häuschen, was den Eindruck von großer Ehrbarkeit macht. Hans dagegen war ein recht grober Klotz grad wie ein Bauer und man sah, dass er sein ganzes Leben lang Bauer gewesen war, denn sein Gesicht war von der Sonne ganz verbrannt, an seinen Pranken hatte er schmutzige Fingernägel, und er sprach lustig wie ein Bauer. Wann wir bei ihm ankommen, fragt Foghel ob das Zimmer frei wär, was er zu vermieten hat, und ich seh wie Hans ein großes Lächeln im Gesicht kriegt von einem Ohr zum andren, und sofort begrüßt er uns überschwänglich, Bitte tretet doch ein, liebe italienische Freunde. Dann erklärt er, dass grad eben zwei Gäste weggegangen sind, und er hat noch keine Zeit gehabt, das Fenster zu öffnen, damit frische Luft ins Zimmer kommt, aber wenn wir müde sind und sofort ins Zimmer wollen, so wie es ist, würd er uns einen kleinen Nachlass auf den Preis machen, dann sagt er den Preis vom Zimmer und der ist wirklich sehr anständig.

Darauf sagt Foghel, Gut, mir scheint, hier seid ihr sehr gut aufgehoben, jetzt entschuldigt mich bitte, ich muss in mein Geschäft zurück, wir sehen uns später, einverstanden?

Wie wir in dem Zimmer waren, haben wir uns ein bisschen umgeschaut und dabei einen bösen Schreck gekriegt, denn wir hatten erwartet, im Häuschen dieselbe Sauberkeit und Ordnung zu finden als wie man draußen sah, aber von wegen, Pustekuchen Signior Papst! In den Matratzen hauste eine Flohfamilie, Vater, Mutter und siebzehn Kinder, und fast tat's einem leid diese Flohfamilie wegzuschicken, denn sie waren alle bei bester Gesundheit und man sah genau, dass sie seit langer Zeit kein Mensch gestört hat, nemlich mindestens seit der Zeit ihres Ururgroßvaters.

Unter den Betten lag eine Schicht Dreck, dick wie eine Torte, und das war eine schöne Mischung aus Härchen, Haaren, Krümeln, Flaum, Schmiere, Staub, Rattendreck und verschiedenen andren Schweinereien und alles so ineinander verklebt, dass man zum Saubermachen mindestens eine Spitzhacke brauchte.

Die Möbel waren ein Tisch ein Stuhl und ein Waschtisch was uns beiden auch genügen konnte, aber sie waren so gespickt mit Holzwürmern, dass sie bei jedem Schritt Krick Krack machten, und schienen kurz davor zusammenzubrechen, ich glaub, man musste sie nur lang genug anschauen oder auch bloß nur an sie denken, damit sie zerbröckelten. Die Zimmerdecke schließlich war voll riesiger Spinnweben, alle so gut gemacht und so stark, dass ich gedacht hab, Eigentlich könnte ich meine Tasche an dem Netz aufhängen, so nimmt sie keinen Platz auf dem Boden weg. Dann hab ich in einer Ecke eine der Erbauerinnen dieser Spinnennetze entdeckt, die war so fett und kräftig und glotzte uns mit einem so bösen und hungrigen Gesicht an und hatte im allernächsten Umkreis sicher so viele Verwandte und Freunde sitzen, dass wenn ich und mein Sohn auch nur für fünf Minuten eingeschlafen wären, wir wären garantiert völlig abgefressen aufgewacht und wie bei Forellen wären von uns nur noch die Gräte und die Augen übrig.

Also haben wir gerufen Haaaans! Er ist sofort gekommen und wir haben ihm die andren Gäste im Zimmer gezeigt, nemlich Flöhe, Holzwürmer und Spinnen, und da hat er sehr freundlich gesagt, Oh, ich hatte euch ja gleich gewarnt, dass das Zimmer nicht im besten Zustand ist! Aber das ist kein Problem, für die Reinigung ist hier bei uns ein Zuschlag vorgesehen, und wenn euch das nicht passt, könnt ihr natürlich auch selbst saubermachen. Was ja auch völlig klar und in Ordnung war, nur dass Hans dann von uns eine sündhaft übertriebene Summe für die Reinigung verlangt hat. Leider hatten wir keine andre Wahl, schließlich hatten wir uns aus Italien keine Matratzen und Laken mitgebracht, oder? Also haben wir gesagt, Na gut, Hans, mach du sauber und wechsle die Matratzen aus. So hat dieses Schlitzohr Hans den Preis für das Zimmer praktisch verdoppelt und wollte das ganze Geld sogar im Voraus bevor er saubermacht. Wie wir dann eine Quittung fordern, gibt er uns ein Stück Papier, darauf der Preis geschrieben steht, mehr nicht. Da hab ich gesagt, Oh nein, so geht das nicht, Hans, du musst das hier unterschreiben, und unfreundlich schnaubend reißt er mir den Zettel aus der Hand und schreibt ein dickes X unten drunter, was bedeutet, dass dieser Hans wo in einer Stadt wie Wittenberg lebt, nicht mal seinen eigenen Namen schreiben kann, kaum zu glauben.

Dann hat Hans zwei schön saubere Matratzen aus dem Keller geholt und die verflohten Dinger in den Keller gesteckt, und da haben wir kapiert, dass er diese Komödie immer wieder spielt, nemlich seine Gäste finden im Zimmer die Flohmatratzen vor und wann sie protestieren, verlangt er den Zuschlag um die Matratzen zu wechseln. Also benutzt er immer dieselben vier Matratzen, nemlich zwei voller Flöhe und zwei saubere, und dieser Betrug an den armen Gästen wiederholt sich seit wer weiß wie langer Zeit schon immer auf die gleiche Weise. Ich denk mir, Sieh mal einer an, diese tüchtigen Teutschen, wie gut organisirt und präzise und sistematisch sie doch sind, das sind ja wirklich sehr wichtige Eigenschaften, findet Ihr nicht auch, Heiligkeit?

Derweil Hans nun mit einem Besen zum Angriff auf die Ungeheuer in unserem Zimmer übergeht (irgendwann hören wir grässliche Geräusche, bum peng aaarrrg! da denk ich mir, Aha, jetzt hat die Spinne Hans gefressen, ich hab's ja geahnt, aber später haben wir entdeckt, dass es umgekehrt war) setzen Bruder Redento und ich uns in eine Kammer nebenan und geraten in eine von diesen höchst unerfreulichen Diskussionen, bei der er mich fragt, Papa, bist du eigentlich sicher, dass Luther dir Lionardos Nachttopf schenken wird? Und ich antworte, Kümmere dich um deinen Scheiß, aber er lässt nicht locker, Hör mal lieber Papa, zwischen diesen gefehrlichen Ketzern hier halt ich das nicht ewig aus, wann gehen wir zurück nach Hause? Kümmere dich um deinen Scheiß, sag ich, aber er bleibt störrisch, Sag mal, Papa, was zum Henker hast du Avei ins Ohr geflüstert? Kümmere dich um deinen Scheiß, sag ich, und so geht es immer weiter, Signior Papst, denn mein Sohn war immer schon so, nemlich wann er anfängt Fragen zu stellen, hört er nicht mehr auf. Als er ein kleiner Junge war, fragte er zum Beispiel, Woher kommt der Regen, Papa? Der kommt aus den Wolken, Schatz. Woher kommen denn die Wolken, Papa? Die bilden sich aus dem Wasser in den Feldern, Schatz. Woher kommt aber das Wasser in den Feldern? Das kommt vom Regen, Schatz. Und ich glaubte, damit hätte ich ihn reingelegt, aber er sah mich aus seinen schlauen Äuglein an und sagte, Ich verstehe, Papa, aber die Felder, waren die eigentlich schon immer da oder hat die jemand gemacht? Und warum hat er sie gerade so gemacht? Und so ging es weiter bis Mitternacht, bis ich mit den Nerven am Ende und völlig erledigt eingeschlafen war, dann haute er mir mit seiner kleinen Faust kräftig auf die Stirn, beng beng, und fragte weiter, Sag mal Papa, woher kommt eigentlich der Schlaf?

Weil mein Sohn mich bei solchen Gesprächen also immer übertölpelt hab ich ihn abgewürgt, Verdammt gib endlich Ruhe, Bruder Redento, hab ein bisschen Geduld, du wirst schon sehen, früher oder später finde ich den Nachttopf, aber jetzt hör auf, deinen armen Vater zu triezen, ja glaubst du denn, dass ich mich hier unter diesen heimtückischen lügnerischen Teutschen amüsiere?

Da zieht Bruder Redento den Rosenkranz aus seiner Kutte und ich hoffe, er lässt mich damit in Ruhe, aber nein, er kommt wieder mit der üblichen Erpressung, Los Papa, du musst den Rosenkranz mit mir beten, denn du weißt ganz genau dass er mindestens zu zweit gebetet werden muss, sonst gilt er nicht, und wenn du dich weigerst, lass ich dich auf der Stelle mit Foghel und Luther allein. Schon gut, Junge, aber ich schwöre dir, wenn ich zum Sanktuarium von La Verna komme, bitte ich Jesus, dass er dir die Lepra an der Zunge, am Schwengel und am Arsch schickt.

Aber Beleidigungen überhört mein Sohn leider immer, Heiligkeit, denn er sagt, ein wahrer Christ muss sie stets und sofort vergeben, also hat er sich einen Dreck drum gekümmert und mir den Rosenkranz in die Hand gedrückt, Los Papa, fang an und bekreuzige dich wie ein braver Christ, Avemariagratiaplena, siehst du, so ist's gut, mach weiter so.

Als ich schon auf dem Zahnfleisch ging, nemlich nach den ersten dreihundertsiebzig Avemarias, kam Foghel uns abholen und brachte uns zu Melanchton. Auf dem Weg konnte ich Wittenberg ein bisschen genauer anschauen, das war nemlich mein erster Besuch in einer teutschen Stadt, weil während der Reise hatten wir immer in Gasthäusern auf dem Land übernachtet, um Geld zu sparen. Mamma mia, Signior Pontifeks, wie anders als Italien dies Teutschland und dieses Wittenberg sind! Die Häuschen der Leute aus dem Volk sind nicht sämtlich ohne Verputz wie bei uns, nein, sie sind schön ordentlich gepflegt und sauber, und auch wenn man später vielleicht entdeckt, dass drinnen strohdumme verschlagene Krauter wie dieser Hans leben, wo nicht mal ein O um einen Becher rum malen können, aber das Häuschen, um Himmelswillen, das muss immer adrett, geputzt und tadellos sein. Daraus schließe ich, Signior Pontifeks, dass es für die Teutschen das Allerwichtigste ist, ihren Stolz und ihre Ehre und ihr Gesicht noch vor dem letzten Idioten zu wahren, der zufällig die Straße entlangkommt, eine Sache, die uns Italienern dagegen schnurzegal ist. Was sag ich, im Gegenteil, wenn einer an unsrem Haus vorbeikommt und denkt, In dieser hässlichen Bruchbude wohnt bestimmt ein ganz armes Schwein, schmutzig und unordentlich und womöglich kriminell, dann freuen wir Italiener uns noch drüber, denn dann will der nichts mit uns zu tun haben und verpisst sich ohne uns auf den Senkel zu gehen.

Und ich hab noch eine andre sehr interessante Sache in Teutschland bemerkt, nemlich dass man in alle Häuser ungestört reingucken kann, denn die Teutschen haben gar keine Begrenzungen, Hecken Mauern Vorhänge oder andere Sachen um sich vor Fremden zu schützen wo auf der Straße vorbeigehen, darum können die Vorübergehenden ihnen bis in die Küche und in die Schlafzimmer gucken, und so kann bei den Teutschen jeder nach Belieben in den Angelegenheiten andrer rumschnüffeln, ihnen zum Beispiel in die Teller gucken um zu sehen was sie essen, oder kontrollieren ob die Bettwäsche sauber ist oder ob die Tochter des Hausherrn einen schönen Hintern hat, ist das nicht verrückt? Wir in Italien würden dem erstbesten Arschloch wo vorübergeht niemals erlauben, uns auszuspionieren, denn als erstes bauen wir eine schöne hohe Mauer um unser Haus wie ich's in Lionardos Weinberg in Mailand getan hab, sonst könnt es ja passieren, dass ich gerade in aller Ruhe kacke und da geht einer vorbei, der mich durchs Fenster sieht und fragt, Guten Tag, na, kommt's heute hart oder weich?

Wie ich diese Sonderbarkeit in Teutschland bemerke, frag ich Foghel auf Latein, wieso es den Teutschen gefällt, dass einer wo an ihrem Haus vorbeigeht ihnen die Popel in der Nase abzählen kann, und er antwortet ein wenig empört und stinkig: Um zu zeigen dass wir nichts zu verbergen haben! Und dabei macht er ein Gesicht als wär ich ein ungehobelter Barbar und er ein anständiger Mensch. Lieber Foghel, sag ich, wo wir beide, nemlich ich und Bruder Redento, in Italien für die Reformation werben sollen, müssen wir den Unterschied zwischen Teutschland und Italien genau verstehen, damit wir keinen Mist bauen, also frage ich dich: Wenn nicht du was zu verbergen hast, sondern der wo an deinem Fenster vorbeigeht und in dein Haus reinglotzt, besteht dann nicht die Gefahr dass dir was Böses geschieht? Darauf Foghel: Hier bei uns in Wittenberg geschieht niemals nichts Böses!

Seht Ihr, Signior Pontifeks, genau darin liegt der ganze Unterschied zwischen den Teutschen und den Italienern, nemlich in Italien geht alles drunter und drüber aber das ist überhaupt kein Geheimnis, im Gegenteil, das sagen alle, sogar die Steine wissen das, und wenn du ein Teutscher bist und gehst in irgendeine beliebige italienische Stadt und plauderst zwei Minuten mit dem erstbesten Schwachkopf wo dir auf der Straße begegnet, dann gesteht der dir sofort, Ach mein Herr, hier bei uns ist alles ein einziger Sauhaufen und ein Skandal und ein Krieg zwischen Verbrecherbanden, aber was kann man da schon machen? Bist du dagegen Italiener und fragst die Teutschen wie's bei ihnen zuhause so läuft, antworten sie, O sehr gut, prächtig, bei uns ist alles bestens, wir sind reich zufrieden froh sauber und ehrbar, wir sitzen mitnichten in der Scheiße wie ihr in Italien hahaha. Aber geh mal im Gasthaus von Hans übernachten, da wird er dich mit krummen Turen und der gemeinsten Abzocke reinlegen, also genauso wie ein Italiener es tun würde.

Während des Spaziergangs fragt Bruder Redento den Foghel, Sag mal, Vogel, waren diese drei Damen Ave1, Ave2 und Catarina wirklich mal Nonnen? Foghel antwortet, Ach, nun ja, hm, tatsächlich, aber seht doch mal welch schöne Häuser wir hier in Wittenberg haben, und es war sonnenklar, dass er das Tema wechseln wollte, weil es ihm maximamente auf den Sack ging über die drei ehemaligen Nonnen zu reden. Aber mein Sohn wo ein großer Meister darin ist, sein Gegenüber mit Fragen zu zwiebeln, bleibt hartnäckig und stellt mal hier mal da eine kleine Frage. Wie hieß denn das Kloster der drei Damen? Es hieß Nimschen. Wie viele Nonnen gab es denn darin, Foghel? Ach, das weiß ich nicht mehr, vielleicht zwanzig oder dreißig. Sag doch mal Foghel, wie haben sie das angestellt, aus dem Kloster zu fliehen? Und so geht es weiter bis Foghel der Geduldsfaden reißt und er sagt, Na gut, vielleicht sollte ich euch die Geschichte von Anfang an erzählen.

Aber er hat die Geschichte nur sehr unwillig erzählt, Signior Papst, und weil man sich niemals lackmeiern lassen darf, schreib ich Euch jetzt die Geschichte, wie Foghel sie erzählt hat, auf die linke Seite, und auf die rechte was wirklich passiert ist und was alle in Wittenberg wissen, auch wenn sie es nicht gern zugeben, denn Leute wie Luther und seine Freunde haben den Dreh raus wie sie dem Volk ihre Machenschaften recht schlau und zum eignen Vorteil verkaufen können, so dass diese krummen Dinger dann aussehen wie sehr edle Taten im Interesse aller Menschen und der Religion von Jesus Christus und der Gerechtigkeit etcetera pp.

Einst gab es das Kloster von Nimbschen, darin junge Frauen aus reichen adeligen Familien aufgenommen wurden. Es war der Wille ihrer Eltern, sie als Nonnen in ein Kloster zu sperren, doch die eigentliche Schuld trug die tyrannische, erbarmungslose Kirche von Rom.	Es war einmal das Kloster Nimschen, vollgestopft mit jungen reichen Nonnen, jammerschade, denn einige von ihnen waren scharfe Feger mit zwei dicken Möpsen, zum Beispiel Ave1 und Ave2.

Seit einiger Zeit ruft Luther dazu auf, die Ordensbrüder und Schwestern aller Klöster von der Knechtschaft des Klausurlebens zu erlösen und in Freiheit zu setzen.

Die armen, im Kloster Nimbschen gefangenen jungen Nonnen hörten, man weiß nicht wie, von Luthers Ideen und beschlossen, sich allesamt seinem heroischen Kreuzzug anzuschließen.

Luther und seine Freunde erklärten, sie wollten die jungen Frauen von ihrem ungerechten, demütigenden Los befreien, auf dass sie wieder in Freiheit und Würde leben könnten.

Die Gefangenschaft der Nonnen war, wohlgemerkt, ein Werk der erbarmungslosen römischen Kirche.

Vor einiger Zeit kriegte Luther mächtig Lust sich ein Weib zu suchen, denn seine Freunde vögelten an jeder Straßenecke, wogegen er immer auf dem Trocknen saß.

Die armen Nonnen von Nimschen waren in dem Alter, wo der Mangel an Schwengeln grässliche Leiden hervorruft, nemlich Schlaflosigkeit Kopfschmerzen und den Zwang, andren auf die Nerven zu gehen.

Darum wollten Luther und seine Freunde den Nonnen bei der Flucht helfen, zumal auch die Weibsbilder nach einer richtig guten Nummer lechzten.

Ihre Eltern wollten aber, dass sie Nonnen blieben, weil sonst hätten sie geheiratet und die Eltern hätten Mitgift zahlen müssen.

Ohnedies entstammten die jungen Frauen wohlhabenden Familien, wohlbegründet war darum die Hoffnung, man könnte einen anständigen, ehrlichen Gatten für sie finden.

Eines schönen Tages erfüllte sich ihr Wunsch: den Mädchen gelang es, ohne fremde Hilfe auf Zehenspitzen durch das Tor des Klosters zu schleichen und aus Nimbschen zu fliehen.

Luther und seine Freunde gingen sofort ans Werk, um die besten, tugendhaftesten Mädchen unter die Haube zu bringen, indem sie für jede von ihnen einen guten, ehrbaren Anwärter suchten.

Die Suche gestaltete sich dennoch nicht einfach, denn für jede der adeligen Flüchtlinge musste eine Partie gefunden werden, die ihrer aristokratischen Abstammung würdig war.

Ohnedies waren die jungen Frauen alle steinreich und man hätte unter Garantie sofort irgendeinen Esel gefunden, wo sie heiraten würde.

Eines schönen Tages gingen Luther und seine Freunde in das Kloster und versteckten die Nonnen auf einem Karren voller Heringsfässer, der ist dann im Galopp aus dem Kloster raus.

Luther und seine Freunde fingen sofort an, um die geilsten Nonnen zu streiten, Die gehört mir, Nein, die gehört mir, Na gut, ihr Scheißkerle, dann nehm ich die da.

Aber die Mädchen ließen sich mitnichten rumkommandiren, denn sie wollten nur mit den schönsten Männern vögeln, wo am besten ausgestattet waren, wenn ihr versteht was ich meine.

Luther selbst hatte kein Interesse daran, zu heiraten, war er doch durch und durch von seiner heroischen Mission erfüllt.

Zum Beispiel wäre es Luther beinahe gelungen, für Ave1 und Ave2 einen ausgezeichneten Ehemann zu finden, doch bis jetzt ist noch nichts dabei herausgekommen.

Eine Zeitlang fürchtete Luther, welcher ein äußerst gewissenhafter Mensch ist, dass er nun moralisch verpflichtet sei für die jungen Frauen zu sorgen, die ihr Leben alleine meistern mussten.

Doch mit der Zeit sah Luther, dass er nicht nur mitgeholfen hatte, die armen Nonnen von Nimbschen zu befreien, sondern dass die Reformationsbewegung auch zur Schließung vieler anderer Klöster in ganz Teutschland geführt hatte.

Wie jeder ehemalige Mönch wollte Luther natürlich eine mit zwei fetten Möpsen, in der Art von Ave1 oder Ave2.

Doch die Einzige, wo sich von ihm rannehmen lassen würde, war eine hässliche, zickige Vettel, nemlich Catarina, mit der er sich bis heute noch nicht abgefunden hat.

Eine Zeitlang war Luther traurig und dachte, Verflucht, die Nonnen wären besser in Nimschen geblieben, ja, ehrlich gesagt hängt mir diese ganze Reformation schon zum Hals raus. Doch mit der Zeit erkannte Luther, dass er wenigsten ein Weib ergattert hatte und sein Haus immerhin früher mal ein Kloster gewesen war, wo er jetzt in Saus und Braus lebte und herrschte wie ein Papst, das war ja auch nicht zu verachten, oder?

Dies war der Beweis, dass die Ideale der Reformation ins Schwarze getroffen hatten und dass Luther wirklich und wahrhaftig entscheidend an der Wiedergeburt seines edlen Vaterlandes mitwirkte.

Luther schloss: Gelobtet sei die Reformation und möge Gott der Herr Teutschland vor den bösen Absichten des Papstes beschützen!

Dies war der klare Beweis, dass die Reformation und die Propaganda gegen die Klöster verdammt gute Ideen gewesen waren, denn Luther haben sie Vorteile noch und nöcher gebracht.

Luther dachte, Donnerwetter, was für ein klasse Schachzug diese Reformation, hoffentlich schießt der Papst noch hauffenweise Böcke, denn das kommt uns allen hier sehr zugute!

Na, habt Ihr kapiert, woher Ave1, Ave2 und Catarina kamen? Dieser Hurenbock Luther und seine Freunde haben Ave1, Ave2 und den anderen versauten Nönnchen geholfen, aus dem Kloster zu fliehen, um Schweinereien mit ihnen zu machen, und das Beste ist, dass Luther auch einst ein Mönch war, also sind alle Figuren in dieser Geschichte früher mal im Kloster gewesen, und da hab ich mir gedacht, Tja, diese Teutschen sind scheint's einfach nicht gemacht für die Religion, darum ist es schleierhaft, wieso sie sich so sehr drauf versteifen und den Papst, nemlich Euch, Heiligkeit, unbedingt mit der Religion piesacken müssen.

Denn wenn Ihr es recht bedenkt, Heiligkeit, diese Geschichte von Nimschen ist ein un-glaub-lich guter Witz, und wenn ein Italiener hier bei uns in Italien so was getan hätte wie Luther in Nimschen, man würde ihm gleich ein Denkmal bauen mit allem Drum und Dran, Karren, Nonnen, Möpsen, Heringsfässern etcetera, wogegen man in Teutschland Luther eines Tages bloß eine Statue errichten wird, damit alle wissen, dass er ein Heiliger und ein großer Mann war, verrückt, was?

Wisst Ihr, was ich Euch sage, Signior Pontifeks? Ich hab mittlerweile kapiert wie man sich in Teutschland Geschichten erzählt, es genügt nemlich, sich in ein paar Jährchen drei vier gut bezahlte Historiker von der Universität Wittenberg zu nehmen, die schreiben dann ein paar erfundene Histörchen über die glorreiche Geschichte der Reformation und veula, fix und fertig ist der Mitos von Luther und seinem Leben und von Nimschen und von weiß der Teuffel was noch.

Denn mal ehrlich, Signior Papst, das Gewerbe des Historikers hat doch sehr viel mit dem des Totengräbers gemein, nemlich in beiden Fällen sind die Leute tot, mit denen man sich beschäftigt, und wenn man dabei die Karten ein bisschen zinkt oder sogar eine fette Lüge erzählt, zum Beispiel einen falschen Namen auf den Grabstein schreibt oder sagt, Luther hat die Nonnen aus Nimschen befreit weil er ein uneigennütziger edler Mensch war, nun, in beiden Fällen ist es maximamente unwahrscheinlich dass nach zweihundert Jahren einer der direkt Betroffenen ankommt und sagt, He guter

Mann, hier hast du aber einen Fehler gemacht. Höchstens könnte einer seiner Verwandten kommen, die Tochter oder Urenkelin, aber da könnte man immer noch sagen, Hören Sie mal, Signiora, was wollen Sie eigentlich, der Kunde hat sich bis jetzt nicht beschwert, Punkt aus basta.

Nachdem Ihr nun diese Geschichte vom Kloster Nimschen gehört habt, Signior Papst, habt Ihr sicher auch begriffen, wie man vorgehen muss wann bei den Teutschen die Rede von der Reformation ist, nemlich wenn sie weiß sagen muss man schwarz denken, wenn sie schwarz sagen, muss man weiß denken, und wenn sie rot sagen, muss man grün mit gelben Punkten denken.

Wie wir gerade mit der Geschichte von Nimschen fertig sind, kommen wir am Ziel an, denn Foghel zeigt uns ein sehr hohes, sehr schmales Haus, dahinter hat's ein hübsches Gärtchen, und das war das Haus von Melanchton.

Foghel warnt uns sofort, Lieber Salaì und Bruder Redento, ich bitte euch, vergesst nicht, dass Melanchton der wichtigste Ratgeber von Luther ist, denn er ist ein Filosof und Teolog und Humanist, also einer wo Latein Griechisch Hebräisch Kaldäisch Ägiptisch Assürisch etcetera kann, kurzum eine Masse Sprachen, und ist ein wahres Superhirn, kein Wunder, sein Onkel ist ja auch der berühmte Hebraist Reichlin[34], einer der genialsten

34 Johannes Reuchlin (1455–1522), berühmter deutscher Jurist, Philosoph, Humanist und Diplomat.

Gelehrten unserer Zeit, außerdem ist Melanchton ein großer Redner, er kann wahnsinnig schöne und mitreißende Reden halten, also müsst ihr ihm höchst respektvoll begegnen. Hier in Wittenberg gibt es schon Leute, die nennen ihn Prezeptor Germaniae, nemlich Lehrer Teutschlands, ihr müsst also aufpassen und ihn niemals unterbrechen wann er redet, denn mit Melanchton zu sprechen ist fast wie mit Luther persönlich zu sprechen, verstanden?

Einverstanden, sag ich, es trifft sich gut dass Melanchton und Luther gleichrangig sind, denn von Melanchton will ich ja genau denselben Nachttopf haben, wo ich von Luther wollte.

TAGEBUCH DES SALAÌ

Man diskutiert mit Melanchton über den Beginn der Reformation und über die Irrtümer der römischen Kirche.

Eine Magd öffnet uns die Tür und lässt uns in Melanchtons Häuschen eintreten und wir gehen ins obere Stockwerk wo uns in einem Raum voller Bücher in einem Sessel sitzend ein sehr lustiges Männlein erwartet, genau das Gegenteil von Luther, und Foghel stellt uns vor und sagt, Bitte, liebe Freunde, das ist Melanchton.

Er ist höchstens einen Meter und ein paar Zerquetschte groß, klapperdürr mit einem sehr langen Bart, ist blass als wie ein Toter und hat das traurige Aussehen von all denen wo zu viele Bücher lesen und immerfort in einem abgeschlossenen, muffigen Kämmerchen sterbenslangweilige Sachen studieren.

Um genau zu sein, sieht Melanchton gerade so aus wie einer dieser Unglücksraben, die sich bevor sie heiraten, Ihr wollt meine Offenheit entschuldigen, Heiliger Vater, so viele Millionenmal einen von der Palme geholt haben, dass sich bei ihnen der Schwengel zu einer Art Griff verformt hat. Bestimmt hat er niemals auch nur den Schatten einer halben Freundin gehabt, im Gegenteil, die Weiber sind schreiend davongelaufen sobald sie ihn am Horizont auftauchen sahen, und auch darum hat Melanchton einen Hauffen Probleme, aber weil er es nicht schafft, sein Leben zu ändern, kann er sich nur durch diese furztrockenen öden Fragen der religiösen Lehre der Filosofie der Reformation etcetera ein bisschen Befriedigung verschaffen. Aber es steht ihm im Gesicht geschrieben dass er insgeheim furchtbar gerne alles zum Teuffel jagen und Wittenberg Luther und seine Frau, alles hinter sich lassen und sich nachts klammheimlich zu Pferd vom Acker machen würde. Und so er ein Weib findet mit dem er sich wirklich gut versteht, würde er wahnsinnig gern Gaukler auf den Kirchweihfesten der Dörfer werden oder was in der Art, aber weil er so schrecklich schüchtern und verklemmt und unsicher ist, bleibt er an seinem Platz und ist weiter unglücklich wie vorher, denn was der arme Melanchton wirklich in seinem Herzen bewegt, das interessiert hier in Teutschland keine Sau.

Nachdem Foghel uns vorgestellt und erklärt hat, dass wir Luthers Reform in Italien unterstützen wollen, fängt Melanchton, wo irrsinnig gebildet ist und Sprachen zu Dutzenden spricht und die Bibel auswendig kennt, auf Italienisch zu reden an, und wie ich ihn höre, versteh ich sofort, warum wir ihn niemals unterbrechen dürfen, nemlich Melanchton hat ein sehr lustiges Problem, er spricht mit einem hauchdünnen Stimmchen, fast nicht zu hören, und außerdem verknäult sich ihm manchmal die Zunge wann er ein S sprechen muss und so kommt dabei ein F raus, sogar ein bisschen zischend, wie wenn einer ein Haar auf der Zungenspitze hat und versucht es auszuspucken, das klingt dann wie pff, pfsst, pfffsstt etcetera.[35]

Liebe Freunde, sagt Melanchton, ich heife Euch in diefem Hauff willkommen und wünsche mir, daff unfere Zufammenarbeit lange Zeit währen möge und hoffe daff wir viele nützliche Kenntniffe auftauschen!

Ich hab mich sofort gefragt, Wie zum Teuffel kann einer, wo so verkorkst spricht und nur Haut und Knochen ist und kaum größer als ein Hündchen, ein Prediger sein? Signior Papst, ich werde dieses Teutschland niemals wirklich verstehen.

Oh, natürlich, das ist sehr verlockend, antworte ich auf Melanchtons Vorschlag, und wo Ihr das mit dem Austausch von nützlichen Dingen gesagt habt, Signior Melanchton, mich würde interessieren zu erfahren ob

35 Es war allgemein bekannt, dass Melanchthon an einem Sprachfehler litt.

Ihr zufällig hier in eurem Haus ein gewisses Dingelchen habt, was meinem Ziehvater gehörte, der lebte im Frankenland und hieß Lionardo.

Foghel unterbricht mich indem er mir einen bösen Blick zuwirft als wollt er sagen, Bist du übergeschnappt Salaì, hast du vergessen dass ich dir gesagt hab, du sollst Melanchton niemals unterbrechen?

Also hab ich geschwiegen, Signior Papst, denn ich wollte Melanchton nicht vergrätzen, aber ich hab gedacht, Manno so eine Scheiße, beim Mittagessen im Lutherhaus bringt mich mein Sohn zum Schweigen, hier bringt mich dieser Schwachkopf Foghel zum Schweigen, ich fahr kein zweites Mal nach Teutschland. Mein Sohn hatte sofort kapiert was ich dachte und flüstert mir ins Ohr, Lieber Papa, lern doch endlich mal geduldig zu sein und füge dich stets in den Willen Gottes, darauf antworte ich ihm, Wo du so ein gutes Verhältnis zu Gott hast, Junge, sag ihm doch mal, dass er mir auch ein bisschen helfen muss, sonst kann er die achthunderttausend Avemaria auf der Rückreise vergessen, ist das klar?

Nun, liebe Freunde, hebt Melanchton wieder an, jetzt will ich euch erklären, waſ Luther macht und welche die hochedlen Ziele ſeiner heldenhaften Unternehmung ſind. Zuallererst müſſt ihr wiſſen, daſſ wir hier in Teutschland einen gewissen Tetzel[36] hatten, welcher das

36 Johannes Tetzel (1460–1519), Dominikanermönch, der den Ablasshandel persönlich leitete.

schändlichste Geschäft der Welt betrieb, nemlich er verkaufte Abläffe.

Ach, und was bedeutet das? frag ich.

Heiliger Himmel, wifft ihr in Italien denn gar nicht davon? Nun gut, alfo erkläre ich euch die Sache, denn mit dem Problem bin ich vertraut. Ihr müfft wiffen, daff wir hier einen Fürsten haben, Albert von Brandenburg. Das wissen wir, sag ich. Ah gut, ihr feid alfo gar nicht fo dumm wie ihr auffeht. Nun, vor acht Jahren war Fürst Albert noch fehr jung, erft fechsundzwanzig, aber er war von entschlossenem und ehrgeizigem Karakter und hatte fich in den Kopf gefetzt, drei Diözefen zu kaufen, nemlich die von Magdeburg, die von Mainz und die von Halberftadt, das heifft er wollte Bischof von allen drei Ftädten werden. Doch alle drei Ftädte zusammen waren fogar für ihn zu viel, dafür brauchte er die Erlaubnif auf Rom, nemlich vom Papst. Alfo haben zwei Gefandte von Fürst Albert in Rom Verhandlungen mit dem damaligen Papft geführt, nemlich diefem Schwein Leo X., und der hat gefagt, In Ordnung Albert, ich kann dir die Erlaubnif geben aber dafür mufft du eine Kleinigkeit raufrücken, um genau zu fein, neunundzwanzigtaufend Golddukaten. Seht ihr, Freunde, welch ein Halunke Leo X. war und wie er unfer armes Vaterland geschröpft hat? Er hat fich für diefen dreisten Raub fogar zu rechtfertigten verfucht und zu den Gefandten von Albert gefagt: Hier in Rom hab ich leider einen Berg Kosten, zum Beifpiel muff ich all die Künstler bezahlen, wo daf Reich der Kirche verschönern, ich muff ein paar Antiquitäten kaufen um daf Reich der Kirche zu verschönern, fodann muff ich die Schulen bezahlen um die Kindlein im Reich der Kirche zu erziehen, aufferdem muff ich ein paar Kriege führen um daf Reich der Kirche vor den ofmanischen Hunden zu schützen etcetera etcetera.

Ja gut, aber wo ist das Problem? frag ich und tu so wie wenn ich den bösen Blick nicht bemerke wo mir Foghel zuwirft, weil ich Melanchton schon wieder unterbrochen hab.

Daf Problem war, sagt Melanchton, daff Albert die neunundzwanzigtaufend Golddukaten nicht hatte und fich leihen muffte, aber hier in Teutschland gibt ef nur eine Bank wo immer Geld in der Kaffe hat und an alle verleiht, nemlich die Bankleute Fugger.

Ah, von diesen Fucker hab ich schon gehört, sag ich, die sind stinkreich, fast so wie Leone Prestasoldi. Fast fo wie wer? fragt Melanchton. Oh nichts, das ist ein Freund von mir in Fiorenza, sag ich, aber bitte fahrt doch fort mit Eurer Geschichte, die find ich irre interessant.

Nun gut, fährt Melanchton fort, die Fugger waren bereit, Albert daf Geld zu leihen, doch er wuffte beim besten Willen nicht wie er ef zurückzahlen follte. Da erklärt ihm der Papst: Lieber Alberto, hör zu, ich fag dir wie wir daf machen. Du kriegst von mir die Ermächtigung, mit dem Verkauf von Ablaffbriefen Geld in Teutschland zu fammeln, und von dem Geld nimmst du so viel wie du den Fuggern schuldest, dann find wir alle zufrieden, nicht schlecht die Idee, waf?

Bitte Melanchton, sag ich, erklärt Ihr uns was ein Ablassbrief ist?

Ach, daf wifft ihr nicht? Unglaublich! Daf ist einer der ärgsten Frevel wo je in Teutschland paffiert find! Gut, ich erkläre ef euch in wenigen Worten. Wann wir Christen fündigen, müffen wir vor Gott Rechenschaft ablegen, richtig?

Richtig, sagen Bruder Redento und ich.

Gut. Die Kirche von Rom lehrt, daff wir unf die Vergebung unferer Fünden verdienen müffen, nemlich Bufe tun müffen damit Gott nicht mehr mit unf zürnt und unf vergibt und unfere Feele rettet, damit wir inf Paradief kommen, richtig?

Richtig, sag ich.

Nun, fährt Melanchton fort, diefer Tetzel hat damit aber gewaltig übertrieben, nemlich er hat dem Volk Briefe verkauft wo oben geschrieben stand *INDULGENTIA* und drunter auf Latein: Achtung, aufmerkfam lefen. Wer für diefen Brief zehn Goldmünzen zahlt, dem find alle feine Fünden der letzten zwanzig Jahre vergeben, auch die schlimmsten. Die Leute zahlten, Tetzel gab einen Teil vom Geld den Fugger, einen Teil Albert und davon nahm die römische Kirche fich auch noch einen Teil. Ist euch klar wie ungeheuerlich daf war? Die römische Kirche und der Papft haben Gottef Vergebung gegen Geld verkauft und für unf in Teutschland blieb praktisch gar nichtf übrig!

Den Rest von Melanchtons Erzählung fass ich Euch zusammen, Signior Papst, dann kann ich alle S hineintun, die Melanchton nicht aussprechen konnte, so geht's schneller und besser, und verzeiht bitte, wenn das vielleicht alles Sachen sind wo Ihr schon kennt, aber ich will Euch ja berichten, wie die Teutschen sich hinter Eurem Rücken benehmen und welche durchtriebenen Spielchen sie veranstalten, um Eure Hochheilige Person und Päpstliche Autorität hinters Licht zu führen.

Kaum war die Abmachung zwischen Albert, den Fuckern und dem Papst perfekt, fing Tetzel an in den teutschen Städten umherzuziehen und zu verkünden, er habe Ablässe zu verkaufen und ermunterte die Leute, diese Briefe zu kaufen, damit sie ihr Gewissen auf Vordermann brachten und dafür sorgten, dass sie nicht in der Hölle landeten, wo sie zwischen den Flammen der Reue verzweifelt brüllen würden, was in der Tat keine so gute Sache ist. Und er sagte sogar, man könne die Vergebung von zukünftigen Sünden kaufen, jene nemlich wo man erst noch begehen würde. Die Leute aus dem Volk strömten herbei und ließen sich die Ablassbriefe geben und taten das Geld in Tetzels Kasten, und der gab einen Teil den Fucker, einen Teil Fürst Albert und wieder ein Teil landete beim Papst, damit der Sankt Peter bauen konnte, und wann Tetzel hocherfreut das ganze Geld des Volks einsammelte soll er gesagt haben: »Wenn das Geld im Kasten klingt, die Seele in den Himmel springt.«

Ein paar Monate später hörte Luther dass Tetzel auch in der Nähe von Wittenberg Ablässe verkaufte und dass die Einwohner von Wittenberg zu ihm gingen und glücklich mit ihren Ablassbriefen zurückkehrten. Da ärgerte Luther sich die Krätze an den Hals und machte einen Riesenaufstand, Tetzel wär ein hundsgemeiner ruchloser Händler wo glaubt, er kann das Seelenheil für Geld verkaufen, und betrügt das ahnungslose gutgläubige Volk, bloß um den Papst reicher zu machen, dass der sich seine sündhafte teure prächtige Kirche in Rom bauen kann.

Luther hatte eben erst angefangen, diese Sachen zu sagen und an seine persönlichen Bekannten zu schreiben, da hatte jemand die gute Idee, diese Briefe drucken zu lassen und, unglaublich, aber in kürzester Zeit wurden Luthers Schriften in Büchern und Zeitungen und fliegenden Blättern aller Art gedruckt und gelangten praktisch in jeden Winkel von Teutschland bis in die kleinsten Dörfer die Wälder die Weiden die Felder die Bauernhöfe die Schweineställe, wirklich überallhin, und auch Luther selbst hätte sich im Traum nicht vorgestellt, im Handumdrehen so berühmt zu werden.

Den Rest der Geschichte, liebe Freunde, sagt Melanchton, kennt auch ihr, nemlich in ganz Teutschland ist daf Protestieren lofgegangen und feitdem führt Luther die Bewegung gegen daf verderbte, korrupte schmutzige Rom und kämpft gegen den Papst, wo zu feinem eigenen schändlichen Vorteil unwürdigen Handel mit fpirituellen Dingen treibt, und der Protest wird immer gröffer und gewalttätiger und breitet fich über ganz Teutschland auf, denn wir Teutschen find eben nicht korrupt und egoiftisch wie der Papst und die Kirche von Rom. Alfo muff die verderbte Kirche in Ftücke geschlagen werden, darum haben wir in Teutschland beschloffen: Schluff mit den Priestern, Schluff mit den Mönchen und Nonnen, Schluff mit der Meffe. Um die göttliche Gnade zu empfangen braucht man keinerlei Vermittlung, die Kommunion gilt nicht, die Ehe ist kein Fakrament, die Heilige Schrift, nemlich die Bibel können wir ganz allein verftehen, da müffen wir nicht den Papft oder die Priester fragen, der Papft ist nicht unfehlbar, im Gegenteil, er kann irren und Dummheiten machen genaufo wie alle Menschen, die guten Werke zählen gar nicht, denn für das Feelenheil genügt der Glaube an Gott und ohnehin hat Gott allein vorherbestimmt ob wir Gutef oder Böfef tun.

Aha, ich verstehe, sagt Bruder Redento. Wer hat denn all diese Ideen gehabt?

Wiefo, wer hat die gehabt? fragt Melanchton ungeduldig zurück. Luther natürlich, klar? Da fällt mir ein, Freund Foghel hat mir gefagt, ihr beiden wollt die Reformation und ihre edlen Ziele unterstützen, ist daf richtig?

Aber sicher doch, natürlich Signior Melanchton, sag ich, ich wollte Euch gerade fragen was genau wir in Italien tun können um Luther zu helfen.

Versteht ihr daf nicht? Daf ist doch klar! sagt Melanchton. Ihr müfft in Italien Werbung machen, damit alle von den schändlichen Dingen erfahren wo die Päpste heimlich bei unf in Teutschland treiben, nemlich den abscheulichen Plan, Sankt Peter mit dem Geld zu bauen waf den armen unschuldigen gläubigen Teutschen mit dem Verkauf von Abläffen gestohlen wurde, und ihr müfft die Italiener dazu aufrufen, gegen diefef schurkische Treiben zu protestieren. Fobald fich dann die ersten Funken der Rebellion entzündet haben, wird Luther von Teutschland nach Italien kommen um grofe Reden in der Öffentlichkeit zu halten und die Massen zu begeiftern und den Kampf gegen den Papft direkt vor feiner Haustür nemlich in Rom und Italien vorzubereiten. Ihr werdet fehen, daf wird bestimmt ein toller Erfolg! Fangen wir doch gleich an, einen genauen Plan zu entwerfen, meint ihr nicht auch?

Hm, naja, antworten Bruder Redento und ich ein wenig überrumpelt, Ihr müsst wissen, Signior Melanchton, da gibt es ein Problem, nemlich die Taktik, wo ihr Teutschen angewendet habt, um die Reformation auszulösen, die würde in Italien nicht funktionieren.

Ach wirklich, warum denn nicht? fragt Melanchton erstaunt.

Nun, ganz einfach Signior Melanchton, wenn zu einem Italiener jemand käme und sagt, He du da, siehst du diesen Ablassbrief? Gib mir fünf Golddukaten dafür, und ich verspreche dir, dass du nicht in die Hölle kommst und auch deine Freunde und Verwandten nicht, ha, dann würde der Italiener antworten, Willst du mich verarschen, mieser Betrüger, glaubst du wirklich ich gebe dir mein Geld für so einen Mumpitz? Das kommt daher, Signior Melanchton, dass die Italiener seit Jahrhunderten mit der halben Welt Handel treiben und Geschäfte machen, sogar mit Amerika und Schina, und weil der Handel eine sehr gefehrliche Angelegenheit ist wo man einen Riesenbatzen Geld verlieren kann, sind die Italiener mit der Zeit höchst misstrauisch und vorsichtig geworden, und einer wo ihnen was verkaufen will, was man erst als Toter überprüfen kann ob es was wert ist, dem trauen die Italiener nicht, denn was sie kaufen, wollen sie lieber unter die Lupe nehmen bevor sie sterben, nicht hinterher. Nemlich wenn die Ware nicht gut war, kann man als Toter nur schwer sein Geld zurückverlangen, stimmt's? Wann einer diese wichtige Vorsichtsmaßnahme nicht bedenkt, ist er für die Italiener sofort ein Volltrottel und verdient im großen Stil betrogen zu werden, und darum ist es ja auch kein Zufall, dass der Papst gar nicht erst probiert hat, die Ablässe in Italien zu verkaufen, nein, er hat sie nur euch in Teutschland untergejubelt, versteht Ihr was ich meine?

Nun ja, hm, ich verstehe, sagt Melanchton ein bisschen enttäuscht.

Sehr gut, Signior Melanchton, dann werdet Ihr auch dies verstehen: Wenn in Italien bekannt wird, dass die Teutschen bereit sind eine Sache zu kaufen, wo man erst als Toter überprüfen kann, denkt jeder Italiener sofort, Das hat der Papst schlau angestellt, die Teutschen so reinzulegen, saublöd wie sie sind, verdienen sie's nicht besser, und wenn ich's mir recht überlege, bastle ich mir selbst gleich ein paar schöne falsche Ablassbriefe und geh auch nach Teutschland, um sie in irgendeinem abgelegenen Bauernnest zu verkaufen, ist ja schnurz ob sie falsch oder echt sind, denn wenn die Teutschen so dusselig sind, die echten zu kaufen, können sie auch die echten von den falschen nicht unterscheiden. Verstanden, Signior Melanchton?

Ja, mein Freund, du haft dich klar genug aufgedrückt, sagt Melanchton.

Doch obgleich meine Erklärung sehr freundlich gemeint und diplomatisch war und niemanden beleidigt hat, macht Melanchton jetzt leider ein so trauriges Gesicht dass ihm das Kinn fast bis auf die Schuhe runterkippt, und auch Foghel starrt mit düsterer und betrübter Miene ins Leere, wie wenn ihm jemand gesagt hätte, Heda Foghel, weißt du dass deine Frau jeden Tag dieweil du bei der Arbeit bist, mit deinem besten Freund vögelt und hinterher spielen sie Pfeile werfen auf dein Bildnis?

Nun gut, aber wie könnt ihr unf denn nun helfen, Werbung in Italien zu machen? fragt Melanchton wieder.

Tja, lieber Signior Melanchton, das ist eine langwierige und verwickelte Angelegenheit und wir sind noch ein bisschen müde von der langen Reise, übrigens, Ihr habt nicht zufällig was zu essen und zu trinken im Haus?

Hä? Ach ja, Katariiiiina! Meine Frau wird euch etwaf bringen.

Da kommt Melanchtons Frau herein und sie hat denselben Namen wie die wo Luther heiraten will und ist genauso zum Fürchten hässlich und zuletzt, ratet mal, steht auch ihr klar und in Großbuchstaben auf der Stirn geschrieben *ICH-BIN-EINE-ZIMTZICKE*, Mamma mia, Signior Papst, in Sachen Weiber haben diese Teutschen anscheinend alle denselben Geschmack.

Um uns die freie Auswahl zu lassen fragt uns Catarina2 (so nenne ich sie jetzt, damit Ihr sie nicht mit der andren verwechselt, in Ordnung Heiligkeit?) ob wir Wasser oder Wein haben wollen oder schön kühles Wasser oder vielleicht eine Tasse heißes Wasser oder einen Krug lauwarmes Wasser, und da sagen wir, Wein bitte, und dazu Brot und Käse und Schinken und ein bisschen Obst und Äpfel, danke Signiora Catarina, vielen Dank.

Catarina2 schaut uns sehr böse an, aber sie hat nicht den Mut zu sagen, Schert euch zum Teuffel, ihr Schmarotzer, denn wir sind ja Gäste von ihrem Mann, aber der arme Melanchton kriegt einen flammenden Blick verpasst und Foghel gleich mit, als will sie sagen, Mit euch beiden rechne ich später ab, und dann rauscht sie türenknallend davon, damit ganz klar wird, wenn es im Haus von Melanchton einen Mann mit Eiern gibt, wo das Sagen hat, dann heißt er Catarina.

Dieweil Melanchton und Foghel untereinander was brummen, flüstere ich meinem Sohn ins Ohr, Ich bin sicher, die tut mindestens irgendein tödliches Gift in unsren Wein, aber Bruder Redento sagt bloß, Lieber Papa, Gottes Wille geschehe, so lernst du wenigstens mich und dich nicht immer in solch verschissene Situationen reinzureiten.

Dann sehen wir uns ein bisschen um und bemerken, dass Melanchtons Haus längst nicht so schön und groß und voller Möbel ist als wie das von Luther, eindeutig hat Luther sich das frühere Kloster mit irgendeiner Finte unter den Nagel gerissen, denn er ist ein bauernschlauer Spitzbube und ein Schmarotzer und guckt seinen Nächsten nicht mit dem Arsch an, nemlich er hat kapiert, dass man die Teutschen nach Strich und Faden belügen muss und wenn du das nicht sofort tust bist du hinterher selbst der Gelackmeierte. Melanchton dagegen ist so einer wo immer über den Büchern hockt um Teologie Filologie Filosofie etcetera zu studieren, kurz, einer mit dem Kopf in den Wolken, und meiner Meinung nach hauen ihn deshalb alle übers Ohr und er bleibt sein ganzes Leben der Hungerleider und Pechvogel als der er geboren wurde.

Nach wenigen Minuten kommt Catarina2 zurück und bringt uns was wir gewünscht haben, aber es ist für den hohlen Zahn, nemlich ein halbes Glas Wein für jeden, ein winziges Stück Käse eine Brotkruste und zwei vertrocknete Äpfel.

Bruder Redento und ich machen uns sehr schnell über das Bisschen her, denn, ich weiß nicht ob ich Euch das schon gesagt hab, Heiligkeit, aber wir zwei sind alle beide so gemacht dass wir immer Hunger haben, insonderheit wann zu viel geredet wird, dann sagt mein Mund mir nemlich, He Salaì, wenn du mich unbedingt so oft aufmachen musst, warum steckst du dann nicht auch mal was in mich hinein?

Ich muss Euch etwas fragen, Signior Melanchton, sagt Bruder Redento, und bitte verzeiht dass ich mit vollem Mund spreche, aber dieser Tetzel, wann ist der zum Händler mit Ablässen in Teutschland ernannt worden?

Im Januar 1516, sagt Melanchton.

Dann ist er also in den darauffolgenden Monaten durch die Städte gezogen, richtig?

Richtig, sagt Melanchton.

Sehr gut, und wann hat Luther begonnen, gegen Tetzel zu protestieren?

Hm, ich glaube, daf war Ende Oktober deffelben Jahref.

Wirklich? ruft Bruder Redento höchst verwundert aus. Entschuldige Melanchton, wann sind denn die ersten gedruckten Schriften Luthers gegen Tetzel, den Ablasshandel, den korrupten Papst etcetera im Umlauf gewesen?

Oh äh hm, ich meine, gleich danach, im Frühling 1517, antwortet Melanchton.

Wirklich? ruft Bruder Redento noch einmal, aber dann erklärt mir bitte, wie zum Henker ihr das alles so schnell hingekriegt habt!

Hä? Hm nun ja, die Menschen hier in Teutschland waren wirklich fehr verbittert wegen dem Verkauf von Abläffen, darum muffte man blof anfangen davon zu reden, schon wollten alle die Fache selbst weitertragen, daf war wie eine Ansteckung, wie foll ich fagen …

Ich habe verstanden, sagt Bruder Redento, aber Luthers Schriften für die Veröffentlichung vorzubereiten, den Druck der Bücher, den Versand etcetera – wie zum

Teuffel habt ihr es bloß geschafft, den Protest so schnell zu organisieren?

Melanchton brummelt vor sich hin, Äh, hm, tja, wahrscheinlich waren die Ideen gut und darum find die Menschen ihnen gefolgt, ganz einfach. Aber man merkt ganz deutlich, dass er nicht recht weiß, was er sagen soll.

Bruder Redento ist geübt darin die Menschen während der Beichte auszufragen, und jetzt sieht er Melanchton mit diesem misstrauischen Blick an, den kenn ich sehr gut, den setzt er auch auf wann ich bei ihm beichte, und der bedeutet: Mein Lieber, wenn du mir hier irgendeinen Stuss erzählst, ist es genau so, als würdest du Gott, dessen Stellvertreter ich bin, irgendeinen Stuss erzählen, darum rate ich dir, das zu lassen, sonst kriegst du Ärger. Denn ich mag ja manchmal auf dem Schlauch stehen so dass mir was entgeht, aber Gott bestimmt nicht, klar?

Sag mal, Melanchton mein Freund, darf ich dich duzen?

Hä? Äh, natürlich gewiff doch, sagt Melanchton ein bisschen verlegen, das hat er nicht erwartet weil in Wittenberg behandeln ihn alle überaus respektvoll.

Nun Melanchton, fragt Bruder Redento, was genau sagt Luther denn gegen die Ablässe?

Melanchton berät sich blitzschnell mit Foghel auf Teutsch, und das nutz ich aus um meinem Sohn ins Ohr zu flüstern, He Redento, was hast du eigentlich vor? Streite nicht mit diesem Melanchton herum, der muss uns den Nachttopf geben!

Bruder Redento antwortet mir hastig, Halt's Maul Papa, und lass mich machen, das hier geht dich nichts an, das ist meine Angelegenheit, denn ich bin Mönch und dem Papst treu ergeben.

Ähm nun gut, ich werde ef dir erklären, sagt Melanchton, zuvörderst hat Luther fünfundneunzig Tefen geschrieben, darin er die Irrtümer und Miffetaten der Kirche von Rom darlegt, nemlich wie fie die Wahre Christliche Lehre verraten hat, und felbige Tefen hat er vor fechs Jahren, alfo 1517 am Portal unferer Kirche zu Wittenberg angeschlagen und fo hat er die Reformation eingeleitet.

Aha, verstehe, und was sagen diese fünfundneunzig Tesen zu den Ablässen?

Fie fagen folgendef: Erftens, auch wenn der Papft Abläffe gewährt, wird doch die nach dem Tod zu leistende Buffe damit nicht aufgehoben. Zweitens, nur die Reue kann die Schuld und die Buffe tilgen. Drittens, mit Geld kann man die Feelen nicht vom Fegefeuer erlöfen. Viertens, die Ablaffbriefe garantieren keine Rettung der Feele und wer daf Gegenteil behauptet, foll verdammt fein.

Aha, sagt Bruder Redento, mir scheint aber, hier hat Luther ein bisschen was durcheinandergekriegt, denn was du mir gerade gesagt hast, ist teilweise falsch und teilweise dasselbe, was die römische Kirche sagt.

Wie bitte?

Mein lieber Melanchton, sagt Bruder Redento, nun setz dich mal bequem hin und lass dir die Sache richtig erklären. Erstens: es steht völlig außer Frage, dass der Papst einen Ablass gewähren kann, und warum erkläre ich dir gleich. Zweitens: es stimmt nicht, dass die Reue allein genügt um die Schuld zu tilgen, nach der Wahren Christlichen Lehre braucht es zusätzlich die Absolution, und auch das erkläre ich dir später. Drittens: die römische Kirche hat nicht mal im Traum je daran gedacht dass man bloß zu bezahlen braucht um sein Seelenheil zu erlangen, und bitte erlaub mir dazu eine Bemerkung: diese Idee ist derart hirnverbrannt, dass einer wo in Italien auch nur versuchen würde, sie dem dümmsten Bauern ganz leise vorzuschlagen, von dem Bauern mit Arschtritten vom Hof gejagt würde. Denn auch der dümmste Bauer weiß dass man zuerst mal bereuen und vor allem sein Leben ändern und auf das Sündigen verzichten muss, wie die Kirche immer gesagt hat, welche uns nemlich bei ihren Riten also der Messe der Taufe etcetera die Formel sprechen lässt, dass wir Satan widersagen, dass wir unsre Sünden bereuen etcetera, sonst nützt das ganze Bezahlen einen feuchten Kehricht.

Kann ja fein, aber Luther hat auch gefagt daff …

Warte Melancton, lass mich ausreden, ich muss es dir genau erklären, denn die Metode wo ihr in Teutschland benutzt habt, die taugt bei uns in Italien nichts, die wäre sogar schädlich. Also, ich sagte, dass der Papst Ablässe gewähren kann, aber hallo, und ob er das kann, und um die Schuld zu tilgen braucht man die Absolution von einem Priester oder einem Mönch wie mir. Erinnere dich mal dran, lieber Melanchton, was Jesus im Matthäusevangelium 16, 18 und 19 gesagt hat: *Du bist Petrus und auf diesem Felsen werde ich meine Kirche bauen und die Mächte der Unterwelt werden sie nicht überwältigen. Ich werde dir die Schlüssel des Himmelsreichs geben; was du auf Erden binden wirst, das wird auch im Himmel gebunden sein, und was du auf Erden lösen wirst, das wird auch im Himmel gelöst sein.* Wenn ich den Italienern erzähle, dass die Priester und die Mönche keinerlei Befugnisse haben und dass wir uns selbst von den Sünden lossprechen können, dann sagen sie mir: Du hast sie wohl nicht alle, Jesus hat genau das Gegenteil gesagt und das steht klar und deutlich im Matthäusevangelium.

Hm, äh, nun ja, schade, sagt Melanchton, aber vielleicht könnte man denken, daff …

Warte, ich bin noch nicht fertig. Ich glaub, euch hier in Teutschland ist noch nicht ganz klar, was ein Ablassbrief ist. Du bist ein gelahrter und gebildeter Mann, Melanchton, darum müsstest du eigentlich wissen, dass die Dinger in Wirklichkeit Beichtbriefe heißen und seit Papst Johannes *XXII*. üblich sind, nemlich ungefehr seit 1320–1330, ich erinnere mich nicht genau. Diese Briefe hat man benutzt weil damals nicht alle Sünden von jedem beliebigen Priester vergeben werden konnten, nein, einige Sünden konnten nur vom Papst vergeben werden, aber wann ein Christ zum Beispiel in Teutschland oder in Spanien oder in Schina auf dem Totenbett lag konnte man dem ja schlecht sagen, He du da, steh auf und geh schnell nach Rom, um dir diese eine spezielle Sünde vom Papst vergeben zu lassen. Darum gab es diesen Brief, damit wurde einem Priester oder Mönch die

Vollmacht erteilt, jeden Beichtenden überall auf der Welt von seinen Sünden loszusprechen. Und jetzt muss ich euch beide mal was fragen, lieber Melanchton und lieber Foghel, nemlich hat dieser Tetzel der wo das Geld einsammelte, eigentlich je gesagt, wer nicht bezahlt kriegt nie und nimmer die Absolution?

Hä? Oh, äh, hm, ich bin nicht ficher, doch mich dünkt nein, daf hat er nie gefagt.

Ich erinnere mich nicht genau, aber ich meine auch, nein. Aber die Leute dachten, er hätte es gesagt!

Na klar, sagt Bruder Redento, denn in diesen Briefen gibt es verschiedene Möglichkeiten der Lossprechung von den Sünden durch Bußwerke und eines davon ist, der Kirche Geld anzubieten. Wenn das Bezahlen aber nun unerlässlich wäre, was würden denn dann die Armen machen?

Tja, waf würden die machen? sagt Melanchton ein bisschen benommen von den langwierigen Erklärungen.

Tja, was würden die machen?

Die Antwort, meine Lieben, lautet, dass die römische Kirche das Bezahlen nicht für notwendig und nicht mal für ausreichend hält, weil, ich wiederhole, die Reue, die Absicht fürderhin nicht mehr zu sündigen und die Absolution durch einen Priester wichtiger sind. Übrigens haben Teologen von der Sorbonn das Problem bereits untersucht und ausgeschlossen dass man einen Ablass nur mit Geld erhalten kann. 'Tschuldigung, wenn ich dir weiterhin auf den Zeiger gehen muss, lieber Melanchton, aber ich habe noch eine Frage: Wann und wo hat

Tetzel gesagt, dass man die Absolution auch zukünftiger Sünden kaufen kann, und wann hat er den berühmten Satz gesagt »Wenn das Geld im Kasten klingt, die Seele in den Himmel springt«?

Oh, ähm, hm, genau weiff ich daf nicht, ich war ja nicht dabei.

Ich weiß es auch nicht, aber alle sagen diesen Satz …

Ja, daf ftimmt, alle kennen ihn, daf kann keine Erfindung fein!

Und auch Luther sagt ihn immer.

Aha. Warum habt ihr Reformatoren von Wittenberg eigentlich das Gerücht in Umlauf gebracht, Luther hätte seine Tesen am Portal der Kirche angeschlagen, wo das doch gar nicht stimmt?

Hä? Wie? Waf? Melanchton springt auf als hätte man ihm den mit Stacheln gespickten Stiel einer Rose zwischen die Hinterbacken gesteckt, denn er weiß ja nicht, dass Bruder Redento und ich gehört haben wie ein paar Freunde von Luther während des Mittagessens im Lutherhaus darüber sprachen.

Liebe Freunde, sagt Bruder Redento, ich verstehe ja, dass es viel mehr Eindruck macht, überall zu verbreiten Luther hätte, um die Reformation in Gang zu bringen, seine Tesen nicht nur heimlich an zwei oder drei Geistliche geschickt, sondern sie auch am Portal des Doms zu Wittenberg angeschlagen. Denn das sieht nach einem sehr mutigen Mann aus, wo sich der Kirche von Rom ungeschützt entgegenstellt. Freilich muss ich euch eines sagen, liebe Freunde, und da macht Bruder Redento ein sehr strenges Gesicht, es gibt unter euch einige, wo zu viel und zu laut reden, und wenn sie nicht achtgeben wird am Ende noch die achtzigjährige Magd, die jeden Donnerstag frische Eier in mein Kloster in Italien bringt, die Geheimnisse der Reformation erfahren. Und darum frage ich mich, ob nicht zufällig auch die Geschichte von dem Satz mit der Münze, die in Tetzels Kasten klingelkling macht, eine Erfindung von Luther ist?

Hör mal, Söhnchen, mische ich, Salaì, mich ein, die Sache mit den 95 Tesen mag ja falsch sein, aber Luther hat doch gut dran getan, sie zu erfinden, wo sie der Reformation Aufschwung gab, oder nicht?

Oh ja, ſicherlich!

Donnerwetter, das stimmt!

Möglich, liebe Freunde und lieber Papa, aber Unwahrheiten zu verbreiten, insonderheit von dieser Art, nemlich richtig fette Lügen, mit denen man die Gutgläubigkeit des Volkes missbraucht, das ist eine schwere Sünde, wisst ihr das?

Ja aber, im Grunde ...

... das haben wir glatt überſehen!

Redento, sag ich leise, hör auf mit diesem Gerede, ich bitte dich!

Kümmere dich um deinen eigenen Scheiß, entgegnet mir dieser freche Lümmel und fragt dann Melanchton: Sag mal, seit wann hast du keine anständige Beichte mehr abgelegt?

Hm, ehrlich geſagt ſeit langem nicht mehr, sagt Melanchton, denn Luther überträgt mir immer massig

Arbeiten, Melanchton mach dief, Melanchton mach daf, schreib mir diefe Notizen inf Reine, empfang diefe Befucher für mich …

Oh, mein Sohn, ruft Bruder Redento aus, du beichtest also seit langer Zeit nicht mehr? Das ist sehr schlimm! Wann wollen wir Abhilfe schaffen?

Ähm, aber Luther fagt, man braucht keinen Priester dafür, auferdem ist er nicht mal ficher, ob die Beichte überhaupt ein Fakrament ist, mal fagt er ja, mal nein …

Ich verstehe, sagt Bruder Redento, und wie er aufsteht fasst er Melanchton am Ellenbogen und hebt ihn aus dem Stuhl, dann hakt er sich bei ihm unter wie bei einem alten Freund und sagt, Nun gib dir einen Ruck, mein lieber Melanchton, komm, wir gehen ins Nebenzimmer, es dauert nur einen Augenblick, und hinterher fühlst du dich viel besser!

Ihr müsst wissen, Heiligkeit, mein Sohn Alighiero, Entschuldigung, ich wollte sagen Bruder Redento, geht mit allen Menschen freundlich und nett um (außer mit seinem Vater, mir ist schleierhaft warum, aber mich behandelt er wie den letzten Dreck), und wenn er sich was in den Kopf gesetzt hat, kann's ihm keiner abschlagen, vielleicht weil er den Glauben hat und immer denkt, er tut das alles für Jesus. Darum sind die andren ihm im Grunde völlig schnuppe, denn er glaubt, alles was er macht, ob gut oder schlecht, geschieht sowieso zur höheren Ehre Gottes, also geht er für die Sache der Religion über andre Menschen hinweg wie ein glühendes Plätteisen über das Hemd.

Foghel und ich haben noch nicht mal kapiert was los ist, da sind Bruder Redento und Melanchton schon im Nebenzimmer und haben sogar die Tür abgeschlossen. Foghel guckt mich ein bisschen besorgt an, er kennt uns ja erst seit ein paar Stunden, also was zum Henker hat Bruder Redento jetzt mit Melanchton vor?

Ich sag zu Foghel, Tja das wird jetzt eine Weile dauern, denn bei meinem Sohn zieht sich eine Beichte immer mindestens zwei drei Stunden hin. Sofort seh ich, dass mein Kniff funktioniert hat, denn Foghel guckt mich noch besorgter an und ich lese ihm von den Augen ab, dass er es nicht aushalten wird sein Geschäft mit Büchern und Eisenwaren so lange Zeit allein zu lassen ohne die enorme Menge an Geld, die da ständig im Umlauf ist, kontrollieren zu können, und diese seine Sorge ist viel größer als die Sorge, Melanchton könnte was Böses zustoßen. Und das ist eine Sache, wo mir an den Teutschen am besten gefällt, Heiligkeit, besonders an den Freunden von Luther, nemlich für sie ist Geld ungeheuer wichtig, und hat man das einmal kapiert, kann man bei ihnen fast alle Gedanken und Entscheidungen vorhersehen, nemlich es sind immer die, welche ihnen mehr Geld in die Tasche bringen, wogegen bei den Italienern alles verflucht komplizirt ist, manchen ist die Religion am wichtigsten, andren die Weiber, wieder andren das Essen und manchen das Geld, und wenn du jeden einzelnen nicht sehr gut kennst, weiß du nie was zum Teuffel sie denken.

Aha, na gut, dann lasst von euch hören, sobald ihr fertig seid, einverstanden? sagt Foghel, aber ich brauch eine Weile um den Satz zu verstehen und er muss ihn zwei dreimal wiederholen, aber schließlich haben Foghel und ich uns verstanden und ich sag, In Ordnung, bis später, ciao.

Kaum ist Foghel weg, kleb ich mein Ohr an die Tür, zum Glück hört man fast alles, und darum schreib ich Euch jetzt alles getreulich auf was ich gehört hab, Heiligkeit, aber bitte verratet das nicht, denn Bruder Redento besteht immer darauf dass ich nicht abhorchen darf wie er jemandem die Beichte abnimmt, nemlich da gibt's was, das nennt sich Beichtgeheimnis und ist das strenge Verbot zu belauschen und weiterzuerzählen was der Sünder im Beichtstuhl sagt. Ich hab ja durchaus ein bisschen Verständnis für dieses Verbot, Heiliger Vater, aber es hilft alles nichts, schon als Kind war ich neugierig wie ein Äffchen und sobald jemand flüstert oder andren was ins Ohr sagt, möcht ich sofort wissen was los ist, außerdem musst ich in diesem Fall ja aufpassen, dass Bruder Redento zwischen all diesen teutschen Ketzern nichts passiert, oder?

Einmal hat Bruder Redento mich erwischt wie ich belauscht hab, was ihm ein Sünder während der Beichte erzählt, aber die andren zwanzig oder dreißig Mal hat er's zum Glück nicht gemerkt, also sind die Hiebe wo er mir damals versetzt hat nichts im Vergleich zu denen wo ich eigentlich hätte kriegen müssen, aber auch darüber bitte kein Sterbenswörtchen, versprochen, Heiligkeit?

Wie ich anfange die Beichte von Melanchton abzuhorchen merk ich gleich, das ist ein heilloses Durcheinander aus Teutsch Latein und Italienisch (Melanchton hat Angst, Catarina2 könnte lauschen, drum redet er Latein) und das alles genauso aufzuschreiben wär eine Heidenarbeit, also kriegt Ihr, lieber Signior Pontifeks, das alles auf Italienisch angeboten, das versteht man trefflich und unter uns gesagt ist es ja auch viel schöner, oder?

TAGEBUCH DES SALAÌ

Melanchton beichtet bei Bruder Redento und mit dem Nachttopf muss man noch mal ganz von vorn anfangen.

Nun, mein Sohn, wann war deine letzte Beichte?

Hm, ehrlich gefagt erinnere ich mich nicht, ef ist viel Zeit vergangen, vielleicht vor zwei oder drei Monaten.

Ich verstehe, mein Sohn. Du weißt, dass es von Übel ist, wenn man keine Kommunion mehr empfängt?

Tja, alfo davon hat Luther nie waf gefagt.

Sprich Melanchton, hast du seit der letzten Beichte getötet?

Heiliger Himmel, nein!

Hast du falsch Zeugnis abgelegt?

Aber keine Rede davon! Entschuldigt Pater, aber ist ef nicht beffer, wenn ich selber fage waf ich Böfef getan habe?

Nein, ich folge da einer andren Metode, die Fragen stelle ich. Hast du gestohlen?

Nein Pater!

Hast du unkeusche Handlungen begangen?

Nein, Pater! Äh, ich meine … Naja einmal wurde ich durch ein Weib verfucht.

Aha. Und wer war das?

Daf war … hm, äh, nun eine Freundin von Luther.

Sprich, mein Sohn, war das zufällig eine recht üppige junge Frau?

Ja Pater, fie hatte zwei gewaltige … fie war fehr üppig.

War es vielleicht eine ehemalige Nonne, die aus dem Kloster floh?

Ja Pater, und mit ihren Freundinnen stört fie den Frieden in diefer Ftadt. Allef Lutherf Schuld! Er hätte diefe Nonnen nicht auf dem Kloster befreien dürfen denn mit ihren fehr finnlichen Leibern verführen fie Wittenberg jetzt zur Unkeuschheit!

Oh ja, mein Sohn, ich kenne diese Geschichten, doch sage mir, was hast du mit dieser sehr üppigen Dame getan?

Hm, ehrlich gefagt war ef Luther wo mich auf den Weg der Fünde gebracht hat. Wir speisten alle zufammen, nemlich Luther ich meine Frau der Fekretär von Luther mit Namen Rore und schlieflich feine drei Freundinnen Ave … nein, Pater, ich möchte die Namen diefer lasterhaften Weiber nicht mal auffprechen.

Das ist unwichtig, mein Sohn, ich habe bereits eine

Vorstellung. Du hast recht, Luther hat dich zur Sünde der Unkeuschheit verleitet. Sehr schlimm. Fahre fort.

Nun, Luther hatte zu viel getrunken wie ef manchmal bei ihm vorkommt, äh, eigentlich kommt ef oft vor, und da ich an feiner Feite war und diefe Dame uns direkt gegenüber saf, hat Luther unter dem Tisch mein Bein genommen und ef zwischen die Schenkel diesef Weibf gesteckt.

Aha, ich verstehe. Und was hat das Weib getan?

Nichtf, Pater, fie ist ganz rot geworden aber den Fuf hat fie nicht von ihren Schenkeln genommen.

Hast du ihn denn weggezogen?

Nein Pater, und hier kommt meine Fünde, ich habe den Fuf nicht weggezogen, ja die Fache gefiel mir fogar. Damit habe ich schwer gefündigt und ich habe die Fünde nicht willentlich beendet. Genau hier liegt daf Problem, denn hätte ich ef getan, ich hätte mir viele Scherereien erspart. Um mir einen dummen Streich zu spielen hat Luther nemlich daf Tischtuch angehoben und … tja, er hat mein Bein und die wohlgeformten Schenkel der Dame meiner Frau gezeigt und hat fogar gelacht.

Ich verstehe, mein Sohn. Auch das ist sehr schwerwiegend, Luther hat dich dem ehelichen Zorn ausgesetzt. Was ist danach passiert?

(Schluchzt) Zuhaufe hat meine Frau … mir die Hölle heif gemacht, Ihr macht euch keine Vorftellung Pater, wozu diefef Weib fähig ist, wenn …

Nun mein Sohn, man sollte auch Verständnis für sie

haben, doch du sei getrost, nimm es nicht so schwer, ja, leg deinen Kopf ruhig an meine Schulter, ich bin ein geistlicher Vater aber auch ein Freund (zunehmend lautere Schluchzer, dann untröstlich heftiges Weinen wie bei einem Kleinkind). Na komm schon, hier ist ein Taschentuch, schnäuz dir brav die Nase, so ist's gut, versuch dich wieder zu fassen, das geht alles vorbei!

(noch ein paar kurze Schluchzer) Pater, ich bin müde, fehr müde ... Luther kommandiert mich herum wie einen Fklaven, meine Frau kommandiert mich herum wie einen Fklaven, niemand hat Mitleid mit dem armen Melanchton und denkt an all die Opfer wo ich bringe!

Gewiss, ich verstehe, doch sieh mal mein Sohn, das Gebot des Mitleids und der Liebe sagt, dass wir Verständnis für die andren haben sollen und dabei keinerlei Rücksicht auf uns nehmen dürfen. Wenn unsre Lieben Opfer von uns wünschen, müssen wir unser ganzes Selbst hingeben ohne etwas dafür zu verlangen, so wie es unser Herrgott tat, als er das Kreuz trug, um die ganze Menschheit zu erlösen. Aber sage mir: Luther und du, widmet ihr euch oft diesen lasterhaften Ausschweifungen? Ich meine, ermutigt er dich häufig den Pfad des Bösen zu beschreiten?

Hm, Pater, da gäbe ef wohl eine Menge Fachen zu erzählen aber ich weif nicht recht ob ich auch noch die Fünden von Luther beichten darf.

Aber sicher, gewiss doch, sorge dich nicht, erzähl du ruhig, erzähl einfach, um alles andre kümmere ich mich, du weißt doch dass wir Priester wie Hirten sind, und jeder Hirte muss für seine ganze Herde sorgen, auch wenn er nur mit einem Schäfchen sprechen kann. Darum befreie ich dich vom Verbot, mir die Sünden anderer zu offenbaren, wenn dir das hilft, deine eignen Sünden zu beichten, und segne dich im Namen des Vaters, des Sohnes und des Heiligen Geistes Amen. Nun?

Moment mal, eine kleine Pause, Signior Papst, ich Salaì, möchte hier eine Bemerkung machen, nemlich dass es wirklich ein verteuffelt schlauer Zug von meinem Sohn war, Melanchton dazu zu bringen von Luther zu reden. Aber dabei hat ihm seine sehr lange Erfahrung mit den Gevatterinnen aus dem Dorf geholfen, wo bloß zum Schein beim Priester beichten gehen, in Wirklichkeit wollen sie nemlich ihre schlechte Laune ablassen und dem Pfarrer den Nerv töten mit den Sünden der Nachbarin, der Schwiegermutter, der Schwester, des Ehemanns, der Enkel etcetera. Denn die meisten Menschen sehen die Fehler der andren genau, von den eignen aber wollen sie lieber nicht sprechen, ich weiß nicht, ob Euch das schon mal aufgefallen ist, allen macht's ein diebisches Vergnügen andren die Schuld zu geben an dem was passiert, aber sie selbst sind nie schuld, das weiß ich ganz genau, denn Ihr könnt Euch gar nicht vorstellen, wie viele Beichten von der Sorte ich belauscht hab, wann ich als Junge bei Lionardo lebte. Ich war klein und konnte mich prima im Dunkel der Kirche hinterm Beichtstuhl verstecken, und später hab ich dann hauffenweise Beichten bei meinem Sohn nemlich Bruder Redento belauscht, doch vielleicht hab ich Euch das schon erzählt, Entschuldigung Heiligkeit. Jedenfalls lief auch Melanchton bei der Idee schlecht von andren reden zu dürfen, in diesem Fall von Luther, das Wasser im Mund zusammen und darum hat er sich nicht lange bitten lassen:

Nun Pater, wenn ich ganz ehrlich fein foll ... alfo Luther ist ein Lügner, ein Egoist, lasterhaft, faul, gefräfig, heuchlerisch und von ganz niedriger Gefinnung!

Aha, verstehe. Eine sehr schwerwiegende Sache, die du mir da sagst. Was genau stellt er denn an?

Naja, zum Beispiel will er daf ganze Verdienst an der Reformation für fich allein haben, wogegen ich im Grunde die meiste Arbeit für ihn mache und er bedankt fich nicht mal. Zum Beispiel die Überfetzung der Bibel auf Teutsch: die hätt er nie und nimmer allein hingekriegt, daf hab ich allef mit meinen Gehilfen beforgt, er hat blof unterschrieben und sich grof getan damit und hat den Ruhm und die Dankbarkeit von ganz Teutschland allein eingefackt. Für mich hat niemand auch nur ein halbef Wort übrig gehabt. Und wenn er gefragt wird, ob er die Überfetzung gemacht hat, antwortet Luther: klar doch! Aber alle Fehler die drin find, die hat er da reingebracht, denn meine Überfetzung war fehr gut und ist dem Original treu.

Ich verstehe, mein Sohn. Er missbraucht also deine Hilfsbereitschaft und beutet deine Arbeit aus. Sehr schlimm. Und weiter?

Nun, weiter gefällt ef ihm, Fauereien mit diefen Nonnen zu treiben, wo er aus dem Kloster Nimbschen befreit hat, und ihnen gegenüber spielt er den groffzügigen Vater aber in Wirklichkeit möchte er fie vög… Verzeihung Pater, ich meine er möchte mit allen von der ersten bif zur letzten vertrauten Umgang haben, aber weil fie Luther niemals an fich ranlaffen würden auffer vielleicht die eine wo Catarina heifft, aber die ist häfflich wie die Nacht und zum Kotzen unsimpatisch, verkündet er, daff er fie alle feinen Freunden zur Frau geben will. Dann kommt die Wahrheit nicht rauf, nemlich daff er felbst einer nach der andren schon einen Heiratsantrag gemacht hat, aber fie haben ihn allefamt nach einer halben Minute zur Hölle geschickt. Diefe ehemaligen Nonnen haben ihn nur defwegen nicht öffentlich verleumdet weil er ihnen mit dem Karren voll Heringsfäffer zur Flucht verholfen hat und weil er mächtig ist und in ganz Teutschland wohlbekannt, darum kann er ihnen fehr nützlich fein wenn er will, habe ich mich klar aufgedrückt?

Du hast dich klar ausgedrückt, mein Sohn, und ob. Luther lässt sich also vom Feuer der Geilheit entflammen und verbirgt dies hinter vorgetäuschten Tugenden.

Wohl wahr, Pater, Ihr habt ef genau getroffen! Obendrein ist er gefräffig, er fäuft und frifft wie ein Schwein ohne Rückficht auf nichts und niemanden. Ich hab ihn gewarnt, daf fei schlecht für die Gefundheit und vor allem gibt er damit kein gutef Beispiel für die Jugend ab und meiner Meinung nach werden die Historiker früher oder später schreiben, wie er fich wirklich bei Tisch benimmt. Denn wir haben zwar die totale Kontrolle über die Propaganda und alle Nachrichten wo auf Wittenberg nach draußen gehen, aber wenn er fo weitermacht, immer mit der Aufrede daff man ruhig ordentlich fündigen foll um dann ordentlich zu bereuen, wird irgendwann ein Unglück geschehen und die Papisten werden uns alle drankriegen. Denn man fieht ja genau, daff Luther nachdem er gefündigt hat, mitnichten bereut. Aber davon will er nichts hören, wenn ich ihm Vorwürfe mache, dreht er fich weg oder er greift mir unterm Tisch in die Hofe und quetscht mir die Eier fo furchtbar, daff ich vor Schmerz schreien will, aber ich muff den Schrei zurückhalten, sonst hört mich meine Frau und denkt ich mach wieder Fauereien unterm Tisch mit einem von Luthers Weibern, und derweil lacht Luther sich kaputt und ruft, Ha Melanchthon, mein Freund, hahaha waf redest du blof immer für dummes Zeug daher, versteht Ihr, Pater?[37]

O ja, ich verstehe, mein Sohn, ich verstehe, unser Luther neigt also auch zur Sünde der Völlerei, wie ich schon vermutete, als ich ihn heute beim Mittagessen sah. Schlimm, sehr schlimm! Dennoch musst du Geduld haben und alles ertragen, denn es ist unsere Pflicht als Christen, was uns widerfährt, mit Würde und Nächstenliebe zu ertragen. Aber sag doch mal, wie könnte man Luther deiner Meinung nach dazu bringen, sein Verhalten zu ändern?

37 Melanchthons Beziehung zu Luther war bekanntlich durch Unterwerfung geprägt.

Wie meint Ihr daſ, Pater?

Nunja, vielleicht indem er etwas weniger sündigt und seine Sünden etwas mehr bereut, und vielleicht auch versucht, sich mit der römischen Kirche zu versöhnen.

O nein Pater, daſ ist un-mög-lich! Dieſer Mensch hat einen ſolchen Dickschädel, wenn wir miteinander diſputieren will er immer Recht haben und daſ gelingt ihm auch immer (hier bricht Melanchthon die Stimme).

Sag mal, mein Sohn, ist dir eigentlich nie die Idee gekommen, eine nette kleine Reise nach Rom oder nach Italien zu unternehmen, um dir anzuschauen wie es dort wirklich zugeht, um dir einen persönlichen Eindruck zu verschaffen, um zu überprüfen, ob das was Luther sagt, zufällig ein bisschen übertrieben ist?

Um Himmels willen, nein! Wenn Luther wüſſte, daſſ ich nach Rom gefahren bin, würde er mich für den Rest meineſ Lebens verprügeln, für ihn ist Rom schlimmer als die Hölle und ohne seine Erlaubniſ könnte ich nie dort hingehen!

Ich verstehe. Entschuldige, dass ich dich das frage, mein Sohn, aber leidet Luther womöglich unter einer schweren Krankheit, dass man gar um sein Leben fürchten muss?

I wo, Pater, Ihr habt ja keine Ahnung, der friſſt und ſäuft alle Tage wie ein Schwein und eſ geht ihm prächtig, er ist stark wie ein Ochse und ein Pferd und ein Adler zusammen! Und paſſt auf, daſſ Ihr ſolche Fragen nicht zu oft stellt, denn man könnte Euch miſſverstehen und

Euch für einen Fpion oder Aufwiegler halten. Als Mönch habt Ihr doch bestimmt mit eignen Augen gefehen wie verderbt die Kirche von Rom und der Papst die Mönche und die Priester sind oder nicht? Darum habt Ihr ja auch beschloffen Luther und der Reformation zu helfen, oder? Jetzt wo Ihr hergekommen feid, bin ich ficher, daff Ihr Eure Meinung nicht ändern werdet, zumal Luther Euch beim geringsten Verdacht von feinen Schergen ergreifen und Hackfleisch aus Euch machen läfft. Gar nicht aufzudenken, waf paffiert, wenn Ihr bloff vorgespielt habt, daff Ihr auf Luthers Feite überlaufen wollt, und er daf raufkriegt! Hier in Wittenberg gibt's nemlich einen, der heifft Hanf und vermietet Zimmer an Fremde und wird von Luthers engsten Freunden bezahlt, damit er die Fremden aufspioniert, und wenn der merkt, daff die Fremden Luther und der Reformation feindlich gefonnen find, dann paffiert ef mitten in der Nacht – zack! Hanf ist imstande ihnen mit einem Schlachtermeffer die Kehle durchzuschneiden. Aber am nächsten Morgen erzählen alle, daff der Mörder ein Dieb war wo nachts hereingeschlichen ist um zu stehlen, Problem gelöft, genial nicht, Pater? Hahaha!

Genial, ja, hahaha, sag mal Melanchthon, sind denn schon viele auf diese Weise aus dem Weg geräumt worden?

Ehrlich, Pater, ich weiff nicht ob sowaf überhaupt schon mal paffiert ist, denn ef wär ja auch Fünde, nicht wahr? Auf jeden Fall ist Hanf bereit, Luthers Ficherheit mit Zähnen und Klauen zu verteidigen, denn er ist der

Reformation wirklich treu ergeben. Und er ist einer von den vielen hier in Wittenberg, die fogar töten würden um die Lehre der Wahren Religion zu schützen. Wenn der Papst wüffte waf für Leute der Reformation helfen, er würde vor Angst zittern und fich fofort unter dem Altar von Sankt Peter verstecken, stimmt's, Pater? Hahaha!

O ja, natürlich, hahaha. Jetzt hör mal Melanchthon, bevor ich dir die Absolution erteile, möchte ich wissen, ob dir zufällig in letzter Zeit ein Nachttopf aus Eisen untergekommen ist?

Der Nachttopf? Aber ficher! Den hat Luther mir gegeben, aber waf kümmert Euch der, Pater?

Nun, du musst wissen, der war ein Geschenk, das mein Vater von seinem Ziehvater bekommen hat, aber dann ist er verlorengegangen und hier in Wittenberg gelandet, ich erzähl dir jetzt nicht die ganze Geschichte, die ist ein bisschen zu verwickelt.

Hm, merkwürdig daff Ihr mich danach fragt, denn mit diefem Nachttopf hat ef eine befondere Bewandtnif. Luther fagte, Melanchthon, guck mal, auf diesem Nachttopf steht der Name von einem Papst, daff macht richtig Freude da reinzupinkeln, nimm du ihn und benutz ihn! Aber ich wollte nicht, Pater, denn bei der Fache war mir doch etwas mulmig, aufferdem hab ich schon meinen eignen Nachttopf aus Keramik, der ist viel schöner und leichter zu benutzen alf einer aus Eifen. Aber Luther hat wie üblich fo hartnäckig drauf bestanden daff ich den Topf am Ende doch nehmen muffte.

Vor ein paar Tagen hab ich ihn dann einem andren Freund von Luther gegeben, wo Lotter heifft und ist Verleger von Büchern[38]

Verdammter Mist Scheiße verflucht Himmelarsch nochmal.

Wie meint Ihr, Pater?

Hä? Ach nichts, manchmal tut mir der linke Knöchel weh, ein Unfall vor längerer Zeit. Lotter heißt er, sagt Ihr?

Genau, und wenn Ihr wollt, werdet ruhig in meinem Namen bei ihm vorstellig, einverstanden?

Ja, das wird besser sein, danke mein Sohn. Nun also sage mir, bereust du deine Sünden?

Ja Pater, ich bereue aufrichtig.

Wirst du bei den nächsten Gelegenheiten der Sünde entsagen?

Ja Pater, ich entfage.

Gut, mein Sohn, zur Buße lege ich dir vierzehntausend Avemaria, fünfhundert vollständige Rosenkränze, zehn Tage Fasten und zuletzt einen Pilgergang zum franziskanischen Heiligtum von La Verna auf.

Meine Güte, Pater, welch eine ungeheure Buffe! Bedenkt, daff ich ohne Luthers Erlaubnif nicht nach Italien gehen darf! Aufferdem hat man mir erzählt, daff es auf dem Gebirgspfad wo nach La Verna führt von Wölfen und Bären wimmelt, und man muff stundenlang

38 Es handelt sich höchstwahrscheinlich um Melchior Lotter (1490–1542) aus Leipzig. Er siedelte auf Luthers Aufforderung nach Wittenberg über, wo er viele Werke der Reformatoren druckte.

marschieren, und am Ende find die Beine fo aufgebraucht daff man praktisch auf den Knien geht! Zudem hat die Reformation den Heiligenkult abgeschafft und …

Nicht doch, nicht doch, mein Sohn, da bist du falsch unterrichtet, mein Vater zum Beispiel geht für sein Leben gern nach La Verna, darum werden wir auch dorthin pilgern sobald wir zurück in Italien sind. Und wenn du in La Verna nicht zum heiligen Franziskus beten willst, weil Luther damit nicht einverstanden ist, dann bete bei deinem Pilgergang zu Jesus, das ist genauso gut, wenn nicht noch besser. Und wo ich dir jetzt die Buße auferlegt habe, sei brav und komm näher, dann erteile ich dir die Absolution.

Wiefo die Absolution? Luther hat gefagt, die wär nicht nötig und wir Menschen können uns mit unsren Taten unmöglich die göttliche Vergebung erwerben.

Ach nein? Und was sagt Luther über das Beichtgeheimnis? Ist das seiner Meinung nach auch nicht nötig?

Ähm oh hm, daf ist noch nicht ganz klar, denn die neue Lehre der Reformation muff noch in allen Einzelheiten festgelegt werden.

Das verstehe ich ja alles, mein Sohn, aber du wirst doch nicht wollen, dass es mir freisteht überall auszuplaudern, es hätte dir einen Mordsspaß gemacht wie du deinen Fuß zwischen die Schenkel dieser Frau gesteckt hast. Denn so könnte deiner Gattin zu Ohren kommen, wie du über dieses Geschehnis denkst. Vergiss nicht, dass es für die römische Kirche etwas gibt, was Beichtgeheimnis heißt, und das verbietet mir, Krethi und Plethi zu erzählen, was du mir anvertraut hast. Aber wenn du keinen Wert drauf legst, bitte sehr …

Um Himmels willen, nein! Niemand darf diefe Geschichte erfahren, daf wäre eine Katastrofe!

So ist's recht Melanchthon, und bis Luthers Lehre sich in diesem Punkt genauer festgelegt hat, erteile ich dir die Absolution so wie sie der hochgelehrte Johannes Gerson von der Universität in Paris vorgesehen hat für solche wie dich, welche das Gebot der Keuschheit übertreten und die Schuld tagtäglicher Befleckung auf sich geladen haben.

Aber Luther hat gefagt, daff …

Schweig still, mein Sohn, lass mich machen und nimm die Absolution entgegen, das ist besser für dich. *Dominus noster Jesus Christus te absolvat quantum possum et secundum auctoritatem mihi commissam ego te absolvo a peccatis tuis in nomine Patri et Filii et Spiritus Sancti Amen.*

O danke, Pater, danke … (erneutes Weinen)

Na, was ist das denn, hatte ich dir nicht gesagt, dass du dich nach der Beichte besser fühlen würdest?

Ja Pater, aber ich fühle mich auch fo schwach!

Ich will dir sagen warum, mein lieber Melanchthon. Diese Reformation von Luther schadet deiner Gesundheit, meiner Meinung nach solltest du dir eine lange Ruhepause gönnen, und schreib mir gelegentlich mal, wenn dir irgendwas nicht ganz klar ist, dann kann ich dir helfen, wieder auf die rechte Bahn zu kommen, aber kein Wort darüber zu Luther, einverstanden?

Hm Pater, ich weiff wirklich nicht ob ich daf darf …

Aber sicher doch, glaub mir, hier nimm dieses Stück Papier, wo die Adresse meines Klosters in Italien steht, und lass recht bald von dir hören, ja?[39]

TAGEBUCH VON SALAÌ

Erneut rückt der Nachttopf in weite Ferne,
und um ihn zu finden muss man zu einem großen Verleger gehen,
der erklärt wie der Buchhandel
in Teutschland abläuft.

Nun habt Ihr gehört, Signior Papst, was für ein tollkühner Teuffelsbraten und abgebrühter Schuft mein Sohn, äh Bruder Redento, ist. Hat er doch nicht nur versucht, Melanchthon zu bekehren, damit er wieder in den Schoß der römischen Kirche zurückkehrt, er hat auch rausgekriegt wo dieser verfluchte Nachttopf ist und hat obendrein gewaltige Lügen erzählt wie dass man ganz leicht zum Heiligtum La Verna kommt, und als ich das gehört hab, bin ich ausgerastet weil der Weg nach La Verna ist nun wirklich einer der grässlichsten und gemeinsten überhaupt. Wegen dieser schamlosen Lüge hätte ich meinem Schurkensohn zu gerne eine fette

39 ANMERKUNG VON MONALDI & SORTI: Soweit bekannt, hat Melanchthon Pater Redento in Italien nie besucht, doch unterhielt er eine intensive und langandauernde Beziehung zu Salaìs Heimat. Vgl. S. Caponetto, *Melantone e l'Italia*, Turin 2000.

Ohrfeige gegeben, aber das ging ja leider nicht, sonst hätte Bruder Redento gemerkt, dass ich die Beichte von Melanchthon abgehorcht hab, klarer Fall, oder?

Wie die Beichte vorbei ist, lös ich flugs mein Ohr von der Tür und renne los, um mich in einen Sessel am andren Ende des Raums zu setzen, und wann Melanchthon und mein Sohn rauskommen, sehen sie mich in einem Buch lesen das ich wahllos aus dem Regal genommen hab, und ich mache ein sehr gelangweiltes Gesicht wie wenn ich seit drei Stunden auf das Ende der Beichte warte.

Sofort seh ich dass Melanchthon ganz rot verweinte Augen hat, mein Sohn aber grinst glückselig über beide Backen, weil er Luther reingelegt hat indem er einen der wichtigsten Lutheraner nach Art der römischen Kirche hat beichten lassen. Aber sein Grinsen verfliegt sofort als er mich mit einem teutschen Buch auf den Knien im Sessel sitzen sieht, denn mein Sohn kennt mich leider genau, ein Blick genügt ihm um zu kapieren was ich getan gesagt oder gedacht hab. Schon oft hab ich ihn gefragt, Sag mal Bruder Redento, wie zum Henker machst du das eigentlich, dass du mich immer erwischst? Lieber Papa, sagt er dann, erstens weil ich an Gott glaube wo mir immer hilft, zweitens weil ich dich kenne wie die Taschen meiner Kutte, denn die trage ich winters wie sommers, zu Ostern Weihnachten und in der Fastenzeit, kurzum immer, und wenn ich sie an die Wand stelle, bleibt sie stehen mit meinem Umriss als wär ein zweiter Bruder Redento drin.

Wir verabschieden uns von Melanchthon, der ist noch ganz benommen von der Beichte und geknickt wegen Bruder Redentos Ermahnungen, darum hat er auch vergessen sich mit uns abzusprechen wie wir der Reformation in Italien auf die Sprünge helfen können. Aber damit er keinen Verdacht schöpft, sagen wir, Also lieber Melanchthon, wir sehen uns bei Luther, dann reden wir nochmal über den Plan, in Italien die Werbetrommel für euch zu rühren, einverstanden? O ja, liebe Freunde, ich freue mich schon auf unfer Wiederfehen, und dann erklärt er uns wo wir den Buchdrucker mit dem Nachttopf finden. Aber bitte feid vorfichtig, sagt Melanchthon zum Schluss, Lotter ist etwaf eigenwillig, darum fragt ihn nicht fofort nach dem Topf, wer weiff waff er fonst denkt, fagt einfach, ihr habt mit mir gesprochen und wollt gerne in Italien für Luthers Ideen und vor allem für feine Bücher werben, denn daran liegt ihm ganz befonders, klar?

Wie wir draußen sind, fängt mein Sohn sofort mit seinem üblichen gemeinen Verhör an, Sag mal, Papa, hast du zufällig hinter der Tür Melanchthons Beichte abgehorcht? Und ich, Bist du nicht ganz dicht? Das ist eine schwere Sünde, mein Sohn, so was würde ich nicht mal im Traum tun! Aha, sehr gut, Papa, entschuldige, dass ich an dir gezweifelt habe, dann hat die Tür vielleicht geknarrt, weil ein Holzwurm drin war. Wie bitte? Ja, Papa, in der Tür muss ein Holzwurm oder etwas Ähnliches gesessen haben, denn jedes Mal wenn Melanchthon etwas Wichtiges sagte, hat die Tür geknarrt, vielleicht war es ja ein intelligenter Holzwurm wo unsere Sprache versteht, was meinst du? Was zum Teuffel redest du, ich habe nichts abgehorcht, das habe ich dir doch schon gesagt. Klar, Papa, es muss ein Holzwurm gewesen sein, der die Menschenstimmen versteht. Elender Lump, wie kannst du nur an meinem Wort zweifeln? Lieber Papa, ich zweifle ja gar nicht, sondern sage nur, dass dort ein Holzwurm saß, aber wenn dich das so nervös macht, nagt dir vermutlich eine Sünde am Gewissen, also wäre es doch besser, wenn ich dir auch gleich die Beichte abnehme, oder? Hör mal, Bruder Redento, du bist mir schon mit diesem Holzwurm gewaltig auf die Eier gegangen, jetzt vergisst du auch noch, dass wir schnurstracks zu diesem Lotter gehen müssen wo wir vielleicht Lionardos Nachttopf finden? Schon gut, Papa, wie du willst, wenn dir diese Sünde auf der Seele lasten soll, bitte sehr, umso schlimmer für dich. Aber vergiss nicht, dass Jesus immer noch das allergrößte Schlitzohr ist, er sieht alle deinen Sünden, und irgendwann wird dir was Schlim

HINWEIS VON MONALDI & SORTI:

An dieser Stelle fehlen in Salaìs Handschrift wieder mehrere Seiten. Wir erfahren also nicht, was vor der Begegnung mit Lotter geschah. Aus dem erhaltenen Text geht nicht hervor, wo das Gespräch stattfand; wahrscheinlich handelt es sich um einen öffentlichen Raum wie ein Wirtshaus oder Ähnliches.

und wie ich schon sagte, hat Lotter schlaue Äuglein und einen ungepflegten Bart, fettige, zerzauste Haare, und wann er spricht sieht er dir nie in die Augen als schämt er sich für das was er sagt und denkt, kurzum eine Wisage genau wie ein Meuchelmörder wie es bei uns in Italien hauffenweise welche gibt, aber in Teutschland macht das mehr Eindruck, denn hier tun alle so wie wenn sie ehrbare Leute wären. So man also einen wie Lotter trifft, dem ganz deutlich auf der Stirn geschrieben steht Ich-leg-dich-aufs-Kreuz, macht das Eindruck und man denkt, Aha, dann sind in dieser Gegend vielleicht auch die Leute mit ehrlichem Gesicht nichts als Gauner und Betrüger?

Nach der Vorstellung und dem ersten blöden Gequatsche von der Art, Guten Tag, es ist mir eine Ehre, nein, ganz meinerseits, sagen wir Lotter, dass wir in Italien für Luther werben wollen. Da guckt er uns erst sehr misstrauisch an, aber dann sagt er, Natürlich, im Grunde ist das eine gute Idee, Bücher über die Reformation in Italien zu veröffentlichen, um die Wahrheit zu sagen, hatte ich das Luther schon geraten, aber er wollte nichts davon wissen. Aber jetzt wo ihr zwei hier seid, um uns zu helfen, kann man mal ernsthaft drüber reden.

Nun ja, Signior Lotter, sagt mein Sohn, äh Bruder Redento, vom Handwerk des Buchdrucks verstehen wir eigentlich gar nichts.

Wenn ihr in Italien Propaganda für Luther machen wollt, fängt alles beim Verkauf von Büchern an. Bevor ihr euch dem Druck und dem Verkauf widmet, müsst ihr einige grundlegende Kenntnisse des Buchhandels erwerben.

Nun, Signior Papst, ich glaube aus Respekt vor Euch sollte ich Euch lieber Lotters ganze Rede auf Teutsch ersparen und auch nicht alle Erklärungen und Übersetzungen von meinem Sohn Bruder Redento aufschreiben, weil erstens würde mir sonst wegen der vielen Schreibarbeit die Hand wie Seife dahinschmelzen und zweitens versteht Ihr das Ganze dann viel besser und leichter, so würd es mir an Eurer Stelle auch gehen, äh, bitte verzeiht diese Unbescheidenheit. Also werde ich Euch ab hier jeden einzelnen Punkt genauso aufzählen wie Lotter ihn erklärt und mein Sohn übersetzt hat, dann habt Ihr alles schön klar vor Augen, Heiligkeit, und verstolpert Euch nicht mit den Augen und dem Hirn.

Erster Punkt,
nemlich der Verleger und der Drucker

Verlegen ist ein Handwerk das man mit Geld macht, also ist man immer gut beraten, es mit andrer Leute Geld zu machen.

Am besten sucht man sich einen König oder Fürsten der auf einem Berg Geld sitzt und aus Gründen der Politik oder der Propaganda oder um sich Glanz zu verleihen bereit ist, die Veröffentlichung von Büchern zu finanziren. Dann sind nemlich alle Verluste auf seiner Seite, während der Verleger die Erträge einsackt, denn mit einem Quäntchen Gerissenheit findet der immer einen Weg, sich das Geld aus den Verkäufen in die eigne Tasche zu stecken. Sodann muss man einen Drucker mit allem Drum und Dran, Druckerpresse Lettern etcetera finden, aber er muss auch ein bisschen blöd sein, denn die schlauen intelligenten Drucker werden bei Diskussionen übers Geld immer lästig, aber wichtig ist, dass der Drucker eine ordentliche Presse hat und Lettern wo man gut lesen kann. Am besten sucht man sich einen in der Serenissima, der Republik Venedig, wo alle bloß Geld verdienen wollen indem sie Geschäfte machen und Handel mit der ganzen Welt treiben sogar mit Ungläubigen wie den Schinesen oder Türken. Darum kann man dort alles drucken lassen, egal was, auch alles gegen Rom, hauptsache es geschieht heimlich. Gibt man nun dem Drucker die ersten Bücher in Auftrag, darf man ihm nicht gleich alles versprochene Geld geben, dann wird er weiterdrucken in der Hoffnung, dass er früher oder später auch den Rest vom Verleger kriegt. So er aber aufhört zu drucken und den vereinbarten Lohn fordert, soll man ihm nichts geben, sondern ihn zum Teuffel schicken und sich einen andren Drucker suchen, der einem nicht auf den Zeiger geht.

Zweiter Punkt, nemlich die Autoren

Die Autoren unterteilen sich in zwei Gruppen, die lebenden und die toten. Die toten sind den lebenden vorzuziehen, denn meistens sind sie schon berühmt (zum Beispiel die vier Evangelisten, Homer, Cicero etcetera), außerdem können sie nicht nerven und drüber reden wollen wie ihre Bücher gedruckt werden, insonderheit aber verlangen sie nichts vom Gewinn. Das einzige Problem bei toten Autoren ist, dass schon viele andre Verleger sie drucken, darum verkauft man weniger Exemplare und der Verdienst ist geringer.

Lebende Autoren hingegen nerven, weil sie ihren Teil vom Ertrag haben wollen, aber auch dafür gibt es eine Lösung, von der gleich die Rede sein soll.

Einer der lebenden Autoren dessen Bücher man unbedingt drucken sollte, ist Luther, weil das sind die wichtigsten der ganzen Reformation und verkaufen sich prima. Außerdem wurde Luther in Italien von der römischen Kirche verboten und das ist trefflich. Auf verbotene Bücher sind die Leser nemlich immer scharf, denn ein verbotenes Buch lesen ist wie durchs Schlüsselloch einer Tür gucken, hinter der ein gut gebautes Weib mit bloßen Brüsten steht, und so einer Versuchung kann nicht mal der Papst widerstehen (wohlgemerkt Heiligkeit, das hat Lotter gesagt, nicht ich!).

Also immer dran denken, wenn irgendein Autor von der Kirche verboten wird, sofort versuchen mit ihm einen Vertrag abzuschließen und ihn möglichst überreden noch mehr skandalöse Dinge zu schreiben, wo die Kirche vergrätzen, denn dann wird sie auch die nächsten Bücher dieses Autors verbieten und so weiter und am Ende verdient man ein Schweinegeld mit ihm.

Zweiter Punkt, Zusatz, nemlich die Werbung

Nicht vergessen, um ein Buch zu verkaufen und einen Autor berühmt und wichtig zu machen, ist es scheißegal was in den Büchern drinsteht, was zählt ist allein die Werbung. Und dafür muss man Freunden Literaten Professoren Gelehrten Schreiberlingen Dichtern Schwätzern Müßiggängern, kurzum allen die wo lesen oder irgendwie bedeutend sind, manchmal sogar Fürsten und Königen, ein Kotelett an die Backe quatschen und sie überzeugen, das Buch und den Autor über den grünen Klee zu loben, denn dann kann der Autor den größten Mist schreiben, früher oder später werden seine Bücher sich verkaufen. Ja, es ist sogar besser wenn er Mist schreibt, dann werden die intelligenten Autoren mit der Zeit immer weniger geschätzt und die Leute gewöhnen sich dran, dumme und traurige Bücher zu lesen, wodurch für uns Verleger alles einfacher wird, denn dumme und traurige Bücher zu machen ist leicht, kluge und lustige zu machen aber schwer.

Man muss also allen, aber wirklich allen ordentlich auf den Geist gehen, damit sie über das Buch reden das man verkaufen will, und hier kommt meine Warnung!

Ein Verleger darf die Bücher wo er verkauft *NIEMALS* selbst lesen, sonst fängt er an über den Inhalt nachzudenken, wogegen er doch nur an die Werbung und an das Geld denken soll, das er damit verdienen kann.

Dritter Punkt, nemlich wie man die Autoren aussucht und mit ihnen verhandelt

Außer Luther sollte man noch andere Autoren mit ähnlichen Ideen verlegen, egal ob das Teutsche, Schweitzer oder Holländer sind, Hauptsache sie schreiben gegen die römische Kirche. Am besten nimmt man ihre Bücher wo schon auf Latein gedruckt wurden, lässt sie übersetzen und druckt sie, aber natürlich ohne den Autoren was davon zu sagen, wenn's gutgeht, merken sie es nicht und können euch nicht um das Geld bitten, das ihnen zusteht. Ein andrer sehr guter Kniff ist der, einen falschen Druckort, einen falschen Verlagsnamen und ein falsches Erscheinungsjahr in die Bücher zu drucken, so dass niemand mehr durchblickt, und das ist nicht mal schwer, denn im Allgemeinen kann ein Verleger ohne großes Risiko tun was ihm beliebt, ihn zu schnappen und Beweise gegen ihn anzuführen ist sehr schwer wenn nicht fast unmöglich[40].

40 Die Praxis, Bücher mit falschen Angaben zu Ort und Jahr des Drucks, sogar mit einem erfundenen Verlagsnamen zu drucken, war mindestens bis zum 19. Jahrhundert in ganz Europa weit verbreitet.

Wenn ein Verleger die Bücher toter Autoren erfolgreich verkaufen kann, wird früher oder später ein lebender Autor bei ihm auftauchen und ihm ein brandneues Werk anbieten, das er selbst geschrieben hat, dessen einzige Handschrift also in seinem Besitz ist. Diese Art Autor ist recht lästig, denn sie wollen bezahlt werden, oft genug sogar im Voraus. Darum muss man ihm entgegnen: Tja, guter Freund, weißt du, Bücher wie deins verkaufen sich heutzutage nicht besonders gut denn das ist Zeug für allzu kluge Köpfe, jetzt sind leider Liebesromane Gedichte und Reiseabenteuer in Mode, kurzum Schund.

Wenn er das schluckt (lebende Autoren sind fast alle Idioten) wird er sich drauf einlassen, keinen oder nur einen sehr kleinen Vorschuss zu bekommen, aber wird ein bisschen jammern. Dann muss man folgendes sagen: Lieber Autor, von deinem Buch drucken wir höchstens hundert Exemplare und es ist ein Wunder, wenn wir die Hälfte verkaufen, also werden wir, nemlich der Verlag, garantiert dabei draufzahlen, aber wir tun es trotzdem weil wir Idealisten sind und deine Bücher lieben, welche zwar vortrefflich geschrieben sind, aber auf dem Markt leider nicht gut gehen, ach wie schade ist das doch, in was für Zeiten leben wir bloß!

In Wirklichkeit muss man von dem Buch, wenn es gut ist, dann natürlich tausend oder zweitausend, vielleicht sogar dreitausend Stück drucken und sie alle verkaufen. Zum Autor aber sagt man hinterher, Lieber Freund, hier unsere Rechnung: hundert Stück gedruckt, fünfzig verkauft, dreißig als Werbemittel verschenkt, zehn beschädigt, bleiben nochmal zehn Exemplare, von denen behalten wir fünf und schenken dir fünf, also Ciao bis zum nächsten Mal, und komm mal wieder vorbei, ja?

Dritter Punkt, Zusatz, nemlich die Bilanz und die Verkäufe

Wenn man einem lebenden Autor helfen will, weil er ein Freund von Luther oder von irgendeinem Fürsten ist, nimmt man einen andren Autor wo sich zwar gut verkauft aber einen Dreck zählt, weil er von niemandem beschützt wird, und verschiebt dessen Einnahmen auf das Konto des andren. Zum Beispiel, wenn der Autor ohne Beschützer 900 Exemplare verkauft hat und Luthers Freund bloß 100, sagt man zum Ersten, Lieber Freund, dein Buch ist ganz gut gelaufen, du hast 200 Stück verkauft, und zu Luthers Freund sagt man, Glückwunsch! Du hast 800 Stück verkauft, und dann bringt man das Gerücht in Umlauf dass das Buch von Luthers Freund ein Riesenerfolg war, denn so verkauft sich sein nächstes Buch sicherlich besser und er wird ein Erfolgsautor. Der Autor wo einen Dreck zählt, aber bleibt schön brav an seinem Platz, muckt nicht auf und bildet sich nichts ein, so kann man den Gewinn aus seinen Büchern benutzen um Luthers Freund ein gutes Auskommen zu verschaffen.

Vierter Punkt, nemlich Autoren, die Ärger machen

Aber aufgepasst! Wenn der betrogene Autor auf Draht ist, wird er überall dort herumschnüffeln wo man in seiner Stadt Bücher verkauft und wenn er besonders findig ist, wird er sogar seine Freunde in andren Städten bitten sich zu informieren, und am Ende wird er ankommen um zu protestieren, Sagt mal meine Lieben, wenn ihr 200 Stück verkauft habt, wie ihr behauptet, warum sagen die Buchhändler mit denen ich gesprochen habe, sie hätten der eine 170, der andre 285, dieser 122, jener 116 und der letzte 149 Exemplare verkauft?

Darum ist es äußerst wichtig mit allen Buchhändlern gut befreundet zu sein so dass man sie bitten kann, Fremden nie die wahren Verkaufszahlen zu nennen, sondern immer nur falsche und sehr viel niedrigere Zahlen. Und sie sollen euch sofort warnen, wenn einer kommt und seltsame Fragen stellt und was über die Bücher wissen will wo ihr verlegt habt.

Wenn der Autor aber trotz der falschen Zahlen bei seinem Verdacht bleibt und wieder ankommt um euch auf den Senkel zu gehen, müsst ihr antworten, Entschuldige mal, du hast ja nicht das geringste Vertrauen zu uns, obwohl wir ein hochangesehenes Verlagshaus sind und unter anderem so bedeutende, noble Autoren wie Homer Vergil und Cicero drucken, die uns nie Scherereien gemacht haben, wogegen du, der du ein jämmerlicher Niemand bist, dich hier so arrogant aufspielst. Weißt du was? Wir ziehen dein Buch jetzt aus dem Verkehr und drucken es nicht mehr, denn mit einem der sich so benimmt können wir nicht mehr zusammenarbeiten. Ja, wir werden auch allen andren Verlegern sagen, dass du zwar ein netter Kerl zu sein scheinst, in Wirklichkeit aber ein mieser Karakter bist, und dann, du wirst schon sehen, wird keiner mehr ein Komma von dir drucken wollen.

An dieser Stelle kriegt dann auch der besonders findige Autor eine Scheißangst vor eurer Drohung, denn die lebenden Autoren wollen alle so berühmt werden wie die toten und die Bücher wo sie schreiben dienen ihnen dazu, Karriere an den Universitäten den Fürstenhöfen den Klosterschulen etcetera zu machen, darum wird der Autor sehr wahrscheinlich um Vergebung bitten indem er dem Verleger die Schuhsohle leckt und sagt, Nicht doch, das war nur ein Missverständnis, ich bin sicher, dass wir uns einig werden können etcetera, und so löst sich am Ende jedes Problem.

Vierter Punkt, Zusatz, nemlich wie man widerspenstige Autoren endgültig zum Schweigen bringt

So der Autor im äußersten Fall immer noch lästig fällt, greift man zu einem sehr einfachen Mittel, nemlich man fesselt ihn mit Hilfe von zwei oder drei Personen an einen Pfahl, die Hände hinter dem Rücken, man nimmt eine von diesen Stanzmaschinen, mit denen Löcher in

Gürtel Schuhe oder Taschen aus Leder gestanzt werden, und macht dem widerspenstigen Autor rechts und links ein schönes Loch in die Nasenflügel, so hat er dann vier Nasenlöcher statt zwei, und das überzeugt im Allgemeinen jeden, dass er ein bisschen ruhiger sein sollte, um schlimmeren Ärger zu vermeiden[41].

Es ist sehr wichtig, dass die Autoren niemals erfahren dürfen, wie oft die Verleger heimlich über sie sprechen, im Gegenteil, sie müssen glauben, dass sie gänzlich bedeutungslos und ohne jede Zukunft sind und dass die Verleger sie vollkommen in der Hand haben. So kann man ihnen bei den Verhandlungen um den Ankauf ihrer Handschriften die übliche Geschichte erzählen, nemlich Ach, lieber Freund, dein Werk ist wirklich fantastisch, aber leider ist heute leichtere Kost in Mode, wie etwa Liebesromane, also musst du dich mit einem sehr niedrigen Vorschuss begnügen.

Wenn der Autor dann nicht dumm genug ist und begreift, dass die Wahrheit ganz anders aussieht, und noch immer nervt, greift man am besten zur schon beschriebenen Methode mit dem Pfahl, der Stanzmaschine und dem dritten und vierten Nasenloch, denn nach dieser Behandlung beruhigt der Autor sich meistens.

41 Im Frühjahr 1524 – also wenige Monate nach den von Salaì berichteten Ereignissen – wurde Melchior Lotter wegen »unrechtmäßiger Folter« zu einer Geldstrafe verurteilt, weil er die hier beschriebene Methode mit der Stanzmaschine bei dem Lehrjungen eines Buchbinders angewandt hatte. Er wurde aus dem Haus des Malers Lucas Cranach geworfen, wo er seine Bücher druckte, und verließ Wittenberg kurze Zeit später. Vgl. C. Reske, *Die Buchdruckerei des 16. und 17. Jahrhunderts im deutschen Sprachgebiet*, Wiesbaden 1982, S. 994, 2. Aufl.

Fünfter Punkt,
nemlich die Frankfurter Buchmesse

Sehr nützlich ist es, jedes Jahr in Teutschland auf die Frankfurter Buchmesse zu gehen, um ein paar Bücher zu verkaufen und mit den andren Verlegern zu sprechen wo in Frankfurt ihre Neuheiten ausstellen, aber was wirklich zählt ist nicht, ein paar Bücher zu verkaufen und über Neuheiten zu sprechen (das muss man bloß allen einreden, die nicht Verleger sind, damit sie nichts ahnen vom wirklichen Zweck der Messe). Nein, heutzutage ist es nicht mehr nötig auf eine Messe zu gehen um zu erfahren was zum Teuffel die andren Verleger treiben, heute gibt es die Post, also schreibt man an seine Freunde in den anderen Städten Europas, wenn man sich informiren will, und in zwei, drei Monaten erfährt man alles über wichtige Neuheiten ohne diese beschissene Reise nach Teutschland machen zu müssen. Denn wenn in Frankfurt Buchmesse ist, kommt so viel Volk, dass alle Zimmer wo von Leuten wie Hans aus Wittenberg vermietet werden, irrsinnig viel Geld kosten. In Wirklichkeit ist die Frankfurter Buchmesse dazu da, um in aller Ruhe und unter vier Augen (so hinterlässt man keine Spuren) mit andren Verlegern zu reden. Da geht es dann um die vielversprechendsten Autoren und darum, ob sie wegen der Verkaufszahlen lästig fallen, ob sie schlau oder dämlich sind, ob ihre Bücher sich gut verkaufen, ob sie an neuen Werken sitzen, ob sie hohe Vorschüsse wollen etcetera.

Sechster und letzter Punkt, nemlich die Bücher Luthers

Will man einen guten Start im Verlagsgewerbe hinlegen, muss man zuvörderst Luthers Bücher verkaufen weil die haben in Teutschland einen unglaublichen Erfolg und sind eine wahre Goldmine. In Teutschland gehen nur Bücher gegen die römische Kirche gut. Rom treu ergebene Verleger, die wo Bücher von sehr berühmten Toten wie Augustinus und sogar von sehr berühmten lebenden Autoren wie Erasmus von Rotterdam verkauft haben, können ihren Laden dichtmachen, und wenn sie nicht in Konkurs gehen wollen, müssen sie allesamt auf Luthers Seite überwechseln. Es ist von aller-größ-ter Wich-tig-keit dass Bücher nicht mehr auf Latein sondern in den Vulgärsprachen also Teutsch Italienisch Französisch etcetera erscheinen. Vor wenigen Jahren gab es in Teutschland zwanzigmal mehr Bücher auf Latein als auf Teutsch, jetzt sind es bloß dreimal so viel. Luthers Verkaufszahlen sind irrsinnig, zum Beispiel wurden vor fünf Jahren von seinem Buch mit dem Titel *An den christlichen Adel teutscher Nation* in fünf Tagen viertausend Stück verkauft; letztes Jahr im September ist Luthers Übersetzung der Bibel erschienen, von der er sagt, er habe die teutsche Fassung in weniger als drei Monaten geschrieben (aber Lotter meint, das sei großer Mumpitz, nemlich in Wittenberg wissen selbst Kinder und Narren, dass Melanchthon die Übersetzung gemacht und Luther bloß seine Unterschrift drunter gesetzt hat). Jedenfalls war die erste Ausgabe von gut zweitausend Stück in knapp zweieinhalb Monaten ausverkauft obwohl das Buch einen Gulden kostete, und das ist so viel wie ein schlachtreifes Schwein, ich hoffe, ihr versteht mich, Signior Papst, denn ich hätte viel lieber das Schwein genommen als das Buch, aber versteh einer was zum Henker diesen Teutschen in der Birne rumgeht, tss.

Wichtig: Luthers Bücher müssen immer in einem kleinen Format gedruckt werden, damit sie in die Manteltasche passen, so kommen sie viel besser herum als die von Autoren wo der römischen Kirche noch treu sind, nemlich die sind zwar schön und voller Stiche mit Bildern etcetera aber sind riesig und mordsschwer und man kann sie gar nicht herumtragen.

Der größte Vorteil beim Verlegen von Luthers Büchern ist, dass er nicht mal einen halben Groschen auf die Verkäufe haben will, und selbst wenn er den in Zukunft fordern würde, käme es immer noch günstig seine Bücher zu drucken und zu verkaufen, denn wie Lotter sagt, hat Luther von Gelddingen keinen Schimmer und man kann ihn ganz leicht reinlegen. Es gibt nemlich viel zu viele von seinen Büchern und zu viele gedruckte Exemplare auf dem Markt, viele Verleger drucken einfach alte Ausgaben von Luthers Büchern nach, ohne um Erlaubnis zu fragen, und diese Raubkopien sind der letzte Mist gespickt voll mit Druckfehlern und falschen Sätzen. Sie sind sogar Betrug, denn oft steht auf der ersten Seite geschrieben Gedruckt zu Wittenberg, damit man das für eine reguläre Ausgabe hält, wogegen sie eigentlich in Leipzig oder Ingolstadt oder Frankfurt gedruckt ist, also ganz woanders. Luther kriegt dann furchtbar die Krise aber er kann nichts machen, was beweist dass Lotter Recht hat mit dem was er über das Buchgeschäft sagt, wo ein gerissener Verleger tausenderlei Möglichkeiten hat den Autor reinzulegen, und niemand kann was dagegen tun.

Um seine Freundschaft zu Luther zu beweisen hat Lotter ihm angeboten, sich einen dieser räuberischen Verleger vorzuknöpfen und die Stanzbehandlung bei ihm zu machen, also das mit dem dritten und vierten Nasenloch, aber Luther hat das Angebot nicht angenommen, wahrscheinlich denkt er, Gott wird ihn schon im richtigen Moment rächen, was für ein Schwachkopf, sagt Lotter.

Mittlerweile reiben sich die Verleger und Drucker und Buchhändler vor Zufriedenheit die Hände wund, und das kommt so: Vor 1517, also bevor sich die Nachricht verbreitete, dass Luther seine fünfundneunzig Tesen am Dom zu Wittenberg angeschlagen hat (was eine Falschmeldung ist, wie uns auch Lotter lachend bestätigt hat), lief der Buchhandel grottenschlecht. Sogar die hochgelehrten und wunderschönen Bücher von Reuchlin, dem berühmten Onkel von Melanchthon, einem der größten Weisen Europas, kaufte keine Sau. Aber von 1517 an wollten alle auf einmal so viele Bücher von Luther auf Teutsch haben, dass die Verleger und Drucker aus Dankbarkeit praktisch jeden Abend in der Kirche eine Kerze anzünden (das hat uns Lotter berichtet) und beten, Danke Jesus, dass du uns diesen Luther geschickt hast, der komplett verrückt ist und darum genügend Phantasie hat, um hauffenweise Sachen zu schreiben wo eigentlich keinen Hund hinterm Ofen hervorlocken würden, aber weil Luther mit der Kirche von Rom gestritten hat und einige teutsche Fürsten wegen des Geldes und der Politik höchlich interessiert sind, ihr Süpplein auf diesem Streit zu kochen, geht sich die Sache trefflich an, und obendrein will er nicht mal Geld aus dem Verkauf seiner Bücher, kurzum das Ganze ist ein Wunder, aber eins von diesen richtig großen.

Tja, Signior Pontifeks, hier enden Lotters Instrukzionen, und wie Ihr seht haben die Teutschen eine ganz genaue Vorstellung davon, wie man den Handel mit Büchern gegen die Kirche organisirt, nemlich mit massenweise Tricks und Betrügereien und krummen Turen.

Kompliment, Signior Lotter! sag ich am Schluss, Ihr habt uns eine Menge sehr guter und nützlicher Ratschläge gegeben, wie man in Italien die Werbetrommel für Luther rühren kann und bestimmt funktioniren die prächtig, aber jetzt möchten wir Euch um einen großen Gefallen bitten, nemlich wir suchen einen eisernen Nachttopf, so und so beschaffen, und zufällig hat Melanchthon uns gesagt, dass Ihr den habt, stimmt doch, oder?

Luthers Nachttopf! ruft Lotter aus. Schade, dass Ihr mich erst jetzt danach fragt. Ich habe ihn von Melanchthon bekommen, ich hab ein paarmal reingepinkelt, aber grad heute Morgen hab ich ihn in Luthers Haus zurückbringen lassen.

TAGEBUCH VON SALAÌ

Bruder Redento übertritt fast das Keuschheitsgebot
aber zum Glück kommt ihm sein Vater zu Hilfe
welcher das Problem auf die allerbeste Weise löst.

An diesem Abend haben Bruder Redento und ich erst in einer Locanda gegessen und dann haben wir uns in unsrem Zimmer eingeschlossen, um zu diskutiren: Also Papa, mir scheint, die Teutschen verarschen uns, damit wir immerzu im Kreis herumlaufen, denn sie sagen, Liebe Italiener, der Nachttopf ist bei dem da, nein bei dem andren dort, ach was, entschuldigt, eigentlich ist er bei jenem und bis in Ewigkeit so weiter.

Ja, das weiß ich, mein Sohn, ich bin ja nicht blöd, aber das ist auch deine Schuld, weil du uns mit deinen Beichten stundenlang aufhältst. Aber du weißt doch, Papa, dass ich als Mönch die Pflicht habe, verirrte Schäfchen wie Melanchthon auf den rechten Weg zurückzuführen, Jaja Junge, aber wenn du gestattest, der rechte Weg ist doch der wo zu Lionardos Nachttopf führt, oder nicht? O nein, Papa, das Problem ist, dass du nur ans Geld denken kannst. Mag sein, aber du nutzt mein Vertrauen aus, weil ich dir versprochen habe, dass ich mit dir einen Pilgergang nach La Verna mache, wenn du mit mir nach

Teutschland kommst, aber jetzt nutzt du auch noch diese Reise aus, um in Teutschland den Profeten zu spielen, stimmt doch, oder? Ja, Papa, aber ich kenne dich und wette dass du nicht mit nach La Verna kommst, denn auch beim letzten Mal hattest du es versprochen und fünf Minuten bevor wir losgehen wollten hast du dir irgendeine dumme Ausrede einfallen lassen und bist zuhause geblieben. Na klar, weil ich rausgefunden hatte, dass du mir säckeweise Lügen aufgetischt hast, um mich nach La Verna mitzuschleifen, zum Beispiel dass es ein halbstündiger Spaziergang wär, und hast mir nicht gesagt, dass man viele Stunden lang steilste Pfade hinaufklettern muss und dass am Weg hinter jedem Baum heißhungrige Bären und Wölfe lauern. Zufällig bin ich nemlich nicht der heilige Franziskus wo gesagt hat, Bruder Bär und Bruder Wolf, seid brav in Gottes Namen, und die haben ihn ganz lammfromm vorbeigehen lassen. Verflucht, Papa, was bist du bloß für ein Weichei und was machst du für einen Aufstand wegen eines kleinen Ausflugs auf den Hügel. Aber da ist mir der Geduldsfaden gerissen, Heiligkeit, und ich hab gesagt, Hör zu, mein Sohn, jetzt sag ich dir, was ich denke, nemlich fahrt zur Hölle du und alle Hügel der Welt. Bruder Redento hat sich zum Zeugnis christlicher Geduld bekreuzigt und hat angefangen den Rosenkranz allein zu beten PaternosterAvemariagraziaplena, und ich hab gedacht, Mamma mia, warum musste ausgerechnet ich einen Mönch als Sohn abkriegen?

Da hört man ein Geräusch, Tocktock! Jemand klopft

an die Tür. Ich blas sofort die Kerze aus und flüstere Bruder Redento zu, Pssst, sei still und schlüpf unter die Decke! Was redest du da für einen Scheiß, Papa? Warum hast du die Kerze ausgeblasen? Warum machen wir die Tür nicht auf? Pssst, um Himmels willen, sei ruhig, Redento, und tu was ich dir sage denn wenn das hier gutgeht, sind all unsere Probleme gelöst. Nur eins darfst du nicht vergessen, das ist sehr wichtig: Wenn das Licht ausgeht, stehst du auf und kriechst unters Bett, verstanden?

Tock tock!

Aber Papa … Pssst, sei still du Idiot und gehorche!

Da hat mein Sohn dem Befehl gehorcht und ich habe endlich den Schlüssel im Schloss herumgedreht, so dass derjenige, der angeklopft hatte, die Tür öffnen konnte. Dann habe ich mich schnell unter dem Bett versteckt.

Die Tür öffnet sich, man sieht den Lichtschein einer Kerze, dann kommt erst eine riesige Brust, danach eine zweite herein und hinter ihnen Ave I die beide mit ihrem Oberkörper voranschiebt.

Darf man eintreten?

Unterm Bett brumme ich Hm hmmm! in einem erfreuten Tonfall, dass es klingt wie, Aber natürlich schönes Weib, ich konnte kaum erwarten, dass du endlich kommst.

Bist du das, schöner italienischer Jüngling?

Unterm Bett brumme ich wieder, Hm hmm hmmm, und der Tonfall bedeutet, Klar doch, meine Süße, hier bin ich und erwarte dich.

Ach, du armes unschuldiges Mönchlein! Vor Aufregung versagt dir die Stimme, nicht wahr? Ave nähert sich mit der Kerze in der Hand dem Bett, sieht Bruder Redento leichenblass in den Laken liegen und lächelt hocherfreut.

Armer kleiner Italiener, du hast Angst vor deiner ersten Begegnung mit einer Dame! Sei unbesorgt, dein Vater hat mich schon eingeweiht. Du willst alles bei gelöschtem Licht machen und ohne zu sprechen, dann hast du nicht das Gefühl, eine Sünde zu begehen. O ich verstehe dich, auch ich hatte solch alberne Vorstellungen, bevor ich aus dem Kloster Nimbschen entkam. Aber mach dir keine Sorgen, wir werden es so machen, wie du wünschst!

AveI stellt die Kerze auf dem Boden ab und öffnet ihr Gewand, damit es herabfällt, aber das passiert nicht sofort, nemlich das Kleid verhakt sich in den gewaltigen spitzen Brüsten von AveI und braucht eine Weile, bis es zu Boden fällt.

Siehst du, kleiner Italiener, ich lasse nur eine winzige Kerze am Boden stehen, so ist es fast ganz dunkel, in Ordnung?

Dann schlüpft AveI in das Bett wo Bruder Redento liegt. Ich kann ihn nicht sehen und hören, bin aber sicher dass er steif wie ein Eisblock daliegt und denkt, Verdammte Axt, ist es möglich dass ich in Italien dreihunderttausend Weibern widerstanden habe wo mich befummelten und jetzt ausgerechnet hier in Teutschland mitten unter Ketzern die Sünde der Unzucht begehen muss?

Doch just in diesem Moment blas ich von unterm Bett die Kerze am Boden aus und das Zimmer taucht in totale pechschwarze Dunkelheit.

O, die Kerze ist ausgegangen! Das muss ein Luftzug gewesen

sein … Was machst du? Du stehst auf? Wohin gehst du, kleiner Italiener?

Zum Glück gehorcht mein Sohn mir manchmal noch, und weil ich ihm ausdrücklich befohlen habe, sich unter dem Bett zu verstecken, sobald das Licht ausgeht, tut er wie ihm befohlen und kriecht unters Bett, während ich darunter hervorkomme und dann halb nackt ins Bett schlüpfe.

Ach so, du wolltest dich ausziehen! Komm her zu mir, kleiner Italiener … Hm, so klein bist du ja gar nicht! Oha, Mamma mia! Was hat man euch italienischen Mönchen nachts in den Klöstern beigebracht?

Mm Mmm.

Huch, du kleiner Tunichtgut! Neugieriges Äffchen, wonach suchst du?

Mm mmm mmmm.

Donnerwetter, nicht schlecht … So was können die Mönche in Teutschland nicht, ich spreche aus Erfahrung.

Mmmmm mm mm.

Und auch das machst du mit mir? Dann stimmt es ja, dass ihr Italiener sehr fantasievoll seid!

Mmmm mmmmmmmmm!

He, wenn du so weitermachst, bringst du mich zum Wahnsinn …

Mm mm mmm mmmmmm!

O, ah … nicht … auch noch das!

Mm mm mm mmmmmm mm mmm mmmm!

Ah … o … ah … o … genug … ah … o … du bist … erstaunlich … ah … o … wie hast du es nur … ah … o … im Kloster ausgehalten … ah … o … unglaublich … ah … o …

Mm! Mm! Mm! Mm! Mm! Mm! Mm! Mm! Mm! Mm! Mm! Mm! Mm! Mm! Mmhmmhmmmhmmm!

Aaah … uuuh … uaaaaaa.

Und da dies, in aller Bescheidenheit sei's gesagt, Signior Heiligervater, eine meiner besten Nummern der letzten zwei oder drei Jahren war, habe ich gewartet, um zu sehen, ob sie die übliche Wirkung hatte wo ich immer bei den teutschen Weibern erreiche, nemlich sie sind zwar zäher als die Italienerinnen aber so man sie auf einem anständigen Feuer kocht, das heißt, ihnen einen schönen Dienst erst von vorn dann von hinten dann von der Seite und dann nochmal von hinten besorgt, brechen auch sie zusammen, und um sicher zu sein, dass sie richtig gar gekocht sind, braucht man nur fragen:

Hm? Hm? Hm?

Hä? Aaah, kleiner Italiener, du raubst mir die Sinne … ich … Rrrsss rrrsss.

Kaum fängt Avei an zu schnarchen, spitz ich die Ohren und wie erwartet höre ich ein zweites Geräusch, das kommt unter dem Bett hervor, bss bss bss, denn ich wusste genau, was mein Sohn tun würde, um nicht hören zu müssen was sich auf der anderen Seite des Bettes abspielte und um Gottes Verzeihung für die Sünde der Unzucht zu erflehen, die sein Vater beging. Denn wie üblich hatte er vergessen, dass ich Avei nicht für mein persönliches Vergnügen bestiegen habe, sondern einzig und allein aus einem praktischen Grund.

Redento, verflucht nochmal, hör auf den Rosenkranz zu beten, komm raus und zieh dich aus, wir müssen unsere Positionen einnehmen!

Wieso ausziehen? Soll auch ich sündigen wie du und Sauereien mit diesem Weib treiben? Niemals werde ich das tun! Du hast diesen Hinterhalt mit Avei organisiert, als wir bei Luther zum Mittagessen waren, darum musst du dir jetzt selbst helfen!

Pssst, sprich leise, Schwachkopf, und sei unbesorgt, die hat genug und wird eine Weile ruhig bleiben.

Und dann, Signior Papst, hab ich Bruder Redento erklärt, was er tun soll. Bloß dass er wie üblich nicht einverstanden war und sofort erwidert hat: Die Kutte zieh ich nicht aus, kapiert? Na gut, mein Sohn, tu was du willst, aber ich sage dir, es wäre viel überzeugender wenn du nackt bleiben würdest. Und vergiss nicht, wenn das hier heute Abend übel ausgeht, komm ich nicht mit nach La Verna, klar? Und pass auf, dass du Avei nicht wieder geil machst, sonst will die nochmal vögeln und hat nur dich zur Verfügung!

Ja, ich verstehe, Papa, aber wie macht man das, die Weiber nicht aufgeilen? Heiliger Himmel, gebrauch mal dein Hirnschmalz, es genügt wenn du die Temen Küssen Umarmen Schmachten Besteigen Lecken Heiraten etcetera vermeidest, also alles was wegen dieses Dings passiert, was die Weiber zwischen den Beinen haben. Das Reden darüber un-be-dingt vermeiden! Kapiert?

Wann Avei die Augen aufschlägt, sieht sie die Kerze wieder brennen und neben sich Bruder Redento in seiner Kutte, der sie anstößt damit sie aufwacht.

Hä? Huch? Was tust du da, kleiner Italiener?

Wie? Nichts, ich ruhe mich aus.

Das glaub ich gern! Du hast dich mächtig ins Zeug gelegt, mein Schatz …

Ach, das war nichts im Vergleich zu den Pilgerzügen die ich nach La Verna gemacht habe.

La Verna? Davon hab ich auch schon gehört, es heißt, der Weg sei voller Bären und Wölfe. Hilfe, wie grässlich! Gib mir ein Küsschen, los schnell, schon bei dem Gedanken krieg ich Gänsehaut!

Später, das Küsschen gebe ich dir später, jetzt denk dran wie gefehrlich es ist.

Na gut, ihr Männer seid alle gleich. Wenigstens schämst du dich nicht mehr dich im Licht zu zeigen und mit mir zu sprechen, nicht wahr, kleiner Italiener? Du hast deine Kutte angezogen, ist dir kalt?

Äh, also in Wirklichkeit hab ich …

Was ist denn mit dir los? Du schlägst ein Kreuzzeichen?

Ach, das rutscht mir manchmal so raus, nach all den Jahren im Kloster.

Sag mal, Kleiner, wo ist eigentlich dein Vater?

Das kann ich dir nicht genau sagen. Ich weiß nur, dass er bis vor wenigen Minuten mit einem liederlichen Weib Unzucht getrieben hat.

Ha, die listigen Äuglein deines Vaters sind mir nicht entgangen! Ich muss dir gestehen, wenn nicht auch du mit nach Wittenberg gekommen wärst, hätte ich nicht ungern was mit ihm angefangen, hihihi!

Wer weiß, vielleicht ist es passiert und du hast es nur nicht gemerkt.

Dummerchen, du redest wirres Zeug. Glaubst du, das würde ich vergessen, wenn ich mit einem so schönen Mann wie deinem Papa ins Bett gegangen wäre?

Nun, das kommt darauf an, aber wechseln wir bitte das Tema, denn auch dieses ist gefehrlich. Hör mal, weißt du zufällig etwas über einen eisernen Nachttopf, der aus Frankreich nach Wittenberg gekommen ist?

Mamma mia, sag bloß, auch du und dein Vater habt euch auf diesen Nachttopf versteift! Seit Luther den von Vogel geschenkt bekommen hat, ist es der Lieblingssport all seiner Freunde geworden, hineinzupissen. Inzwischen ist das nur noch eklig, dieser hässliche eiserne Nachttopf wird von einem zum andren weitergereicht und alle geben mächtig an: Ich hab ihn aus anderthalb Schritt Entfernung getroffen, ich aus zwei Schritt, ich aus drei …

Und die hölzerne Kiste ist auch noch bei dem Nachttopf?

Natürlich, aber was kümmert dich die? Bei dem Spiel geht es darum, in den Topf zu pissen, nicht in die Kiste.

Und Luther pinkelt auch hinein?

Klar doch, was für eine Frage!

Hör zu Ave, ich bin froh dass wir beide jetzt ohne Zuhörer miteinander sprechen denn so kann ich dir die Wahrheit sagen: Ich muss diesen Topf um jeden Preis finden.

Warum um Himmels willen brauchst du diesen Nachttopf?

Das ist eine verflucht komplizierte Geschichte, ich kann sie dir gar nicht richtig erklären, auf jeden Fall geht es dabei nicht um mich, sondern um meinen Vater.

Zwei so gutaussehende Männer, Vater und Sohn, die durch die ganze Welt einem Pisspott hinterherjagen ... Ich werde nie einen Mann finden.

Wir sind zu verrückt für dich. Vorhin hat mein Vater erst mich in das Bett dieses verdorbenen Weibsbilds steigen lassen, dann kam er dran und dann wieder ich.

Dann ist dein Vater ja ein richtiger Lüstling!

Ach was, er ist ein vorbildlicher Ehemann und kommt abends nie spät nach Hause, sonst reißt seine Frau ihm die Haut vom Schwengel und macht sich Schleifchen daraus wo sie dann ihren Freundinnen zeigen kann.

Wie bitte? Er ist sogar verheiratet? Wie entsetzlich! Ich kenne nur eine einzige Frau die sich für eure Orgien eignen würden: Katharina von Bora. Ist sie die Hure von der du vorhin sprachst?

Nein, nicht sie, sondern eine die viel, sehr viel üppiger ist. Entschuldige, aber ich muss nochmal auf die andre Sache zurückkommen: Man hat uns gesagt, der Nachttopf wär bei Luther, aber da ist er nicht zu finden. Wen kann ich fragen, wo er wirklich ist?

Warum fragt ihr nicht die Hure die mit euch beiden ins Bett gegangen ist?

Haben wir schon getan. Vielleicht holen wir noch was Nützliches aus ihr raus, aber bis jetzt redet sie nur sinnloses Zeugs.

Das glaube ich gern! So sind alle in Wittenberg, weißt du? Wenn einer Weiß sagt, sagt der nächste Schwarz und der Dritte Grau.

Wie meinst du das?

Ist das denn die Möglichkeit, du und dein Vater ihr seid wirklich hierhergekommen ohne zu wissen, was in diesem Land passiert? Alle sind hier Prediger und jeder streitet mit jedem! Thomas Müntzer war erst Luthers Freund, dann sagt er, die Wittenberger sind Farisäer und Jesusfeinde, Luther eingeschlossen. Egranus war erst ein Freund von Luther, jetzt ist er sein Feind. Dann gibt es noch Storch und die Profeten von Zwickau, die haben Luther und die Universität Wittenberg immer bekämpft und sind nur Müntzer gefolgt, aber dann haben sie ihn doch verjagt, wie übrigens auch die Böhmischen Brüder von Prag, die aus den Taboriten und Waldensern hervorgegangen sind. Karlstadt war erst mit Luther und Müntzer befreundet, dann nur noch mit Luther, jetzt ist er mit beiden verfeindet und hat eine ehemalige Nonne geheiratet, wie Appel auch, hat Wittenberg verlassen und ist nach Wörlitz gegangen. Du siehst, hier geht alles drunter und drüber.[42]

Moment mal, wenn ich recht verstehe, haben diese beiden Freunde von Luther, Appel und dieser Müntzer, ehemalige Nonnen geheiratet.

42 Hier werden einige ruhmreiche Namen der Reformationsbewegung sowie ihrer Vorläufer und extremen Flügel genannt: Johann Appel (1486–1536), Thomas Müntzer (1490–1525), Andreas Bodenstein aus Karlstadt, der Karlstadt genannt wurde (1482–1541), Johannes Sylvius Egranus (1480–1535) und Nikolaus Storch (vor 1500–1536), bekanntester Vertreter der Propheten von Zwickau, Vorläufern der Wiedertäufer, und schließlich die Bewegung der Böhmischen Brüder aus Prag.

Ja klar, nachdem sie sie aus dem Kloster entführt hatten, was ist daran so merkwürdig? In Teutschland macht man das so. Auch uns Nonnen aus Nimbschen hat Luther entführen lassen.

Ach so, das ist also normal, Entschuldigung, das hatte ich nicht verstanden.

Natürlich! Und meiner Meinung nach wird Luther Katharina heiraten, denn schon als Novizin war sie eine intrigante verlogene egoistische Heuchlerin, aber sie weiß genau, wie man euch arme Männer reinlegt. Hab Verständnis, mein kleiner italienischer Mönch, aber ich möchte jetzt gehen, morgen muss ich sehr früh aufstehen, um meine Kleider zu waschen und zu flicken, denn wie soll ich einen Mann finden, wenn ich nicht immer ordentlich und adrett aussehe? Doch warte mal …

Was ist los?

Der Nachttopf, den du suchst – woraus war der?

Aus Eisen.

Ach ja! Aus Eisen, nicht wie üblich aus Keramik! Dann weiß ich wo er ist. Heute bin ich zu Luther gegangen, um ihn abermals zu bitten, eine gute Partie für mich zu finden. Er hat wie immer sofort angefangen mich anzubaggern und wollte an mir herumfummeln. Wie immer habe ich mich tapfer gewehrt. Ich schwöre dass er mich noch nie mit dem kleinen Finger berührt hat!

Vielleicht mit dem großen Zeh.

Hä?

Nichts, ich sagte, dass mich der Fuß juckt.

Hör zu. Beim Rausgehen hab ich ein eisernes Gefäß auf einer Anrichte gesehen, mit einer lateinischen Inschrift, der Name eines Papstes und eine Jahreszahl …

Das ist er! Gelobt sei Gott!

Ich wurde neugierig und wollte das Gefäß nehmen, aber Luther hat meine Hand festgehalten. Lass das stehen, hat er gesagt, das ist nichts für Weiber, den soll Cranach abholen kommen.

Wer ist das denn?

Du kennst Lucas Cranach nicht? Das ist ein sehr berühmter Maler, gut mit Luther befreundet, ein wahrer Reformator.[43] Geh morgen auf jeden Fall zu ihm! Vielleicht ist dein Nachttopf schon dort.

TAGEBUCH VON SALAÌ

Salaì kocht für Luther eine Suppe nach echt italienischer Art.

Am nächsten Tag haben wir einen der schlimmsten Momente unserer Reise nach Wittenberg erlebt, Signior Papst, denn wann wir zu Cranachs Haus kommen, sagt man uns, Cranach hat gerade überaus wichtige Gäste und keine Zeit für uns, und die Magd wo uns die Tür aufgemacht hat, sagt, von diesem Nachttopf hat sie noch nie gehört und selbst wenn sie es wüsste, könnte sie uns ohne Erlaubnis ihres Padrone, nemlich Cranach, nichts sagen, jedenfalls sollen wir am Nachmittag wiederkommen und schauen, ob Cranach dann frei ist. Also sind wir am Nachmittag wiedergekommen, aber Pustekuchen, Cranach hat wieder keine Zeit und man rät uns, abends

43 Der große Lucas Cranach (1472–1553) war ein Freund von Luther, Katharina von Bora, Melanchthon und anderer herausragender Persönlichkeiten der Reformation, die er auch alle porträtierte. Im Jahr 1523 beherbergte er den exilierten dänischen König Christian II. in seinem geräumigen Haus in Wittenberg.

nochmal vorbeizuschauen. Am Abend hat man uns mit netten Worten gesagt, Liebe italienische Freunde, Cranach hat heute keine Zeit für euch, kommt nochmal wenn ihr unbedingt wollt, andernfalls verzieht euch gefälligst wieder in euer Land.

Da ist uns eingefallen, zu Luther zu gehen, vielleicht empfängt der uns und hoffentlich hat er nicht zu viele Gäste.

Die angenehme Überraschung ist dann, dass wir, wie wir bei Luther ankommen, sofort reingelassen werden, da wird nicht lang gefackelt, denn in Luthers Haus kennt man uns schon gut. Und ich muss sagen, Signior Papst, das ist eine der Sachen der Reformation die Ihr meiner Meinung nach ruhig mal in Erwägung ziehen könntet, als gutes Beispiel. Denn wenn man zu Euer Heiligkeit will, und mir haben Freunde genau erzählt, wie das läuft, muss man mindestens drei Tage Verhöre über sich ergehen lassen, wo eine Unmenge Leute dich untersucht und wissen will, wer du bist und wer du nicht bist, und musst du genau erklären was du dem Papst sagen willst und warum und wie, und musst die Sache bis in den kleinsten Furz ganz genau beschreiben. Und wenn du ein Riesenschwein hast, empfängt der Pontifeks dich am Ende wirklich, aber bloß drei Minuten lang und obendrein vor einem Hauffen Menschen, so dass die Audienz dir einen Scheiß nützt, falls du ihm eine etwas intimere Sache sagen wolltest, denn all die Leute um den Papst herum, nemlich Wachen Skribenten Sekretaren Lakaien Parasiten und jede Art von Schleimern hören alles mit.

Wie wir eintreten bitten wir sofort darum, dass man uns zu Luther bringt und da fangen ein paar junge Männer, Studenten scheint's, sofort an zu rufen Luuuteeer, wer hat Luuteeeer gesehen? und nach ein paar Sekunden sagt eine Stimme, Ich hab ihn gesehen, er stand vor der Küche. Da sind wir zur Küche gegangen und hören Luthers Stimme, er diskutirt mit jemandem und das ist kein nettes Gespräch, nemlich Luther scheißt den Mann zusammen und zuletzt schickt er ihn mit teutschen Worten zum Teuffel, die könnt ich nicht wiederholen, aber auf Teutsch ist die Wirkung durchschlagend. Ja, ich würd Euch sogar raten, Signior Papst, wenn Ihr mal jemanden zur Sau machen müsst, dann tut das unbedingt auf Teutsch, denn diese Sprache hat die besten Töne für so einen Zweck, nemlich Worte voller Konsonanten wie zum Beispiel grrr wkkk pftk sptktk, und die klingen genauso wie wenn man mit Kreide auf der Tafel schreibt und dabei ausversehen mit dem Fingernagel über die Tafel kratzt, das macht krrriiii, da schütteln dich die Schauder von Kopf bis Fuß, und das ist ein Gefühl was du nie vergisst, ja, wenn du später, nach drei oder vier Jahren sogar, dran zurückdenkst, stehen dir die Haare immer noch wie Schilfrohr zu Berge. Und nach meiner Erfahrung mit teutschen Weibern (die Mutter von Bruder Redento war Teutsche, nicht vergessen, Signior Papst!) muss ich sagen, wenn ein teutsches Mädchen ihrem italienischen Verlobten Ich liebe dich auf Teutsch sagt, klingt das anders als auf Italienisch, nemlich nicht wie Ich möchte immer bei dir sein, denn du bist besser als ein

Glas Milch mit Honig und besser als der Duft von Rosen im Frühling und fast besser als eine kleine Nummer bei Sonnenuntergang am Strand, nein, es klingt wie O mein Lieber, ich finde dich wirklich nett, aber manchmal gehst du mir auch auf den Geist und ich kann nicht ausschließen, dass ich, wenn ich mal einen schlechten Tag habe, die Schere nehme und dir, während du schläfst, zack! das Säckchen abschneide das du unterm Schwengel hängen hast, und das benutze ich dann um Kleingeld reinzutun, wenn ich einkaufen gehe. Naja, Heiligkeit, ich kann das nicht so gut erklären, aber Ihr habt schon verstanden, oder? Und wenn Ihr's genau bedenkt, wirkt auch die teutsche Schrift, nemlich ihre Buchstaben mit all diesen Zacken und Kanten und dieser furchtbar strengen, nervtötenden Art, beim Lesen genauso wie wenn einer Teutsch spricht. Aber für andre Sachen ist das Teutsche perfekt und bestimmt wird es auch in Zukunft viele sehr nützliche Verwendungen finden, zum Beispiel wenn man Tieren wie einem Ochsen einem Hund oder einem Hamster Befehle geben muss, denn bei teutschen Befehlen bleibt im Kopf der armen Bestie nicht der kleinste Rest Zweifel, entweder ich tu alles was mir befohlen wird oder der prügelt mich windelweich, also werden der Hund der Ochs und der Hamster ganz sicher keinen Mucks machen und brav gehorchen wie jedes Tier das tun muss.[44]

44 Salaìs linguistische Spekulationen haben sich als weit vorausschauend erwiesen. In moderner Zeit hat sich das Deutsche – auch in Italien – als bevorzugte Sprache bei der Abrichtung von Wachhunden und Hundestaffeln für die Verbrechensbekämpfung durchgesetzt.

Nachdem er mit seinem Anschiss fertig ist, bemerkt Luther uns und sagt, Sieh mal an, die Italiener, und dann lässt er bei uns Dampf ab, indem er uns den Grund für den Anschiss erklärt. Verflucht, sagt er, ich habe furchtbaren Kohldampf, es ist Abendbrotzeit, aber die Köchin ist krank und niemand hier im Haus hat dran gedacht für Ersatz zu sorgen, und außerdem türmt sich in der Küche eine Piramide aus schmutzigen Tellern zum Abwaschen, versteht ihr?

Allerbester Luther, sage ich, um das Abendessen kümmere ich mich, ich bin ein erfahrener Koch und kann auch noch was hinzaubern wenn alle Vorratskammern leer sind, denn das hab ich im Zusammenleben mit Mastro Lionardo, meinem Ziehvater, gelernt, wo nie auch nur einen Heller in der Tasche hatte, darum sah es in der Vorratskammer immer so aus wie in Lionardos Schädel, nemlich gähnende Leere, hahaha.

O wie schön, Salaì, was würdest du denn für mich kochen? fragt Luther. Ganz einfach, sag ich, zum Beispiel ein tipisch italienisches Gericht mit den Gewürzen und Aromen unseres so schönen, aber auch so unglücklichen Landes, wo es doch unter diesen Bösewichtern, dem Papst und der römischen Kirche leiden muss.

Luther scheint wirklich sehr interessirt an dem Angebot eines Abendessens nach echt italienischer Art, doch erstmal hat er sich sehr höflich entschuldigt, weil er pissen gehen musste, Entschuldigt bitte, ich muss ein kleines Geschäft erledigen, wir sehen uns gleich. Kaum ist er draußen, zischt Bruder Redento mir ins Ohr, Mensch

Papa, wie zum Teuffel willst du ein Abendessen kochen, wenn die Vorratskammer leer ist? Ich antworte, Kapierst du nicht, Junge, dass wir hier eine einmalige Gelegenheit haben, endlich allein mit Luther zu reden ohne die andren Nervensägen, und endlich versuchen können ihm zu entlocken wo er diesen verfluchten Nachttopf von Lionardo versteckt hat? Na gut, Papa, mach was du willst, aber bau keinen Scheiß! Jaja, schon gut, ich weiß genau was ich tue, geh mir jetzt nicht länger auf die Eier, die sind schon dick wie zwei Melonen.

Als Luther zurückkommt, stehe ich schon in der Küche und habe mich mit viel gutem Willen und unendlichem Vertrauen in meine fantastischen Kochkünste ans Werk gemacht, und wie Ihr sehen werdet, lieber Pontifeks, hatte ich absolut Recht, o ja.

Die Küche ist sehr schön und geräumig und voller Dekorationen, es gibt sogar einen Käfig mit einem Kanarienvogel, der einzige Makel ist, dass sie nicht sehr sauber ist. Denn das weiß ja jeder, Signior Papst, wann einer gutes Essen liebt, dann macht er sehr intensiven Gebrauch von seiner Küche und hat darum kaum Zeit sie sauberzumachen, darüber wird die Küche mit der Zeit schmutzig und überall sind Flecken, klebt fettige Soße, bilden sich Krusten, doch das macht nichts, denn das ist meiner Meinung nach ein gutes Zeichen.

Nachdem ich mich hier und da umgeschaut hab, um zu sehen, welche Zutaten mir zur Verfügung stehen, mach ich mich mit großer Leidenschaft und auch in großer Eile an die Arbeit, denn Luther hat einen Bärenhunger. Aber zum Glück habe ich wie immer ganz genaue Vorstellungen, und darum, Signior Pontifeks, hab ich genau gesehen, was ich brauchte, nemlich die Piramide aus schmutzigen Tellern und die Bierhumpen und die Gabeln und Messer wo noch voller Fett und Essensresten sind, außerdem alle Brotkrumen die mit einem Lappen vom Tisch gewischt worden waren wann wir am Tag zuvor bei Luther gegessen hatten. Das alles spüle ich sehr sorgfältig mit ein bisschen Wasser und die Brühe die dabei herauskommt, sammle ich in einem Töpfchen.

Dann bemerke ich dass über dem Herd eine Art Kranz aus Eisen von der Decke herabhängt und an diesem Kranz baumeln ein paar Würste, und ich denke, Ach, wie viele schöne Erinnerungen an meine Kindheit kommen mir da!

Ja, Signior Pontifeks, ich wusste nemlich ganz genau wozu dieser Kranz dient, die Würste müssen in der Luft hängen damit die Ratten nicht drankommen, denn sonst finden sie die Würste immer, egal wie genial man sie versteckt, und das ist eine sehr schlaue Erfindung von Bauern, die ich schon mehrmals in Landhäusern in der Toskana gesehen hab, wann Lionardo mich auf seine Rundreisen mitnahm, um den Landadeligen seine Dienste als Maler anzubieten. Aber die haben Lionardo immer völlig zu Recht mit Arschtritten vom Hof gejagt, denn sie waren schlau und haben auf den ersten Blick kapiert, was für ein Tip Lionardo war, nemlich einer wo sterbenslangweilige komplizirte Reden schwingt, um sich als Gelehrter aufzuspielen und die Dummen einzuschüchtern, aber in Wirklichkeit lässt er sich gerne fürstlich bezahlen um ein paar alberne Kritzeleien zu malen. Während mein Ziehvater mit dem adeligen Hausherrn sprach, wo zu ihm sagte, Nein danke, mein lieber Lionardo, ich brauche kein Porträh, ich brauche kein Fresko im Schlafgemach, ich brauche gar nichts, mir geht's auch so prima, also bitte, lieber Lionardo, da ist die Tür, hab ich mich, der ich noch ein kleiner Junge war, leise still und heimlich in die Küche gestohlen und bin auf den Tisch geklettert, so kam ich mit meinen Fingerchen an den Eisenkranz mit den Würsten ran, und hab sie alle ganz schnell abgerissen und fast ohne zu kauen runtergeschluckt, denn ich musste schnell wie der Blitz sein (jedes Mal wenn Lionardo weggejagt wurde, dauerte das höchstens einen Furz lang) und hab nicht mal ein Fitzelchen Wurst in der Tasche gelassen, aus Angst dass Lionardo mich erwischt und die Wurst dann selbst isst.

Wenn Lionardo und ich drei oder vier solcher Besuche an einem Tag machten, hatte ich abends so viele Würste im Leib, dass mir, wenn ich den Atem anhielt, ein Stück Wurst aus den Ohren rauskam. Und während wir zu Fuß von einem Haus zum andren wanderten, sagte Lionardo zu mir, Salaì, wir haben keinen Heller in der Tasche und ich sterbe vor Hunger, aber wie zum Henker schaffst du es, dass dir nicht mal ein bisschen der Magen knurrt? Dann antwortete ich, Lieber Ziehvater, ich kriege keinen Hunger weil es mich so traurig macht mitanzusehen wie alle Euch vom Hof jagen, wo ich Euch doch so furchtbar gerne habe, und dann umarmte und küsste er mich ganz gerührt, aber plötzlich sagte er, He Salaì, du riechst ja nach Wurst! Dann sagte ich, Aber nein, Ziehvater, das ist unmöglich, es wird Euer Hunger sein, der Euch ein wenig benommen macht, aber er roch und leckte an meinem Gesicht und meinen Händen wie ein wildes Tier, und schließlich begriff er, dass ich heimlich Würste gegessen hatte, ohne ihm ein Stückchen abzugeben, und dann setzte es Prügel und Stockhiebe, Hier, nimm das und dann das, du hundsgemeiner gefräßiger dreckiger Lümmel. Aber das hat mich natürlich nicht von meiner Taktik abgebracht, Signior Papst, denn wenn Lionardo die Würste bei mir gefunden hätte, er hätte nicht geteilt, sondern sie mir alle weggenommen, und darum hab ich sie immer alle selbst gegessen.

Was zum Teuffel wollte ich eigentlich erzählen, ach ja, also hab ich auch in Luthers Haus vier oder fünf Würste genommen, naja praktisch alle, wo an dem Kranz hingen, und nachdem ich meinen Magen ein wenig beruhigt habe, fahr ich mit der Zubereitung der Suppe auf italienische Art fort, indem ich einen Lappen nehme und damit sehr sorgfältig über den eisernen Kranz streiche, wo vorher die Würste dran hingen. Auf diese Weise werden alle Fettreste aufgenommen von dem Röstfleisch, den Tunken, Suppen und Schmorbraten die seit geraumer Zeit in dieser Küche unter dem Kranz geschmort gesotten und gebraten wurden und deren Fettspritzer und Ausdünstungen sich als schöne, kompakte Krusten auf dem Kranz übereinandergeschichtet haben, weil die Küche seit etwa dreihundertfünfzig Jahren nicht saubergemacht wurde. Dann befeuchte ich den Lappen mit ein wenig Wasser und wringe ihn über dem Töpfchen aus, wo schon die Brühe köchelt, wodurch sie einen kräftigen, einladenden Geschmack und Duft bekommt. Und wenn ich nicht davon gekostet habe, dann nur deswegen weil ich ja gerade eben die fünf Würste gegessen hatte, welche mich ziemlich satt gemacht haben, das ist ja bekannt, Heiligkeit, wenn man der Versuchung durch die Vorspeisen erliegt, verdirbt man sich den Appetit auf den Hauptgang.

Ah, sehr gut, damit war das Meiste geschafft und ich musste nur alle Zutaten verrühren und die Suppe anrichten die sicher köstlich schmecken und auch dem Magen sehr wohltuen würde. Was ich dann noch hineingetan habe, erinnere ich nicht mehr so gut, ich musste diese Plörre ja nicht essen, aber ich glaube, ich habe alle alten Brotkanten wo ich in der Küche finden konnte, in der Brühe aufgeweicht. Jetzt machte das Gemisch einen vorzüglichen Eindruck und wenn man bedenkt, dass ich es in allerkürzester Zeit gekocht hatte, konnte man sich wirklich nicht beklagen, oder?

Stolz bring ich die Suppe auf den Tisch, denn das war mein erster Auftritt als Koch in Teutschland, obendrein ganz ohne Hilfe, und ich sag, Veula, bitte sehr meine Herren, eine echte traditionelle italienische Suppe! Am Tisch erwarteten mich Bruder Redento und Luther, beide mit so heißhungrigen Mienen dass sie ihre Reißzähne fast in die Tischplatte geschlagen hätten. Der Erste wirft einen Blick auf den Teller, riecht an der Suppe und zieht eine Grimasse aus Ekel und heftiger Empörung gleichzeitig als hätte ihm jemand gesagt, Erinnerst du dich an das niedliche Hündchen mit dem du als Kind gespielt hast? Nun, wir haben aus seinen Innereien eine Marmelade gemacht, die ist jetzt gut abgelagert und du darfst davon kosten, freust du dich?

Luther dagegen ruft, während ich ihm Suppe auf den Teller tue, Aaah, die italienische Küche ist wahrhaftig die beste der Welt, ich erinnere mich, als ich in Rom war, hat mich alles angewidert, die Kirchen der Papst die Priester die Nonnen die Mönche, aber das Essen nicht, nein, das war immer ausgezeichnet und schmackhaft wie diese Suppe hier. Ich sage, Signior Luther, dann bin ich sicher dass die italienische Suppe so wie ich sie koche Euch wirklich munden wird, nehmt doch noch mehr! und ich gieße ihm noch mehr Suppe mit Brot auf den Teller wo schon so voll ist, dass er fast überläuft.

Wie Luther die ersten Löffel Suppe schlürft, verändert sich die Stimmung ein bisschen, denn seine Augen treffen buchstäblich über seiner Nase zusammen, dann sagt er, Hm, diese italienischen Gewürze sind doch etwas zu stark für mich. Ich bestürme ihn, Kommt schon, Signior Luther, esst, das tut Eurem Magen gut, aber Luther antwortet, Kein Problem, liebe Freunde, ich kann auch noch morgen essen, denn merkwürdigerweise bin ich plötzlich pappsatt, ja, ich fühle mich voll wie ein Fass, und er schiebt den Teller schnell von sich weg als wär das ein gefehrliches Ding. Dann fragt er, Sag mal, Bruder Redento, isst du denn gar nichts? und Bruder Redento sagt, Vielen Dank, ich habe den lieben lang Tag gegessen, darum will ich heute Abend fasten, jedenfalls so lange bis ich hier raus bin. Aha, ich verstehe, mein Freund, ich verstehe dich sehr gut, sagt Luther.

Ich denke bei mir, Sieh mal an, im Grunde ist Luther doch ein fast normaler Mensch, nemlich ein teutscher Bauer wie viele andre und hat nur einen einzigen Fehler gemacht, nemlich sich mit Religion Teologie Filosofie etcetera zu beschäftigen, alles Sachen wo sich für einen Bauern nicht eignen und ihn traurig und jäzornig machen. Im Grunde aber hat Luther das fröhliche Wesen eines netten Bauern, der sich freut und guter Laune ist wann er stinknormale Sachen machen kann, wie gut essen, in Gesellschaft sein, nach den Brüsten der Weiber schielen wie jeder beliebige Mensch. Und wenn er nur solche schönen Bauerngewohnheiten im Sinn gehabt hätte, würden die Teutschen heute in Frieden leben, statt mit dem Papst und dem Kaiser und miteinander zu streiten, nein, sie säßen alle zufrieden zu Hause und äßen italienische oder teutsche Suppen, schade nur, dass Luther meine Suppe ein bisschen zu kräftig im Geschmack gefunden hat, aber im Grunde ist doch alles immer eine Frage des Geschmacks, meint Ihr nicht auch, Heiligkeit?

Wie Luther den Teller von sich weggeschoben hat, ist

er wieder guter Laune, aber zwei oder drei Löffel hat er anfangs ja gegessen, also macht er ein paar Rülpser glluurrpp Brrullpp und dazu Grimassen an denen man sieht wie sehr er sich freut, nichts mehr von der Suppe essen zu müssen. Aaah, mein guter Salaì mein guter Redento, eure Gesellschaft behagt mir wirklich, schade, dass deine italienische Suppe ein bisschen zu kräftig war, ich sag dir was, wenn du wieder einmal Gast bei mir bist, koche ich, einverstanden?

Unterdessen war es wirklich spät geworden, Signior Papst, und wir kriegten Angst, dass Hans schon schlafen gegangen war und uns die Tür zu seinem Haus nicht mehr aufmachen würde, dann hätten wir auf der Straße schlafen müssen. Also sagen wir, Lieber Signior Luther, wir bringen Euch jetzt ins Bett und verschwinden dann sofort, so könnt Ihr schlafen und seid morgen putzmunter, was meint Ihr? Danke, meine Freunde, wartet noch, ihr wollt doch nicht etwa gehen ohne ein Gläschen getrunken zu haben, oder? Und er nimmt eine Flasche Wein und drei Gläser aus einem Schränkchen.

Nicht doch, Luther, macht Euch keine Umstände, wehren wir sofort ab, aber er will nichts hören, stur wie ein Bauer besteht er auf seiner Einladung, Um Himmels Willen, liebe Freunde, das sind doch keine Umstände, im Gegenteil, ihr müsst unbedingt einen mit mir trinken, sonst bin ich beleidigt, und schon hat er die Gläser mit Wein gefüllt. Aber Bruder Redento und ich haben keine Lust zu trinken, also kippt Luther drei Gläser hintereinander, ich dagegen nur eins und Bruder Redento, wo Mönch ist und ein Gelübde abgelegt hat, niemals Bier Wein und derartige Sachen zu trinken, tut wie üblich nur so, als würde er schlucken, und wann Luther sich umdreht, gießt er den Wein schnell in einen Blumentopf.

Ich versuche das Gespräch auf den Nachttopf zu bringen und sage, Wie gerne würde ich den Nachttopf meines geliebten Ziehvaters wiederfinden! Aber Luther tut wie wenn ich gar nicht gesprochen hätte und wiederholt noch einmal, Ach, was war das doch für ein gutes Abendessen, wirklich köstlich, und wie simpatisch ihr Italiener seid, in Italien muss das Leben herrlich sein, wenn alle so simpatisch sind wie ihr beiden, hicks! Ich bohre weiter, Signior Luther, Ihr erinnert Euch nicht zufällig wo dieser Nachttopf ist? Er fragt, Bist du wirklich sicher, hick! dass ich den habe? Nun, das hat Lotter uns gesagt. Wirklich? Ich glaube Lotter irrt sich, denn er hat ihn mir noch nicht zurückgegeben, aaah, ausgezeichnet dieser Wein, findet ihr nicht auch, Freunde? Oh nein, wartet, vielleicht hab ich ihn doch zurückgekriegt, hick! und dann wollte ich ihn Cranach geben, aber ich erinnere mich nicht mehr, ob ich ihm den Topf habe schicken lassen, ich müsste mal bei mir im Keller nachsehen ... nein, lieber nicht, da liegt alles drunter und drüber, vorher fragen wir lieber Cranach, das ist hick! weniger anstrengend. Signior Luther, glaubt Ihr, dass Cranach uns empfangen wird? Pah, wie zum Teuffel soll ich das wissen? Liebe italienische Freunde, in dieser Sache kann ich euch leider nicht helfen, denn Cranach hat immer wahnsinnig wichtige Gäste mit der ganzen Familie, ihr könnt euch vorstellen, was das für ein Betrieb bei ihm zuhause ist, tut mir leid, aber in letzter Zeit krieg nicht mal ich ihn mehr zu sprechen, stellt euch mal vor.

Es war sonnenklar, Signior Pontifeks, dass Luther mich verarschen wollte und keine Lust hatte ernsthaft über den Nachttopf zu sprechen. Dann hat er sich noch zwei Gläser hinter die Binde gekippt und war endgültig hackevoll.

Luther, du hast zu viel getrunken, ein Übermaß Wein ist wie Unzucht, es schadet dir und es ist Sünde, weißt du das nicht? sagt Bruder Redento, dieweil wir ihn wie einen Sack Kartoffeln zu seinem Schlafzimmer schleifen.

Guter Freund, sagt Luther, der Leib ist Gott nicht verbunden, hick! sondern frei von ihm gegeben zu allen äußerlichen Dingen. Wider Gott kann man hie nicht sündigen, sondern nur wider den Nächsten. Wir sind niemand nichts schuldig denn lieben. Wo Liebe ist, die macht zu eigen, also dass kein Fähr des Gewissens oder Sünd für Gott sei![45] Was soll's außerdem, wenn wir sündigen? Manchmal hick! dient die Sünde nur dazu, den Teuffel zu ärgern![46]

Da haben wir beschlossen, Luther in sein Schlafgemach zu begleiten, Signior Papst, um ihn zu verhören, denn einem Betrunkenen kann man jedes Geheimnis

45 Diese Sätze sind Originalzitate Luthers aus: *D. Martin Luthers Werke*, Weimar 1883ff, Bd. XII, S. 131 (ab hier als »Weimar« angegeben), und aus: H. Grisar, Luther, Freiburg i. Breisgau 1911, Bd. IV, S. 245.

46 M. Luther, *Sämmtliche Werke*, hg.v. E.L. Enders/J.K. Irmischer, Erlangen/Frankfurt am Main 1832–1881, Bd. XVI, S. 254, ab hier als »Erlangen« angegeben.

entlocken, doch leider ist Luther, kaum hatte er sich auf sein Bett gesetzt, Bum, wie ein Stein nach hinten gefallen und vollständig bekleidet sofort eingeschlafen.

Plötzlich leuchtet vor dem Fenster ein grelles weißes Licht auf und gleich darauf hört man einen Knall, Bummmmm! gewaltig wie ein Kanonenschuss, so dass wir vor Angst aufspringen, und das war der Beginn eines furchtbar starken Gewitters, wie sie meiner Meinung nach nur in Teutschland vorkommen, denn vom Himmel fiel eine dichte schwarze Wand aus Wasser, und es war als würde Gott sagen, Das verpasse ich euch jetzt, ihr Menschen, denn von Zeit zu Zeit muss ich die Erde waschen sonst steigt der Gestank von euren Sünden bis zum Himmel hinauf. Der Regen war sehr dicht und wollte gar nicht schwächer werden, wir konnten unmöglich ins Haus von Hans zurückkehren. Unterdessen schnarcht Luther ohrenbetäubend laut, rrrooorrr rooonnn, krrrrchch, wie ein Bär wo zu viel gegessen hat und bis in den Frühling schlafen will.

Verdammt, was machen wir jetzt? fragt Bruder Redento. Hör zu, mein Sohn, mir ist eine großartige Idee gekommen, aber wir müssen erst einen Blick in Luthers Schränke werfen, ob wir da finden, was wir brauchen. Also haben wir in Luthers Gewändern gewühlt, Signior Pontifeks, und nach einigem Suchen ist hervorgekommen was wir brauchten, ja, es hatte sogar die richtige Größe.

TAGEBUCH VON SALAÌ

Luther spricht zum ersten Mal wirklich mit dem Teuffel.

Als wir alles gut vorbereitet und uns richtig aufgestellt haben, wecken wir Luther mit ein paar leichten Ohrfeigen auf die Backen und Bruder Redento fängt an, mit sehr tiefer Stimme zu sprechen, wie aus einer Höhle heraus. Ihr müsst wissen, Signior Papst, dass mein Sohn, also Bruder Redento, immer schon ein begabter Schauspieler war und besonders gut gelingen ihm vor allem die bösen Figuren. Wenn sie in seinem Kloster die Ostergeschichte aufführen, nemlich die Passion und den Tod unseres Herrn Jesus Christus, lassen seine Mitbrüder ihn immer die Rolle des Kaiphas spielen wo Jesus zum Tode verurteilt, und wenn die Weihnachtsgeschichte dran ist, muss er immer Herodes sein, der alle Kindlein von Israel töten wollte um zwischen ihnen auch Jesus zu erwischen, und wenn die Leben der Heiligen gespielt werden, stellt er immer den Teuffel dar, nemlich den Versucher der wo den heiligen Franziskus oder heiligen Antonius zur Sünde verführen will, aber das geht immer schief, denn die Heiligen lassen sich nicht so leicht zum Narren halten, im Gegenteil, am Ende können sie den Teuffel immer mit Arschtritten vom Acker jagen.

Kurzum, in diesen Rollen als Erzschurke ist Bruder Redento ein echter Experte und sehr ausgefuchst, denn dann spricht er mit einer sehr besonderen Stimme, ganz tief und dröhnend, und ich muss gestehen, obwohl ich als sein Vater genau weiß, dass er es ist, krieg ich doch manchmal eine Gänsehaut, nemlich seine Stimme als Schurke scheint wirklich echt.

Bruder Redento hat also angefangen mit seiner Spezialstimme als großer Schauspieler zu Luther zu sprechen, und er hat wirklich alles gegeben, denn wenn man ihn hörte, schien es die echte Stimme des Teuffels zu sein und fast glaubte man die Hitze den Gestank und den Brandgeruch der Hölle zu spüren. Obendrein hatten wir ein paar Kleider aus Luthers Schrank geklaut und Bruder Redento einen weichen Strumpf übers Gesicht gezogen, darin hatten wir zwei Löcher für die Augen und eins für den Mund geschnitten, so dass sein Gesicht schwarz aussah wie das von einem Neger, nein, mehr noch wie das von einem Kohlenträger, aber viel schlimmer, und er war unmöglich wiederzuerkennen.

Um zu verhindern dass Luther entwischt und um Hilfe schreit, haben wir seine Hände und Füße ans Bett gefesselt und weil er auf dem Bauch lag sah er aus wie ein Bärenfell, Ihr müsst Euch das so vorstellen wie diese abgezogenen Bären, Heiligkeit, wo mit allem Drum und Dran, Beinen Tatzen Krallen und Kopf mit Schnauze Zähnen und künstlichen Augen aus Glasperlen vor dem Kaminfeuer liegen, damit man es da drauf schön warm hat. Ihr glaubt ja nicht, wie komisch Luther aussah, und weil er gut gefesselt war, musste er, um hinter sich zum andren Ende des Bettes zu blicken, wo Bruder Redento stand, den Rücken furchtbar verdrehen und sich mordsmäßig anstrengen. Aber zum Glück gab es auf dem Nachttisch neben ihm einen kleinen Spiegel, darin konnte er, ein bisschen verschwommen, das Bild von Bruder Redento sehen, aber in der dunklen Schlafkammer konnte er dessen Gestalt nicht gut erkennen, und gerade darum würde er einen Heidenschiss bekommen. Denn wir hatten auch eine Kerze angezündet und vor dem Bett auf den Boden gestellt, so dass sie Bruder Redentos Gesicht von unten beleuchtete, und das machte einen wirklich grässlichen und echt diabolischen Eindruck.

Ich muss zugeben dass Bruder Redento sich richtig gut in seine Rolle hineinsteigerte, aber für ihn war es ja auch ein besonderer Spaß, Luther diesen Streich zu spielen, erstens weil alles was dieser Ketzer Luther macht und sagt meinem Sohn maximamente auf den Sack geht, zweitens weil Luther dann vielleicht die Lust verlieren würde, vom Teuffel zu sprechen, denn der ist ein eitler Geselle (ich meine den Teuffel, klar?) und liebt es, wenn die Leute über ihn reden; drittens und letztens weil das vielleicht die einzige Metode war, die allerwichtigste Information aus Luther rauszuholen, nemlich wo er Lionardos Nachttopf versteckt hatte. Und wenn das dem Teuffel nicht gelingt, Signior Papst, wer verdammt nochmal soll es dann schaffen?

Um die Gestalt des Teuffels noch furchterregender zu machen habe ich mich auf allen Vieren am Boden zusammengekauert und Bruder Redento ist auf meinen Rücken gestiegen, und weil er sich gleich zwei schwarze

Mäntel von Luther über seine Kutte gezogen hatte, war er zu einem ungeheuren riesigen gewaltigen Koloss geworden und schien wirklich geradewegs aus der Hölle zu kommen.

Als letztes raffinirtes i-Tüpfelchen hatte ich eine große Gabel mit drei Zinken aus der Küche geholt, mit der man den Braten aufspießt, und hatte sie an einen Besenstiel gebunden so dass das Ganze wie der richtige luziferische Dreizack der Dämonen aussah. Als Bruder Redento ihn in die Hand nahm, mussten wir zwar sofort laut loslachen, aber dann fanden wir doch dass sie ziemlich gut wenn nicht fast optimal aussah.

Um die Wirkung noch zu erhöhen haben wir das Fenster aufgemacht, so kamen von draußen der Sturmwind und Regenspritzer und der furchtbare Krach der Donner und das weiße Licht der Blitze herein, kurzum, ein Höllenspektakel und es schien wirklich als würde das Ende der Welt oder noch was Schlimmeres nahen. Der Lärm des Gewitters vermischte sich mit der Stimme von Bruder Redento und die Gesamtwirkung war tatsächlich infernalisch, vor allem wenn man bedenkt dass der arme Luther ein bisschen dumm ist und obendrein sicher noch betrunken war. Als alles bereit war, haben wir ihn geweckt:

Luuuuteeer! Luuuteeer! Hör mich an, dreckiger Sünder!

Hä? Huch? Wie?

Luuuteeer! Wach auf, deine Strafe erwartet dich!

Wer bist du denn?

Warum fragst gerade du das? Hahaha! Sagst du nicht immer, du hättest schon oft mit mir gesprochen?

Aaaah! Hilfe! Der Teuffel! Lass mich, geh weg, bitte!

Luther will sich umdrehen, aber er hat einen dicken Bauch und weil er bäuchlings gefesselt auf dem Bett liegt, sieht er aus wie ein Bärenfell und kann sich nicht umdrehen, um Bruder Redento ins Auge zu fassen, also muss er ihn in dem Spiegel auf dem Nachttisch beobachten, und wie ich unter dem Mantel meines Sohns hervorspähe sehe ich Luthers feistes Gesicht mit zwei weit aufgerissenen, von Angst erfüllten Augen und an der verschwitzen Stirn kleben die Haare, kurzum, wir müssen aufpassen, dass wir ihn nicht noch mehr erschrecken, sonst trifft ihn sicher der Schlag und dann addio Luther und addio Nachttopf.

Mein Sohn sagt: Schweig still, du Idiot, sonst schneid ich dir die Gurgel durch, verstanden? Die Mächte der Hölle haben dich gelähmt und du kannst dich solange nicht bewegen wie ich will, ist das klar?

Stimmt, ich kann mich nicht bewegen! Ich bin gelähmt!

Da hat das Schicksal uns plötzlich zu einem herrlichen und sehr eindrucksvollen Bühneneffekt verholfen, Heiligkeit, denn es gab einen Blitz, wo alles weiß gefärbt hat, dazu ist ein Donnerknall mit entsetzlichem Getöse losgebrochen, Bummm! und genau in diesem Moment hat Bruder Redento die Forke in Luthers Hintern gejagt, zack! und es war zwar nur ein kleiner Stich, aber Luther hat bestimmt geglaubt, die Zinken hätten ihm die Hinterbacken durchbohrt.

Auaaaa! Nein, genug! Erbarmen, habt Erbarmen mit mir!

Halt den Mund und ergib dich in deine Strafe! Nimm das hier und auch das hier!

Auuaaaa! Ich sterbe! Genug, ich bitte dich!

Na gut, vorerst werde ich gnädig sein, aber nur weil dein Gejammer so lächerlich ist, dass es mich langweilt.

Wo sind die beiden Italiener?

Die sind seit Stunden gegangen, als du sturzbetrunken eingeschlafen bist.

Aber … aber du sprichst ja auch Italienisch!

Natürlich spreche ich Italienisch, du Esel! Du müsstest genau wissen dass ich alle Sprachen der Welt spreche, auch die antiken! Wenn du es vorziehst, rede ich Lateinisch mit dir oder Griechisch oder Häbreisch oder sogar Deutsch.

Das ist mir einerlei, entscheide du, o mein Herr!

Hehehe! Griechisch und Hebräisch kannst du sicher nicht so gut wie dein Freund Melanchthon, idem Latein, obwohl du dich vor allen Leuten mit deinen Lateinkenntnissen aufbläst. Ich spreche Italienisch mit dir, weil du gerade heute Italienisch gesprochen hast, um eine gute Figur abzugeben. Und vor den Weibern mit den dicken Möpsen hast du sogar geprahlt, du würdest mich kennen. Stimmt das oder nicht? Hier nimm diesen Stich von meiner Höllenforke!

Auuuu! Ja, das stimmt, ich habe mich gebrüstet, dass ich deine

Bekanntschaft gemacht habe, aber wenn du willst, sage ich allen, dass ich gelogen habe.

Vergiss es, du Schwachkopf. Erdreiste dich niemals wieder zu behaupten, ich würde dich mit meinem Besuch beehren, ist das klar? Was hast du diesen drei Weibern erzählt, um sie aufzugeilen? Na los, wiederhol es jetzt, hier vor mir! Lieber Teuffel, küss mir den Arsch, richtig? Und der andere Satz? Lieber Teuffel, ich hab mir in die Hosen geschissen, knüpf sie dir um den Hals und wisch dir den Mund damit ab! Und außerdem: Heiliger Satan, bete für mich ... na, was sagst du jetzt, Klugscheißer? Hier hast du noch einen Stich und noch einen!

Aaauuuaaa! Wie das wehtut! Genug, ich flehe dich an! Das war nur Spaß, ich schwöre es ... ich wollte nur Eindruck bei den Weibern schinden!

Um zwei Weiber mit Möpsen und eine vertrocknete Zimtzicke zu beeindrucken, wagst du, Martin Luther, den Fürst der Finsternis ins Spiel zu bringen? Bedenke dass ich alles weiß und alles sehe! Du brüstest dich nicht nur vor diesen Weibern, vertrauten Umgang mit dem Teuffel zu haben, auch in deinen Büchern, deinen Gesprächen mit Freunden, deinen Reden vor den Massen und den dummen Bauern, vor allen!

Ja, das stimmt, aber ... Gnade! Ich werde es nie wieder tun, ich schwöre es dir, verschone mein Leben!

Du bist wirklich ein Volltrottel, Luther. Weißt du denn nicht, dass man niemals schwören darf, außer wider besseres Wissen? Hier, nimm noch einmal den Dreizack!

Aaaargh! Genuuuuug!

TAGEBUCH VON SALAÌ

Trotz der Anwesenheit des Teuffels rettet Luther dank eines Wunders seinen Arsch.

Nun, vielleicht gefällt es Euch, Heiligervater, zu erfahren, dass Luther von dem Moment an ärger gebrüllt geflennt und geschluchzt hat als wie ein kleiner Junge, und konnte gar nicht mehr aufhören und beschwor den Teuffel, nemlich Bruder Redento, ihm nicht wehzutun, obwohl die Piekser mit dem Dreispitz wo ihm mein Sohn versetzte nicht mal einem sechs Monate alten Wiegenkind was ausgemacht hätten, aber Luther hatte so große Angst, dass er sicher auch laut geschrien hätte, wenn sich eine Fliege auf seine Arschbacke gesetzt hätte.

Und ich, Signior Pontifeks, hab mir gedacht, verflucht, wenn Bruder Redento und ich so einen Scherz in Italien gemacht hätten, wäre niemand drauf reingefallen, vielleicht nicht mal Lionardo, aber in Teutschland ist der berühmteste wichtigste Mann der Zeit wie ein Vollidiot in die Falle gegangen. Und da hab ich mir gesagt, es ist doch wirklich nützlich durch die Welt zu reisen, denn wenn du die fremden Völker nicht selbst besuchst, weisst du gar nichts von ihnen, darum sind diese ~~Kosomplit~~ ~~Kosmpoli~~ ~~Kosimopolli~~ verflixt wie heißen nochmal diese Leute wo die ganze Welt kennen, jedenfalls ist das eine sehr löbliche Sache, findet Ihr nicht auch, Heiligkeit?

Jedenfalls macht Luther jetzt aus Angst und wegen

der Piekser mit dem Dreizack endgültig schlapp und schlägt dem Teuffel einen Pakt vor:

Schon gut, du hast gewonnen! Ich werde alles tun, was du willst! Ich werde Sünden sondern Zahl begehen, Zwietracht säen, zu Gemetzeln aufhetzen, fluchen, lügen, den Namen Gottes und Jesu mit Lästerung beschmutzen! Aber lass mich in Ruhe, bitte!

Nun ja, was das Fluchen die Sünden und die Gotteslästerungen betrifft, bist du schon recht weit gekommen ... Aber du musst meiner Person Respekt erweisen! Hör auf, Lügen über mich zu verbreiten! Hast du verstanden?

Ja, ich habe verstanden! Zu Befehl! Und um dir wohlgefällig zu sein, werde ich sogar versuchen, ein Riesendurcheinander in den Herzen der Menschen anzurichten, indem ich Irrlehren verbreite, Zweifel säe und das Volk durch teologische Spitzfindigkeiten zur Sündhaftigkeit verführe ... Geht das so in Ordnung?

Da kommen meinem Sohn Zweifel, denn wenn er sagen würde, Ja Luther, mach weiter so, das ist ganz nach meinem Geschmack, dann würde Luther in den nächsten Jahren noch schlimmere Dinge anrichten als bis jetzt schon, und würde Gott beleidigen und andauernd sündigen, und das alles geht Bruder Redento, welcher ein Mönch ist, maximamente gegen den Strich. Wenn er dagegen sagen würde, Um Himmels willen, nein, Luther, sei ein braver Junge, würde es Luther dämmern, dass dieser Teuffel doch ein wenig sonderbar ist, und wenn sich obendrein sein Suff ein bisschen abschwächt und er wieder Vernunft annimmt, besteht die Gefahr, dass er versucht um Hilfe zu schreien, dann würden die Diener und Wächter in Luther Haus herbeilaufen, und das wäre für mich und Bruder Redento nicht so angenehm.

Doch zum Glück findet Bruder Redento, wo ja nicht zufällig mein Sohn ist, die richtigen Worte:

Hör mich an, Martin Luther! Ich habe nur einen Wunsch. Erinnerst du dich an die beiden Trottel wo aus Italien gekommen sind, diesen Mönch und sein Vater? Die zwei sind viel zu gut und lieben Jesus, darum gehen sie mir mächtig auf die Eier. Gib ihnen also, wonach sie verlangen und schick sie zurück nach Italien, gleich morgen!

Ja natürlich, gleich morgen, alles was du willst ... Das heißt nein! Die suchen einen eisernen Nachttopf, aber den hab ich nicht mehr! Ich habe ihn verloren!

Wie, verloren?

Ja, verflucht! Vogel hatte ihn mir aus Frankreich mitgebracht und ich hatte ihn Melanchthon geliehen, dass er auch mal reinpinkeln kann, denn auf diesem Nachttopf steht der Name eines Papstes geschrieben. Das war so eine Art Spiel unter Freunden, um die Kirche Rom und den Papst zu schänden.

Ausgezeichnete Idee, das gefällt mir. Und dann?

Melanchthon hat ihn Lotter gegeben ... ach, entschuldige, du kennst die Leute ja gar nicht von denen ich spreche.

Ich kenne sie sehr gut. Muss ich dir noch einmal sagen, dass ich alles weiß und alles sehe?

Ich Dummkopf, natürlich ... Nun, Lotter hat ihn mir gestern Abend zurückgebracht, und kaum war der Nachttopf wieder in meinem Haus, ist er verschwunden! Futschikato! Weil ich ihn aber Cranach versprochen habe, hab ich gedacht, nun, vielleicht hat er ihn sich hier schon abgeholt … Ich hab nachfragen lassen, aber er sagt, er weiß nichts davon!

Und die Holzkiste, in der er steckt?

Woher weißt du denn … ach ja, du weißt alles und siehst alles. Die ist auch futsch, leider. Aber die beiden Italiener schicke ich morgen trotzdem weg, oder?

Waaaas? Bist du verrückt geworden? Du musst sie unter allen Umständen zum Bleiben bewegen!

Aber erst hast du doch gesagt, dass …

Du entscheidest gar nichts! Gehorche ohne Widerrede und nimm noch einmal die Forke!

Auuuu! Ich werde gehorchen, immer!

Hör mir gut zu, Martin Luther! Wenn diese beiden nicht kriegen was sie wollen, werden sie sicher früher oder später nach Wittenberg zurückkommen! Das passt mir nicht, ich brauche freie Bahn in Teutschland, ohne Mönche und anderes Gesocks das an Gott glaubt. Kapiert?

Aber warum stören die beiden dich denn so?

Weil … nun ja, weil das zwei sehr fromme, gottesfürchtige Seelen sind, und ich ertrage sie nicht! Ich brauche verderbtes bösartiges unzüchtiges Gelichter in meiner Umgebung. Kapiert? Und jetzt entschuldige mich, ich muss gehen, denn heute Nacht gibt es noch massenweise Seelen die ich mit Albträumen Visionen und Versuchungen quälen muss, also überlasse ich dich jetzt deinem miesen Drecksleben.

Ich hab mich schon gebückt, damit Bruder Redento von meinem Rücken steigen kann, und mache mich bereit, durch die Tür zu schlüpfen und in Windeseile die Flatter zu machen, als ich ein Geräusch höre: Tocktock!

Und gleich darauf, Signior Pontifeks, hört man sehr leise die schwache Piepsstimme einer Frau:

Martin, mach auf Liebster, ich bin's!

TAGEBUCH VON SALAÌ

Luther rettet sich nicht nur vor dem Teuffel
er findet auch die Liebe seines Lebens
welche sich aber sofort als zu feurig erweist
und alle Anwesenden fast umbringt.

Bruder Redento und ich hatten die Tür von innen abgeschlossen und ich hatte mir den Schlüssel in die Tasche gesteckt, also sind wir sicher, dass das Weib nicht hereinkann, doch nach ein paar neuerlichen Tocktock und leisen Rufen, Mein geliebter süßer Martin, mach mir auf etcetera, hören wir klickklack einen Schlüssel, der von außen ins Schloss gesteckt wird und mit einem leisen Knarren und Quietschen öffnet sich die Tür.

Aber keine Angst, Signior Papst, Bruder Redento und ich sind ja nicht blöd und in dem Moment waren wir tatsächlich halbtot vor Angst, aber wir hatten uns schon beim ersten Klopfen unter Luthers Bett verkrochen, also hat das Weib uns nicht gesehen, wogegen wir sie oder besser ihre Füße gesehen haben, die ins Zimmer kamen, und dann haben wir ihre erschrockene Stimme gehört:

Aber … aber … Martin! Was ist denn mit dir passiert?

Und Luther hat geantwortet:

Pass auf! Komm ja nicht rein! In diesem Zimmer ist der Teuffel!

Der Teuffel? Ich sehe aber niemanden! Hier ist niemand!

Die Stimme der Frau, Signior Papst, war die von Catarina, welch eine Überraschung! und sie hat wieder gefragt:

O Martin, mein Liebster, was hat man mit dir gemacht?

Catarina ist zum Bett gegangen und hat Luther losgebunden.

– Ach, du Ärmster! Wie grausam hat man dich gefesselt! Wer war das denn?

– Der Teuffel, Catarina, der Teuffel! Er hat mich von den Mächten der Hölle fesseln lassen und dann ist er verschwunden. Du hast ihn verjagt!

– Aber ich habe keinen Teuffel gesehen, als ich hereingekommen bin!

– Natürlich nicht, nur ich kann ihn sehen, weil ich ein Prophet und Seher bin! Niemand außer mir kann das.

– Mit wem hast du denn heute Abend gegessen?

– Mit den beiden Italienern.

– Kann es nicht sein, dass sie dich verschnürt haben wie eine Wurst, um dich zu entführen?

– Mich entführen? Wie kommst du denn darauf? Diese beiden Einfaltspinsel hängen an meinen Lippen!

– Bist du sicher, dass du gestern Abend nicht etwas zu viel Wein getrunken hast?

– Ich habe getrunken, aber nur einen Tropfen! Denkst du, nach einem halben Glas Wein kann ich einen Dämon nicht mehr von einem Italiener unterscheiden? Es war der Teuffel, ich sage es dir!

Wie Catarina die Knoten gelöst hat, mit denen Luther ans Bett gefesselt war, umarmen sich die beiden und Luther fängt an zu weinen wie ein kleiner Junge, derweil Catarina den Kopf des schluchzenden Luther in ihren Armen hält und ihm über die Haare streicht.

– Ach, du Ärmster! Was für einen entsetzlichen Kampf hast du ausstehen müssen!

– Ein furchtbarer Kampf! Aber ich war sehr mutig, weißt du? Ich habe zu ihm gesagt: Ein Wurm bist du, ein ekelhaftes Etwas, hebe dich hinweg! Aber er blieb ungerührt, er glaubte, er könnte mit mir machen was er will! Er hat mich sogar mit einer grausamen Waffe verletzt, einer Art Messer mit drei Spitzen. Oooh, welch unerträglicher Schmerz! Aber ich wollte ihm keine Genugtuung verschaffen und habe so getan, als spürte ich nichts!

– Tapferer Martin, mein süßer Held!

– Wie bist du eigentlich hier hereingekommen?

– Ich habe vor einigen Tagen den Schlüssel zu deinem Schlafgemach entwendet. Aber erzähl mir weiter vom Teuffel.

– Nachdem er mit seiner grässlichen Waffe zugestochen hatte, habe ich gesagt: Du hast mich gefesselt, weil du ein Feigling bist und dich vor mir fürchtest, nicht wahr? Hab wenigstens den Mut, mit gleichen Waffen zu kämpfen! Binde mich los! In dem Moment schien er fast Angst zu bekommen. Niemand wagt es, so mit dem Teuffel zu sprechen!

– Natürlich nicht, Lutherlein!

– Lutherlein? So hat mich noch niemand genannt. Weißt du was? Es gefällt mir!

– Ach ja? Und gefällt dir das hier auch, mein kleiner Schelm?

– Catarina! Wer hat dir diese Dinge beigebracht? Deine Mitschwestern in Nimbschen? Hihihi!

– Aah aah aaah aaah!

– Oooh oooh oooh!

– Oha, Lutherlein!

– Holla, mein kleines Luder!

Was soll ich sagen, Signior Papst, Luther und Catarina haben angefangen, Ferkeleien auf demselben Bett zu treiben, auf dem ihn kurz zuvor der Teuffel in den Hintern gepiekt hatte! Verflucht, hab ich gedacht, diese Reformatoren sind doch wirklich hartgesottene Buschen, an denen alles abprallt, stimmt's Heiligkeit? In der Dunkelheit unter dem Bett hab ich die Augen des armen Bruder Redento entdeckt, wo nicht sehr froh darüber war, Luthers Schweinereien abhorchen zu müssen, denn der Ärmste ist an Schweinereien nicht gewöhnt, aber ich hab ihn beruhigt, indem ich ihm erklärte, dass es nichts Ernstes war, weil man hörte genau, dass Luther nicht in den richtigen Ritmus kam. Wann einer nemlich richtig in Gang kommt, entschuldigt bitte Heiligkeit, aber ein wenig versteh ich mich auf diese Sachen, dann hört man das Bett immer bubumm bubumm machen und auf eine bestimmte Weise knarren, die ist ~~unwechsl~~ ~~unversechl~~ ~~unverswechel~~ uff, na jedenfalls erkennt man sie sofort.

Nach einer Weile hört man Luther in leicht besorgtem Tonfall fragen:

– Hör mal, Catarina! Riechst du nicht auch diesen … Höllengeruch hier im Gemach?

– Nein, Geliebter. Komm schon, denk nicht mehr an den Teufel. Lass uns an unsere Zukunft denken, an die Hochzeit …

– Hochzeit? Ich trage doch noch die Kutte! Ich bin noch immer ein Mönch!

– Ach ja? Bis vor ein paar Augenblicken schien das aber gar nicht so, hihihi!

– Hohohoho!

– Hahaha haharrr!

– Genug der Heiterkeit, Catarina! Ich meine es ernst. Manchmal habe ich Gewissensbisse, empfinde Reue …

– Mach dir keine Sorgen, Lutherlein, es gibt eine einfache Lösung! In ein paar Tagen legst du die Kutte einfach ab, und wenn wir dann unsere Vermählung verkünden, sagst du, hm, was weiß ich, sagst du dass du eine neue Art Priester bist. Ja, genau: ein Priester der die Kirche von Rom nicht anerkennt und normale Kleidung trägt und heiraten und sogar Kinder haben darf. Was meinst du dazu?

– Eine geniale Idee! Sehr gut, genau das werde ich sagen! Es stimmt wirklich, ihr Frauen seid doch gerissener als der Teuffel …[47]

– Ich hatte dir ja gesagt, du sollst nicht mehr an diesen Wider-

47 Ein Jahr nach den Ereignissen in Salaìs Tagebuch legte Luther tatsächlich das Mönchsgewand ab und im darauffolgenden Jahr 1525 heiratete er Katharina von Bora. Fortan bewohnte er mit seiner Frau und später den gemeinsamen Kindern das Kloster, in dem er seine Zelle als Mönch gehabt hatte.

ling mit den Hörnern und Bocksbeinen denken! Komm her, ich sorge dafür, dass du den Teuffel vergisst …

– O Catarina …

– O Lutherlein …

Jetzt muss ich aber zugeben, Signior Papst, dass Luther mitnichten unrecht hatte an den Teuffel und seinen Höllengestank zu denken, denn auch Bruder Redento und ich witterten plötzlich Rauchgeruch und sahen auch ein wenig Rauch und sogar ein paar Flämmchen aufsteigen. Also dreh ich mich nach rechts und links, kann aber nicht erkennen, woher der Gestank und der Feuerschein kommen. Vermaledeiter Mist, denk ich, haben wir womöglich mit dieser Teuffelskomödie in Luthers Schlafgemach übertrieben und jetzt ist Beelzebub leibhaftig erschienen?

Aber es gab eine ganz einfache Erklärung, Signior Papst, erinnert Ihr Euch dass wir eine Kerze auf den Boden gestellt hatten, um Bruder Redentos Gesicht von unten schaurig zu beleuchten? Nun, Ihr könnt Euch vorstellen, mit welchem Affenzahn wir uns unters Bett gestürzt haben, als Catarina ins Zimmer kam, und dabei hatten wir die Kerze und die Flamme, wo das Wichtigste an der Sache ist, vollkommen vergessen.

Luther und Catarina machten unterdessen mit ihren Ferkeleien weiter.

– Weißt du, Lutherlein, sobald wir verheiratet sind, helfe ich dir, dieses Kloster zu verschönern … Hier wird eine weibliche Hand gebraucht.

– O ja, Catarina, aber zunächst mal tu deine weibliche Hand hierhin …

– Hihihi, Frechdachs! Ja, Lutherlein, ich möchte dir zum Beispiel ein funkelnagelneues steinernes Eingangstor schenken. Der jetzige Eingang ist so erbärmlich! Du weißt, ich bin eine Hochgeborene [48]. Woher kommt denn dieser Gestank?

Binnen weniger Sekunden hat Luthers Bettdecke Feuer gefangen, erst durch ein hübsches Flämmchen, dann durch eine lustig flackernde und schließlich hoch auflodernde Flamme, und wenn der Teuffel wirklich dabei gewesen wäre, hätte ihm das Schauspiel sicher einen Heidenspaß gemacht. Luther und Catarina aber finden es, glaub ich, nicht so lustig, denn plötzlich hört man einen Schrei:

Lutherlein! Guck mal! Feuer!

Eine hohe Stichflamme erreicht fast die Zimmerdecke und sofort greifen Luther und Catarina nach einem Wasserkrug und gießen ihn über dem Bett aus, aber das genügt nicht, denn inzwischen haben sich mehr Flammen gebildet, wo die ganze Bettdecke und das Bett auffressen und greifen sogar auf die andren Möbel über. Luther und Catarina laufen auf der Suche nach Wasser zitternd hin und her und stoßen Schreckensschreie aus, Iiiih, Aaah, Oooh, kurzum ein irrsinniges Durcheinander.

48 Katharina von Bora stammte aus einer adeligen Familie, die jedoch verarmt war. 1540 schenkte sie Luther das sogenannte Katharinenportal, ein beeindruckendes steinernes Tor, und verschönerte so Luthers Wohnstatt, die heute unter dem Namen Lutherhaus bekannt ist, mit einem repräsentativen Eingang.

In dem Moment haben Bruder Redento und ich beschlossen zu handeln, Signior Pontifeks, denn wenn wir noch eine Minute länger gewartet hätten, hätten Luther und Catarina um Hilfe geschrien, und sobald die Wachen angekommen wären, wäre es unmöglich gewesen, sich aus dem Staub zu machen ohne entdeckt zu werden. Also haben wir uns noch einmal in diabolischer Stellung aufgerichtet, nemlich Bruder Redento auf meinem Rücken, das Gesicht wieder unter dem schwarzen Strumpf mit Löchern an den Augen und der Nase versteckt, und alle beide mit Mänteln bedeckt wie eine riesige Vogelscheuche. Bruder Redento brüllt mit aller Kraft auf Teutsch:

Luuuteeer! Elender Wurm, unflätiger Sünder! Du hast das Bett entweiht auf dem du mir Respekt gelobt hast!

Dann bedroht Bruder Redento Luther und Catarina mit dem luziferischen Dreizack und ihre Gesichter werden weiß wie zwei Stück Seife, nicht mal zum Schreien haben sie Kraft, sondern zittern nur wie Espenlaub und stammeln Gnade! Gnade! Und verstecken sich auch unter dem Bett, während die Flammen darüber gerade den letzten Rest Decken und Laken versengen, und vor dem Fenster rollen die Donner und zucken die Blitze, ich muss schon sagen, die ganze Szene war wirklich trefflich, nemlich äußerst gut gelungen und wahrhaft infernalisch.

Gleich danach haben Bruder Redento und ich uns schnellstens durch die Tür verdünnisiert, Signior Papst, obwohl das für mich eine mörderische Anstrengung war, denn beim Rennen musste ich diesen Koloss von

Sohn auf meinem Rücken tragen, doch kaum waren wir weit genug weg, hab ich ihn abgeladen und wir sind aus Luthers Haus geflohen und rasend schnell als wie zwei durchgegangene Pferde raus durch den Garten. Zum Glück waren die Straßen von Wittenberg wegen des Gewitters menschenleer und ohne jemandem zu begegnen sind wir schon nach wenigen Minuten vor dem Haus dieses Schlitzohrs Hans angelangt.

Obwohl ich todmüde und klatschnass bin, fällt mir zum Glück noch ein, die dreizackige Forke wegzuschmeißen, bevor wir anklopfen, denn wenn Hans die gesehen und später Luthers und Catarinas Bericht über ihre Begegnung mit dem Teuffel gehört hätte, er hätte uns garantirt verraten und hoppla, binnen zwei Minuten hätten wir uns an den Eiern am höchsten Baum Wittenbergs aufgehängt wiedergefunden, meint Ihr nicht auch, Signior Pontifeks?

HINWEIS VON MONALDI & SORTI

An dieser Stelle weist die Handschrift leider abermals eine Lücke auf, wahrscheinlich infolge mutwilligen Herausreißens mehrerer Seiten (sichtbare Reißspuren und Beschädigung auf einigen Blättern). Die Lesbarkeit des folgenden Abschnitts wird durch den gleichwohl bedauerlichen Verlust jedoch nicht beeinträchtigt.

TAGEBUCH VON SALAÌ
Endlich gelangt man in das Haus dieses blöden Cranach.

Am nächsten Tag ist es uns endlich gelungen, in Cranachs Haus empfangen zu werden, und da haben wir gesehen, dass die Geschichte von den vielen Gästen wirklich keine Lüge war, denn Cranachs Haus ist sehr groß und elegant und man merkt, dass er eine Menge Kies hat und lauter Diener, wo hin- und herlaufen, nemlich Hausdiener Träger Gesellschaftsdamen mit blonden Haaren und dicken Möpsen (zwei drei von denen waren außerdem sehr gut gebaut und haben mir und Bruder Redento sofort versaute Blicke zugeworfen, er hat die Blicke nicht erwidert, aber ich schon) und alle haben eine dämliche Fremdsprache gesprochen wo man überhaupt nicht verstand, ja nicht mal Bruder Redento verstand sie, und das hatte einen ganz einfachen Grund, nemlich es war kein Teutsch sondern Dänisch.

Einer von Cranachs Dienern hat uns in ein Zimmer gesteckt und gesagt, Bitte meine Herren, macht es euch hier bekwem und wartet. In diesem Zimmer hingen viele Porträhs an den Wänden, alle im gleichen Stil gemalt, das waren natürlich alles Gemälde von Cranach und zum Kotzen schlecht gemacht, denn alle Gesichter waren ganz bewegungslos und hatten keine Anmut und keine interessanten Einzelheiten und keine originellen Ideen, alle hatten denselben starren und etwas toten Blick, den wo die Teutschen haben wenn sie dumm sind, wogegen der

Blick von dummen Italienern immer ein wenig verrückt ist, nemlich man kriegt ums Verrecken nicht raus was sie denken und darum sehen sie viel lustiger aus.

Draußen im Flur hört man von der Küche her plötzlich einen Höllenlärm deng bum bong peng. Man braucht den Kopf gar nicht zur Tür rausstecken, es ist leicht zu erraten, wer diesen ohrenbetäubenden Radau veranstaltet, nemlich das Grüppchen Kinder, die unter der Führung von Adolf Krieg spielen und die wir schon im Garten vor dem Lutheraus gesehen hatten.

Dann hört man die Stimme einer Dienerin von Cranach die sagt, Schon gut, gebt Ruhe, ihr kriegt auch heute das Gebäck, aber dann müsst ihr sofort gehen, denn wir haben einen sehr wichtigen Gast. Dann folgt eine Männerstimme, das muss Cranach sein, denn er scheißt seine Dienerinnen zusammen und an dem, was er sagt, erkennt man dass er ein ekliger Geizknochen ist wie alle reichen Leute, Schluss jetzt, brüllt er, diese kleinen Ungeheuer kriegen kein Gebäck mehr, ihr wisst genau, dass sie mir die Haare vom Kopf fressen! Und zuletzt hören wir die Kinder, die ganz brav abziehen, nachdem sie ihre Kekse bekommen haben.

Bruder Redento fängt an, den Rosenkranz zu beten dieweil ich mir die grottenschlechten Bilder von Cranach anschaue. Papa, du betest den Rosenkranz mit mir, ja? Nein danke, mein Sohn, ich hab jetzt keine Lust. Hör mal, Papa, das macht Jesus aber sehr traurig. Uff, was bist du bloß für eine lästige Schmeißfliege, na gut, Avemariagratiaplena etcetera.

Nach zweihundertfünfzig Avemarias, nemlich nach etwa einer halben Stunde, kommt ein anderer Diener uns abholen, Bitte, meine Herren, folgt mir, und führt uns durch einen Gang, dann einen zweiten und überall laufen Leute hin und her, schließlich kommen wir zu einer großen verschlossenen Tür, und der Diener sagt, wir sollen davor zusammen mit ihm warten.

Wir fragen: Was ist das eigentlich für ein Durcheinander in Cranachs Haus? Und er antwortet sehr freundlich, Christian der Zweite König von Dänemark ist mit seinem ganzen Hofstaat zu Besuch gekommen.[49] Wie bitte, der König von Dänemark? Nun ja, in Wahrheit ist er nicht der derzeitige König, denn sein Onkel ist nach Dänemark gekommen und hat ihn verjagt, also ist er jetzt im Exil, aber den Titel eines Königs trägt er noch immer. Aha. Und was tun wir hier vor dieser beschissenen Tür? Herr Cranach ist im Salon mit König Christian beschäftigt, er zeigt ihm eines seiner Gemälde, aber sobald er Zeit für euch hat, werdet ihr hereingelassen.

Aber wir haben es eilig, sage ich, könnte man nicht schon jetzt eintreten? Keinesfalls, König Christian ist ein besonders wichtiger Gast! Wisst ihr denn nichts von seinen ruhmreichen Taten, vom berühmten Stockholmer Blutbad? Ehrlich gesagt, nein. Nun, dann wisset, dass König Christian, nachdem er gegen den erbitterten Widerstand der Schweden den schwedischen Thron erobert hatte, ein dreitägiges Festbankett abhalten ließ. Am Ende der Feierlichkeiten ließ er heimlich seine Soldaten auf-

49 Kurz nachdem Christian von Dänemark (1481–1559) von seinem Onkel Friedrich von Holstein entmachtet worden war, hielt er sich 1523 als Gast von Lucas Cranach in Wittenberg auf.

marschieren und alle verhaften, die sich seiner Thronbesteigung widersetzt hatten. Vierzehn Adelige, drei Bürgermeister, vierzehn Stadträte und zwanzig gewöhnliche Bürger von Stockholm wurden geköpft, und durch Christians Reich rollten so viele Köpfe, dass man glaubte, man steht in einem Kürbisfeld, hahaha, lustig, was? Ja, haha, sehr lustig, sage ich, Und wie, sagt Bruder Redento.

König Christian, fährt Cranachs Diener fort, hat sogar die schon bestatteten Leichname eines seiner Gegner mitsamt dessen Sohn ausgraben und verbrennen lassen und hat viele Frauen aus dem Adel in die Verbannung geschickt oder gefangengenommen. Früher hatte er eine ständige Geliebte[50], jetzt lässt er gerade von Herrn Cranach das Bildnis einer seiner Gelegenheitskonkubinen malen, darum dürfen wir ihn keinesfalls stören, verstanden?

Seht Ihr, Heiligkeit, das ist eine der Sachen wo mir an Teutschland im Vergleich zu Italien wirklich gut gefallen, nemlich wenn du die Teutschen was fragst, machen sie nicht tausend Geheimnisse drum wie die Italiener, die dich sogar dann misstrauisch angucken, wenn du fragst: Entschuldigung, wie viel Uhr ist es? Ich hatte den Diener von Cranach gefragt, was zum Henker sein Padrone, wo obendrein eine wichtige Persönlichkeit ist, gerade so macht, und der Diener hat mir gleich haarklein alles von Cranach und König Christian von Dänemark erzählt, sogar den Stunk mit seinem Onkel, welche Weiber er gehabt hat etcetera, und wenn ich weiterge-

50 Es handelt sich um die berühmte Dyveke Sigbritsdatter (1490–1517). Unbekannt ist hingegen die Identität der Konkubine welche den Herrscher während seines Aufenthalts in Wittenberg begleitete, wie Salaì berichtet.

fragt hätte, hätte Cranachs Diener mir sogar gesagt, mit welcher Hand Christian sich den Hintern abwischt, mit links oder rechts. In einer solchen Situation würde kein Italiener dir irgendwas sagen und wenn ich den Mund aufgemacht hätte, hätten sie gesagt, Klappe Salaì, kümmere dich um deine eigenen Angelegenheiten, warte bis du dran bist und geh deinen Mitmenschen nicht auf den Sack.

Ja, Signior Papst, in Teutschland sind die Dinge des Lebens alle schön klar und einfach, nemlich das was nicht eindeutig verboten ist, das ist immer erlaubt, wogegen die Italiener denken, das was nicht eindeutig erlaubt ist, muss todsicher verboten sein. Zum Beispiel wenn dich in Teutschland einer dumm anguckt und du ihm deshalb eins auf die Nase gibst, und dann kommen die Wachen an, kannst du immer sagen, He, Signior Wache, das Gesetz verbietet nicht ausdrücklich, einem der dich dumm anguckt was auf die Nase zu geben. Dann fangen die Wachen an nachzudenken und miteinander zu diskutiren und sagen Oha, das stimmt, tatsächlich verbietet das Gesetz, Hiebe auszuteilen, aber nicht auf die Nase von einem der dich dumm anguckt, oder vielleicht doch, was meint ihr, Kollegen? Und während die teutschen Wachen noch untereinander diskutiren und sich am Kopf kratzen, kannst du, wenn du flink bist, schnell abhauen und glatt aus der Sache rauskommen, was sehr gut ist. In Italien dagegen werden alle immer viel penetranter, ich meine, wenn die Wachen kommen, sagen sie sofort, Heda, Junge, spiel hier nicht den Klugscheißer, denn das Gesetz verbietet, andern was auf die Nase zu geben, Punkt aus Schluss. Wenn du also einem was auf die Nase gibst, bloß weil er dich dumm angeguckt hat, dann nennt man das erschwerende Umstände, denn der Grund weshalb du dem andren was auf die Nase gegeben hast, war nichtig, darum verhaften wir dich jetzt und lassen dir sofort den Prozess machen, und versuch ja nicht, weiter auf oberschlau zu machen, sonst verpassen wir dir Arschtritte zusätzlich.

Mit dem Gedanken an diesen Unterschied zwischen Italien und Teutschland hab ich mich vor die verschlossene Tür gestellt und durchs Schlüsselloch geguckt, nemlich so konnte ich sehen, was Cranach mit dem König von Dänemark in diesem Saal trieb.

He, bist du verrückt geworden? ruft Cranachs Diener sofort und auch Bruder Redento sagt, Aber Papa, so was tut man nicht in anderer Leute Haus. Maul halten, Junge, übersetz du lieber schön brav auf Teutsch was ich sage. Und dann sage ich zu dem Diener: Hör mal, mein Freund, dein Padrone Cranach hat doch bestimmt nie gesagt, dass wir nicht durchs Schlüsselloch gucken dürfen, oder?

Äh hm nicht direkt, aber was soll diese Frage? Niemand tut das, also dürft auch ihr beiden das nicht tun. Da sag ich, Du riskirst allerhand, mein Freund, denn sobald dein Padrone uns hereinlässt, werd ich ihm wörtlich wiederholen was du mir grade gesagt hast, und wenn Cranach zufällig meint, dass ich vom juristischen Standpunkt aus im Grunde das Recht habe durchs Schlüsselloch zu gucken, dann werd ich von Cranach verlangen dich hart zu bestrafen und hochkantig rauszuschmeißen, was sagst du dazu? *Äh ... hm ... nun ... ich wollte doch niemanden beleidigen!* Na also, schon besser, und jetzt lass mich in Ruhe durchs Schlüsselloch gucken und geh mir nicht länger auf den Sack.

Nur diesen letzten, etwas unfreundlichen Satz übersetzt mein Sohn nicht, denn erstens wenn Cranach nicht auf meiner Seite ist, zieht sein Diener mir aus Rache mindestens den Schwengel so lang bis er wie ein Faden durchs Schlüsselloch geht, und dann schneidet er ihn auf der andren Seite mit einer scharfen Schere zack zack zack in lauter kleine Scheiben, fix und fertig zum Braten in kochendem Öl. Zweitens weil Bruder Redento wahrscheinlich an das Kürbisfeld mit den Köpfen der Feinde von König Christian denkt.

Jedenfalls kann ich endlich in aller Ruhe durchs Schlüsselloch spähen und sehe dass Cranach sein Gemälde einem Menschen vorführt, der muss Christian von Dänemark sein, denn seine Gewänder sind aus sehr teuren Stoffen und vor allem hat er diese hochnäsige Miene wo nur Könige haben, ich will ja nicht unbescheiden sein, Heiligkeit, aber auf Könige und Herrscher versteh ich mich ein bisschen, denn ich habe zum Beispiel den König vom Frankenreich getroffen und ihm sogar falsche Gemälde von Lionardo untergejubelt, hahaha.

Cranachs Gemälde ist noch nicht fertig, man sieht den Oberkörper einer Frau und hinter der Leinwand steht ein echtes Weib in Fleisch und Blut, übrigens ein ganz scharfer Feger, und die sieht dem Bildnis sehr ähnlich, welches also das Porträh dieses Weibes ist.

Ihr müsst entschuldigen, Heiligkeit, wenn ich jetzt mal frei von der Leber weg rede, aber als Maler ist Cranach wirklich eine Pfeife und fast schlechter als Lionardo, denn wie ich schon in dem Zimmer bemerkt hatte, wo wir auf Cranach warten mussten, er malt keine lebendigen Menschen, sondern lässt seine Figuren reglos und tot wie Kadaver erscheinen, nemlich mit starren, etwas blöden Augen und drohendem Blick, der Hals steif wie der Hals eines reumakranken Huhns, kurz gesagt, Cranach malt eher Grabmäler als Bildnisse[51]. Auch das Weib dort verlor auf dem Porträh all ihre interessanten aufgeilenden Eigenschaften und hätte fast die bekannte alte Vettel gewisser italienischer Bergdörfer sein können, nemlich eine keifende klatschsüchtige böse Hexe. Cranach führt Christian das Bild mit übertriebener Begeisterung vor, indem er die Arme nach rechts links oben und unten bewegt als würde er ihm eine Katedrale zeigen, wogegen es doch nur eine grässliche Schmiererei war (meine persönliche Meinung, klar?) und Christian guckt sich Cranachs Schmiererei an, kratzt sich am Kinn, macht Hmmm hmmm und versucht höflich zu sein, aber es ist sonnenklar dass er das Bild am liebsten aus dem Fenster schmeißen möchte. Und das ist so eine Situation wo ich leide wie ein Hund, Signior

51 Tatsächlich malte Cranach, vor allem im Spätwerk, Menschen gerne in strengen, fast hieratischen Posen, die als der authentische künstlerische Ausdruck der Reformation galten.

Papst, denn die Kunst ist dazu da um das Auge zu erfreuen, und darum versteh einer warum gewisse Pfuscher wie Lionardo und Cranach ihre Kunden unbedingt leiden lassen wollen, indem sie ihnen Machwerke anbieten, deren Anblick einem mehr Tränen in die Augen treibt als eine frisch aufgeschnittene Zwiebel.

Und mit solcherart Überlegungen lehne ich mich vielleicht ein bisschen zu schwer an die Tür zum Saal, so dass die plötzlich ratsch! verflucht noch eins! aufgeht, ich verlier das Gleichgewicht, fall nach vorn und find mich plötzlich wie ein Trottel bäuchlings im Saal auf dem Boden liegend wieder, wo mich alle erstaunt anglotzen.

TAGEBUCH VON SALAÌ

Salaì unterweist die Teutschen in der Überlegenheit der italienischen Kunst.

Als erstes steh ich auf und fass mir ein Herz und stelle mich mit meinem ziemlich miesen Teutsch vor, Guten Tag, ich Salaì italienischer Maler Schüler von großer Leonardo da Vinci. König Christian und Cranach und der scharfe Feger sehen mich mit drei verschiedenen Blicken an, nemlich Cranach ärgerlich, Christian verwundert und der scharfe Feger sehr interessiert.

Der Diener ist hinter mit hergekommen und sagt jetzt, He, was erlaubst du dir, zum Herrn Cranach hereinzugehen bevor er es dir gestattet? und hat mich schon an den Armen gepackt als Christian König von Dänemark sagt, Moment mal, lassen wir ihn ruhig eintreten, und das Mädchen lächelt, denn junge Weibsbilder fassen immer große Zuneigung zu Männern wo Mut haben und ihren Arsch riskiren ohne lange zu überlegen, auch wenn es bloß wegen einer Dummheit ist, wie der, dass mir zufällig die Tür aufgeflogen ist, ratsch.

Als hinter mir auch Bruder Redento durch die Tür schlüpft, verwandelt sich der verwunderte Gesichtsausdruck von Christian in entgeistert, der ärgerliche von Cranach wird zornentbrannt und der interessierte des Mädchens wird zu echtem Entzücken, denn sie hat das stattliche Mannsbild erblickt, was mein Sohn ist, wo auch noch in der Mönchskutte eine blendende Figur abgibt.

Was ist das denn? Ein Mönch? ruft Cranach aus. Also muss Bruder Redento erklären, dass ich sein Vater bin, dass wir Freunde von Luther sind, dass wir die Reformation unterstützen wollen, dass der Papst uns mal kreuzweise kann, etcetera pp, und da beruhigt Cranach sich ein wenig und bittet uns, draußen zu warten, denn er hat noch mit Christian zu tun, aber Christian sagt, Nein, lassen wir diese edlen Herren doch hier bei uns. Dieser Salaì ist ein Künstler und von seinem berühmten Meister hab ich auch schon gehört.

Wie Ihr wollt, Majestät, sagt Cranach und fährt fort Christian das Wie und Warum bestimmter Einzelheiten seines verkorksten Bildnisses des scharfen Fegers zu erklären, und Christian fährt fort Hmm Hmmmm zu machen und sich am Kinn zu kratzen, weil das Porträh ihm wirklich nicht gefällt. Da pack ich flugs die Gelegenheit beim Schopf, komm näher und versuch auf Latein zu reden, indem ich sage, *Codestum ritractum est multus nojosus et necessitat de vivificarsibus un pocum*, aber weder Christian noch Cranach noch das Weibsbild scheinen ein Wort Latein zu verstehen, also muss Bruder Redento übersetzen: Liebe Majestät von Dänemark, meiner Meinung nach muss dieses Bildnis etwas lebendiger und interessanter gestaltet werden, und obwohl ich nicht weiß, wer der ausgezeichnete Künstler ist wo es gemacht hat (dabei hätten sogar die Steine kapiert, dass es von Cranach war, Signior Papst), versichere ich Euch, dass nur wenig vonnöten ist, um das Bild zu verbessern und es von einem gelungenen Porträh zu einem echten Heuler zu machen.

Cranach verzieht sofort sehr grimmig das Gesicht, während Christian (wo bestimmt der Auftraggeber und Käufer des Gemäldes ist und einen Hauffen Schotter dafür hinlegen muss) sagt, Aha, gut, das interessiert mich, hören wir doch mal, was Salaì vorschlägt.

Also nehme ich mit zufriedenem Grinsen einen Pinsel der auf der Staffelei liegt, geh damit zum Kamin, reib ihn gründlich im Ruß und spucke dann darauf, nemlich so wird der Ruß feucht und zu einer Art schwarzer Farbe. Dann mache ich mich sofort ans Werk. Mit den ersten Pinselstrichen verkleinere ich das potthässliche Kleid mit viel zu breiten Schultern, was Cranach gemalt hat, dann verändere ich die wichtigsten Teile, nemlich den Hals die Schultern die Arme und die Brust der Dame, was heißt, ich mache die Schultern schmaler und wohlgerundet, den Hals dünner und elegant, die Arme fleischiger und wohlgeformt, die Brust geschwollener und wohlgestaltet, und dann wische ich etwas vom Rand ihrer Bluse weg und male ihn so, dass die Bluse ein bisschen säuisch offensteht, nemlich so schauen die beiden schönen runden Kugeln des Weibes heraus. Dann bessere ich schnell noch die Mundwinkel im Gesicht des Mädchens aus, das jetzt nicht mehr todernst und sogar ein bisschen vergrätzt dreinschaut, sondern dem fröhlichen Wesen aus Fleisch und Blut gleicht, das vor uns steht und Bruder Redento andauernd heimlich ein ziemlich dreistes Lächeln zuwirft, wogegen der Ärmste nur ein bisschen lächelt, um nicht unhöflich zu sein. Na, jedenfalls kommt mit den paar Nachbesserungen und kleinen Korrekturen ein ganz anderes Bildnis heraus als was der blöde Cranach gemalt hat, ja, jetzt kriegt man beim Anschauen richtig Lust, das Porträh zu kaufen und mit nach Hause zu nehmen, denn es wirkt so echt und lebendig, dass man ihm am liebsten die Finger in die Bluse stecken würde, um die beiden schönen festen Kugeln des Mädchens zu berühren, wo so prall sind, dass sie aussehen wie zwei frisch gepflückte Pfirsiche. Mein Ziehvater hätte nach langem Betrachten des Bildnisses garantirt in sein Zimmer laufen müssen, um sich einen runterzuholen, wie er es immer bei der Joconda gemacht hat.

Während ich male, kommt Christian von Dänemark immer näher und macht Kommentare von der Art wie,

Aaah, sehr gut, Jetzt sind wir auf dem richtigen Weg, Genau so wollte ich es, Meine Güte, seht doch nur, was für ein Lächeln, Findet Ihr nicht auch, dass sie richtig lebendig aussieht? Etcetera pp, wogegen Cranach mit gelangweilter Miene Kommentare gebrummt hat wie Na gut, tja, nicht übel, aber es war klar wie Kloßbrühe, dass er stinksauer war und wenn er sich nicht sofort eine ordentliche Auszeit nehmen würde, hätte er bestimmt einen verheerenden Ausschlag am Schwengel gekriegt.

Dieweil ich die fade Kleckserei von Cranach in ein schönes, interessantes Gemälde verwandle, wird das dänische Luder immer fröhlicher und fängt an, die Kokette zu spielen, denn sie öffnet ihre Bluse vor der Brust, grad so wie ich es auf ihrem Porträh gemacht hab.

Da dreht Christian sich lächelnd zu ihr um und sagt mit zärtlicher süßer Stimme etwas auf Dänisch, was nicht so gut zu verstehen war, aber es klang in etwa so: Bitte Øfeliå hör åuf dich wie ein Hure zu benehmen und høl deine Titten nicht vør ålle Leute råus, sønst reiß ich dir die Køpf åb, håst du verstånden, Liebste?

Das dänische Luder hat sofort sehr freundlich geantwortet: Jå nåtürlich, Liebster.

So, sehr gut, teuerste Majestät von Dänemark, bitte sehr, fertig! sag ich und verbeuge mich. Es tut mir leid, Majestät, dass ich keine besseren Werkzeuge habe als einen alten Pinsel, den Ruß aus dem Kamin und ein bisschen Spucke, aber wenn Ihr mir eines Tages Gelegenheit gebt, werde ich versuchen, etwas zu machen was Eurer erlauchten Person würdiger ist.

Christian antwortet mir nicht, denn er bewundert noch immer das Bildnis seines Luders und sagt, Donnerwetter, das sieht ihr wirklich ähnlich, was meinst du, Cranach? Und du, was sagst du, meine Liebe? Das Mädchen aber wirkt sehr abgelenkt wie wenn sie gerade aus einem Traum erwacht und antwortet etwas auf Dänisch, das klingt wie, Wås håst du gesågt, Liebster? Denn während König Christian mit mir und Cranach über das Bild gesprochen hat, hat sie hinter seinem Rücken was ganz andres getrieben, nemlich lächelnd meinen Sohn Redento angebaggert, ihm zugezwinkert, ihm Zeichen mit der Hand gegeben, kurz, sie hat verzweifelt versucht, sich mit ihm zu verständigen und zu verstehen, ob sie ihn später treffen kann. Bruder Redento aber flüstert mir höchst verlegen auf Italienisch zu, Psssst, Papa, das dänische Weibsbild hat nicht gemerkt, dass ich die Kutte trage und wirft mir fortwährend sehr säuische Blicke zu. Ich antworte, Du irrst dich, Junge, sie hat deine Kutte sehr wohl erkannt, aber Luther und seine Freunde wollen doch jetzt das Priestertum abschaffen, mithin allen Priestern und Mönchen totale Lizenz zum Vögeln geben, erinnerst du dich nicht? Verflucht, ach ja, stimmt.

Ich sagte also, hub Christian II. wieder an, Deine Anregungen haben mich sehr beeindruckt, guter Salaì. Unser Freund Cranach hier wird sie selbstverständlich befolgen, stimmt's Lucas? Und Christian dreht sich mit einem Lächeln zu Cranach um, das bedeutet, Sag nicht Nein, du weißt genau, dass ich sonst sehr böse werden kann, und Cranach antwortet mit einem Lächeln, das bedeutet, Natürlich tue ich das, obwohl es mir maximamente auf den Sack geht, und dann blickt Cranach mich, Salaì, an als wollte er sagen, Wer zum Henker hat dir befohlen, mich in meinem eigenen Haus herumzukommandieren?

Gibt es etwas, was ich tun kann, um dich für deine Mühen zu entlohnen, bevor ich dich entlasse, lieber Salaì? fragt König Christian in sehr liebenswürdigem Ton. Nun, um ehrlich zu sein, Majestät, da wäre eine Kleinigkeit, nemlich mein Sohn und ich sind aus Italien gekommen, um einen persönlichen Gegenstand meines Ziehvaters zu finden, welcher aufgrund einer Verkettung von Zufällen hier oben in Wittenberg gelandet ist. Aha, sehr gut, und was soll jetzt passieren? Nun, ähm, Ihr müsst wissen, Majestät, es sieht so aus, als hätte Signior Cranach diesen Gegenstand. Ach ja? rufen Cranach und Christian einstimmig aus. Und worum handelt es sich? Naja, es handelt sich um den Nachttopf von Lionardo. Einen Nachttopf? Hahahaha! erwidert Christian herzhaft lachend. Das ist die größte Albernheit, die ich je gehört habe! Und was zum Teuffel willst du mit diesem Nachttopf? Mit einem Nachttopf kann man rein gar nichts anfangen! Hahaha hahaha! Christians Lachanfall ist so natürlich und ansteckend, dass wir alle anfangen zu lachen, auch Bruder Redento und ich, Hahaha hahaharrr und dann auch das dänische Luder, hå hå hå håhåhå håhåhåhå! Ho ho ho ho, hohohoho, hø hø hø høhøhøhø!

GENUG! brüllt Christian schließlich mit einer dröhnenden Donnerstimme und haut dabei gewaltig mit der Faust auf den Tisch, tschak! und gleich senkt sich eine Grabesstille über den Raum, denn bestimmt denken alle dasselbe, nemlich an das Kürbisfeld mit den Köpfen, die Christian durch sein Land hat rollen lassen.

Dann wendet Christian sich lächelnd zu seinem Luder um und sagt, Bitte Øfeliå hör åuf dich mit diese itålienische Mönch wie eine Hure åufzuführen sønst reiß ich dir die Køpf åb, håst du verstånden, Liebste? Jå nåtürlich, Liebster.

So Lucas, jetzt wirst du unseren italienischen Freunden ihren dummen Nachttopf geben, dann können sie zufrieden nach Italien zurückkehren. Einverstanden? Aber Cranach ist ganz und gar nicht einverstanden, er erklärt, dass er den Nachttopf gar nicht hat, denn der befindet sich vielleicht bei Luther im Haus.

Bei Luther? Seid auch ihr in Wittenberg jetzt alle komplett verblödet? Was macht Luther bei sich zu Haus mit diesem Nachttopf? Ekelt ihn nicht davor? fragt Christian mit besorgtem und angewidertem Gesicht, als hätte ihm jemand gesagt, He, hör mal Christian, als du letztens im Dunkeln mit deinem Luder zusammenwarst und geglaubt hast, du vögelst sie, da hat man sich einen Spaß mit dir erlaubt, denn dein Schwengel steckte in einem Teller lauwarmer Schweinelebern.

Nun, es … handelt sich hier … hierbei, stottert Cranach, ja also, ähm, um eine Art Spiel, das Luther mit seinen Freunden spielt, ich … ich weiß nicht genau, wie ich das erklären soll …

Befindet sich der Nachttopf meines Ziehvaters denn nun in diesem Haus oder nicht? frage ich.

Ja … äh, ich meine nein! sagt Cranach. Just heute schien mir, als hätte ich in der Küche etwas wie eine eiserne Schüssel gesehen, die vielleicht ein Nachttopf sein konnte. Aber dann hab ich sie aus den Augen verloren. Ihr müsst wissen, in der Küche herrscht eine furchtbare Unordnung. Die Kinder von halb Wittenberg rennen uns jeden Tag das Haus ein, weil meine Dienerinnen, diese dummen Gänse, mein Geld zum Fenster rauswerfen und den Blagen immer Kuchen schenken.

Wie Cranach spricht, blickt er wutschäumend zu mir rüber, denn ich bin schuld, dass er König Christian im Grunde so peinliche Dinge gestehen muss wie: Ja, es stimmt, unser Anführer in Wittenberg und der Held der Reformation ist ziemlich vertrottelt und spielt gerne alberne Spielchen mit einem Nachttopf, und außerdem weiß ich nicht mal, ob dieser Nachttopf bei mir zuhause ist oder nicht.

Da steht Christian auf und reckt sich drohend, als müsste er einem Heer Befehle geben, und sagt, Ich werde so tun als hätte ich nichts von alledem gehört, mein lieber Lucas, denn das ist besser für dich. Ach, es ist doch unglaublich, was heutzutage für Dinge passieren können! Ich gehe mich jetzt in einer Schänke betrinken und such mir eine billige Hure. Von dir aber, Lucas, will ich gleich morgen die Verbesserungen des Gemäldes! Ist das klar? Dann wendet er sich zu seinem Luder und sagt in honigsüßem Ton, Bitte Øfeliå, bring deine Årsch hier råus und wårte bråv in unsere Zimmer åuf mich und hure nicht mit irgendwelche Diener von Crånåch rum, sønst reiß ich dir den Køpf åb. Einverstånden? Jå nåtürlich, Liebster.

TAGEBUCH VON SALAÌ

Von Luther kommt eine Einladung zum Mittagessen und ein Hauffen anderer Dinge passieren.

Am nächsten Tag werden wir von Hans geweckt:

Aufgewacht Italiener! Es ist dringend und äußerst wichtig! Luther lädt Euch heute zum Mittagessen in sein Haus vor und fordert euch auf, ja nicht zu fehlen!

Mamma mia, sag ich sofort zu meinem Sohn, Luther wird uns bestimmt sagen wollen, dass er uns in seinem Schlafgemach unter der Teuffelsverkleidung wiedererkannt hat, und wird uns den Gendarmen ausliefern, die uns dann ins Gefängnis von Wittenberg werfen. Und wenn sie die Tür abgeschlossen haben, vergraben sie den Schlüssel im Schweinemist, wo niemand je danach suchen wird.

Papa, sorg dich nicht, vor allem aber gib dich in Gottes Hand und versuche, Vertrauen in Jesus und die Muttergottes zu haben, dann wird alles sehr gut ausgehen, du wirst schon sehen. Und jetzt beten wir zusammen den Rosenkranz, Papa, sonst komm ich nicht mit dir zum Essen bei Luther, klar?

Verflucht noch eins, Signior Papst, mein Sohn muss wirklich irrsinnig viel studiert haben und eine Million Dinge über den Glauben die Heiligen Jesus Gott etcetera wissen, denn auch dieses Mal hatte er recht. Nach den üblichen viertausend Avemarias vom Rosenkranz sind wir bei Luther angekommen und Luther war nicht nur kein bisschen böse auf uns, nein, er hat uns auch mit größter Freundlichkeit zu Tisch geleitet und beim Essen waren wir mit ihm allein und er hat uns wie zwei Scheunendrescher fressen lassen und uns dabei hauffenweise interessante Sachen erzählt.

Bevor das Essen anfing, stellt Euch vor, Pontifeks, hat Luther gesagt, dass er sehr froh ist, weil er gestern mit uns zu Abend gegessen hat, und dass es ein wunderbarer Abend gewesen wär und die von mir, Salaì, gekochte Speise wär köstlich gewesen und er, Luther, hätte sich selten in Gesellschaft so wohl gefühlt.

Das ist schön, sag ich und frage, Habt Ihr keine Probleme in der Nacht gehabt? Was weiß ich, ein wenig Magengrummeln, saures Aufstoßen, ein paar Fürze zu viel ... Aber nein, meine teuren italienischen Freunde, im Gegenteil, ich hatte eine vorzügliche Verdauung!

Sehr gut, lieber Luther, das freut uns wirklich, sag ich erleichtert, weil ich immer noch ein bisschen Angst hab, dass Luther uns unter der Maske des Teuffels erkannt hat.

Also habt Ihr wirklich die ganze Nacht selig geschlafen? Aber sicher doch, die ganze lange Nacht, anders wär's ja wohl schlecht möglich, sagt Luther, ich bin kein verheirateter Mann wo des Nachts mit Weibern rummacht, ich bin noch immer ein Mönch, seht ihr meine Kutte nicht? Hahaha! Und wir stimmen ein wenig verlegen in sein Gelächter ein, hihihi, hehehe.

Dann geht Luther zu andren Dingen über und sagt erstens, dass er uns in jeder Weise helfen will den Nachttopf zu finden, denn dank Foghel, wo ihm von uns erzählt hat, hat er kapiert, dass wir beiden, Salaì und Bruder Redento, sehr gute Freunde sind und treue Anhänger der Reformation etcetera, also verdienen wir, dass man uns mit allen Mitteln unterstützt, und darum dürfen wir, um den Nachttopf zu finden, fortan in sein Haus kommen wann immer es uns passt und überall suchen, auch in Luthers Hintern. Ja, er würde außerdem seiner gesamten Dienerschaft und Freunden und Sekretaren und Studenten und allen, wo im Lutherhaus ein und ausgehen, befehlen den Nachttopf zu suchen, und wenn herauskommt, dass jemand ihn versteckt oder geklaut hat, dann kriegt der gehörig Stockhiebe und Tritte und wird aus Wittenberg verbannt und zur Arbeit im Bergwerk irgendeiner arschkalten teutschen Stadt geschickt, wo es immer regnet und ums Verrecken nichts zu essen gibt.

Dann ruft Luther die Magd, die das Mittagessen zubereitet, und sagt auf Teutsch, Hör mal Süße, wenn hier in meinem Haus jemand zufällig einen Nachttopf entdeckt, meldet ihr es mir auf der Stelle, kapiert? Und die Magd nickt.

Was soll ich sagen, Signior Papst, mein Eindruck war, dass Luther redete und redete, versprach und versprach, aber in Wirklichkeit ging es ihm gründlich am Arsch vorbei, ob wir Lionardos Nachttopf finden, doch wenigstens hatten wir jetzt die offizielle Erlaubnis, Luthers Haus auf den Kopf zu stellen und überall zu wühlen, wo es uns passte.

Mein Sohn ist ja bekanntlich eine rechte Nervensäge, also sagt er, statt Luther zu danken, O wie schön, lieber

Luther, das ist wirklich sehr freundlich von dir, aber dürfen wir mal nach dem Grund für dein plötzliches Entgegenkommen fragen?

Unterm Tisch geb ich Bruder Redento sofort einen kräftigen Tritt, der bedeutet, Verflixt, nun nimm doch sein Angebot an ohne blöde Fragen zu stellen, dann finden wir vielleicht endlich diesen verkackten Nachttopf!

Ganz einfach, sagt Luther, ihr seid mir eben sehr simpatisch und ich möchte, dass ihr in meinem Haus bleibt so lange ihr wollt, so lernen wir uns besser kennen und ich kann euch zu meinen spirituellen Söhnen und Gehilfen im Kampf für die Reformation erziehen, das wäre doch eine treffliche Sache, oder?

Hm äh also, ja natürlich, klar doch! antworten wir beide und lächeln mit einer so angespannten Miene, dass sich bei uns beiden das Säckchen mit den Eiern hebt, wann wir den Mund verziehen.

Nach einer Weile kommt dann die Magd, um aufzutischen und entschuldigt sich für die Verspätung, aber sie hätte Probleme gehabt, denn seit einiger Zeit klaut jemand massenweise Besteck aus der Küche und keiner weiß, wer das ist.

Dann fangen wir an zu essen und es ist wirklich ein sehr gutes und löbliches Mittagsmahl, weil endlich sind die Vorratskammern gefüllt worden, darum ist in den Tellern keine italienische Suppe wie ich sie gekocht habe, sondern Schweinswürste, Rippenstücke vom Wildschwein, Rüben, Karotten und dazu Brot und Ströme von Bier.

Sag mal, Luther, gehört dieses Haus wirklich dir? fragt Bruder Redento wie er anfängt zu essen. Natürlich, es ist wirklich meines, lieber Freund, das heißt, nein, Entschuldigung, ich wohne darin, aber es nicht meins und es ist auch kein Haus sondern ein Kloster.

Aha, ich verstehe, und wann wurde es erbaut?[52]. Och, tja, ich glaube, 1503 hat man mit dem Bau begonnen, ein Jahr nach Gründung der Universität zu Wittenberg. Aha, gut, und du Luther, hast just in der Zeit hier an der Universität zu Wittenberg studiert, nicht wahr? O gewiss doch, und ich bin sehr stolz darauf. Bravo, so ist's recht, Luther, aber wann wurde das Kloster denn nun fertiggestellt? Hm, ich glaube, nach drei oder vier Jahren, denn 1508 wohnte ich schon hier im Kloster im Turm, ich zeige euch später die Zelle, die ich bewohnt habe. Gut, Luther, ich verstehe, aber welche Art Mönche wohnten denn vorher hier? Ganz einfach, hier wohnten ich und meine Mitbrüder, nemlich die Augustiner-Eremiten. Und gab es in der Kirche eures Ordens Gegenstände von Wert? O ja, natürlich, aber leider wurde vor zwei Jahren, kurz nachdem ich den Orden der Augustiner-Eremiten abgeschafft hatte, zufällig das Verzeichnis der gesamten Kirchengüter bei einem Brand vernichtet. Wirklich schade, liebe Freunde, aber was soll man da machen? Und gleich darauf wurden alle Reliquien der Kirche verkauft, also ist nichts, nada, null

52 Die von Salaì erwähnten Phasen und Daten der Erbauung des Lutherhauses stimmen mit den historischen Daten überein, was dem Bericht des italienischen Künstlers noch größere Bedeutung und Glaubwürdigkeit verleiht.

übriggeblieben, aber das macht nichts, denn wir Reformatoren meinen ja sowieso, dass Reliquien nur Aberglaube sind, also kann man sie ebenso gut wegschmeißen, hahaha.

Ich verstehe, lieber Luther, und was ist dann passiert?

Och, nichts, ich hab angefangen, die Reformation zu machen und das teutsche Volk ist mir gefolgt und wir haben beschlossen, dass die Klöster und Kirchen, die Messe und die Sakramente was Furchtbares sind, was bloß der Papst, dieser Dreckskerl, und die verderbte römische Kirche wollen, also gehört das alles abgeschafft, weil die römische Kirche korrupt ist und voll von versautem Gesindel. Also hat niemand das Recht, uns zu sagen, wie die Evangelien und die Bibel gelesen und verstanden werden müssen, denn die Regel sagt *sola scriptura*, nur in der heiligen Schrift kann man die Bedeutung der Schrift selbst finden, nicht aber in den Ideen vom Papst und von den Priestern und Mönchen etcetera, und darum haben wir alle Augustiner-Eremiten von Wittenberg zum Teuffel gejagt, also praktisch dahin, wo sie herkommen, hahaha, das ist gut, was?

Nun ja, hm, natürlich, sagt Bruder Redento, aber warum lebst du dann immer noch in diesem Haus, also in diesem ehemaligen Kloster, lieber Luther? Tja, weißt du, lieber italienischer Freund, das war das Praktischste, wo ich sowieso schon drin wohnte, da musste ich nicht umziehen.

Ja gut, ich verstehe, aber dafür, dass du hier drin essen und schlafen kannst, wirst du doch eine Miete zahlen, oder? Hm, nun eigentlich nicht, ich glaube, eher müssten mir die Bürger von Wittenberg die Miete zahlen, weil es wichtig ist, dass ich hier wohne, denn von hier aus kann ich die Reformation doch besser anführen, oder nicht? Richtig, lieber Luther, aber ich denk mir, manchmal lässt du auch die unglücklichen Armen und Bettler und Landstreicher hier schlafen, die nicht wissen wo sie unterkommen sollen und winters vor Kälte sterben, stimmt's?

Na hör mal, mein Freund, mir scheint, du kennst eines der wichtigen Prinzipien der Reformation nicht! Nemlich dass gute Werke gar nicht zählen, weil nur der Glaube an Gott zählt, und wenn einer sündigt, muss nicht er selbst für diese Sünde büßen, weil Jesus Christus das schon mit seiner Passion und seinem Kreuzestod besorgt hat. Darum zählen auch die bösen Taten nicht, denn es genügt, sie zu bereuen und auf Gott und seinen Sohn zu vertrauen, der sich mit seinem Tod am Kreuz für uns geopfert hat. Wenn jemand also irrtümlich denkt, er müsse Nächstenliebe üben und den Armen, Kranken und Unglücklichen helfen, ein mildtätiges Herz zeigen und freundlich und aufrichtig sein, etcetera, um seine Seele zu retten und in den Himmel zu kommen, tja, dann bedeutet das nur, dass er nicht stark genug ist im Glauben an Gott, und mit so was kann er Gott tödlich beleidigen. Also keine Almosen, keine Barmherzigkeit und Wohltätigkeit, kein Mitleid mit den Armen und dergleichen Unsinn, denn für die Rettung der Seele taugen sie einen Dreck, im Gegenteil, sie machen Gott bloß ärgerlich. Das Beste ist, wie verrückt zu sündigen, je mehr man sündigt, desto besser, aber zuletzt muss man bereuen, ist das klar?

Ja, schon klar, lieber Luther, natürlich, aber eine Frage habe ich noch: Wenn es bei deiner Reformation keine Kirchen Klöster Priester Mönche Messen Sakramente etcetera mehr geben darf, willst du dann nicht früher oder später heiraten und Kinder haben?

Äh hm tja, natürlich, ich bin ja nicht aus Holz, liebe Freunde, auch ich spüre die Hitze des Fleisches und der Sinne, darum käme mir ein Weib schon sehr gelegen. Aber passt auf, Freunde! Ich kann nicht heiraten, weil ich ein Rebell bin und die römische Kirche garantiert meinen Tod will, ja, ich bin eh schon jeden Moment drauf gefasst, hingerichtet zu werden und als Held auf dem Schafott zu sterben, wie es vielen Ketzern vor mir ergangen ist, also glaube ich nicht, dass ich jemals heiraten werde[53].

Verständlich, lieber Luther, doch wenn alles gut ausgeht und du nicht auf dem Schafott krepierst, wirst du letztendlich doch heiraten und vielleicht mit deiner Frau und deinen Kindern hier wohnen bleiben, hab ich Recht?

Sicher doch, natürlich werde ich mit meiner Familie hier wohnen bleiben, sagt Luther. Dieweil er Bruder Re-

53 Noch 1524 erklärte Luther mit denselben Argumenten, wie hier in Salaìs Bericht aufgeführt, dass er keine Frau nehmen werde. Schon im darauffolgenden Jahr jedoch, auf dem Höhepunkt des blutigen Bauernkriegs, den seine reformatorischen Aktivitäten entfacht hatten, heiratete er überraschend Katharina von Bora, was sogar bei seinen Freunden Fassungslosigkeit und Bestürzung hervorrief.

dentos Fragen beantwortet sieht er ihn mit einer Mischung aus Verwunderung und Misstrauen an, wegen all dieser ziemlich lästigen Fragen, aber weil mein Sohn alle Fragen sehr freundlich und ruhig und mit honigsüßer Stimme und sanften Lämmeraugen gestellt hat, kann Luther sich nicht beklagen, denn wenn er's täte würde man kapieren, dass er Dreck am Stecken hat.

Dann sagt Luther, Nun gut, ich bitte euch, liebe Freunde, lasst uns nicht mehr über so unwichtige Dinge reden, gehen wir zu andrem über, nemlich wie ihr beide mit uns Teutschen zusammenarbeiten könnt, um die Reformation in Italien zu verbreiten und diesen schurkischen Antichristen, wo in Rom noch immer Papst genannt wird, ein für alle Mal zu Fall zu bringen. Na, was sagt ihr?

Tja, lieber Luther, da gibt's leider ein kleines Problem.

Ach, und das wäre? Du musst wissen, dass die Leute in Italien sich sehr, wirklich sehr stark von den Teutschen unterscheiden, nemlich sie denken völlig anders als ihr hier in Wittenberg.

Verstehe, verstehe, erklär mir das genauer, guter italienischer Freund.

Nun, Luther, es ist so, wenn die Italiener erfahren, dass erst dieses Kloster gebaut wurde, in das du schon nach wenigen Jahren zufällig eingezogen bist, und dann hast du zufällig gleich drauf die Reformation gemacht und die Mönche weggejagt und schon nach wenigen Jahren hast du ganz allein in diesem Kloster gewohnt, zufällig gratis, nemlich ohne irgendjemandem auch nur einen Heller zu zahlen, und dann heiratest du und wohnst zufällig gratis mit deiner Frau und deinen Kindern hier, weißt du, was die Italiener dann denken?

Nein, keine Ahnung, mein Freund, was denken sie? Tja, lieber Luther, entschuldige wenn ich dir das so offen sage, weil in Wahrheit bin ich ja auf deiner Seite, aber die Italiener denken, dass du ein ausgekochtes Schlitzohr bist und womöglich von Anfang an jemanden hattest, wo dich wie eine Marionette gelenkt und unterstützt hat. Dieser Jemand hat heimlich die Reformation organisiert und dich hierher zum Studieren geschickt, damit du Mönch wirst und dann Hausherr in diesem großen ehemaligen Kloster. Mindestens aber denken die Italiener, dass du, Luther, die Reformation für deinen persönlichen Vorteil genutzt hast, und wenn sie hören, dass du sagst, Liebe Italiener, tut keine guten Werke, denn Gott will nur euren Glauben, ihr könnt also Sünden begehen und Böses tun, das ist alles einerlei, im Gegenteil, je gemeiner und böser ihr seid, desto besser, wichtig ist nur, dass ihr hinterher bereut, wenn die Italiener sowas hören, dann denken sie Ha, das sagt dieser durchtriebene Luther bloß, weil er selbst erstmal ordentlich Mist bauen, Gemeinheiten, finstre Machenschaften, Bosheiten jeder Art begehen will, und erst später, wenn er schon seit geraumer Zeit seine Vorteile gehabt hat, erklärt er den andren, dass sie's genauso machen können. So ist es, lieber Luther, denn mein Vater Salaì und ich wir mögen dich und sind auf deiner Seite, aber du musst wissen, dass das Leben in Italien hart ist, weil da massenweise Betrüger herumlaufen, nemlich ungefähr die Hälfte aller Italiener, und die bescheißen und verschaukeln den Rest, also die andre Hälfte, darum ist das ganze Leben von morgens bis abends ein mörderischer Kampf zwischen den beiden Hälften. Wer sich benimmt wie du, gehört in den Augen der Italiener leider zur ersten Hälfte und wird Spitzbube und Halunke genannt. Und keiner könnte den Italienern ausreden, dass es ein bisschen seltsam ist, dass du praktisch das ganze Kloster zu deiner Verfügung hast, einschließlich der Dienerschaft, den Bewunderern, Nachfolgern und Studenten und sogar ein paar befreundeten Weibern, ehemaligen Nonnen, denen du zur Flucht aus dem Kloster verholfen hast, und vielleicht argwöhnen sie außerdem, dass du dich mit dem Verkauf von sakralen Gegenständen und Reliquien aus der Kirche deiner einstigen Mitbrüder bereichert hast, wo ja das Verzeichnis dieser Güter leider einem Brand zum Opfer fiel, was für ein Zufall. Darum sieh es mir bitte nach, lieber Luther, wenn ich dir klipp und klar sage, dass all dies für die Italiener bedeutet, dass man dir nicht unbedingt trauen kann, weil du vielleicht ein bisschen zu schlitzohrig bist, verstehst du?

Hm ja, ich verstehe, sagt Luther ein bisschen enttäuscht, das ist eine ziemlich blöde Denkweise und sehr verschieden von unserer teutschen Denkart, aber ich verstehe.

Tja, Luther, setzt Bruder Redento hinzu, sie ist anders, weil die Völker Europas alle wahnsinnig verschieden voneinander sind.

HINWEIS VON MONALDI & SORTI

Hier endet der in Prof. Reiters Abhandlung ausgelassene Teil von Salaìs Bericht. Mit den folgenden Seiten nehmen wir seine Veröffentlichung der Handschrift zusammen mit seinen klinischen Kommentaren wieder auf.

V.
Depressive Zustände bei Luther

TAGEBUCH VON SALAÌ

Luther offenbart allen seine seelischen Leiden
und auch die Gebrechen des Leibes
die ihm massenhaft Probleme bereiten.

Wohl wahr, lieber italienischer Freund, leider gibt es zwischen den Ländern Europas immer noch viel zu viele dumme Unterschiede, stimmt Luther zu, der jetzt ein sehr trauriges, untröstliches Gesicht macht.

Du sagst es, guter Luther, antwortet Bruder Redento, also müssen wir, bevor wir einen Werbefeldzug in Italien machen, alle zusammen genau, ja sehr gründlich nachdenken, sonst ist alles für die Katz und wir riskieren, das Gegenteil von dem zu bewirken, was wir wollen, verstehst du?

Ja, ich verstehe, ich verstehe! Ach, liebe Freunde, wenn ihr wüsstet, wie traurig mich diese Neuigkeiten stimmen, und jetzt muss ich euch etwas anvertrauen, was mir gestern Abend widerfahren ist, nachdem ihr fortgegangen seid.

Ach ja? Wie schön, sagt Bruder Redento, erzähl es uns Luther, in allen Einzelheiten.

Ich hatte einen Rückfall, wisst ihr?

Ach, und wo seid Ihr hineingefallen? frag ich.

Nein, liebe italienische Freunde, ihr versteht nicht! Ich bin wieder in die Hände des Teuffels gefallen! Darum habe ich heute wieder mein Ohrensausen. Aber das ist nicht nur von Übel. Da der Kampf mit dem Teuffel eine apostolische Gabe ist, bin ich den Heiligen Petrus und Paulus gewisslich gleichgestellt.[54]

O ja, keine Frage, bestätigt Bruder Redento.

Denkt nur, Freunde, seit geraumer Zeit schon hätte ich unzählige Lektüren, Bücher, Briefe, neue eigene Werke etcetera beendet haben müssen, aber wegen der Verfolgungen durch den Satan ermattet mein Geist und seit drei Monaten kann ich nur mit Mühe einen Gedanken zu Papier bringen. Will der Herr mich mit allen erdenklichen Heimsuchungen gleichzeitig in die Tiefe reißen? Sobald ich arbeiten will, fühlt sich mein Kopf an wie mit Lärmen und Dröhnen erfüllt, und wenn ich nicht augenblicklich aufhöre zu arbeiten, ereilt mich ein Starrkrampf.

Schon gut, lieber Luther, du wirst sehen, das gibt sich wieder, sage ich.

Ach, teure Freunde, wenn ich doch mit euch tauschen könnte und euch für euer Problem mit dem Nachttopf meine geistigen Qualen und Schwindelanfälle überlassen könnte, ich würd es liebend gern tun und gäbe euch noch zehn Gulden obendrauf. Ihr könnt euch nicht vorstellen, unter welch grässlichen vertiginösen Anfällen

54 Ein Satz, den Luther häufig zu wiederholen pflegte. Vgl. L. Cristiani, *Luther et le Lutheranisme*, Paris 1908, S. 187.

ich leide, darum ich keinen Brief schreiben kann ohne wenigstens ein zweimal zu pausieren, keine drei Zeilen des Psalters lesen kann, weder konzentriert an etwas denken, noch einen Gegenstand fixieren kann, ohne ein so starkes Brummen im Ohr zu spüren, dass ich mich auf einen Stuhl fallen lassen muss.

Seit wann leidet Ihr an diesen Krankheiten? frage ich.

Alles hat vor zwölf Jahren begonnen, antwortet Luther, als ich gen Rom reiste und zum ersten Mal von einem heftigen Kopfschmerz begleitet von Schwindel und Ohrensausen befallen wurde. Wenn ich auf ein Wäldchen blicke, sehe ich manchmal die Figur einer Schlange oder eines sich windenden feuerspeienden Drachens, wo sich plötzlich auf mich stürzt. Rufe ich Hilfe herbei und zeige auf die Schlange, so kann niemand sie sehen. Und dasselbe ist mir heute Nacht mit dem Teuffel geschehen. Ich sehe ihn, Hilfe kommt, aber er zeigt sich nur mir.

Von Euren Freunden kann niemand den Teuffel sehen, wirklich niemand? fragt mein Sohn.

Nun, mein Freund, manch einem gelingt es vielleicht, aber erst kurz vor dem Ende der Erscheinung. Und dann werde nur ich vom Starrkrampf und am nächsten Morgen von Ohrensausen befallen.

>>><<<

KLINISCHER KOMMENTAR:

Zweifellos war Luthers Trübsinn zum großen Teil durch Gewissenskonflikte verursacht. Obwohl er im Vorwort zu *Vom Missbrauch der Messe* (1521) behauptet, Christus selbst habe ihn mit klaren, verlässlichen Worten von seinen Zweifeln befreit, wurde er auch danach mehrmals von grundsätzlichen Skrupeln gepackt, was die Wahrheit seiner Berufung zum Apostolat und die von ihm unter der Bezeichnung Evangelium verbreitete Lehre betraf. Wie seine Freunde bezeugen, drängte sich ihm dieser Gedanke immer in derselben Form auf, was für Zwangsvorstellung charakteristisch ist.

Die hier beschriebenen Anfälle traten Luthers ganzes Leben hindurch stets in den Phasen auf, in denen sich seine psychasthenischen Zustände verschärften, und erweisen sich damit als halluzinatorische Störungen der Sinneswahrnehmung. Wäre Luther ein reiner Melancholiker gewesen, hätte er dem Leidensdruck entmutigt nachgegeben, doch da er ein Paranoiker war, nutzte er seine geistige Erkrankung und seelische Bedrängnis (welche ihm zufolge von der Missgunst des Satans verursacht waren), um seine krankhafte Persönlichkeit ein weiteres Mal in ein vorteilhaftes Licht zu setzen.

Man bedenke außerdem, dass die Glaubenszweifel und halluzinatorischen Teufelserscheinungen ihn – wie bei Obsessionen üblich – fast immer auf dieselbe Art und Weise überfielen, wie seine Freunde bestätigen. Luther litt dann jedes Mal unter den fürchterlichen Symptomen einer schweren Psychasthenie. Natürlich nahmen diese Zwangsvorstellungen recht bald die Gestalt des Teufels an. Sie erschreckten Luther jedes Mal zu

Tode, und er flehte seine Freunde an, für ihn zu beten, »damit Christus mich nicht verlässt und nicht will, dass die Qualen, so ich leide, von meinem Frevel verursacht wurden, sondern nur die Buße sind, welche er seinen Kindern auferlegt.«

Luther fühlte sich von »einem erbarmungslosen und fortwährend zürnenden Gott« verfolgt, während er sein eigenes »von der Angst verkrampftes Herz gleich einem sturmgepeitschten Meer« empfand, »darauf sich tausend Drangsale häufen«, was ihm unselige Gedanken an Selbstmord eingab.[55]

Die Psychasthenie, unter der Luther litt, führte zu plötzlichen Angstattacken, von denen Melanchthon berichtet: »Er versank in Grübeleien über den Zorn Gottes und Beispiele äußerst strenger Strafen, und wurde urplötzlich von so großem Schrecken befallen, dass er fast leblos dalag.«

Doch bald zeigt er die typischen Reaktionen der Paranoiker. Nehmen wir einige Sätze aus seinen Briefen. In einem Brief an den Freund Johannes Agricola: »Satan persönlich wütet mit seiner ganzen Kraft gegen mich, und Gott lässt zu, dass ich wie ein zweiter Hiob zum Ziel seiner Angriffe werde, so dass ich in außergewöhnliche geistige Niedergeschlagenheit verfalle. Es ermutigt mich, zu wissen und mich rühmen zu können, dass ich das Wort Gottes reinen und aufrichtigen Herzens gelehrt habe.«

An den Theologen Wenzeslaus Linck am 22. Dezember 1527: »Satan müht sich und will, dass ich nichts mehr schreibe, sondern mit ihm zur Hölle fahre. Möge Christus ihn zertreten!«

An den Augustinerprior Eberhard Brisger: »Ich glaube wirklich, dass Satan sich auf mich stürzt, weil ich viel gegen ihn

55 Vgl. Berkhan, *Die nervösen Beschwerden des Dr. Martin Luther*, in: Archiv für Psychiatrie und Nervenkrankheiten, Bd. X, Berlin 1881, S. 800

gesagt, geschrieben und getan habe. Aber es ist ein Trost, mit aller Entschiedenheit zu glauben, dass meine Werke Gott wohlgefällig waren. So werde ich zwischen diesen beiden widerstreitenden Seiten hin und her geworfen.«

Und zuletzt seine eigenartigen Schlussfolgerungen (Brief an den Bischof Nikolas Hausmann): »Ich habe Satan mit vielen Schriften verärgert, darum bekämpft er mich mit äußerstem Hass. Er sollte lieber Christus zürnen, der ist sein wahrer Widersacher, ich bin nur sein demütiges Werkzeug.«

Ist das nicht genau die Argumentationsweise der Paranoiker?

Bezeichnend ist auch das Porträt Luthers durch einen päpstlichen Legaten, der den Reformator auf einer Deutschlandreise besuchte:

»Kräftig und stark, mit sehr groben Zügen, die er so gut er es vermag durch einen sanften Ausdruck zu mildern versucht. Eine durchschnittlich flüssige und für einen Deutschen nicht allzu harte Aussprache. Latein spricht er schlecht, wodurch mir erwiesen scheint, dass einige unter seinem Namen erschienene Bücher nicht von ihm stammen können, und er selbst gesteht, dass er nicht auf Latein schreibt. Seine Augen sind kurzsichtig und eingesunken, der Blick unstet, darin man einen gewissen Furor und Zorn sieht. Je länger ich sie betrachtete, desto mehr schienen sie mir jenen zu gleichen, die ich bei Besessenen sah. Um mein aus dem Gesicht, der Kleidung, den Gesten und Worten gewonnenes Urteil zusammenzufassen, er ist arrogant und töricht.«

Wie wir von Luthers Freund Ulenberg erfahren, war seine Kleidung nicht zufällig gewählt, sondern sollte auf den päpstlichen Legaten Eindruck machen: »Ein Unterkleid mit Oberteil aus geschlitztem Kamelott und auffälligen Ärmeln aus Taft; das Gewand aus Serge, mit Fuchspelz gefüttert, doch sehr kurz; viele Ringe und um den Hals ein schwerer Anhänger aus Gold; die Mütze nach Priesterart.«

Als er so herausgeputzt in die Kutsche stieg, um sich zu dem Treffen mit dem Legaten zu begeben, rief Luther aus: »Seht her, der deutsche Papst! Dies ist das Werk Gottes!«

Während der Reformator in dieser Aufmachung Trost in seinem Unglück sucht, hört der unerbittliche Widersacher nicht auf, ihn zu quälen. Am 29. Dezember 1527 reißt der Satan Martin abermals in den Abgrund, danach lässt er ihn bis zum 25. Februar 1528 etwas weniger leiden.

Dennoch berichtet Luther dem Freund Nikolaus von Amsdorf im darauffolgenden Jahr, dem Teufel erneut in die Hände gefallen zu sein, und erklärt, dass er den Heiligen Petrus und Paulus gleichgestellt sein muss, weil der Kampf mit dem Teufel eine apostolische Gabe sei.

Von heftigen seelischen Erschütterungen geschwächt und unfähig, sich mit Arbeit abzulenken, musste Luther zitternd die Fortschritte seiner Gegner zur Kenntnis nehmen, auf die er jedes Mal mit theatralischen Verzweiflungsanfällen reagierte. Er versuchte sich zu rechtfertigen: »Seit langem müsste ich das jüngste Werk von Erasmus lesen und ihm antworten, aber wegen der Verfolgungen durch den Satan ermattet mein Geist und seit drei Monaten kann ich nur mit Mühe einen Gedanken zu Papier bringen. Will der Herr mich mit allen erdenklichen Heimsuchungen gleichzeitig in die Tiefe reißen?«

Luther leidet an den schrecklichen Folgen einer schwerwiegenden Psychasthenie. Um gegen die Angriffe des Teufels gewappnet zu sein, redet er sich ein, es sei schlau, Satan mit sündigen Gedanken abzulenken, zum Beispiel sich ein schönes Mädchen vorstellen oder ans Geld und ans Trinken zu denken oder auch, sich in einen heftigen Wutanfall hineinzusteigern. Weitere Gegenmittel waren für Luther, sofort das Gespräch mit anderen Menschen zu suchen oder noch ausgelassener zu trinken, zu scherzen, Narrheiten zu begehen und »zu sündigen, um dem Teufel keinerlei Möglichkeit zu geben, an den kleinen, mit Makeln behafteten Stellen des Gewissens Skrupel zu säen: Wenn wir die Sünde allzu ängstlich vermeiden wollen, sind wir schon von Satan besiegt. Sagt der Teufel dir also, dass du nicht trinken sollst, trinke noch mehr. Jeder tue demnach das Gegenteil von dem, was der Teufel ihm einflüstert. Ich trinke, spreche freizügig, schwelge und prasse nur, um den Teufel zu foppen und zu verhöhnen, der mich quält, weil ich keine Sünde anerkenne und nichts bereue. Die Zehn Gebote Mose, mit denen der Teufel uns so sehr bedroht und plagt, müssen wir aus unseren Augen und unserem Geist verbannen.«

Solche Behauptungen lassen tatsächlich vermuten, dass Luther die Stimme des Gewissens mit der des Teufels verwechselt.

Mit dem Rat zu häufigen Trinkgelagen als wirksames Heilmittel gegen den Teufel kam Luther zudem seiner eigenen Neigung zu übermäßigem Essen und Trinken entgegen, welche sein vorzeitiges Altern stark beförderte, wie der Arzt bezeugt, der seinen Leichnam sezierte.

Da der Teufel sich von den Schlichen und Tollheiten des Reformators jedoch nicht einschüchtern ließ, ja ihn auf jede erdenkliche Weise verfolgte und seine Mission behinderte, versuchte Luther es schließlich mit der Musik. Als er einmal zwei Tage lang in seinem Zimmer eingeschlossen blieb und seine Freunde die Tür aufbrechen mussten, fanden sie ihn ohnmächtig, und er kam erst wieder zu Bewusstsein, nachdem er ein kleines improvisiertes Konzert gehört hatte, das noch an Ort und Stelle für ihn veranstaltet worden war.

TAGEBUCH VON SALAÌ

Luther stellt seinem eigenen Gewissen endlich ein paar interessante Fragen. Doch dann redet er dummes Zeug über die Ehe und dreht schließlich völlig durch.

Das Leben ist mir eine Last, liebe Freunde, sagt Luther dann. Auch Melanchthon sieht, dass ich trübsinnig und verstört bin. Außerdem kommen mir Zweifel: Luther, predigst du wirklich das Evangelium? Wer hat dich eigentlich in diese Mission berufen? Wer hat dich dazu gezwungen? Und insonderheit wer hat dich auserwählt, das Evangelium in dieser Weise zu deuten, wo doch jahrhundertelang keiner es so gelehrt hat? Wem nützt diese Lehre? Und was wird sein, wenn durch deine Schuld viele Seelen unerlöst bleiben, für deren Verdammnis du Rechenschaft ablegen musst? Du bist verantwortlich für die Reformation und du bist die Ursache so vieler Wirren. Wie viel Zwietracht hat deine Lehre ausgelöst!

Welch eine endlose Reihe von Übeln ging daraus hervor! Wie viele wurden von ihr verführt! Und dann kehrt der Teufel zurück. Einmal hat er mich fast erwürgt, während er die Worte des heiligen Paulus an Timotheus sprach, und ich meinte sterben zu müssen. Er beschuldigte mich, viele Mönche und Nonnen zum Verlassen der Klöster angestiftet zu haben. Ich erschrak sehr und verbrachte die Nacht damit, diesen Gedanken zu ersticken.

O ja, das muss ziemlich unangenehm sein, sage ich.

Denkt nur, Freunde, fährt Luther fort, kaum lasse ich meinen Geist müßig schweifen und denke nicht mehr an Gottes Wort, überfällt mich der Teufel und flüstert: Du bist Schuld an der Umkehrung aller religiösen Werte. Wie ihr euch vorstellen könnt bin ich nach solchen Worten lange zu Tode erschrocken und flehe die Freunde an, für mich zu beten. Ich fühle mich von einem erbarmungslosen und fortwährend zürnenden Gott verfolgt, und mein von Angst verkrampftes Herz gleicht einem sturmgepeitschten Meer, darauf sich tausend Drangsale häufen.

Komm schon, Luther, wenn du eines Tages heiratest, wird alles besser, sage ich.

Glaubst du wirklich, guter Salaì? Du irrst dich. Es gibt keine eheliche Pflicht ohne Sünde. Die eheliche Pflicht wird nie erfüllt, ohne zu sündigen. Sie unterscheidet sich in nichts von Ehebruch und Unzucht![56] Und wenn die Frau nicht will, nimm dir die Magd. Es ist nicht verbo-

56 Diese Behauptung Luthers findet sich auch in: Weimar, Bd. VIII, S. 654

ten, mehr als eine Frau zu haben.[57] Weiber müssen entweder zur Ehe oder zur Hurerei gebraucht werden.[58] Das erste Mal beging Christus Ehebruch mit der Frau, die er an einem Brunnen getroffen hatte, wie das Johannesevangelium berichtet. Darum fragten sich alle: »Was mag er mit der gemacht haben?« Dann mit Maria Magdalena und schließlich mit jener Ehebrecherin, die er so leichten Herzens von ihrer Sünde freisprach. Also musst sogar der fromme Christus ein Ehebrecher werden, bevor er starb.[59]

Also du übertreibst, Luther, sagt Bruder Redento, vergiss nicht, dass Jesus der Sohn Gottes ist!

Ach ja? Gott ist sicher groß und mächtig, gut und barmherzig ... aber er ist ein rechter Dummkopf![60]

Jetzt reicht's, Luther! Das ist Gotteslästerung! rufen wir alle beide, nemlich ich und mein Sohn.

Und da, Signior Papst, ist Luther, wo nicht gewohnt ist, dass man ihm widerspricht, denn seine Leute sagen immer Bravo, Luther lebe hoch! mächtig in Harnisch geraten, ist aufgestanden und hat nicht mehr in freundlichem Ton geredet, sondern ist immer lauter geworden als würde er predigen, und seine Augen sind blutunterlaufen und treten so stark hervor, das sie fast herausspringen und sein Blick ist der von einem, dem das Hirn matschig geworden ist wie ein rohes Ei.

57 Luther wiederholte diesen Gedanken in: Erlangen Bd. XX, S. 72 und Bd. XXXIII, S. 327.

58 Weimar Bd. XII, S. 94.

59 Tischrede Nr. 1472, in: Weimar Bd. II, S. 107.

60 Tischrede Nr. 963, in: Weimar Bd. I, S. 487.

So ist das also, italienische Freunde? Ihr wollt, dass ich schweige? Nun gut, bedenket, dass verdammt sein wird, wer mich ablehnt! Wo ihr mir hierin gehorcht und zweifelt nicht mehr, gehorcht ihr Christus. Und wer mir nicht gehorcht, nicht mich, sondern Christo verachtet.[61] Vor mir hat Gott Jahrtausende lang keinem Bischof je so große Gaben verliehen! Und vergesst niemals: *sola scriptura*!

Dann wird sein Gesicht weiß wie der Popo eines Putten, er beugt sich vor und beginnt brooooh blurrrpppp buaaah all die schönen Schweinswürste und Wildschweinrippenstücke auszukotzen, wo wir gerade eben gegessen haben, und kotzt sie so gut aus, dass man noch alle Stücke Fleisch und Karotten unterscheiden und zählen kann, und tatsächlich, als ich genauer hinsehe, denk ich, Verflixt, da ist ja auch das gute große Rippenstück, das ich essen wollte und das Luther mir vor der Nase weggeschnappt hat.

Sofort kommt die Magd gelaufen, die uns das Essen aufgetischt hat, und zusammen mit ihr versuchen wir, Luthers Kotze, wo schon auf den Boden und den Tisch gespritzt ist, ein bisschen zu trocknen, damit sie nicht in alle Richtungen verläuft, aber nichts zu machen, alles nutzlos, denn Luther brooooch blurrrpppp brruaaah verteilt immer noch Spritzer Kotze wie Geschosse nach rechts, dann nach links, dann in die Höhe, dann nach unten, kurzum, Signior Papst, es war schlimmer als wie

61 Weimar, Bd. XV. S. 27. Erlangen Bd. LXI, S. 422.

bei einer Schlacht, und irgendwann ist Luther auf seiner eigenen Kotze ausgerutscht und hingefallen und hat sich die ganze Kutte mit diesem stinkenden Saft besudelt, und obendrein hat er sich im Fallen am Tischtuch festgehalten und es mitsamt den Tellern und Gabeln und Krügen zu Boden gerissen, worauf alles in tausend Stücke zersprang, und ich würde sagen, Signior Pontifeks, wenn einer mit einer Kanone auf unseren Tisch geschossen hätte, er hätte weniger Schaden angerichtet.

Obendrein lässt Luther zwischen zwei Ladungen Kotze einen Hauffen fetter Fürze prrroooo prrruuu prrriiii, die klingen wie Trompetengeschmetter und verbreiten einen Stallgeruch, den man gar nicht beschreiben kann, naja, der Ärmste, es ist klar, dass ihm ordentlich schlecht ist, und dass er nicht nur ein Leiden des Gedärms, sondern auch ein Leiden des Gemüts hat, und zwar eins von den richtig üblen. Unterdessen läuft die Magd verzweifelt hin und her, aber sie kann nicht mal ein Zwölftel von dem saubermachen, was Luther an Möbeln Wänden und Boden verdreckt, und zuletzt setzt auch die Magd sich hin und weint verzweifelt, derweil Luther swusch swisch glitsch versucht, vom Boden aufzustehen. Aber er rutscht wieder auf der Kotze aus und fällt mit Händen und Bauch auf das Besteck und die zerbrochenen Gläser und Teller, und während er immer noch gelbe und grüne Spritzer nach allen Seiten verschießt, bluten jetzt seine Hände, denn er hat sich an den Scherben der Gläser und Teller geschnitten, aber jetzt hat keiner mehr Lust oder Kraft genug, ihn aufzuhalten, und so sieht das Zimmer, wo wir gegessen haben, am Ende so aus wie ein Lazarett, das nach einem Krieg mitten in einem stinkenden Sumpf erbaut worden ist.

>>><<<

KLINISCHER KOMMENTAR:

Von 1517 bis 1525 litt Luther an Gastralgie, die von seiner Neigung zur Völlerei verstärkt wurde. 1526 kamen Nierensteine hinzu, die ihn jahrzehntelang mit Harnverhaltung und Nephritis, begleitet von Magenschmerzen, quälten. Außerdem litt er ununterbrochen an Gicht, Gelenkrheumatismus, Neuralgien, Katarrh, Erkältungen und Halsschmerzen.

Ein 1883 von Theodor Kolde in den *Analecta Lutherana* veröffentlichtes Dokument gibt einen Hinweis auf die mögliche Ursache der zahlreichen körperlichen Gebrechen des Reformators. Es handelt sich um einen Brief, den der Arzt Wolfgang Rychardus am 11. Juni 1523 an Johannes Magenbuch, einen Medizinstudenten, schrieb. Aus diesem Brief geht hervor, dass Luther an Syphilis litt, einer für den gesamten Organismus, vor allem für das Nerven- und Kreislaufsystem äußerst schädlichen Krankheit. In diesem wichtigen, auf Latein geschriebenen Dokument, das in der Hamburger Stadtbibliothek aufgefunden wurde, berichtet Rychardus dem jungen Magenbuch, der Luther behandelte, dass er von der Krankheit des »neuen Elias« und seiner späteren Genesung erfahren habe. Er rät zu einem bestimmten Heilmittel und fährt fort: »Wenn die Schmerzen der französischen Krankheit weiterhin am Schlafe hindern, wird man sie vermittels eines Breiumschlags aus dem Knochenmark des Hirsches, Erdwürmern, einer kleinen Dosis Safran und Weingeist lindern müssen.«[62]

>>><<<

Nun beruhig dich mal Luther, sagt Bruder Redento schließlich, wobei er sich mit den Fingern die Nase zudrückt, um nicht an dem Gestank zu ersticken. Luther hat sich endlich wieder hingesetzt, seine Kutte ganz mit Kotze verschmiert, die Finger blutig, und hat mit leerem Blick leise weitergesprochen:

Wisst ihr, Freunde, manchmal möchte ich mich umbringen.

Nein, Luther, um Himmels willen, rede keinen Unsinn und denk niemals an so was! sagt Bruder Redento, Gott ist Erbarmen und hat furchtbare Angst davor, dass seine Kinder sich selbst töten. Nur Mut, wir helfen dir, dich sauberzumachen und wieder auf den Damm zu kommen.

Doch Luther hat so tiefe, schwarze Augenringe wie wenn sie mit Teer aufgemalt wären, sein Gesicht ist gelb als wie mit Safran bestäubt, und die Stimme kommt ihm zitternd aus der Kehle, als hätt er das Quartanfieber. Und er will immer noch von Selbstmord reden:

62 ANMERKUNG VON MONALDI & SORTI: Der ursprünglich in der Wolffschen Sammlung der Hamburger Stadtbibliothek aufbewahrte Brief wurde zuerst von T. Kolfe in den *Analecta Lutherana*, Gotha 1883, S. 50 f veröffentlicht.

Wisset, liebe Freunde, mehrmals ist es mir widerfahren, dass ich mit einem Messer in der Hand von bösen Gedanken übermannt wurde.[63]

An dieser Stelle muss ich Euch verraten, Signior Pontifeks, dass mein Sohn, nemlich Bruder Redento, mit trübsinnigen vergrätzten Pechvögeln wie Luther sehr viel Erfahrung hat, denn solche Leute kommen Bruder Redento praktisch alle Tage im Kloster besuchen, damit er sie ein bisschen aufmuntert. Ja, denn sagen wir es klar und deutlich, Signior Papst, als Hilfsmittel gegen Traurigkeit und Verbiesterung gibt es nichts Besseres als die katholische Religion, denn das ist eine unglaublich bekweme Religion, die sagt, Liebe Gotteskinder, ihr seid zwar allesamt Verbrecher Dreckskerle Egoisten Säufer und Prasser, Schwule Diebe und Halsabschneider, aber wenn ihr guten Willens seid und euch in die Hände von Jesus gebt, wenn ihr beichtet und eure Sünden nicht wieder tut und ein bisschen Rosenkranz betet und zur Kommunion geht und die Zehn Gebote befolgt, siehe da, zack, schon habt ihr euch vor der Hölle gerettet, höchstens gibt's noch ein bisschen Fegefeuer, aber dann – Überraschung! landet auch ihr im Himmel, denn Gott liebt euch, Jesus liebt euch, die Muttergottes liebt euch, der Heilige Geist liebt euch, ja, da oben im Himmel lieben euch praktisch alle, ob ihr auch in Wirklichkeit als Menschen echt zum Kotzen seid. Ja, die ka-

63 Diese Erklärung von Selbstmordgedanken ist schon seit den ältesten Luther-Ausgaben bekannt. Vgl. *Colloquia oder Tischreden Doctor Martini Lutheri durch Johannem Aurifabern*, Frankfurt am Mayn 1568, Blatt 217 recto.

tholische Religion sagt sogar, dass Gott und die Muttergottes und Jesus aus Liebe zu euch bereit sind, als Idioten dazustehen, denn gerade wenn ihr Sünder seid, lieben sie euch noch mehr als die anständigen Leute, weil sie glauben, dass ihr sie in dem Fall noch mehr braucht. Also stellt euch mal vor, was für ein Schwein ihr habt, sie lieben euch auf jeden Fall, egal ob ihr Böses oder Gutes tut, und ein kleines Gebet, von Herzen gesprochen, reicht aus, um Gott und Jesus sofort vergessen zu lassen, dass ihr Gauner Ehebrecher Prasser Schwule etcetera seid, denn dann freuen sie sich über euch und schicken euch sogar einen Engel, dass der euch im ganzen Durcheinander des Lebens hilft. Kurzum, alles zusammengerechnet, hat die katholische Religion irre viele Vorteile und verschenkt praktisch alles zu Schleuderpreisen und scheint eigens gemacht für die Blöden und Betrüger, die Kaltherzigen und maßlos Ehrgeizigen, die Hurensöhne und falschen Helden, die Egoisten und Idioten, die Lügner und die Versager, also praktisch für die gesamte Menschheit.

Darum hat Bruder Redento, der die Menschheit in- und auswendig kennt, kapiert welche Strategie man bei Luther anwenden muss und sagt:

Hör mir zu, Luther, lass uns dort drüben in das ruhigere Kämmerchen gehen, wo keiner uns stören kann, da ziehst du dir eine saubere Kutte an und ich versorge die Wunden an deinen armen Händchen und derweil sprechen wir darüber wie man die Reformation nach Italien bringen kann, gefällt dir das?

TAGEBUCH VON SALAÌ

Luther schlägt vor, den Italienern zu erklären dass sie den Papst sofort in die Wüste schicken können. Doch Bruder Redento sagt, dass es so nicht geht.

In dem Kämmerchen wo wir jetzt sind, riecht man endlich nicht mehr den Kotzgestank und Luther fläzt auf einem Sessel, die ausgestreckten Beine auf einen Stuhl gestützt. Endlich ist er ruhig, denn seine Hände sind verbunden und er trägt eine schöne saubere neue Kutte, wo ihm die Magd gebracht hat, aber er ist todmüde und hat Augenringe groß wie Weidenkörbe, denn er hat so viel gekotzt, dass er, glaub ich, ausgeleert ist bis zu den großen Zehen.

Von der Magd haben wir einen heißen Absud zubereiten lassen und haben Luther mit warmen Tüchern zugedeckt, wo wir erst in heißes Wasser getaucht hatten, die haben wir ihm auf die Stirn, die Augen und den Bauch gelegt, und das war eine sehr schlaue Idee von meinem Sohn, denn so ist Luther gezwungen, still liegen zu bleiben, nemlich wenn er sich bloß ein bisschen gerührt hätte, wären die warmen Tücher runtergefallen, man hätte sie säubern, auswringen und wieder mit heißem Wasser anfeuchten müssen, ein wahnsinniger Umstand. Zum Glück geht es Luther mit dieser Behandlung besser, also liegt er schön brav ruhig da, auch weil er mit den Tüchern auf den Augen nicht die Bohne sehen kann, und einer der nicht sehen kann, zappelt normalerweise sowieso nicht viel herum, sogar dann nicht, wenn er so durchgeknallt ist wie Luther.

So, lieber Luther, da wären wir, fühlst du dich jetzt ein wenig besser?

Ächz, oooh, der Bauch tut mir noch weh, aber ja, es geht mir besser, danke.

Sehr gut, dann erzähl uns jetzt, wie wir die Reformation nach Italien bringen können, einverstanden?

Nun, hört zu, lieber Bruder Redento und lieber Salaì, ich glaube, als Erstes muss man den Italienern klarmachen, dass sie den Papst, der ihnen bestimmt schon seit langem auf den Sack geht, problemlos in die Wüste schicken können. Die Rechtfertigung vom religiösen Standpunkt aus kriegen sie von mir, und die ist voll und ganz in dem Ausdruck *sola scriptura* enthalten. Das ist eines der wichtigsten Prinzipien der Reformation und bedeutet: Die Bibel und die Evangelien kann man sehr gut verstehen, ohne sich auch nur ein Wörtchen von Priestern Mönchen dem Papst etcetera erklären zu lassen, denn die einzige religiöse Autorität ist die Bibel selbst und nicht der Papst.

Aha, sehr interessant, sagen wir, und das sollen wir den Italienern erklären, stimmt's?

Genau, ihr habt's getroffen, liebe Freunde, ach entschuldige bitte, Bruder Redento, sei doch so gut und rück die Tücher auf meinem Bauch und auf dem rechten Auge zurecht, ja, genau so, danke.

Nun, Luther, sagt Bruder Redento, wenn wir den Italienern etwas so Wichtiges erklären sollen, müssen wir vorher genau, aber wirklich ganz genau Bescheid wissen. Denn das Erste, was die Italiener uns fragen werden, ist: Wo steht denn *sola scriptura* in der Heiligen Schrift geschrieben?

Hm, tja, brummt Luther, das steht da nicht geschrieben.

Waaaaaas? frag ich mit offenem Mund, denn darauf wäre ich zuallerletzt gekommen, dass Luthers Lieblingsparole, nemlich dass die Bibel die einzige Autorität in Sachen Religion ist, gar nicht in der Bibel selbst drinsteht!

Was gibt's da zu staunen, mein Freund, das ist doch sonnenklar, sagt Luther, wenn du genau nachliest, steht nirgendwo in der Bibel geschrieben, dass der Papst oder die Bischöfe oder die Priester die Bedeutung der Bibel verstehen und erklären müssen. Also kommt man doch vorzüglich ohne sie aus, oder?

Ähm, mal ganz ehrlich, lieber Luther, wenn wir diese Begründung den Italienern vortragen, die ziemliche Korinthenkacker und Rechthaber sind, dann werden sie sofort entgegnen, dass die Sache ganz anders aussieht als du sagst, nemlich im Johannesevangelium zum Beispiel steht klipp und klar ein Satz, den Jesus zu den Pharisäern sagt: »Ihr studiert die Schriften, weil ihr glaubt, in ihnen das ewige Leben zu haben.« Und damit meint Jesus, der ein sehr schlauer Kopf war, eindeutig, dass der Text der heiligen Schrift nicht an sich heilig ist. Und außerdem, lieber Luther, werden die Italiener garantiert einwenden, dass Jesus kein einziges Mal gesagt hat, dass die Schrift im Licht der Schrift selbst gedeutet werden muss.

Ja, ich verstehe, lieber Bruder Redento, sagt Luther, aber wir wissen doch, dass wir mit der Bibel das geoffenbarte und unfehlbare Wort Gottes haben, das die Wahrheit ist. Was brauchen wir da mehr?

Du bist sehr gewandt und intelligent, Luther, aber meiner Meinung nach werden die Italiener auch zu diesem Argument sofort sagen, dass es nicht zieht. Du selbst bist dir sicher, dass du dem heiligen Geist gehorchst, aber zur Auslegung der Bibel sagst du dies, Thomas Müntzer das, Karlstadt wieder was andres, kurz, ihr Reformatoren richtet ein Riesendurcheinander an und streitet euch fortwährend, und kein Mensch blickt mehr durch, was ihr wirklich meint.

Sag mal, Bruder Redento, wer zum Henker hat dir denn von meinen Streitereien mit Müntzer, Karlstadt etcetera erzählt? fragt Luther sehr erstaunt.

Nun ja, es gibt viele Gerüchte und die Leute informieren sich, weißt du, wir leben schließlich in einer modernen Welt und nicht mehr im 12. Jahrhundert, meinst du nicht auch? Darum wissen bestimmt viele von diesen Dingen, sogar in Italien. Und die werden sicher sofort ihre Einwände haben, nemlich dass der Papst nur einer ist, wogegen du, lieber Martin, von einer ganzen Schar von Leuten umgeben bist, die wie du alle die Reformation wollen, und jeder Einzelne von euch ist überzeugt, die wortwörtliche Bedeutung der Bibel zu beherzigen, aber ihr streitet euch von morgens bis abends.

Meine Güte, Bruder Redento, jetzt übertreibst du aber, sagt Luther.

Nein, bestimmt nicht, ich bin doch auf deiner Seite, aber in Italien werden sie dir entgegenhalten, dass Romulus, als er Rom gründete, mitnichten gesagt hat: »So, das wär geschafft, von jetzt an wird der Geist des Zeus jeden römischen Untertanen lenken, also kann ich mich ein bisschen entspannen und mich um meinen eigenen Kram kümmern.« Im Gegenteil, Romulus hat eine Regierung gebildet und ein Heer aufgestellt, und sieh mal einer an, dank dieser Staatsgewalt und dieser Organisation hat Rom viele Jahrhunderte überdauert, genau wie die Kirche, die schon seit irre langer Zeit fest an ihrem Platz steht. Und weil die Italiener die Geschichte Roms sehr gut kennen, immerhin sind sie ja allesamt Urenkel von Romulus, wird uns in Italien kein Schwein glauben und alle werden uns anspucken, wenn wir diese Sache mit *sola scriptura* erzählen, verstehst du? Außerdem höre ich jetzt schon eine andere Antwort, die mir die Italiener geben werden, nemlich dass in den Evangelien und in der Apostelgeschichte bis zum Überdruss wiederholt wird, dass das Wort Gottes in der Schrift, aber auch in der Kirche, in ihrer Tradition, in ihrer Lehre und ihren Predigten gesucht werden muss. Das steht nemlich nicht nur im Johannesevangelium, sondern auch im zweiten Brief des heiligen Paulus an die Tessaloniker, im ersten und zweiten Brief des heiligen Petrus und im Matthäusevangelium. Und weißt du, was die Italiener dazu sagen werden, lieber Luther?

Nein, verrate es mir, lieber Bruder Redento, aaahh oooh wie mir der Bauch wehtut, verdammter Mist.

Tja, Luther, leider werden die Italiener sagen, dass du und die anderen Protestanten euch über den Text der Bibel und der Evangelien so sehr in die Haare kriegt, weil ihr keinen Papst habt, nemlich eine allein anerkannte Autorität. Darum sagt jeder von euch teutschen schweitzerischen holländischen frantzösischen und belgischen Reformatoren bloß das, was ihm in den Kram passt. Garantirt denken die Italiener, dass deine Religion sich nur auf den Beinen hält, weil es Spaß macht, den Papst zu ärgern, und dass gegen Rom zu sein, die einzige Stärke von euch Protestanten und das Einzige ist, worin ihr alle übereinstimmt. Aber wenn jeder über die Bibel denkt, wozu er gerade Lust hat, ist sie nicht mehr die Offenbarung Gottes an die Menschheit, sondern die Offenbarung, die jeder sich selbst von sich selbst macht. Und so vergesst ihr, dass Jesus Christus nicht auf die Erde gekommen ist, um sich von drei oder vier Aposteln seine Lebensgeschichte schreiben zu lassen, sondern weil er eine Kirche gründen wollte, und wenn er wirklich ein Evangelium hätte haben wollen, um daraus schwarz auf weiß die absolute Wahrheit zu machen, hätte er es doch persönlich geschrieben, er war ja nicht dumm und kein Analafabet, meinst du nicht auch?

Hm, lieber Bruder Redento, wenn du das so siehst ...

Nein Luther, nicht ich sehe das so, vergiss nicht, dass ich auf deiner und der Seite der Reformation stehe, aber die Italiener werden todsicher sagen, dass das Christentum vor dem Evangelium da war, denn der Text der Evangelien wurde 397 auf dem Konzil von Karthago festgelegt, also gut dreieinhalb Jahrhunderte nach Jesu Tod, und darum wurden die Evangelien und Apostelbriefe für eine Kirche geschrieben, die schon seit geraumer Zeit auch ohne ein genau festgelegtes, sauber eingerahmtes Evangelium existierte. Also würde ich in deinem und unserem Interesse sagen, dass wir diese Geschichte von der *sola scriptura* oder wie zum Henker das heißt, beiseitelassen, und auf andre Weise Werbung machen, einverstanden?

Aber ich sage dir, erwidert Luther, dass die katholische Lehre und die Päpste und die Konzile der Bischöfe sich oft geirrt und der Bibel widersprochen haben.

Uff, Luther, jetzt hab ich mir bereits den Mund fusselig geredet, aber ich fürchte, du verstehst noch immer Bahnhof, sagt mein Sohn. Denn in Italien wird man bestimmt einwenden, dass der Wortlaut des Neuen Testaments, also genau das, was du ins Teutsche übersetzt hast, vor vielen Jahrhunderten auf den beiden Konzilen von Hippo und Karthago festgelegt und dann vom Papst gebilligt wurde. Wenn wir den Italienern also mit deiner Rechtfertigung kommen, die sich *sola scriptura* nennt, weiß ich schon jetzt, was sie fragen werden, nemlich Warum sagt dieser Luther, dass der Papst ein Schweinepriester ist, wo er das Evangelium, das der Papst gebilligt hat, doch für wahr und unfehlbar hält?

Jetzt hör mal, lass uns nicht so viele Umstände machen, du weißt doch auch, dass der Papst in der Bibel mitnichten vorgesehen ist! sagt Luther ein bisschen verdrossen.

Tja, ich würde dir ja gerne recht geben, bester Luther, aber leider werden sie in Italien auch damit nicht einverstanden sein, denn im Matthäusevangelium, Kapitel 16.18 heißt es: »Du bist Petrus und auf diesen Felsen werde ich meine Kirche bauen«, und das bezieht sich auf einen Passus im Alten Testament, nemlich Jesaja, Kapitel 22.20, wo es heißt, dass der, welcher die Schlüssel des Reiches erhält, auch der Herrscher über dieses Reich sein wird, und ebenfalls bei Jesaja, Kapitel 28.16, kündet Gott an, dass er Zion auf einen festen Stein gründen wird, und wer auf den vertraut, wird nicht ängstlich davonlaufen. Außerdem ist Petrus nach Rom gegangen, und eben nicht zu euch nach Teutschland, um sich da den Hintern abzufrieren.

Wisst Ihr was, Signior Papst? An diesem Punkt war es sonnenklar, dass Luther ums Verrecken nicht mehr wusste, was er sagen sollte, denn all diese überaus gerissenen und trefflichen Einwände hatte er von einem jungen Mönchlein wie Bruder Redento nie und nimmer erwartet, aber er traute sich auch nicht, böse zu werden, denn was Bruder Redento sagte, waren ja keine Dummheiten, im Gegenteil.

TAGEBUCH VON SALAÌ

Luther schlägt vor, den Italienern zu erklären, dass sie aufhören können, die Muttergottes anzubeten. Doch Bruder Redento sagt, dass es so nicht geht.

Na gut, oiii aauu, sagt Luther, dieweil er sich wieder den Bauch massiert und wegen seiner Schmerzen jammert, ihr habt mich überzeugt, das mit der *sola scriptura* verschieben wir auf später, wenn die Reformation in Italien schon erstarkt und weit verbreitet ist, dann werden die Italiener weniger misstrauisch sein und nicht mehr so lästig nachfragen.

Genau, so ist's gut Luther, du bist ein sehr intelligenter Anführer, sagen Bruder Redento und ich.

Weiß ich, danke Freunde, das weiß ich schon. Aber dann müssen wir den Italienern beibringen, dass sie ruhig auf die Muttergottes verzichten können, denn die ist in der Heiligen Schrift nun wirklich nicht vorgesehen, was sagt ihr, Freunde?

Donnerwetter, das ist eine prima Idee und ein schlauer Schachzug, sagt Bruder Redento, aber ich höre die Italiener schon sagen, dass die Muttergottes in der Bibel vorkommt, nemlich im Lukasevangelium, 1.48, wo die Mutter Jesu sagt: »Siehe von nun an werden mich selig preisen alle Geschlechter.«

Die Stelle kenne ich sehr gut, sagt Luther, aber das bedeutet ja nicht, dass man sie verehren soll.

Lieber Luther, auch in diesem Punkt ist unser Herz auf deiner Seite, aber du weißt ja wie die Italiener sind, pingelig und rotzfrech, also werden sie sofort sagen, dass das vierte Gebot vorschreibt, Vater und Mutter zu ehren, aber das ursprüngliche hebräische Wort dafür lautet *kabodah*, das bedeutet verherrlichen. Also hat Jesus seine Mutter geehrt, indem er sie an seiner eigenen Glorie teilhaben ließ und er fordert uns auf, es ihm nachzutun, denn so wie er Vater und Mutter ehrte, sind auch wir aufgerufen, Gott und die Jungfrau Maria zu verehren.

Luther massiert sich nochmal seinen Bauch, auuu aaah wie weh das tut, Kruzitürken, schon gut, schon gut, hab schon verstanden, lassen wir auch die Sache mit der Muttergottes fallen, wir können sie ja wieder aufnehmen, wenn die Reformation in Italien mächtig geworden ist und der Papst schon mit Arschtritten in die Wüste geschickt wurde, seid ihr einverstanden?

So ist's brav, Luther, so machen wir das, du bist ein großer Führer. Danke, danke, meine Freunde, das weiß ich schon.

TAGEBUCH VON SALAÌ

Luther schlägt vor, den Italienern zu erklären, dass sie auf gute Werke verzichten können, aber Bruder Redento sagt, dass es so nicht geht.

Dann haben wir darüber gesprochen, wie man den Italienern eine weitere sehr wichtige Idee in Luthers Lehre beibringen kann, nemlich dass gute Werke in der Religion keinen Pfifferling wert sind und nur der Glaube zählt. Schlimmer noch, denn wenn einer Almosen gibt oder seinem Nächsten was Gutes tut oder sich anständig benimmt und eine gute, mildtätige Seele ist, dann ist das nicht nur völlig nutzlos, nein, er beleidigt Jesus und Gott damit sogar. Bloß dass wir leider gleich wieder aufhören müssen, wann wir gerade eben mit dieser Diskussion angefangen haben, denn Luther geht es wieder schlecht, aber so richtig.

Oiii auuu, was für entsetzliche Schmerzen bereitet mir dieser Bauch, stöhnt er, dann lässt er eine Salve von Fürzen los pffff prrrr poooff, so gewaltig, dass sie fast die Tür aus den Angeln hauen, und ich versichere Euch, Heiligkeit, dass Luther wirklich ein großer Mann mit einigen wirklich ganz besonderen Fähigkeiten ist, denn niemand andres könnte so laute und lange und stinkende Fürze machen, nicht mal wenn er zwei Wochen lang jeden Tag drei Kilo Zwiebeln und zwei Kilo Bohnen essen würde.

Außerdem haben die Fürze ordentlich Mühe rauszukommen, denn sie finden ihren Weg durch Luthers Eingeweide nicht, die gewiss so verschlungen und Kraut und Rüben sind wie sein Kopf, also bilden die Fürze hauffenweise Luftblasen, wo Luthers Bauch an verschiedenen Stellen aufblähen und eine unglaubliche Menge an schmerzhaften Beulen bilden, die sich immerfort heben und senken, so dass es aussieht, als hätte Luther eine wütende Riesenschlange im Bauch, die sich vor und zurück, rauf und runter windet.

Hm, wer weiß, ob das nicht eine Satanserscheinung ist! sage ich, auf den Bauch deutend, und Bruder Redento fügt hinzu, Was sich da in deinem Bauch bewegt, lieber Luther, das gefällt mir ganz und gar nicht, und dann nimmt er eine von Luthers Pranken mit den verbundenen Fingern und legt sie ihm auf den Bauch, damit er die Beulen spürt, wo rauf und runter wabern, dass man wirklich an eine Pütonschlange denkt, die sich wie wild in Luthers Eingeweiden wälzt.

Vor Angst reißt Luther sich erst die warmen Tücher von den Augen, dann tastet er seinen Riesenbauch mit beiden Händen ab und fühlt und sieht die Beulen, die ihm erst einen Finger, dann den nächsten und dann alle zehn Finger zusammen heben, und fast scheint es, als würde Luther auf seinem Bauch Orgel spielen, doch mit einem Unterschied, nemlich dass aus der Orgel, also dem Bauch, keine schönen Töne, sondern ein höllischer Furzgestank und ein heiserer Trompetenklang entweicht, prrruuu prrrooo prrraaa etcetera.

Da erschrickt Luther zu Tode über den Anblick seiner Finger wo sich von selbst bewegen und Orgel, also

Trompete spielen, und schreit Nein! Hilfe! Ich will Satan nicht in mir haben, rettet mich um Gotteswillen!

Aber Luther, sag ich, warum hast du Angst vor dem Teuffel? Du hast in letzter Zeit doch keine schweren Sünden begangen?

Hä? Von welchen Sünden redest du? fragt Luther und sieht mich ängstlich und ein bisschen böse an.

Och nichts, das war nur so dahingeredet, bei dir käme mir nie ein Verdacht, weil ich weiß, dass du ein hochanständiger Mensch bist und nicht stiehlst oder jemanden umbringst und vor allem bist du kein Schwein, wo mit zwei oder drei Weibern gleichzeitig Unzucht treibt und andre solcher Sachen.

Hä? Ja natürlich mache ich solche Sauereien nicht, das machen nur die Päpste, hahaha, und wie er das sagt, legt Luther sich wieder hin und drückt sich die warmen Tücher auf die Augen, wie wenn über ihm etwas Unangenehmes, Ärgerliches hängen würde, das er nicht sehen will, und dann fängt er wieder an zu jammern, die verbundenen Hände auf seine Wampe gepresst, oooh auuu, diese Schmerzen, bitte verlasst mich nicht, Freunde.

Mein Sohn, der ein gewitzter Pfiffikus ist und sämtliche menschlichen Schwächen für sich nutzen kann, weil er sie gut kennt, antwortet: Lieber Luther, ich würde ja gerne noch ein Weilchen bleiben, um mit dir zu plaudern, aber ich muss gleich gehen, um Teologie zu studieren, wie jeden Tag, damit ich die Übung im Studium und der Meditazion nicht verlerne.

Bleib bei mir, sagt Luther mit flehender Miene, Gott

wird dir dafür dankbarer sein als wenn du dich über die Bücher beugst!

Glaubst du das wirklich?

Das ist doch klar, oder? fragt Luther ein bisschen vergrätzt.

Nun, weißt du, Luther, ich habe Angst, Gott damit zu beleidigen …

Himmelherrgott Bruder Redento, du bist wirklich ein Hornochse! Ich liege hier und leide Todesangst vor dem Teuffel und du denkst an die Teologie? Gott wird dich verfluchen, wenn du Martin Luther sterben lässt! Hast du verstanden?

Mein Sohn wartet eine Weile, bis Luther sich ausgetobt hat, dann schweigt er einen Moment, damit Luther noch länger auf die Antwort warten muss, und dann sagt er: Siehst du, Luther, das wollte ich dir schon vorhin sagen, aber weil es dir so schlecht ging, habe ich damit gewartet, ich wollte dir nemlich sagen: Wenn wir in Italien allen Leuten erklären, dass Gutes zu tun vor Gott nicht zählt, ja fast schon eine Beleidigung für ihn und für Jesus ist, dann werden sie dir ins Gesicht lachen, denn denk mal nach, du selbst hast eben zu mir gesagt, dass Gott sauer wird, wenn ich dich hier allein krepieren lasse. Also zählt es doch, aber hallo, und wie es zählt, ob ich eine gute oder böse Tat tue. Und was soll ich in Italien antworten, wenn sie mich fragen, Hör mal, Bruder Redento, würdest du Luther wirklich mutterseelenallein an Bauchschmerzen krepieren lassen? Also ist es besser, wenn wir auch diesen Teil deiner Lehre fallenlassen, sonst riskieren wir, uns fürchterlich zu blamiren und das wäre doch ein großer Schaden für die Reformation, was meinst du Luther?

TAGEBUCH VON SALAÌ

Luther schlägt vor, den Italienern zu erklären,
dass sie die Kirchen und Klöster schließen
und Priester Mönche Bischöfe etcetera
dahin schicken können, wo der Pfeffer wächst.
Aber Bruder Redento sagt, dass es so nicht geht.

Luther lässt jedoch immer noch nicht von seinem Plan ab und schlägt uns zuletzt vor, die Italiener zu bewegen, alle Klöster zu schließen und die Mönche auf die Straße zu setzen, wie es die Teutschen gemacht haben, denn seiner Meinung nach sind die Klöster ein Hort des Verderbens und missbrauchen die Gaben des Volkes, um Ferkeleien zu treiben, zu saufen zu prassen etcetera pp.

Da sagen Bruder Redento und ich, Ach komm schon, Luther, in Italien wissen alle ganz genau, dass es Mönche und Priester und sogar Bischöfe gibt, wo korrupt und versaut, Vielfraße und vielleicht auch noch Säufer sind, das ist nun wirklich nichts Neues, weißt du?

Pass auf Luther, sagt Bruder Redento, ich will dir eine Geschichte erzählen, die ist sehr wichtig. Ich weiß, dass auch du Mönch gewesen bist, aber vielleicht war die Situation, in der du diese Wahl getroffen hast, anders als in Italien. Als junger Mann im Priesterseminar hatte ich

Glaubenszweifel und war versucht, mir manchmal einen runterzuholen und der Köchin vom Seminar in den Hintern zu kneifen, außerdem hätte ich gerne all meine Oberen zur Hölle geschickt und statt den lieben langen Tag lang zu lernen und zu beten, wär ich gerne mal draußen spazieren gegangen und hätte mich in einer Schenke betrinken wollen. Also hab ich versucht, mir spirituelle Hilfe bei unseren Oberen zu holen, aber ich musste leider erfahren, dass viele von ihnen einen Dreck auf die Religion gaben, ja, sie waren so versaut und verdorben, dass sie nicht mal an Jesus glaubten, und sagten sogar zu mir, ich solle sie nicht mehr Pater Hinz und Pater Kunz nennen, und dass man nicht alles glauben muss, was die Kirche lehrt. Und wenn ich ein guter Priester oder Mönch sein wolle, müsse ich nur den Oberen gehorchen, ohne mir alle möglichen Fragen nach dem Glauben zu stellen. Und als ich mich damit nicht abfinden wollte, hat einer von ihnen mich mit den Worten zum Schweigen gebracht: Hör zu, mein Sohn, wenn du jemanden suchst, der dir hilft, deinen Glauben zu stärken, bist du hier bei uns an der völlig falschen Adresse, verstanden?

O ja, wenn du wüsstest, wie viele solcher Momente auch ich durchgemacht habe, sagt Luther, und noch immer krieg ich manchmal Lust, die Weiber anzufassen, aber ich wage es nicht, denn ich bin ein sehr müstisch veranlagter Geist und habe großen Respekt vor dem Willen unseres Herrgotts.

Sicher, lieber Luther, wir wissen, wie müstisch du mit

den Weibern umgehst, stimmt's Papa? Äh, öh, hm, antworte ich, das wissen wir, mein Sohn, und ob wir das wissen.

Wie ich schon sagte, fährt Bruder Redento fort, in Italien können sogar die Steine erzählen, dass es Priester und Mönche von der Art gibt, nemlich ein so unmoralisches, lasterhaftes Pack, dass man das Kotzen kriegen könnte. Aber gerade darum werden die Italiener dir garantiert sagen, dass dein Gegenmittel nicht besser ist, als wenn einer sich den Fuß abhackt, weil der Schuh zu eng ist, nemlich die klassische Idee eines Vollidioten. Erstens weil es in den Klöstern wie in jedem menschlichen Gewerbe, also bei Advokaten Ärzten Schustern oder wem du willst, neben einer Minderheit von Hurenböcken Arschgeigen und Schlafmützen eine Mehrheit von Priestern Nonnen und Mönchen gibt, die an Gott glauben und ihre Arbeit sehr gut machen. Und zweitens weil die Einkünfte, die das Volk früher den Klöstern überließ, jetzt, wo die Klöster wegen deiner Reformation geschlossen wurden, in die Taschen der Fürsten und reichen Adeligen wandern, welche sich aus den Klöstern ihre Paläste bauen oder Schweineställe für ihre Dienerschaft. Und während die Mönche und Nonnen früher aus christlicher Barmherzigkeit wenigstens den Armen ein bisschen halfen, denken die Fürsten und Reichen nicht mal im Traum daran, und so verhungern heute noch mehr Arme, und es ist schlimmer als vorher.

Kurzum, lieber Luther, fährt Bruder Redento fort, so werden die Italiener die Sache sehen und denken, dass man für einen echten Umsturz (und auf Umstürze verstehen sich die Italiener, glaub mir) erst mal die Macht der Reichen über die Armen beseitigen muss. Du aber hast den Reichen mehr Macht gegeben, und bei solchen Sachen verstehen die Menschen in Italien keinen Spaß, darum ist es besser, sie in dem Punkt nicht zu reizen.

Aha, na gut, sagt Luther, ich wusste ja nicht, dass die Italiener solche Dickschädel sind und so schwer von meinen guten Ideen zu überzeugen, aber was soll man da machen, ihr kennt euer Land besser als ich, liebe Freunde, darum oiii auuu, welch ein Schmerz, mein armer Bauch, prrruuu prrrooo, also gut, ihr habt gewonnen, wir machen es wie ihr sagt, und zur Hölle mit den Italienern.

VI. Luthers Koprolalie. Seine Unduldsamkeit und Prophezeiungen

TAGEBUCH VON SALAÌ

Salaì und Bruder Redento erklären Luther
dass man für die Durchsetzung der Reformation in Italien
praktisch gar nichts tun kann,
es sei denn man benutzt eine Spezialwaffe.

Eine ganze Weile ging es noch so weiter, Signior Papst, Luther schlug vor, mit den wichtigsten Ideen der Reformation in Italien Anhänger zu werben, und wir ließen sie eine nach der anderen unerbittlich durchfallen: Nein, dies lieber nicht, sonst werden die Italiener sauer, und auch jenes besser nicht, das kapieren die Italiener nicht, und auch das verschweigen wir lieber, sonst misstrauen die Italiener uns, und die Moral von der Geschichte war, dass man im Grunde für die Reformation in Italien einen feuchten Dreck tun konnte. Dabei träumt Luther doch seit Jahren davon, dem Papst, nemlich Euch Heiligkeit, im eignen Haus, nemlich Eurem, ordentlich auf den Sack gehen zu können, aber jetzt war er trübsinnig und grimmig und stand kurz vor dem Selbstmord, als hätte ihm jemand gesagt, Hahaha, Lutherchen, das rätst du nie, wer gestern Abend im Dunkeln mit dir gevögelt hat, das war nemlich nicht Catarina, sondern ihre zahnlose Freundin mit dem Damenbart, und die erzählt gerade allen, dass du einen winzigen Schwanz hast und aus dem Mund stinkst und beim Vögeln bloß dummes Zeug redest.

Kurzum, teuerster Pontifeks, Bruder Redento und ich haben ihn gründlich davon abgebracht, mit all seinen blöden Reformationsideen einen Werbefeldzug in Italien zu machen. Ach ja, bei der Gelegenheit möchte ich Euch nochmal daran erinnern, Heiligkeit, dass eine gewisse Summe in bar festgelegt war, als Entgelt für diesen meinen Bericht, den Ihr gerade lest, und der mich, unter uns gesagt, massenhaft Zeit und Schmerzen in den Arschbacken kostet, denn ich sitze immerzu schreibend da und hab fast schon ein Krebsgeschwür an der rechten Hand, nemlich der, wo die Feder hält, darum möchte ich Euch zu bedenken geben, Heiligkeit, dass ich außer diesem Bericht, der mir nicht schlecht geschrieben scheint, zusammen mit meinem Sohn auch dazu beigetragen habe, dass die Reformatoren nicht nach Italien und bis nach Rom kommen, um Eure Heiligkeit und die gesamte Christenheit zu belästigen. Darum bitte ich Euch, vergesst das nicht, wenn es ans Bezahlen für meinen Bericht geht, und legt vielleicht noch was drauf für den Dienst, den ich Euch und Christus und Italien geleistet habe, einverstanden?

Wo war ich stehengeblieben, also in diesem Moment muss der arme Luther wirklich einen nie zuvor erlebten Tiefpunkt des Kummers und der Zerrissenheit erreicht haben, denn er reißt sich die warmen Tücher von den

Augen, schmeißt sie auf den Boden und brüllt: Heilige Scheiße, verdammt, was zum Teuffel soll ich denn tun, um die Reformation auch nach Italien zu bringen, soll ich mir etwa den Schwanz abschneiden? Wie soll ich es euch erklären, Freunde? Niemand vor mir hat je wirklich von Grund auf verstanden, was die Heilige Schrift, Jesus Christus, die Taufe, die Beichte, die Sakramente etcetera sind. All das wurde von den Eseln des Papstes verdunkelt!

Immer mit der Ruhe, Luther, sag ich, mach dir keine Sorgen, wir werden …

Was werdet ihr? Ihr seid doch auch Anhänger des Papstes! Blöde Esel! Schweine, widerlicher Pöbel! Ich nenne den Papst Antichrist, ich verfluche ihn und überschütte ihn mit Verwünschungen, diesen erzdummen, abgrundtief verderbten, letzten Antichristen. Fahr zur Hölle, heiliger Stuhl!

Aber Luther …

Ihr seid doch alle wie die Kardinäle in Rom: Meuchelmörder, perfide Sklaven, hirnlose Dummköpfe, verstockte Frömmler, Säufer, Würmer, die mit ihrem widerwärtigen Schleim den Boden des Reichs besudeln! Eure Behausungen sollen über euch zusammenstürzen!

Aber du hattest doch gesagt, dass wir hier bei dir wohnen können …

Klappe, Salaì! Aus welchem Mund sprichst du, Untertan des Papstesels! Aus dem Munde etwa, aus dem du furzt? Oder aus dem, darein du korsischen Wein schüttest? Hunde sollen ihn mit ihrer Scheiße füllen! Oder du, Schüler des Papstesels, auch du bist wahrlich ein großer Esel und bleibst es. Du hättest verdient, zusammen mit dem Papst an einem Galgen aufgehängt zu werden, der dreimal höher ist als ein gewöhnlicher Galgen, o du Sohn des Kains, wie auch der Papst.

Doktor Luther, beruhigt Euch bitte! fleht die Magd, die bei den ersten Schreien herbeigeeilt ist. Wir schließen die Tür zu dem Kämmerchen, damit die Bewohner des Lutherhauses uns nicht hören, und er fährt fort, endlos unflätige Schimpfwörter zu brüllen, wie zum Beispiel Arschloch, Stück Scheiße, lutsch mir den Schwanz, leck meinen Arsch etcetera pp.

>>><<<

KLINISCHER KOMMENTAR:

Koprolalie ist die zwanghafte Neigung zur unflätigen Rede. Zum typischen klinischen Erscheinungsbild der Koprolalie gehört der Versuch des Betroffenen, rationale Begründungen für seinen unbezähmbaren Drang zu liefern. So schrieb der Reformator an Papst Leo X.: »Denn ich auch aus keiner andern Ursach so mit starkem Mut, Worten und Schreiben gewebt und gerumoret habe, als dass ich die niederlegte und still machte, die, wie ich wohl sah, mir bei weitem zu gering seien.«[64] Ein recht bizarres Eingeständnis der Heuchelei legt Luther hier ab, da er es vorzieht, sogar seinen Feinden das eigene Minderwertigkeitsgefühl zu offenbaren, nur um die traurige Realität zu ver-

64 *Epistolarum reverendi patris domini D. Martini Lutheri, tomus primus a Johanne Aurifabro collectus*, Ihenae 1556, Blatt 260 *recto*.

bergen, dass er seine Neigung zu unflätigen Beschimpfungen nicht zu zügeln vermag.

Manchmal lässt er sich jedoch dazu hinreißen, die traurige Wahrheit zu gestehen: »Die Versuchungen des Fleisches kann man bezähmen, aber wie schwer ist es, gegen die Neigung zum Fluchen und zur Verzweiflung anzukämpfen!«[65]

Bemerkenswert sind außerdem gewisse unbezwingliche Vorstellungen vom Fluchen, die sich Luther durch eine Assoziation des Gegensatzes aufdrängen: »Ich kann nicht beten, ohne zu fluchen.«

Wie das Wort einem Argument entspricht, so entspricht für den an Koprolalie Erkrankten die Verwünschung einer Waffe. Damit erklärt sich, warum Luther vom Beginn seines großen Kampfes an vor den vulgärsten Beleidigungen nicht zurückscheut.

Als ihn die päpstliche Bulle mit der Exkommunikation erreicht droht er unter dem Zwang aggressiver Allmachtsphantasien: »Ich verdamme jeden Christenmenschen, der diese fluchwürdige Bulle annimmt, zu den Qualen der Hölle, ich nenne ihn einen Heiden, ja, den Antichristen persönlich.«[66]

Ebenso wenig verwundert es, dass Luther die Fäkalsprache nicht genügt und er sich zusätzlich skurriler Bilder bedient. Seine Streitschriften gegen die katholische Kirche sind stets von koprophilen Illustrationen begleitet, er ließ sie sich sogar an die Wände seines Arbeitszimmers malen. Auf dem Wittenber-

65 Brief vom 2. August 1527, zit. bei Michelet, *Mémories de Luther*, Brüssel 1840, Bd. II, S. 183.

66 Adversus execrabilem Antichristi bullam, in: Tomi septem omnium operum Rev. D. Martini Lutheri, Witebergae 1562, Bd.II, Blätter 88 verso – 91 recto.

ger Kongress hatte Luther sich den Papst in verschiedenen Gestalten zeichnen lassen: auf einer Sau, von Teufeln fortgetragen, als Kalb oder Elefant. Eine der häufigsten Illustrationen seiner Schmähschriften zeigt den Papst mit noch dampfenden menschlichen Exkrementen in der Hand. Er reitet auf einer Sau, die, von dem Geruch angelockt, die Exkremente zu verschlingen sucht, wofür der Papst das Tier rügt. Luthers Hass auf die katholische Kirche nahm mit den Jahren noch zu, statt schwächer zu werden. Es heißt, dass er mit den Worten grüßte: »Gott möge Euren Hass auf den Papst steigern!«[67]

Sogar die Anhänger Zwinglis warfen Luther seine unflätige Redeweise vor. Und Thomas Morus wies mit feiner Beobachtungsgabe auf die krankhafte Schamlosigkeit der Sprache Luthers hin: »Luther ist ein Mensch, in dessen Feder nichts als Verleumdungen, Lügen und Betrug steckt; in dessen Geist nichts als Gift, Schwulst und Böswilligkeit steckt; er hat nichts im Kopf außer Torheit, Wahnsinn und Irrsinn; er führt nichts im Mund als Mist, Dreck und Dung. Luther treibt Tollheiten mit Worten, doch unflätiger und trivialer als jeder Narr. Außer diesem gab es nie einen, der so dumm war, sich den Mund mit Mist zu füllen, um ihn auf jemand anderen zu spucken. Luther albert mit Geschmacklosigkeiten, treibt seinen Schabernack mit dem Wahnsinn, macht skurrile Späße, führt nichts im Mund als Worte, die mit Unrat, Kloaken, Latrinen und Exkrementen verbunden sind.«

Ähnlich urteilte Erasmus: »Luther nährt seine Seele mit Verwünschungen und Beschimpfungen und wird nie satt davon, worin er dem von Furien gejagten Orest gleicht.«

67 vgl. T. Forstmann, *Vita Lutheri exibita a M. Thom. Forstmann*, Susati 1717, S. 75.

TAGEBUCH VON SALAÌ

Salaì und Redento beruhigen Luther, aber das hält nicht lang vor.

Schließlich können wir Luther mit einem schönen Spaziergang beruhigen.

Erst sagt er: Lasst mich in den Garten gehen, ich will in den Garten! aber wir bringen ihn davon ab: Bist du von Sinnen, Luther, wenn wir Leuten begegnen, sehen sie deine verbundenen Hände und obendrein kannst du nicht normal reden, willst du nicht lieber im Haus bleiben?

Da ändert Luther seine Meinung, Na gut, dann zeige ich euch mein Zimmer, liebe Freunde. Er führt uns in sein Gemach und wir sagen, Aaah, wie nett, wirklich nicht schlecht, obwohl wir es schon kennen, denn es ist das, wo Luther die Nacht zuvor mit Catarina gevögelt hat. Bloß dass jetzt Tageslicht einfällt, darum sieht man alles viel besser.

Luther zeigt uns zufrieden seine Bücher, das Bett und die Möbel und sagt, Seht her, das ist mein privates Reich wo ich meditiere und nur sehr ernste, wichtige Dinge tue, gefällt euch mein Zimmer? Doch er wartet unsere Antwort nicht ab, sondern setzt sich aufs Bett und wird plötzlich sehr ernst und sagt, Ach, vergebt mir, bitte vergebt mir, meine Freunde, das wollte ich nicht, nein wirklich nicht, und dann sagt er, dass er bitter bereut, was er heute gesagt und getan hat und fängt an zu weinen, den Kopf zwischen den Händen, und wir können ihn nicht bewegen, damit aufzuhören, bis er plötzlich schreiend zu Boden fällt und mit geschlossenen Augen, weiß im Gesicht und steif wie eine Statue liegenbleibt. Ich laufe in die Küche und rufe die Magd, die sofort gerannt kommt und aufschreit, Du lieber Himmel, Luther ist tot, ich gehe gleich Bescheid sagen, dass man die Glocken läutet! Doch zum Glück können wir sie überreden, nichts zu tun und brav mit uns abzuwarten, denn es ist ja sonnenklar, das ist wieder so ein Theaterspiel von Luther, und tatsächlich, ein paar Minuten später fühlt er sich besser und sagt, Aha, soso, jetzt verstehe ich alles, das war wieder ein Überfall des Teuffels, wie gut, dass ich nicht zurückgenommen habe, was ich gegen diesen Papstesel gesagt habe.

Doch Luthers Augen sind noch immer blutunterlaufen, seine Lippen bleich und das Gesicht und der Hals schweißgebadet, wie wenn ihn jemand in einen Brunnen getaucht hätte, und er scheint nicht mehr derselbe zu sein, sondern noch verblödeter als vorhin und vor allem versteht er gar nicht mehr was wir sagen.

>>><<<

KLINISCHER KOMMENTAR:

Besondere Beachtung verdient in diesem Zusammenhang ein ähnlicher psychasthenischer Anfall, der sich nach Salaìs Besuch ereignete, nämlich 1527. Diese Episode mit einem höchst dramatischen Wechsel psychischer Zustände hat uns Ulenberg überliefert: »Der Paroxysmus begann am Samstagmorgen nach dem Fest der Heimsuchung Mariä und ergriff Luther mit so großer Macht, dass seine letzte Stunde gekommen schien. Er beichtete in aller Heimlichkeit, indem er den Pfarrer bat, ihm die Absolution für seine Sünden zu erteilen, für ihn zu beten und ihm die Erlaubnis zum Empfang der geweihten Hostie zu geben.«

Wie man sich leicht vorstellen kann, entsetzten diese Bitten den reformatorischen Geistlichen, da er von Luthers Lehre durchdrungen war, der zufolge die Beichte und die Kommunion nicht mehr als Sakramente galten.

Noch am selben Abend fühlte Luther sich besser und stand auf, um mit den anderen zu Tisch zu gehen, doch kaum hatte er sein Zimmer verlassen, hörte er ein sehr unangenehmes Klingeln im linken Ohr. Das Geräusch wurde lauter, es ähnelte dem Rauschen strömenden Wassers oder dem Mahlen einer Mühle, und verbreitete sich über die ganze linke Kopfhälfte. Darum eilte Luther zurück in sein Bett, wo er die Besinnung verlor und eine Zeitlang kein Lebenszeichen mehr von sich gab.

Als er wieder zu sich kam, bereute er die Zügellosigkeit seiner Zunge und rechtfertigte sie mit dem Bedürfnis, die Leiden seiner betrübten Seele durch großsprecherische, unflätige Reden zu verdrängen. Er schien einen Anflug von Reue zu empfinden, weil er die Kirche und den Papst beleidigt hatte. Dann betete und stöhnte er gleichzeitig, wie all jene, die in großer Bedrängnis sind, doch als er wieder zu Kräften kam, bestätigte er, dass er niemals bereut habe, und kehrte zu einem seiner Lieblingsthemen zurück, indem er zum wiederholten Male die hervorragenden Geistesgaben aufzählte, mit denen Gott ihn ausgestattet hatte.

Als endlich der Arzt kam und versicherte, dass Luther nicht in Lebensgefahr schwebe, behauptete Luther, dass ein so jähes seelisches und körperliches Leiden wie das soeben erlittene vom Teufel herrührte. Der Anfall war so stark gewesen, dass es sechs Monate dauerte, bis Luther gesundete.

In einem Moment, in dem unheilvolle Bedrohungen und düstere Prophezeiungen besonders zahlreich wurden, verstieg Luther sich sogar dazu, seinen Gegnern Verfolgung noch nach seinem Tod anzudrohen, denn er werde sie vom Himmel aus endgültig bezwingen: »Ich verdiene einen guten Tod, da ich es unternahm, unseren Herren Jesus Christus gegen das Papsttum zu verteidigen. Nach meinem Tod werden meine Feinde erkennen, wer Luther war, ein großer Doktor, der über allen Bischöfen, Priestern und Mönchen stand. Die Papisten werden mit dem Kopf voran in den Abgrund der Hölle stürzen, während ich zu meinem Herrn Jesus Christus aufsteige, dem ich in der Wahrheit und im Frieden gedient habe.«

In seinem Egotismus konnte Luther sich nicht vorstellen, dass die Welt nach seinem Tod weitergehen würde, und so redete er sich allmählich ein, das Jüngste Gericht stünde unmittelbar bevor. Ihn quälten nächtliche Visionen und schreckliche Träume vom Ende der Zeiten und vom Weltgericht. Auch sein Testament ist von Egotismus durchtränkt: »Ich bin bekannt im Himmel, auf Erden und in der Hölle, und ich besitze genügend Autorität, dass man allein an mich glaubt. Gott hat mir das Evangelium seines Sohnes anvertraut und mir gewährt, dessen wahrhaftiger und treuer Ausleger zu sein (…). Ich glaube, ich bin jener letzte Trompetenschall, der die Ankunft Christi vorbereitet und ihr vorausgeht. Nach mir werden die Engel des Himmels diesen Schall aufnehmen und Sorge tragen, dass er immer stärker wird.«

Er starb am 18. Februar 1546. Sein krankhaftes Wesen wurde von den Zeitgenossen zwar erkannt, aber nicht richtig verstanden, denn beim damaligen psychologischen Wissenstand hätten sie weder auf einen paranoiden Ursprung vieler abweichender Manifestationen seiner kognitiven Fähigkeiten schließen können, noch die Bedeutung der affektiven Defekte und Wahnvorstellungen, die auf Störungen der Sinneswahrnehmung beruhten, in angemessener Weise beurteilen können. Noch weniger zugänglich waren solche psychopathischen Zustände dem einfachen Volk, das die verbalen Zornausbrüche des Reformators als überaus gerechte Empörung empfand, und sein offenkundiger Egotismus musste dem Volk als Zeichen eines erhabenen Geistes erscheinen.

Luther fand umso mehr Zustimmung, weil er eine Lebensführung predigte, die heiterer war als die vom Katholizismus erlaubte, weil er die allgemeine Neigung zu Genüssen befriedigte und so die Menschen gleichzeitig davon ablenkte, seinen eigenen Lebenswandel zu beurteilen, welcher gewiss nicht dem eines Propheten oder wahren Erneuerers der Kirche entsprach.

HINWEIS VON MONALDI & SORTI:

Hier endet die Abhandlung von Prof. Reiter. Wir geben im Folgenden den letzten Teil der bisher unveröffentlichten Handschrift von Salaì wieder.

TAGEBUCH VON SALAÌ

Luther ist noch immer ein wenig benommen
während Salaì und Bruder Redento versuchen,
ihm die Geheimwaffe zu erklären,
die den Sieg der Reformation herbeiführen wird.
Insonderheit aber überzeugen sie ihn davon
dass es sehr wichtig ist, Lionardos Nachttopf zu finden.

Jetzt ist Luther wirklich weichgekocht, und mein Sohn verkündet ihm die gute Nachricht:

Reiß dich zusammen Luther, denk nicht mehr an das, was du mal gesagt hast, denk an die Zukunft, und jetzt hör zu, wir wollten dir sagen, dass du dir wegen der Werbung in Italien keine Sorgen zu machen brauchst, denn mein Vater und ich werden dir jetzt die wichtigste und schönste Neuigkeit verkünden, nemlich dass es eine durch und durch perfekte, aber streng geheime Metode gibt, um die Italiener davon zu überzeugen, dass die Reformation eine prima Sache und wichtig ist und dass sie den Papst verjagen, die Klöster schließen müssen etcetera etcetera, kurz, all die richtig intelligenten Sachen, wo du dir gegen die römische Kirche ausgedacht hast.

Aaaach oooch, macht euch keine Umstände, ich will mich sowieso umbringen ... Ich will mich ... Hä? Was hast du gesagt?

Ja Luther, du hast sehr gut verstanden! Wir haben die Geheimwaffe, um Italien zu erobern und die Reformation in die Herzen aller Italiener zu bringen, sogar nicht nur in die der Italiener, und mit dieser Waffe kannst du machen, was du willst.

Weißt du Luther, sag ich, wie wir beide in Wittenberg angekommen sind, wussten wir anfangs nicht ob wir dir die Wahrheit sagen können, nemlich dass wir diese Geheimwaffe kennen. Aber du musst unsere Vorsicht verstehen, denn man kann ja nie ausschließen, dass unter deinen Männern ein Verräter und Papstfreund ist.

Ein Verräter? Wer? Melanchthon ist es, stimmt's? ruft Luther aus und springt auf. Seine Augen glühen, wie wenn er sich sofort in den Kampf stürzen müsste.

Ach was, Unsinn Luther, nicht Melanchthon ist der Verräter, und um ehrlich zu sein haben wir nicht den leisesten Schimmer, ob es hier in Wittenberg zufällig einen Verräter gibt, das haben wir nur so gesagt, um dir zu erklären, dass wir sehr vorsichtig sein mussten und unbesonnenes Handeln vermeiden wollten, das ist alles, kapiert?

Aha, na gut, ich verstehe, sagt Luther und setzt sich wieder auf sein Bett.

Weißt du was? flüstere ich Bruder Redento ganz leise ins Ohr, wenn Luther so fügsam auf seinem Bett sitzt, ist er mir fast simpatisch. Mein Sohn flüstert zurück, Stimmt, der Ärmste, im Grunde ist er ein gutmütiger Mensch, schade dass er ein Ketzer ist.

So war das also, lieber Luther, fährt mein Sohn mit lauter Stimme fort, wir wollten niemandem was verraten, weil die Gefahr bestand, dass ein Spion uns die Geheimwaffe klaut und nach Rom zum Papst bringt.

Welchem Papst? Du meinst den Antichristen, oder?

Ja Luther, natürlich, ich wollte sagen, dem Antichristen.

Gut, dann erklär mir die Sache weiter, sagt Luther, dem es viel besser geht als vorher, obgleich er immer noch ein bisschen starr und verblödet aus der Wäsche guckt.

Unterdessen kommt die Magd zurück, die einen schönen heißen Absud für den Magen bringt und einen Krug mit einer Tasse für Luther auf den Tisch stellt. Der gießt sich den Absud sofort in die Tasse, aber das Getränk ist sehr heiß, also muss er pusten pffff pffff.

Dabei fahre ich mit meiner Rede fort, Wisse Luther, mein Ziehvater wo vor einiger Zeit gestorben ist, war ein sehr anständiger und guter Mann, ich hab ihn richtig gern gehabt, aber vor allem war er ein Genie der Kunst der Mattematik der Geometrie und tausenderlei andrer Dinge, und er war überall in Europa bekannt und alle bewunderten ihn, darum war er ja auch, als er starb, gerade Gast von niemand geringerem als dem

König vom Frankenreich, wenn du verstehst was ich meine.

Aha, verstehe, pfff pfff.

Also Luther, mein Ziehvater war wirklich ein großer Geist und du kennst ihn bestimmt auch, denn er heißt Lionardo da Vinci.

Kenne ich nicht, pfff pfff. War er zufällig ein Papstfreund?

Ach i wo, im Gegenteil, er hatte große Achtung vor euch Teutschen und sagte, ihr seid alle Helden der Reformation, ja genauso war's, er nannte euch wirklich Helden der Reformation, stimmt doch, he, Bruder Redento?

Hä? Ach ja, klar doch, Papa, sicher, und ob das stimmt.

Siehst du, genau wie ich gesagt habe, aber weißt du Luther, der Glaube war nicht das Einzige, was Lionardo interessiert hat, denn er war ein großer Wissenschaftler und ein Kenner der Natur und ihrer unwandelbaren ehernen Gesetze und auch aller Geheimnisse der drei Reiche, nemlich des animalischen, des vegetabilischen und des mineralischen Reichs, und er war befreundet mit allen großen Wissenschaftlern und Mattematikern seiner Zeit, zum Beispiel dem hochberühmten und sehr genialen Luca Pacioli[68], und dieser Name sagt dir ganz bestimmt was.

68 ANMERKUNG VON MONALDI & SORTI: Der berühmte Mathematiker Luca Pacioli (1445–1517) war ein Freund und Mitarbeiter von Leonardo da Vinci.

Nie gehört, nicht mal zufällig, pfff pfff, Scheiße, dieser Absud ist viel zu heiß.

Na gut, ich wollte ja bloß ein Beispiel geben, also lieber Luther, wie ich schon sagte, mein Ziehvater Lionardo war vor allem vom wissenschaftlichen Standpunkt aus an Gott interessiert, darum hat er einige Maschinen entworfen, mit denen man außergewöhnliche, fast göttliche Sachen machen kann, zum Beispiel fliegen, Meere und Flüsse mit einem speziellen Schiff durchqueren, das unter Wasser schwimmt, gewaltige Marmorblöcke ohne jede Mühe transportieren, kurzum, an Lionardos Genie kam so leicht keiner ran.

Aha, sehr interessant, lieber Salaì, sagt Luther, dein Ziehvater muss ja ein ganz toller Hecht gewesen sein, pfff pfff, aber warum zum Henker erzählst du mir das alles?

Warte Luther, jetzt komme ich zu dem was uns interessiert: Lionardo war so genial und hatte einen so schnellen und wachen Verstand, dass er eine Reihe mattematischer Formeln gefunden hat, die alles was wir für die Werbung in Italien brauchen, wissenschaftlich beweisen! Die ersten Formeln sind ganz allgemein nützlich für uns, denn sie beweisen dass es Gott gibt, dass es Jesus gibt, dass die Seele unsterblich ist und solche Sachen, merkst du schon, was für eine tolle Erfindung das ist?

Hä? Jaja, entschuldige mal einen Moment, Salaì, aber dieser Absud schmeckt abscheulich, muss ich den wirklich trinken?

Doch, doch Luther, trink nur brav aus, das tut dir gut!

Na gut, Freunde, ich trink ihn, aber nur weil mir der Bauch noch immer grässlich zwackt, nun, Salaì, was hast du mir noch zu sagen?

Nun Luther, ich hab von den Formeln meines Ziehvaters erzählt, und es gibt noch mehr davon, wirklich sehr interessante Formeln, denn sie beweisen, dass es den Papst und die Klöster und die Priester und die Messe und Klerus nicht geben müsste, und dass man weder Papst noch Priester noch Mönche braucht, um die Bibel zu verstehen, und dass die ganze Welt von der Reformation erobert werden wird. Darum wird der Papst sich bald verkrümeln müssen, denn keiner will mehr was mit ihm zu tun haben, und so muss er den Rest seiner Tage versteckt in einer Höhle verbringen, wo er zum Essen nur seine Scheiße und zum Trinken nur seine Pisse haben wird.

Da springt Luther, nachdem er die ganze Zeit ruhig auf seinem Bett sitzengeblieben war, so ruckartig in die Höhe wie wenn ihn ein Skorpion in die Hinterbacke gestochen hätte, wobei er den ganzen Absud aus der Tasse verschüttet, und er schreit fast: He, das ist ja fantastisch, Freunde, ich muss diese mattematischen Formeln unbedingt haben! Man kann sie bestimmt kaufen, hab ich recht? Ich weiß ja, diese Künstler und Wissenschaftler sind allesamt arme Schlucker und Hungerleider, also könnte ich meinem Freund, dem Kurfürst von Sachsen sagen, er soll diesem Lionardo einen ordentlichen Beutel Geld anbieten, dann rückt er sicher sofort mit den Formeln raus.

O nein, Moment mal, Luther, hast du vergessen, dass mein Ziehvater tot ist?

Verflucht, stimmt ja, ich glaub das hat mir neulich jemand erzählt, sagt Luther mit verwirrtem Blick, dann sag mir doch bitte, Salaì, wo zum Teuffel diese Formeln stecken!

Jetzt kommt das Beste, Luther! Die Formeln sind schon hier in Wittenberg und zwar in Lionardos Nachttopf.

Hier in Wittenberg? In einem Nachttopf? Ich glaube wirklich, ihr seid des Wahnsinns fette Beute.

Mensch Luther, überleg doch mal, erinnerst du dich nicht mehr an diese Geschichte von Lionardos Nachttopf, der aus dem Frankenreich von einem von Foghels Männern hierher nach Wittenberg gebracht wurde und dann verschwunden ist? Den Nachttopf, den wir suchen?

Ach ja, stimmt, wie dumm von mir ... Wartet, ich gieß mir noch eine Tasse Absud ein, Himmelarschundzwirn, ist der heiß, pfff pfff gluck gluck. Aber warum zum Henker erzählt ihr mir das alles jetzt erst?

Ja, du hast recht, lieber Luther, entschuldige, dass wir es dir nicht früher gesagt haben und auch deinen Freunden nicht, aber wir konnten ja erst heute Mittag beim Essen ungestört in aller Ruhe mit dir reden, und eine so wichtige Nachricht hätten wir ja nicht dem Erstbesten geflüstert, meinst du nicht auch?

Hm, ja, verstehe. Oder nein, Moment mal, also jetzt gibt es diese Geschichte vom Nachttopf den ihr sucht, aber irre ich mich oder habt ihr zwei nicht gesagt, dass ihr aus einem ganz andren Grund nach Wittenberg gekommen seid, nemlich weil ihr der Reformation helfen wollt, sich bis nach Italien auszubreiten? Luther fragt das mit einem sehr argwöhnischen Flackern in den Augen, denn ob er auch ein bisschen benommen ist, er bleibt doch immer ein Mensch mit einem Hauffen Komplekse und Ängste und misstraut allem und jedem.

Ach keine Sorge, diese beiden Dinge sind rein zufällig gleichzeitig passiert, sage ich, oder vielmehr nein, erst kam die Geschichte mit dem Nachttopf und dann haben wir beschlossen, diese Reise nach Wittenberg zu machen, weil wir zuinnerst überzeugt sind, dass die Reformation auch in Italien siegen muss.

Meine Erklärung ist zwar ein bisschen fadenscheinig, aber zum Glück funktioniert Luthers Hirn nach der großen Kotz- und Heulkrise noch nicht so recht, weil nach dem Verlust von so viel Flüssigkeit ist es jetzt sicher völlig verschrumpelt und hart wie eine Trockenpflaume, und tatsächlich, wie ich weiterrede, seh ich, dass Luthers Miene sich wieder entspannt und weniger misstrauisch wird. Trotzdem muss man aufpassen wie ein Schießhund, denn es ist offensichtlich, dass sein unangenehmes besserwisserisches Wesen ihm nicht ganz vergangen ist. Plötzlich kehren seine Lebensgeister zurück und er ruft aus:

Also diese Formeln will ich haben! Wir müssen sie unbedingt finden! Seid ihr denn sicher, dass die wirklich funktionieren?

Todsicher, hundert Pro, das sind mattematische Formeln und mit der Mattematik ist nicht zu spaßen, stimmt's Luther?

Natürlich, aber seid ihr sicher, dass die Leute in Italien diese Formeln überhaupt kapiren und dann endlich überzeugt sind, dass die Reformation eine gute und gerechte Sache ist?

Mann Luther, jetzt bist du aber auf dem völlig falschen Dampfer, sag ich, die Leute dürfen diese Formeln auf keinen Fall kapieren! Ich werde dir jetzt erklären, wie die Dinge in Italien laufen sollen. Du bist derjenige, wo den Leuten sagen muss: Herrschaften, diese Formeln von Lionardo sind supergenau und beweisen exakt das was ich predige. Und dann musst du diese Behauptung von einem Fachmann, einem Freund von dir, also irgendeinem Wissenschaftler Filosof Mattematiker, egal, nimm wen du willst, bestätigen lassen. Gleich danach lassen wir einen Hauffen Bücher auf Italienisch drucken, darin die Sache unendlich oft wiederholt wird, alles Bücher mit deinem Namen als Verfasser, und all diese Bücher verkaufen wir beide, nemlich ich und Bruder Redento, Lotter hat uns ja genau erklärt, wie man das macht. Hinzu kommt, dass die Formeln von Lionardo stammen, der Italiener ist, also werden die Italiener ganz verrückt danach sein, denn Lionardo war ziemlich berühmt, aber leider auch ziemlich vertrottelt und ein Versager, aber das weiß zum Glück nur ich allein, weil ich mit ihm zusammengelebt hab.

Entschuldige, Salaì, vielleicht hab ich nicht richtig verstanden, aber war der, wo diese Formeln gefunden hat, wirklich ein Trottel?

Äh neinnein, tut mir leid, ich hab mich falsch ausgedrückt, ich wollte sagen, dass Lionardo ein ziemlich mieser Karakter war, aber du weißt ja wie diese Genies in Matte sind, alle ein bisschen schrullig, wozu wären sie denn sonst Mattegenies. Also ich sagte, nach einer Weile, wenn Lionardos Formeln in Italien überall öffentlich bekannt sind, werden wir irgendeinen Fachmann für Mattematik bezahlen, damit er sagt, was uns in den Kram passt, und so lösen wir dann eine irre komplizierte filosofische Diskussion aus, wo der Papst hü sagt und wir hott und dazwischen ist das Volk, das von Filosofie und Mattematik keinen blassen Dunst hat und von so bohrenden Zweifeln gepackt wird, dass es denkt, Verflixt wer hat in dieser Sache mit den Formeln denn nun Recht, Luther oder der Papst? Und bei all diesen Zweifeln, heute der, morgen dieser, wird der Glaube an den Papst allmählich immer schwächer und genau in dem Moment, zack! fangen wir an, die besten Prediger auf Rundreise durch Italien zu schicken, die wo sehr gut reden können, etwa wie Melanchthon, und du wirst sehen, zu dem Zeitpunkt sind die Italiener bereits richtig weichgekocht und lassen sich im Handumdrehen von den Ideen der Reformation überzeugen. Denn du musst wissen, Luther, so ist Italien nun mal, die Italiener sind misstrauisch und wachsam, denn sie sind fast alle selber ausgefuchste Galgenschwengel, aber wenn man sie den lieben langen Tag ordentlich mit Propaganda bombardiert, fallen auch sie schlagartig um, schlimmer sogar als ihr Teutschen, denn im Grunde seid ihr, genau betrachtet, härtere Dickschädel als wir, frag mich nicht warum, vielleicht wegen der Kälte, wer weiß. Außerdem muss die Nachricht von den Formeln von ganz oben kommen, nemlich von einer anerkannten Autorität, so was wie einem Gelehrten, einem Fürsten oder einem Filosofen, der unparteiisch scheint, naja egal, irgendeinem beliebigen Blödmann eben, vorausgesetzt er besitzt ein bisschen Glaubwürdigkeit. Und schon hast du die Italiener im Sack, denn auch wenn sie nicht die Bohne von dem verstehen, was man ihnen gerade erzählt hat, werden sie denken, Naja, immerhin kommt das von einem ganz unparteiischen Mann, da wird es wohl wahr sein. Und ihnen fällt gar nicht ein, dass das ja gerade der perfekte Trick ist, um sie reinzulegen, nemlich einen Menschen bezahlen, wo über den gegnerischen Seiten steht, damit er überall den Unsinn verbreitet, der einem Dritten nützt. Sobald wir die Italiener dann überzeugt haben, lassen wir die ersten Aufstände ausbrechen, erst in den kleineren Städten, dann in Rom, bis überall ein schönes Chaos herrscht. Und mit Bestechung, mit Drohungen, falschen Versprechungen und ein paar gut organisierten Palastrevolutionen schaffen wir es vielleicht schon nach vier, fünf Jahren den Papst zu vertreiben. He Luther, das ist doch ein wunderbarer Angriffsplan, nicht wahr?

Ja, lieber Luther, stimmt Bruder Redento zu, mein Vater hat recht, es ist ein wirklich großartiger Plan, vor allem die Idee, Melanchthon auf eine Werberundreise durch ganz Italien zu schicken.

Hm, naja, wenn ihr das sagt. Aber was soll ich denn nun machen? fragt Luther, dem sich ein bisschen der Kopf dreht von allen den Erklärungen über Italien, ein Land, bei dem er zum Glück überhaupt nicht durchblickt.

Ha, lieber Luther, antworte ich, wir haben eine wunderbare Nachricht für dich und für uns alle, nemlich dass du fast gar nichts machen musst, es genügt, wenn du all deinen Freunden hier in Wittenberg den ausdrücklichen Befehl gibst, Lionardos Nachttopf zu suchen und so sie ihn finden, dir auszuhändigen, denn die Geheimwaffe, nemlich die Formeln von Lionardo, stecken in dem Nachttopf, den wir suchen, der gehörte nemlich zufällig Lionardo.

Wie bitte, in einem Nachttopf, ja seid ihr denn von allen guten Geistern verlassen?

Nun reicht's aber, erinnerst du dich nicht? Das haben wir dir doch vor zwei Minuten gesagt!

Ach ja, Scheiße, entschuldigt, das hatte ich vergessen, aber sorgt euch nicht, denn jetzt steht mir alles völlig klar vor Augen, jawohl, alles sonnenklar.

TAGEBUCH VON SALAÌ

Dank Salaì und Bruder Redento
folgt nun ein ruhmreiches Kapitel der Reformation
welches man in Wittenberg garantiert
viele Jahrhunderte lang nicht vergessen wird.

Und damit, Signior Papst, begann eine sehr ruhmvolle Episode in der Geschichte Wittenbergs und der Reformation, das heißt in Wirklichkeit natürlich nicht, denn auch hier hängt es wie bei allen Dingen davon ab, von wo aus man sie betrachtet, zum Beispiel wenn man die Weiber von oben aus einem Fenster sieht, findet man nichts Besondres an ihnen, wogegen wenn man sich auf den Boden legt und ihnen von unten direkt unter den Rock schaut, dann ist das schon was ganz andres.

Luther hat nemlich am nächsten Tag allen befohlen, wo in seinem Haus wohnen, also Dienern Mägden Studenten Freunden Lastträgern Neugierigen Eindringlingen und Nichtstuern, also der ganzen Truppe, alle Menschen von Wittenberg herbeizuholen, die sie kennen, nemlich Freunde Verwandte Geschwister Gesinde Ehefrauen und Ehemänner Geliebte Konkubinen Großeltern Nachbarn und andre Plagegeister, und auch sonst überall herumzuerzählen, dass jedermann ins Lutherhaus gerufen sei, denn es gehe um die Zukunft der Reformation und Teutschlands, Europas und der Welt, der Religion und sogar Gottes, kurzum eine wahnsinnig wichtige Angelegenheit.

Innerhalb weniger Stunden drängte sich in Luthers Haus und im Garten, nemlich dem vor dem Haus, eine unglaubliche Menge Wittenberger, insonderheit der Pöbel aus dem Volk, wo alle vor Neugier platzten, zu erfahren was der große Luther wohl von so armen Schweinen wie ihnen wollte.

Endlich kommt Luther aus seinem Zimmer, wo er den ganzen Vormittag allein verbracht hat, und zeigt sich an einem Fenster. Hier befiehlt er der Menge, sich im größten Saal des Hauses zu versammeln, aber da passen nicht alle Leute rein, weil es sind zu viele, man erstickt da drin, also lassen sich etliche nach einer Weile vor dem Saal auf der Treppe nieder, und wer auf den Stufen keinen Platz zum Sitzen findet, bleibt stehen oder kauert oder legt oder hockt sich hin so gut er kann, und schon bald ist das Lutherhaus von oben bis unten mit Volk gefüllt, vor allem Bauern Hirten Tagelöhner etcetera und ist eine Art riesiger Stall, vollgepfercht und heiß und stinkend.

Endlich kommt auch Luther in den Saal und als die Leute ihn erblicken rufen sie alle Hurra! Hoch lebe Luther! und Luther antwortet mit einem breiten, sehr selbstzufriedenen Lächeln, besonders wie er sieht, dass in der ersten Reihe Ave1 und Ave2 mit ihren Möpsen sitzen, wo vor Aufregung beben und gegeneinander schwingen bonnng bonnng, und etwas weiter weg sitzt Catarina, die schickt Luther, hinter einem Schnupftüchlein versteckt, viele Küsschen schmatz schmatz und bewegt die Lippen zu den Worten Lutherlein, ich liebe dich, und da seh ich plötzlich was Unglaubliches, Heiligkeit, nemlich dass auch Catarina unter ihrem Gewand zwei Riesenmöpse hat, aber das ist doch nicht möglich, vorher war sie doch platt wie ein gut gehobeltes Brett. Also müssen diese Möpse falsch sein, mit Stoff ausgepolstert, um Ave1 und Ave2 Konkurrenz zu machen. Aber das hat Luther nicht kapiert, denn er wirft ihr immer weiter säuische Blicke zu, was man bei einer wie Catarina normalerweise niemals tun würde, denn sie ist die Sorte Weibsbild, das man sich nur im Dunkeln anzufassen traut, wenn man nichts sieht, darum hat Luther neulich ja auch nicht zufällig in seinem Schlafgemach mit ihr gevögelt als es stockfinster war und Licht höchstens von den Blitzen und der brennenden Bettdecke kam.

Wo zum Henker war ich stehengeblieben, ach ja, mitten in der Menge direkt vor Luther sitzen auch Melanchthon und Cranach und Foghel und Lotter, und in der zweite Reihe alle andren wichtigen Bürger von Wittenberg, dann nach und nach immer weiter weg von Luther die weniger wichtigen, dann normale Leute, nemlich die aus dem Volk und schließlich die Hungerleider und Armenhäusler und Bettler, kurzum, niemand fehlt, nicht mal die Verbrecher auf freiem Fuß und sogar dieser gemeine Betrüger Hans ist da.

Luther räuspert sich Ähm, ähem, und hebt zu einer langen Rede an, erst macht er ein wenig Stimmung im Publikum mit einem Loblied auf die ewigen Werte der Reformation, welche die Lügen der römischen Kirche entlarvt und der Menschheit die Wahrheit des Glaubens bringt etcetera pp, und im Publikum brandet ein tosender Beifall auf, wo fast die Wände erzittern lässt. Dann erklärt Luther, dass er die Reformation in jeden Winkel der Welt tragen will, genau wie die Päpste, welche die ganze Welt missioniert haben, aber leider haben sie allen Völkern der Erde einen Batzen Lügen und Irrtümer und dummes Zeug erzählt, was Gott und die Wahre Religion beleidigt etcetera etcetera.

Um diesen großen Plan zu verwirklichen, will Luther sehr schlau vorgehen, nemlich direkt im Heimatland der päpstlichen Lügen beginnen, also in Italien! Wie er das sagt, regnet es wieder Applaus und jubelndes Gepfeife und Triumphgeschrei, die Wände erbeben etcetera. Nur Melanchthon und die andren Lutherfreunde sehen sich ein wenig besorgt an, mit Blicken die zu sagen scheinen Hm, sonderbar, diesen Plan hat Luther ja gar nicht mit uns abgesprochen, warum hält er jetzt schon in aller Öffentlichkeit eine Rede darüber? Womöglich vertraut er uns nicht mehr und hat sich andre Ratgeber erwählt? Dann blicken sie zu uns beiden rüber, nemlich mir und meinem Sohn Bruder Redento, wobei sie die Lider zukneifen und einen ziemlich bösen Blick aufsetzen, der scheint zu bedeuten, Aha, ich hab's ja gleich gesagt, etwas an diesen beiden war mir von Anfang an nicht ganz geheuer.

Luther redet weiter und erklärt, dass die Eroberung Italiens jedoch sehr schwierig wird, weil die Italiener allesamt Dreckskerle und unzuverlässige Hurensöhne und Krämerseelen und Klugscheißer sind. Wenn man versuchen wollte, ihnen Luthers wunderbare kluge Gedanken zu erklären, würden sie endlos Schwierigkeiten machen und sagen, Nein, das geht gar nicht, und in dem andren Punkt irrt Luther sich meiner Meinung nach, und auch jene Sache überzeugt mich nicht, sie suchen also immer das Haar in der Suppe. Dabei wissen wir doch ganz genau, dass in der Religion einzig und allein der Glaube zählt, also darf man nicht so pingelig sein, sonst kriegt man über all dem Diskutieren kein Bein auf die Erde.

Und wisst ihr, wer mir verraten hat, dass die Italiener durch die Bank Dreckskerle sind? brüllt Luther mit aller Luft, die er im Bauch hat und zeigt auf mich und Bruder Redento: Die beiden hier waren das, zwei echte Italiener, von denen einer obendrein Mönch ist, also wissen sie bestens Bescheid! Dann fängt er an, uns zu beklatschen und fordert das Publikum auf, ebenfalls für uns zu applaudieren, aber man hört nur ein paarmal ein sehr schwaches und gar nicht überzeugtes Klatschen, denn Luther hat uns ja als Italiener vorgestellt, also sind wir ebenfalls Dreckskerle und Verräter noch dazu, denn wir haben ein großes Geheimnis verraten, nemlich dass unser ganzes Volk aus Dreckskerlen besteht. Aber Luther hat das Wichtigste vergessen: Ach ja, ich vergaß euch zu sagen, dass diese beiden Italiener unsere Freunde sind, weil sie der Reformation helfen wollen, Italien zu erobern, und sie stehen in allen Punkten auf unserer Seite, darum verdienen sie euer Vertrauen und eure Hilfe! Nach diesen Worten kommt aus dem Publikum abermals ein bisschen Applaus, aber immer noch ziemlich müde, Klatsch klatsch, denn auch als Freunde der Reformation bleiben wir ja noch immer zwei Dreckskerle und Verräter obendrein.

Ich muss schon sagen, Heiligkeit, es ist schade, dass Ihr nicht dabei wart, denn dann hättet Ihr sehen können, welch eine unglaubliche Macht Luther über das teutsche Volk ausübt. Wenn er redet, folgen ihm nemlich alle fast wie ~~hippnosit~~ ~~hopnitsiert~~ ~~hinpnoti~~, verflixt, naja, sie tun und denken alles was Luther will.

Da es nun so schwierig ist, Italien zu erobern, fährt Luther fort, brauchte man etwas Besonderes, nemlich eine Waffe mit der man das Misstrauen und die Klugscheißerei dieser italienischen Dreckskerle besiegt. Aber jetzt ist diese Waffe zum Glück gefunden, nur leider kann Luther nicht sagen, worum es sich handelt, sonst wäre es ja keine Geheimwaffe, oder?

Inzwischen ist die eine Hälfte der Leute sehr neugierig geworden, wogegen die andre Hälfte die Faxen dicke hat, denn wenn sie nicht erfahren dürfen, worin diese Geheimwaffe besteht, warum zum Teuffel hat Luther sie dann alle in sein Haus geholt?

Bei Luther ist zwar so manche Schraube locker, aber ein schlaues Kerlchen ist er trotzdem und gewisse Dinge kapiert er sofort, also beeilt er sich jetzt, auf den Punkt zu kommen und sagt: Nun liebe Freunde, vorerst darf ich euch nicht enthüllen, was das für eine Geheimwaffe ist, aber ich kann euch sagen, wo sie sich befindet, nemlich aus dem einfachen Grund, weil man sie um jeden Preis wiederfinden muss, weil meine beiden Freunde und ich sie verloren haben.

Sofort erhebt sich wieder ein Gemurmel im Publikum, denn die Hälfte der Leute ist guten Willens und bereit, sich an der Suche nach der Geheimwaffe zu beteiligen, aber die andre Hälfte denkt mit Recht, dass Luther immerhin eben gerade gesagt hat, die Italiener seien alle Dreckskerle, also versteh einer, wieso man sich gleich den Arsch aufreißen soll, um ihnen zu helfen, wenn sie erzählen, sie hätten eine Geheimwaffe und könnten die nicht mehr finden. Hätten sie eben besser auf ihre Scheißgeheimwaffe aufpassen sollen.

Aber auch diesmal kapiert Luther sofort, dass nicht alle zufrieden sind mit dem was er sagt, und weil er ein gerissener Hund ist verkündet er, um die Erfolgsschangsen der Suche zu erhöhen, bekommt derjenige, wo die Waffe findet, eine so fette und großzügige Geldsumme als Belohnung, dass sie ausreicht, drei Monate zuhause zu bleiben ohne zu arbeiten und jeden Tag im Wirtshaus essen zu gehen.

Sofort wird das Publikum, das bis dahin ein bisschen gemurmelt hat, totenstill wie ein Grab, denn die Belohnung ist wirklich anständig und verlockend.

Wie die Stille so tief und absolut wird, dass man eine Ameise furzen hören könnte, verkündet Luther mit sehr feierlicher Stimme, worum es geht: Liebe Freunde, um jeden Preis muss der Nachttopf eines gewissen Lionardo wiedergefunden werden, der aus dem Frankenreich hier nach Wittenberg gebracht wurde und unglücklicherweise verloren ging. Er enthält nemlich die Geheimwaffe, mit der die Kräfte der Reformation in Italien triumfieren können. Da ruft die eine Hälfte des Saals wieder: Hurra! Luther lebe hoch! Aber die andre Hälfte wechselt Blicke, wo in etwa bedeuten: Du lieber Himmel, ist Luther jetzt auf einmal meschugge? Und sie haben nicht mal Unrecht, denn seit der Kotzkrise ist der arme Luther ja tatsächlich ein bisschen durch den Wind.

Wenn diese Hälfte der Leute, wo argwöhnen, dass Luther einen leichten Schatten hat, gewusst hätten, dass sie ins Schwarze getroffen haben, Signior Papst, dann hätten sie ganz sicher die andre Hälfte gewarnt und gesagt, He, Freunde, passt mal auf, Luther ist im Moment nicht ganz bei sich, also steckt man ihn besser gefesselt und geknebelt in einen Schrank, bis er wieder gesund ist, denn wenn der Papst das erfährt, wird die Neuigkeit sich schnell verbreiten und die ganze Welt wird uns die nächsten zweiunddreißig Jahrhunderte lang auslachen.

Aber diese Hälfte des Publikums aus sehr intelligenten Leuten, denen Zweifel an Luthers Verstand gekommen ist, weiß zum Glück nicht, wie nah sie an der Wirklichkeit dran sind, denn Bruder Redento und ich haben uns wohl gehütet, herumerzählen was passiert ist. Der Magd, die dabei war, haben wir einen Batzen Geld gegeben und Bruder Redento hat zu ihr gesagt, Hör zu Mägdelein, halt bloß den Mund, kein Sterbenswörtchen zu niemandem, keiner darf wissen, was Luther heute passiert ist! Dann haben wir der Magd erklärt, dass die Interessen der Reformation geschützt werden müssen, bis Luther wieder gesund ist, und dass sie darum niemandem und aus keinem Grund je erzählen darf, wie Luther gekotzt hat und dann ausgerastet ist und irre geredet hat und gedroht hat sich umzubringen, und dass er nach der Krise ein bisschen belämmert zurückgeblieben ist. Sonst würde der Papst, dieser Schweinepriester, das nemlich ausnutzen und sie, also die Magd, würde gewaltig in Schwierigkeiten kommen. Die Magd hat sofort gesagt, Ja, natürlich, um Himmelswillen, ich schwöre, dass ich's niemandem sagen werde, im Interesse Luthers, Teutschlands und der Reformation, und hat sich hochzufrieden das Geld in die Tasche gesteckt.

Wie ich schon sagte, Signior Pontifeks, die Leute welche während Luthers Rede vermutet hatten, dass da was faul ist, das war nur die eine Hälfte des Publikums. Wann die Rede zu Ende ist bejubelt die andre Hälfte, nemlich die wo zumeist aus Idioten besteht, Luther mit lautem Geschrei, Braaaavooo Luther, Hurra! und da lässt auch die andre Hälfte sich überzeugen und applaudiert, denn beim Gedanken an das Geld was Luther versprochen hat, läuft beiden Hälften das Wasser im Mund zusammen. Sagen wir's ohne falsche Scham, Signior Papst, wer wird nicht lüstern bei dem Gedanken, drei Monate lang ohne zu arbeiten in seinem Lieblingswirtshaus essen und trinken zu können? Also springen alle sofort auf und fangen an, Lionardos Nachttopf zu suchen, indem sie in den Zimmern vom Lutherhaus und im Garten wühlen, in den Nachbarhäusern und nahen Straßen, in den Wasserbrunnen und auf den Bäumen, indem sie Händler und Verkäufer fragen, Diebe, Bettler und Betrüger und alle denken, Ei verflucht, ein Nachttopf kann sich doch nicht auf eigenen Beinen aus Wittenberg davonmachen?

Luther geht unterdessen hinaus in den Garten und dirigiert zufrieden den Strom der Suchenden, So ist's gut, du gehst hierhin, du dorthin, ihr da hinten hin, und dann sagt er, Seht ihr, liebe Freunde aus Wittenberg, um die Reformation zu vervollständigen, muss man Revisionen machen, hahaha, da sehen ihn alle verblüfft an und denken immer öfter, Meine Güte, sollte Luther zufällig ein wenig vertrottelt sein? Aber zum Glück wagen sie nicht, sich das gegenseitig anzuvertrauen, denn das ist das Schönste an der Politik in Teutschland, Signior Papst, dass jeder anders denkt als die andren, wie es bei gesunden vernünftigen Menschen üblich ist, aber alle werden sie einen Dreck tun und laut sagen, was sie denken, denn jeder fürchtet, dann nicht mehr so wie die andren Leute zu sein.

Von Zeit zu Zeit schleicht Melanchthon sich an Luther ran und flüstert ihm was zu, damit er von andren nicht gehört wird, aber mein Sohn, nemlich Bruder Redento, rückt auch näher ran und hört sehr gut. Er erzählt mir, Melanchthon habe ungefehr gesagt: Fag mal Martin, kommt dir die Geschichte der beiden Italiener nicht ein biffchen feltfam vor? Und Luther: Melanchthon, sei ein braver Junge und kümmere dich um deine Angelegenheiten, ich suche die Geheimwaffe.

Wie ich schon sagte, Heiligkeit, die Teutschen durchkämmten das Lutherhaus und auch die ganze Stadt, wo sie wirklich in jedem erdenklichen Versteck suchten, nemlich unter den Betten, in den Anrichten, in der schmutzigen Wäsche, auf den Schränken, unter den Treppenabsätzen, in den Truhen, den Latrinen und auf den Dachböden, was soll ich sagen, es fehlte nur noch, dass einer den andren fragte, Entschuldigung, aber kann ich mal einen Moment in deinem Hintern suchen? O ja, bitte sehr, aber dann darf ich auch in deinem nachschauen, ja? Na klar, mein Freund, tu dir keinen Zwang an. Es war wirklich ein unglaubliches Bild, in ganz Wittenberg wimmelte es von Teutschen, wo kreuz und quer rannten und mit Feuereifer noch im kleinsten Loch herumstocherten und waren wie ein Ameisenvolk das verzweifelt nach Nahrung sucht, um sie für den Winter in den Ameisenhaufen zu bringen.

Derweil wandert Luther mit seinem etwas verblödeten Ausdruck und dem besoffenen Grinsen durch die Stadt und feuert die Leute an, Los Freunde, nach der Reformation ist der Moment der Revisionen gekommen, hahaha, und unterdessen macht er mir und meinem Sohn Mut, Sorgt euch nicht, wir finden diesen Nachttopf von Lionardo todsicher. Und wir antworten, Naja hoffentlich, lieber Luther, hoffentlich. Da schleicht sich schon wieder Melanchthon an und sagt, Hör mal, Martin, findeſt du nicht, daſſ wir hier in Wittenberg ein recht Schauſpiel bieten? Und diesmal antwortet Luther ziemlich verärgert, Kümmere dich um deinen eigenen Scheiß, Melanchthon, ich suche die Geheimwaffe, geh mir nicht auf den Sack.

Dies war also für Wittenberg wirklich ein außergewöhnlicher und herrlicher Tag, Signior Papst, denn niemand hat gearbeitet oder sich ausgeruht, gegessen oder getrunken, Karten gespielt oder mit seiner Frau gevögelt, sondern alle suchten wie verrückt nach Lionardos Nachttopf, und die Hälfte der Wittenberger suchte ihn, weil sie dachten, dass es eine gerechte und gute und heilige Sache war, auf diese Weise der Reformation bei ihrer Eroberung Italiens zu helfen, wogegen die andre Hälfte der Leute den Nachttopf bloß suchten, weil sie der Schotter lockte, den Luther angeboten hatte, aber heimlich dachten sie Sachen wie, Schade dass Luther jetzt ein bisschen gaga ist, aber wen kümmert das, Hauptsache er rückt die Belohnung raus.

Wenn man es jetzt erzählt, Signior Pontifeks, scheint es kaum zu glauben, aber die ganze Stadt Wittenberg hatte sich wirklich und tatsächlich in ein Irrenhaus verwandelt, dessen Bewohner von dem Wunsch besessen waren, einen stinkenden Pisspott zu finden. Von Zeit zu Zeit kam jemand aus einem Keller oder einem Verschlag oder unter dem Bett seiner Urgroßmutter hervor und schrie wie ein Verrückter, Ich hab ihn gefuuunden! Aber gleich darauf kam ein andrer Teutscher aus einem andren Loch gekrochen, der rief, Bist du blind? Deiner ist der falsche Nachttopf, hier guck her, ich hab den richtigen gefunden! Nein, du Hornochse, du irrst dich. Selber Hornochse. Sag das nochmal. Du Hornochse. Das wirst du mir büßen. Schließlich waren alle mit den Nerven fertig und praktisch alle fünf Minuten brach ein Streit los, bei dem ein Teutscher dem andern einen Nachttopf aus Keramik über den Kopf haute, krack! worauf der andre dann einen Nachttopf aus hartem Kupfer auf den Schädel eines Dritten krachen ließ, dennnng! und dieser wiederum, splitter! einem Vierten einen Nachttopf aus Holz auf der Rübe zerschmetterte, etcetera etcetera.

Jetzt kommt Melanchthon weinend zu Luther und sagt, Ich bitte dich, Martin, mach diefem Gemetzel ein Ende, wir blamieren unf hier allefamt entfetzlich und ef wird Jahrhunderte dauern bif man daf vergifft! Luther antwortete, verdammte Axt, jetzt geh mir nicht länger auf den Sack und hör auf zu flennen, sonst lass ich dich aus der Universität von Wittenberg rauswerfen und du darfst alle Latrinen in meinem Haus putzen, das sind mindestens zweiunddreißig. Außerdem hab ich dir schon tausendmal gesagt, dass die Historiker sowieso schreiben werden was wir wollen, garantiert nicht das, was der Papst sagt, und jetzt mach dich vom Acker und stör mich nicht nochmal, ich suche die Geheimwaffe. Und wie immer, wenn Luther ihn zur Sau macht, hat Melanchthon Tränen in den Augen, aber er gehorcht und macht sich brav vom Acker.

Dann kommen auch alle andren Häupter der Reformation einer nach dem andern zu Luther, nemlich Foghel Cranach Lotter etcetera, und sagen, Mensch Luther, hast du den Verstand verloren, was werden die Christen in Teutschland im Frankenreich und in Italien hierzu sagen? Luther entgegnet, Das kümmert mich einen feuchten Dreck, denn ich leide, aber ich werde ewig sein. Da blicken die Reformatoren einander an und die einen flüstern, Oha er ist doch wirklich ein großer Mann, die andren, Nein er ist völlig durchgedreht, und wieder andre, Hm ja, na gut, wir müssen warten bis der Anfall vorübergeht, und schließlich machen sie kehrt und mischen sich wieder unter die Menge, wo schreiend nach hierhin und dorthin läuft, viele mit zwei oder drei Nachttöpfen unterm Arm.

Von Zeit zu Zeit kommen die besonders fanatischen und von ihrer Sache glühend überzeugten Reformatoren zu uns, nemlich zu Luther, Bruder Redento und mir, halten hochzufrieden den stinkenden Nachttopf in der Hand, den sie grad gefunden haben, und sagen, Ha, mit diesem Nachttopf werden wir's den papistischen Scheißitalienern zeigen! Vor Aufregung küssen und streicheln sie den Nachttopf und zeigen ihn uns, um die Belohnung zu kassieren, aber sie werden jedesmal enttäuscht, denn ihr Nachttopf ist eindeutig der falsche. Lionardos Nachttopf nemlich, wie ich Euch, glaube ich, schon gesagt habe, teuerste Heiligkeit, war ein ganz besonderes Exemplar, denn er trug eine Inschrift, dass er in Rom unter der Herrschaft des Papstes Soundso gemacht war, und er steckte in einem sehr hübschen Behälter, einer

Art Holzkiste. An diesen Nachttopf erinnere ich mich bestens, weil ich den Strahl von Lionardos Pipi, pssss, sehr oft dort hineingelenkt habe und ich hab den Topf tausendmal nachts im Dunkeln gesucht und wiedererkannt, also konnte ich ihn bei Tageslicht sogar mit einem Auge wiedererkennen und mit Sicherheit sagen, dass keiner, aber wirklich keiner von den Nachttöpfen, den die Wittenberger an diesem Tag gefunden und geküsst hatten, der richtige war, ja, keiner ähnelte ihm auch nur von weitem, obwohl ich doch allen Leuten klipp und klar erklärt hatte, wie Lionardos Nachttopf aussah und dass er in einer Holzkiste steckte. Und mir scheint das eine sehr genaue Beschreibung zu sein, oder?

TAGEBUCH VON SALAÌ

Als alles verloren scheint,
löst sich das Problem
weil jemand richtig Schwein hat.

Kurzum, lieber Heiligervater, als die Sonne unterging, waren die Teutschen von Wittenberg nicht besonders zufrieden, denn sie hatten den Nachttopf nicht gefunden, und ich glaube, sie werden keinem je von diesem Tag erzählen, nicht mal ihren Kindern und Kindeskindern, denn es hätte eigentlich ein sehr ruhmvoller Tag werden sollen, würdig, in die Geschichte einzugehen, aber sie haben ihn damit verbracht, Nachttöpfe zu küssen, sich gegenseitig den Schädel damit einzuschlagen und vergeblich auf eine Belohnung zu hoffen, die am Ende keiner gekriegt hat.

Zum Abendessen haben wir uns alle im Lutherhaus versammelt, nemlich wir zwei, dann Luther Melanchthon und Foghel, Ave1 und Ave2 und Catarina, und ich muss sagen, Heiligkeit, wir alle waren ziemlich schlechter Laune, denn der Tag war für jeden von uns schlecht gelaufen. Bruder Redento flüsterte mir ins Ohr, Siehst du Papa, dass es besser gewesen wäre, wenn du dich Gottes Willen gefügt und auf Lionardos Erbschaft verzichtet hättest? Ja, mein Sohn, du bist zwar eine lästige Schmeißfliege aber du hast recht, diese Scheißreise nach Teutschland hätte ich mir wirklich sparen können. Genau, Papa, statt zu dieser Reise hättest du gleich nach La Verna aufbrechen können, denn vergiss nicht, dass ich mein Versprechen gehalten habe, dich zu begleiten und dir zu helfen, also musst du auch zu deinem Wort stehen und mit mir auf Pilgerfahrt nach La Verna gehen, sobald wir wieder in Italien sind. Italien? sag ich, nee Junge, nach Italien gehe ich vorerst ganz bestimmt nicht zurück, denn zuhause wartet meine Frau auf mich, die will Schleifen aus der Haut meines Schwengels machen und sie sich auf die Schuhe nähen, um sie ihren Freundinnen zu zeigen.

Auch Luther und seine Freunde machen sehr betrübte und verdrossene Mienen, Luther zum Beispiel weil seine Hoffnung auf eine Geheimwaffe, mit der er den Papst aus Rom und Italien vertreiben kann, sich zerschlagen hat, und vielleicht kommen ihm sogar die ersten Zweifel an seiner Kraft und Allmacht als Anführer der Reformation. Denn beim Essen fragt Luther seinen Tischnachbarn mit gedämpfter Stimme, Hör mal Melanchthon, habe ich deiner Meinung nach was falsch gemacht? Melanchthon wagt nicht zu antworten, denn er weiß, was auch immer er sagt, Luther wird ihn sowieso wieder runterputzen. Und traurig ist Melanchthon auch, weil diese verfluchte Idee mit der Geheimwaffe hat aus Wittenberg eine Stadt gemacht, deren Einwohner Nachttöpfe küssen und lecken, ja, man hört vor dem Fenster sogar immer noch Geschrei von welchen die streiten, He du Scheißkerl, gib sofort den Nachttopf meiner Großmutter her, Ich denk nicht dran, nimm das hier, bonnng, auuaaa, stirb du Hund! Und das ist nicht gerade das, was Melanchthon für Teutschland erhofft hat, als er sich anschickte, Luther bei der Verbreitung der Reformation zu helfen.

Der traurigste aber ist Foghel, denn alle blicken ihn scheel und misstrauisch an, wo er doch der einzige ist, der mit Nachttöpfen handelt, will sagen mit Eisenwaren, also glauben alle, dass er Lionardos Nachttopf wieder an sich gerissen und verkauft hat, denn für Foghel gibt's nur eins was wichtiger ist als die Reformation, nemlich das Geld.

Ave1 und Ave2 und Catarina sind traurig, weil Luther so von Sorgen geplagt ist, dass er in diesem Moment keinen einzigen Blick mehr an ihre Möpse vergeudet, aber besonders ängstlich ist Catarina, denn in den vergangenen Tagen hat sie's schon ein paar hundertmal mit Luther getrieben und sicher denkt sie, Wollen wir wetten, dass dieser Dummkopf Luther mir, zack! ein Geschenk im Bauch hinterlassen hat?[69] Irgendwann hat Catarina keine Lust mehr zu warten, und dieweil alle sich auf das Essen konzentrieren, packt sie mit einer blitzschnellen Bewegung und ohne dass es jemand merkt (außer mir, haha, ich hab die Lage sofort erkannt und unter Kontrolle) unterm Tisch Luthers Riesenmauke und steckt sie sich zwischen die Schenkel. Luther weiß nicht, wer seinen Fuß so schnell genommen hat, und schaut prüfend in die Gesichter von Catarina Ave1 und Ave2, um zu sehen welches von den dreien rot wird und an diesem Zeichen zu erkennen, zwischen welchen Schenkeln sein Fuß steckt. Freilich hatte Catarina nicht die geringste Lust auf Luthers Fuß, sie hat das bloß gemacht weil sie Angst hat, dass dieses Schwein Luther jetzt ganz andre Sachen im Kopf hat und sie deswegen nicht mehr heiratet. Also wird sie wegen der Angst und Aufregung nicht

69 ANMERKUNG VON MONALDI & SORTI: Es gab Stimmen, die behaupteten, dass die Heirat von Luther und Katharina von Bora sich einem kleinen »Unfall« (unerwünschte Schwangerschaft) verdankt, der rasch bereinigt werden musste. Vgl. z.B. H. Scheible, *Melanchthon. Eine Biographie*, München 1997, S. 148: Melanchthon beeilte sich, das verbreitete Gerücht, Luther habe Katharina »schon vorher entjungfert« als »bestimmt erlogen« zu widerlegen. In demselben Brief vom 21. Juli 1525 an Johannes Camerarius, der in den Luther-Ausgaben des 19. Jahrhunderts zensiert wurde, um einen Skandal zu vermeiden, berichtet Melanchthon auch: »Der Mann (Luther, Anm. d. Verf.) ist überaus gutmütig und die Nonnen (Katharina und ihre Freundinnen, Anm. d. Verf.) haben all ihre Künste darauf verwandt, ihn an sich zu ziehen. Vielleicht hat der häufige Umgang mit den Nonnen ihn bei all seiner edlen Natur und Seelengröße weich gemacht und entflammt.«

rot und Luther, wo nicht erkennen kann, welches von den Weibern sich seine Mauke zwischen die Schenkel gesteckt hat, starrt sie alle drei neugierig und auch ein bisschen grimmig an.

Wir sind fast am Ende des Abendessens und ich fühl mich ziemlich unbehaglich, denn viele von Luthers Freunden werfen uns Blicke zu, die gefallen mir überhaupt nicht. Luther ist ja ein bisschen neben der Spur seit seinen Krisen, aber die andren, nemlich seine Freunde sind pumperlgesund und kein bisschen verblödet und ganz bestimmt verdächtigen sie uns, dass wir die Geschichte mit dem Nachttopf erfunden haben, um Luther aus der Fassung zu bringen und zu blamieren, was tatsächlich auch stimmt, weil die Nachttopfgeschichte wirklich ein ausgemachter Blödsinn war, den wir erfunden haben, damit Luther sich endlich herablässt, in seinem Haus gründlich nach Lionardos Pisspott zu suchen. Wer hätte denn gedacht, dass Luther das Ding in ganz Wittenberg suchen lässt und dass diese teutschen Knallköpfe so dämlich sind, sämtliche Nachttöpfe der Stadt zu umarmen und zu küssen?

Was zum Henker wollte ich sagen, ach ja, also wir sind fast am Ende vom Abendessen angelangt, als das übliche Grüppchen Blagen vorbeikommt, wo Krieg spielen, nemlich Adolf, der mit seinem Holzlöffel auf eine Blechtrommel schlägt, Josef der allen verkündet, Wir sind das teutsche Heer, das von Luthers heiligen Worten angefeuert wird, Erwin, der sich Luft zufächelt und sagt, Ich bin der Kommandant der Armee, die in der Wüste

Krieg führt, Friedrich Wilhelm Ernst, der so tut als zittert er vor Kälte und sagt, Ich bin der Anführer der Russlandkämpfer, der kleine Hermann mit Flügeln aus Stoff am Rücken, der sagt, Ich kämpfe wie ein Vogel aus der Luft, der kleine Joseph, wo einen Finger zum Himmel hebt wie ein Profet und sagt, Mit meiner Propaganda beweise ich allen wie tapfer wir sind, die Kinder von Luthers Reformation, und zuletzt der kleine Heinrich, der ein Buch in der Hand hält und sagt, Ich werde von unsrem Ruhm und dem der Teutschen aus alter Zeit schreiben und erzählen.

Auch diesmal kommt Adolf auf mich zu und veranstaltet derweil freudestrahlend ein furchtbares Getöse auf seiner Blechtrommel, beng benng bennng, also sage ich in meinem mickrigen Teutsch, Genug Adolf, ich noch essen. Doch auch diesmal tut Adolf als könnte er mich nicht verstehen, ja, um mich noch mehr zu vergrätzen, kneift er mich lachend in den Nacken, Hahaha, Herr Salaì, du bist lustig, wenn du Teutsch sprichst. Also wiederholt sich alles genau wie beim ersten Mal, als wir ihm und seinen kleinen Freunden begegnet sind. Die andren fangen auch sofort an, mich zu kneifen und ich versuch, sie zu vertreiben wie lästige Mücken, indem ich mit der Hand nach links und rechts schlage, aber das reicht nicht, denn sie stürzen sich nacheinander auf mich, immer zwei oder drei auf einmal. Aber da kommt Foghel an und lässt eine ordentliche Schimpfkanonade los, wo ich nicht so gut verstehe, sie klingt ungefehr so: Kruzitürken, ihr kleinen Lümmel, ich zerkwetsche euch gleich wie Würmer, kapiert? Die Kinder erschrecken furchtbar und rennen schnell wie fliehende Äffchen aus dem Saal, und ich sage, Mist, das nächste Mal greif ich mir diesen Adolf und schick ihn mit Tritten nach Haus, woher kommt Adolfs Familie eigentlich? Aus Wien, sagt jemand.

Aber genau in diesem Moment, nemlich wie die Kinder gerade verschwinden, Signior Pontifeks, da hab ich eine unglaubliche Eingebung, eine von denen, wo nur einmal oder höchstens zweimal im Leben passieren, und darum zupfe ich meinen Sohn Bruder Redento am Ärmel und sag zu ihm, He, Junge, steh sofort auf und komm mit mir, schnell. Alle andren am Tisch, einschließlich Luther, sehen uns an als wollten sie sagen, Meine Güte, was ist denn los mit euch, was zum Teuffel fällt euch ein, die Kinder zu verfolgen bloß weil sie ein bisschen Radau gemacht haben? Zum Glück kann niemand von ihnen ahnen, was der wirkliche Grund ist, weswegen wir so plötzlich losstürmen.

Also, Signior Papst, ich schleif Bruder Redento fast mit Gewalt nach draußen, den kriegsspielenden Kindern hinterher, und er fragt, Sag mal, Papa, bist du jetzt verblödet wie Luther? Blöd bist du, Junge, weil du die Sache mit dem Gestank nicht kapiert hast! Was für ein Gestank, bitte? Gütiger Himmel, der Gestank ihrer Haare natürlich, hast du's noch immer nicht begriffen?

Und ich erinnere ihn an das erste Mal, als wir mit den Kindern gesprochen haben, da hat der kleine Adolf nemlich aus den Haaren gestunken und ich hab geglaubt, nur er wär das, dessen Haare so stinken, aber nein, als die Blagen sich heute alle auf mich gestürzt haben, hab ich gemerkt, dass auch die Haare seiner Freunde muffeln, und seltsamerweise war es ganz genau der gleiche Gestank.

Was zum Teuffel soll das denn bedeuten und was geht uns das an? fragt Bruder Redento und ich erwidere, Wieso hast du eigentlich Latein Griechisch Hebräisch die Bibel die Evangelien die Filosofie Moral Retorik und was weiß ich noch für krausen Mumpitz studiert und verstehst nicht mal eine so einfache Sache wie diese hier?

Unterdessen haben wir die Kinder eingeholt, sie sind im Garten vom Lutherhaus angelangt und allen hängt die Zunge aus dem Mund vom Rennen. Sofort pack ich Adolf an einem Ohr und sage, Stehenbleiben, bitte bleib stehen, und dieweil die andren Kinder ängstlich nach allen Seiten davonstieben, fang ich an, Adolf auszufragen und mein Sohn übersetzt: Mein lieber Adolf, warum stinken deine Haare so? O entschuldige bitte, Salaì, aber das weiß ich nicht, tut mir leid, dass der Geruch meiner Haare dir nicht gefällt. Keine Sorge, Adolf, der Gestank ist mir völlig schnurz, ich will bloß wissen, warum sie so stinken, denn von dem ekligen Mief kann einem wirklich speiübel werden. Da ist Adolf beleidigt, ja, ich muss zugeben, Signior Papst, es waren keine freundlichen Worte, und jetzt weint er sogar, Bitte lasst mich nach Hause zu meiner Mama gehen! Und ich: Aber sicher! Wir lassen dich nicht nur nach Hause zu deiner Mama gehen, wir zwei begleiten dich sogar persönlich, in welche Richtung?

So beginnt ein kleiner Spaziergang und nach fünf Minuten sind wir bei Adolfs Elternhaus, das ist wieder eins von den üblichen Wittenberger Häuschen, nemlich mit einem sehr hübschen Garten und einem spitzen Dach mit Wetterhahn oben drauf und um den Garten wie immer keine Mauer, wo vor den Blicken Fremder beschützt, also kann jeder vorbeigehen und sich seelenruhig in die Angelegenheiten von Adolfs Familie einmischen, zum Beispiel indem er zu Adolfs Mama sagt, Entschuldigen Sie, Signiora, aber meiner Meinung nach müssten Sie die Beine etwas breiter machen, wenn Sie mit Ihrem Mann vögeln.

Weil aber die Sache, die wir vorhaben, unbedingt geheim bleiben muss, lassen wir uns von Adolf sofort still und heimlich in den Hühnerstall hinterm Haus bringen, wo Adolfs Eltern Hühner und Kaninchen halten, und kommen in eine kleine Hütte, wo Töpfe, Werkzeuge Hühnerfutter und andre Dinge für die Arbeit in einem Bauernhaus aufbewahrt werden, und hier fragen wir Adolf endlich, Nun sag schon, wo versteckt ihr eure Spielsachen?

Adolf zeigt uns einen kleinen Hügel unter dem Stroh, und schon fangen Bruder Redento und ich an im Stroh zu graben und bald ziehen wir Messer, Gabeln, Bohrer, Nägel, Scheren und Pfrieme hervor, eine Menge Werkzeuge aus Eisen also, die Adolf und seine kleinen Freunde aus den Häusern ihrer Eltern und Freunde und Verwandten geklaut haben, um damit Krieg zu spielen.

Aha, sagt Bruder Redento, jetzt verstehe ich, warum Luthers Magd, die uns das Abendessen bei Luther aufgetischt hat, von jemandem gesprochen hat, wo ihr Besteck aus der Küche stiehlt! Ihr klaut die Sachen, stimmt's Adolf?

Adolf bleibt stumm, die Augen gesenkt, aber man sieht dass er in sich hineinkichert, denn die Vorstellung dass die Magd verzweifelt jammert, weil er ihr das Besteck stibitzt hat, bringt ihn mächtig zum Lachen, doch dafür muss man Verständnis haben, Signior Papst, denn so sind Kinder nun mal, meint Ihr nicht auch?

Nun, ist er da oder nicht? fragt Bruder Redento, während ich im Stroh wühle. Schließlich verdrückt der kleine Adolf eine Träne und steckt selbst das Ärmchen in den Berg aus Stroh. Endlich zieht er etwas aus der Tiefe, wobei das Stroh nach allen Seiten spritzt, und da kann ich einen Schrei nicht zurückhalten, Signior Papst, oooh! denn zu guter Letzt taucht Lionardos Nachttopf endlich vor unsren Augen auf und sieht ganz genauso aus wie damals als ich meinen Ziehvater hineinpinkeln ließ, ja es kommt mir vor, als sei das erst gestern gewesen. Und da ist auch die berühmte Inschrift mit dem Namen des Papstes auf den Luther so gern gepisst hat:

HANC MATELLAM FECIT PETRUS STRIANUS
ALEXANDER VI. PONT. MAX.
ANNO CHRISTI MDI

Was bedeutet, wie Ihr viel besser wisst als ich, Heiligkeit: »Diesen Nachttopf hat Pietro Striano während des Pontifikats von Papst Alexander VI. im Jahr des Herrn 1501 gemacht.«

Tja, Signior Papst, nun hatte sich alles aufgeklärt, weil wir ein irres Schwein gehabt hatten, denn wenn die Kindchen, nemlich Adolf und seine Freunde nicht zu uns gekommen wären, wie wir mit Luther zu Mittag essen, hätte ich niemals bemerkt, dass auch die Haare von Adolfs Freunden, nemlich die von Heinrich von Friedrich Wilhelm Ernst und von Josef alle auf dieselbe Weise stanken, nach Pisse nemlich, was nicht gut möglich war, Signior Pontifeks, denn die Kinder aller Länder spielen zwar viele Spiele, auch sehr merkwürdige Spiele, aber sie pinkeln sich doch nicht gegenseitig auf den Kopf, oder? Und vor allem, wenn sie es täten, würden ihre Mamas ihnen doch früher oder später mal die Haare waschen, nicht wahr? Die Haare dieser Kinder von Luther und Konsorten aber stanken allesamt nach Pisse, also musste man zwangsläufig drauf kommen, dass der Mief nicht von frischer Pisse rührte, sondern von etwas, was irgendwann bei jedem von ihnen auf dem Kopf gelandet war. Und als ich mich erinnert hab, dass manche ein Sieb auf dem Kopf trugen, kam mir die Idee, dass sie auch was andres als Helm benutzen konnten, was nach Pisse stinkt, doch was konnte das sonst sein, aus Metall und nach Pisse stinkend, wenn nicht der Nachttopf von Lionardo? Weil die Kindchen aber irgendwann begriffen hatten, dass der Nachttopf kostbar und sehr wertvoll war, und sie ihn obendrein aus Luthers Haus stibitzt hatten, nachdem Lotter ihn zurückerstattet hatte, und weil Luther noch dazu der wichtigste Mann von Wittenberg war und mit seinem Gesicht eines Verrückten allen Kindern Angst machte, haben diese kleinen Schlauberger sich den Nachttopf nicht in Luthers Haus auf den Kopf gesetzt, sondern nur woanders, ist doch logisch, oder? Wenn sie nicht damit spielten, versteckten sie ihn unter dem Stroh im Hühnerhof, und darum war am Tag der großen Revisionen niemand, nicht mal Adolfs Mama, auf die Idee gekommen, dass Lionardos Nachttopf im Hühnerhof versteckt war und alle waren daran vorbeigelaufen, verrückt, was?

Die Einzigen, die den Nachttopf zufällig mal irgendwo gesehen hatten, waren Avei in Luthers Haus und Cranach bei sich zu Haus, denn die Lümmel hatten ihn Luther geklaut und dann ein paarmal im Haus von Cranach getragen, aber nicht weil Luther ihn Cranach ausleihen wollte (das war nur Zufall), sondern weil Cranachs Mägde den Kindern oft Zuckerzeug schenkten, also kamen die Kinder oft und gerne zu Cranach, wie Cranach selbst uns erzählt hatte. Zum Beispiel auch an dem Tag, an dem wir Christian von Dänemark begegnet waren, und das war derselbe Tag, an dem Cranach den Nachttopf zufällig gesehen hatte, aber dann hatten die Bengel den Pott wieder mitgenommen. Wenn wir sie hätten beobachtet können, wie sie sich von Cranachs Mägden das Zuckerzeug geben ließen, hätten wir den Nachttopf vielleicht bei einem von ihnen auf dem Kopf gesehen, aber stattdessen saßen wir in dem Zimmer eingeschlossen, wo Cranachs Diener uns befohlen hatte zu warten.

Naja, Signior Papst, ist ja klar, dass Bruder Redento und ich jetzt sofort gefragt haben, Hör mal Adolf, wo zum Teuffel hast du denn die Holzkiste hingetan, in der dieser Pisspott steckte? Ähm, hm, tja, wartet mal, ich kann ich mich nicht erinnern … sagt Adolf und während er seine ein bisschen schläfrigen Äuglein nach oben verdreht, wie es Kinder machen, wenn sie angestrengt nachdenken, fängt er an verschiedene Möglichkeiten aufzuzählen, Also, in Mamas Zimmer nicht, in der Küche nicht, auf der Latrine nicht, auf dem Dachboden nicht, im Haus also nicht. Ja gut, aber wo ist die Kiste dann? rufen Bruder Redento und ich aus. Psst, sprecht leise, sonst hört euch meine Mutter, sagt Adolf und macht ein sehr schlaues Gesicht. Da kommt mir ein Gedanke, Aha, wollen wir wetten, dass dieser kleine Tunichtgut ein Geschenk von uns erpressen will, denn darauf verstehen sich diese Lümmel alle sehr gut? Hör mal, kleiner Adolf, sag die Wahrheit, du willst doch was von uns haben, stimmt's? Hm ja, um die Wahrheit zu sagen, hätte ich furchtbar gern das Kruzifix von Bruder Redento. Oha, Adolf, sei vorsichtig, du weißt doch dass Luther mit der Reformation alle Kruzifixe verboten hat? Ja, ich weiß, aber Kreuze gefallen mir halt so sehr … sagt Adolf und blickt uns aus so sanften Augen an, dass sie einen Stein erweicht hätten. Aber Kruzifixe sind hier in Wittenberg verboten, hast du keine Angst, dass deine Mama es findet und du dann Prügel beziehst? Nein, ich habe keine Angst, ich bin ein echter Soldat. Ach, du lieber Kleiner, sag ich, dein heldenhafter Mut rührt uns wirklich sehr, also gut, natürlich kann er das Kruzifix bekommen, einverstanden, mein Sohn? Und sofort reiß ich Bruder Redento sein Kruzifix fast vom Hals und lass es vor Adolfs Nase baumeln. Bruder Redento protestiert, Heda, Papa, sei doch vorsichtig, das ist schließlich kein Suppenlöffel! Immer mit der Ruhe, Junge, ich weiß was ich tue. So und jetzt sag mir, wo die Holzkiste ist, kleiner Adolf. Ha, wie komisch, auf einmal erinnere ich mich genau! Wir haben einen schönen Thron für das Huhn daraus gemacht! und fröhlich lächelnd zeigt der Bengel auf eine fette Henne im Hühnerstall, die zufrieden ihre Eier auf einem Häufchen Stroh ausbrütet. Das Stroh aber ist in einer Holzkiste aufgehäuft, die wirklich und wahrhaftig die Holzkiste von Lionardos Nachttopf ist.

Wir gehen sofort in den Hühnerstall, und wie wir die Henne von ihrem Thron heben, protestiert sie sehr ungehalten Kooookoookookoo, und versucht sogar, uns ein paar Schnabelhiebe zu verpassen, doch wir nehmen das Ei, das sie ausbrüten wollte, und legen es vorsichtig auf ein andres Häufchen Stroh, da beruhigt sich die Henne ein wenig und setzt sich wieder zum Brüten hin, kokokoko. Mamma mia, Signior Papst, was muss ein armer Unglückswurm wie unsereins sich nicht alles einfallen lassen, bloß um an seine Erbschaft ranzukommen, auf die er ein verdammtes Recht hat, puh, das ist doch zum Krätze kriegen. Nachdem Bruder Redento und ich die Holzkiste aufgehoben haben, nehmen wir einen eisernen Pfriem aus Adolfs geheimem Waffenlager, hebeln den Boden der Kiste aus und gleich springt er ab, klack! Darunter befindet sich, wie wir's uns gedacht haben, ein doppelter Boden und darin eine Papierrolle, die wir sofort öffnen:

BESONDERER NACHLASS VON LIONARDO FÜR SALAI

Lieber Salaì, in der Holzkiste dieses Nachttopfs wirst du einen Wechsel über 2600 Turnosgroschen finden, den du bei jedem beliebigen Scheißbankier einlösen kannst, und da ich sehr wohl weiß, wie geil du immer auf Geld bist, tropft dir der Geifer in diesem Moment bestimmt schon vom Mund bis auf die Schuhe.

Du sollst aber wissen, dass ich dir dieses Geld eigentlich auf keinen Fall hinterlassen wollte, denn du hast mir in den letzten Tagen meines Lebens mitnichten beigestanden, mich getröstet und aufgerichtet, und auch just in diesem Moment, während ich am Ende meines Todeskampfes angelangt bin, amüsierst du dich in Italien, ohne einen Gedanken an mich zu verschwenden, der ich ein herzensguter, großzügiger, ja, geradezu heldenhafter Vater für dich war, weil ich dich ertragen habe. Und ich verwette meinen rechten Zeigefinger, dass du erst hier in Amboise ankommen wirst, wenn ich unter der Erde schon die Würmer füttere, und wahrscheinlich wirst du sogar dreist genug sein, auf meinem Grab Krokodilstränen zu vergießen und verlogenen Stuss von dir zu geben wie, Ach mein armer Ziehvater, ich hatte ihn doch so gern etcetera pp, obwohl du dich einen feuchten Dreck um mich scherst und nur an meinem Geld interessiert bist, wage es ja nicht, mir zu widersprechen, ich kenne dich sehr gut.

Aber da du wie üblich ein Mordsschwein hast, will es der Zufall, dass ich eines Abends, als ich allein in meinem Bett lag und höllische, unerträgliche Schmerzen litt, eine Vision hatte, jawohl, verflucht, da staunst du, wirklich eine Vision, und zwar eine von den echten. Erst war da ein sehr helles Licht wie von einer Sonne, dann gewahre ich plötzlich einen Menschen mit langem Bart und langen blonden Haaren, der sieht aus wie ein Prediger oder etwas in der Art, und er sagt zu mir, Hallo Lionardo, wie geht's denn so? Seltsamerweise spricht er ganz genau denselben Dialekt wie die Leute aus Vinci, meinem Heimatdorf, und darum frag ich ihn, Sag mal, mein Freund, bist du zufällig auch aus Vinci? Er antwortet, Nicht direkt, aber ich komme gelegentlich dort vorbei, doch jetzt sag mir, Lionardo, wie geht's dir? Ich antworte, Naja, so lala, oder um genau zu sein, ich bin kurz davor zu krepieren, aber du, langhaariger Freund, was willst du von mir? Da sagt er, Ich will, dass du deine Seele rettest.

Ich denk bei mir, Sieh mal einer an, wie vielen Nichtsnutzen man im Leben so begegnen muss, sogar dann noch, wenn man schon im Sterben liegt, und ich frage ihn, Eines würde mich wirklich mal interessieren, mein Freund, was passiert eigentlich, wenn ich meine Seele nicht rette? Und er: Du fährst geradewegs hinab in die Hölle, und das täte mir wirklich leid.

Da sag ich, Aha, das ist ja hochinteressant, ich meine, das Paradies wäre mir aus mehreren Gründen auch lieber als die Hölle, denn, um nur einen zu nennen, ich vertrage die Hitze schlecht.

Der Mensch mit den langen blonden Haaren und dem Bart und dem Aussehen eines Predigers sagt, Lieber Lionardo, lass diese dummen Witze, jetzt ist nicht der rechte Zeitpunkt dafür, sondern bereue deine Sünden, bitte um Erbarmen und büße für deine Übeltaten, dann kriegst du nur ein bisschen Fegefeuer aufgebrummt, und danach nehme ich dich mit in den Himmel, kein schlechtes Angebot, was meinst du?

Ich denke, Heilige Scheiße, als Scherz ist das sehr gut organisiert, alles wirkt sogar fast echt, und frage ihn: Hör mal, mein langmähniger Freund, wo du dort oben ein und aus zu gehen scheinst, könnte ich da nicht direkt mit dir in den Himmel auffahren? Nein, mein Guter, vorher musst du bereuen und mich um Vergebung bitten und für die Sünden büßen, die du begangen hast, und noch besser wäre es, wenn du zusätzlich, bevor du stirbst, auf irgendeine Gemeinheit verzichtest, die du noch vorhattest oder auf etwas, was dir wahnsinnig am Herzen liegt. Ach ja, und das wäre zum Beispiel? Wie soll ich das wissen, sagt der Blonde, such dir was aus.

In meiner Lage, also sterbenskrank auf dem Totenbett liegend, konnte ich für niemanden mehr etwas Gutes tun, außer mit meiner Erbschaft. Im Grunde hatte ich ja nichts zu verlieren, denn das Geld des Königs von Frankreich konnte ich als Futter für die Würmer unter der Erde schlecht genießen. Eigentlich wollte ich dieses Geld dem Melzi hinterlassen, lieber Salaì, um dich ein bisschen zu ärgern, aber da dieser Unglücksbringer mit Bart und langer blonder Mähne behauptete, auf diese Weise riskierte ich in die Hölle zu kommen, nun ja, mal ehrlich, wer hätte schon Lust auf ein solches Risiko gehabt?

Also habe ich eine Weile nachgedacht und dann zu dem blonden Menschen gesagt, Na gut, wir sind uns einig: Erstens bitte ich dich um Erbarmen, zweitens bereue ich hiermit alle bösen Taten, die ich in meinem Leben begangen habe, drittens habe ich beschlossen, auf die letzte Gemeinheit zu verzichten, die ich noch tun konnte, nämlich dem Melzi das Geld zu vermachen, das Salaì durch den Verkauf meiner Gemälde an den König von Frankreich verdient hat.

Ich muss schon sagen, es mangelt dir ein wenig an Herzenswärme und Liebenswürdigkeit, sagt der Langmähnige mit dem Akzent aus Vinci, aber besser als gar nichts, und ohnehin ist mein Erbarmen grenzenlos. Jetzt sag mir, Lionardo, was wirst du mit dem Geld des Königs von Frankreich machen? Äh, hm, na gut, ich vererbe es Salaì, sage ich. Aber dieses Versprechen an den Haarigen hat mich eine mörderische Anstrengung gekostet, denn es passte mir überhaupt nicht.

Sehr gut, so gefällst du mir, sagt der Blonde, du ahnst ja gar nicht, lieber Lionardo, wie gut du daran getan hast, meinen Vorschlag anzunehmen! Doch jetzt wach auf, denn vielleicht hast du es noch nicht gemerkt, du schläfst die ganze Zeit wie ein Murmeltier. Dann ruf sofort einen Priester und lass dir eine Beichte mit allen Schikanen abnehmen, schade, dass der Sohn von Salaì gerade nicht in der Gegend ist, der versteht sich großartig auf das Beichtgeschäft. Wenn die Beichte beendet ist, musst du beten und mich von ganzem Herzen um Vergebung anflehen und dann schreibst du Salaì einen schönen Entschuldigungsbrief und hinterlässt ihm darin die 2600 Turnosgroschen, verstanden?

Verstanden, jaja, sage ich, aber warte doch, geh noch nicht! Wie zum Henker soll ich dich nach der Beichte um Vergebung anflehen, wenn du mir nicht mal erklärst, ob du ein Engel bist oder ein Prediger oder ein Philosoph und mir vor allem nicht wenigstens sagst, wie du heißt? Er lacht, Donnerwetter, Lionardo, dann hat Salaì also Recht, wenn er sagt, dass du gar kein Genie bist, sondern einer, der bloß säckeweise Unsinn verzapft. Wo du noch immer nicht begriffen hast, wer ich bin, hahaha! und während er so redet, kommen zwei Engel mit einer wunderschönen Kutsche ganz aus Gold und Silber und öffnen den Kutschenschlag und lassen ihn einsteigen und dann verschwinden alle drei mit der Kutsche in einem unglaublich grellen Licht, wuuusch! während der langmähnige Blonde mir noch mit dem Händchen aus dem Fenster der Kutsche zum Abschied winkt, ciao ciao, und mir zuletzt zuzwinkert und dabei den Zeigefinger rotieren lässt, als wollte er sagen, Wir sehen uns später, ja?

Da bin ich aufgewacht und habe sofort gerufen, Ein Priester, holt mir einen Priester, Hilfe, Hiiilfe, bitte holt mir einen Priester! Und so habe ich die erste Beichte meines Lebens abgelegt, wobei ich ein paar tausend Sünden zu beichten hatte, beginnend mit dem ersten Versuch, mir einen von der Palme zu holen, das war mit zwölf, bis zu den betrügerischen Geschäften mit meinen Auftraggebern, die mir Berge von Geld für ein paar von dir oder Melzi gemalte Schmierereien zahlen mussten. Und um das Versprechen, das ich der blonden Langmähne gegeben hatte, ganz zu halten, habe ich diesen Brief hier geschrieben und den Wechselbrief dazugelegt, den du jetzt in der Hand hältst, ist dir klar, was das für eine verrückte Geschichte ist und was für ein enormes Schwein du mal wieder hast, Salaì, du elender Schmarotzer und Blutsauger?

Aber pass auf, Salaì, wenn ich herauskriege, dass das alles ein dummer Scherz war und Langmähne sein Versprechen nicht hält, das heißt, wenn ich nach dem Fegefeuer nicht direkt in den Himmel komme, dann fahre ich wieder auf die Erde hinab und reiß dir den Arsch so weit auf, dass das Schloss von Amboise hineinpasst, das schwöre ich dir. Wenn ich mir nämlich überlege, dass dieser Langhaarige sich im Grunde wie ein ausgekochter Schlawiner benommen hat, dürfte es meiner Meinung nach nicht allzu schwierig sein, von dort, wo er sich befindet, runterzukommen bis auf die Erde, ja, bei der Gelegenheit ist mir sogar eine ausgezeichnete Idee gekommen, nämlich eine Maschine aus sehr starken Spiegeln und einem Rad, das, von einem Seil angetrieben, eine Vorrichtung aus Segeln reguliert, die wiederum auf einer Reihe von Stützen ruhen … ach Mist, das ist zu kompliziert, um es so ohne Zeichnung zu erklären, aber meiner Meinung nach funktioniert es tadellos. Schade, dass die Menschheit noch nicht bereit ist für meine Erfindungen, aber ich bin sicher, eines Tages werden die Menschen sie verstehen und erkennen, dass sie allesamt prima funktionieren und kein bisschen gefährlich sind, vor allem meine Konstruktionen zum Fliegen nicht.

So, jetzt entschuldige bitte, Salaì, aber ich glaube, ich bin wirklich kurz vorm Verrecken, und ich hab auch keine Lust mehr zum Schreiben, also nimm dir dieses Geld und mach damit, was du willst, schmeiß es zum Fenster raus, verprasse es, stopf's dir in den Hals oder in den Hintern, aber lass bitte ein paar Messen für die Seele des Unterzeichneten lesen und bete vor allem, dass der langhaarige Mensch mir keinen Mumpitz erzählt hat, wer weiß wie die Sache sonst ausgeht, und davor habe ich eine Heidenangst.

Lionardo

PS 1

Vergiss aber nicht, dass ich die 2600 Turnosgroschen dem Melzi versprochen hatte, er wird folglich ziemlich stinkig sein, wenn er entdeckt, dass sie nicht in seinem Testament stehen. Also pass gut auf, falls der Melzi sich irgendeinen bösen Scherz ausdenkt, denn das ist einer, der richtig fies werden kann, wenn er will.

PS 2

Ach ja, fast hätt ich das vergessen, der langhaarige Blonde hat gesagt, du hättest einen Sohn, der sehr gut darin ist, die Beichte abzuneh-

men, aber in dem Punkt muss er sich irren, denn du hast Bianca ja gerade erst geheiratet und sie noch nicht geschwängert, es sei denn, du hast mit einer von den zehntausend Huren, die du in aller Welt gevögelt hast, du Schwein, irgendein Malheur angerichtet. Kannst du mir in dem Fall bitte mal erklären, wo zum Teufel du den Sohn versteckt hast, von dem Langmähne spricht?

Seht Ihr jetzt, Signior Papst, was für ein durchtriebener Scheißegoist mein Ziehvater war? Er wollte mich doch glatt um das Erbe betrügen, das ich mir mit meinen treuen Diensten sauer verdient habe, und es lieber diesem Arschloch von Melzi geben! Zum Glück hat er kurz vorm Krepieren seine Meinung geändert, dank dieses Traums, aber der ist ihm meiner Meinung nach nur gekommen, weil er ein paar Gläser Wein zu viel getrunken hatte. Denn, mal ehrlich, Signior Papst, es ist doch sonnenklar, dass dieser Langmähnige, wo Lionardo erschienen ist, auf keinen Fall Jesus sein konnte, weil mein Ziehvater einer von diesen unverbesserlichen total gottlosen Ateisten war, und solchem unfrommen Gesocks zeigt Jesus sich doch bestimmt nicht, oder?

Bruder Redento aber ist nicht einverstanden und sagt, Denk doch mal nach Papa, Lionardos Traum ist ein echtes Wunder und meiner Meinung nach war der langhaarige Mensch, den dein Ziehvater gesehen hat, wirklich Jesus, denn Lionardo wusste ja nicht, dass es mich gibt und dass ich dein Sohn bin und noch weniger, dass ich mich aufs Beichten spezialisiert habe, also handelt es sich um ein richtiges Wunder, wie erklärst du dir das sonst alles?

Keine Ahnung, worüber ich aber wirklich lachen muss, ist diese Warnung Lionardos, dass ich mich vor dem Schwachkopf Melzi hüten soll, ha, den hab ich doch immer und überall reingelegt, denn ich konnte besser malen als er, ich kam besser bei den Weibern an als er, ich war besser darin, mir lustige gemeine Streiche mit dem erstbesten Menschen auf der Straße auszudenken, kurzum, ich weiß genau, dass der Melzi mich hasst, und wenn er an Salaì denkt, wird ihm der Schwengel vor Zorn und Neid so klein wie eins von meinen Barthaaren. Wie auch immer, jetzt wo ich die 2600 Turnosgroschen kassieren und in aller Ruhe nach Mailand zurückgehen werde, was soll er mir da schon Böses antun können?

Bruder Redento ist nicht überzeugt, Sei vorsichtig Papa, in manchen Fällen kann man nie wissen, denn der Teuffel schläft nie und kann sogar …

In diesem Moment müssen wir unser Gespräch unterbrechen, denn Adolf hält das Kruzifix von Bruder Redento in der Faust wie eine Pistole und macht das Geräusch von Schüssen nach, Peng, pennng, bummm! und das gefällt Bruder Redento ganz und gar nicht, denn er sagt immer, das Kruzifix ist ein Wahrzeichen für den Frieden, nicht für den Krieg, und meiner Meinung nach hat er sogar recht damit, also versuche ich, es Adolf mit einem Ruck aus der Hand zu reißen. Aber dieser schlaue Lausebengel entwindet sich meinem Griff und läuft mit dem Kruzifix in der Hand schnell wie der Blitz davon, Mama Mama schreit er, da sind zwei böse Fremdlinge, zwei Italiener und Papstfreunde, die mag ich gar nicht! Wir blicken zum Haus hin, tatsächlich kommt Adolfs Mama schon angelaufen und schreit gellend wie eine wütende Bestie, Aaaadooolf, komm zu mir Schätzchen! Ärgern dich die beiden schmutzigen Italiener? Und weil die Mama von Adolf ein wütendes teutsches Weib ist, also eines der gefährlichsten Wesen, wo man im ganzen Universum finden kann, nehmen Bruder Redento und ich ohne lange Diskussionen die Beine in

HINWEIS VON MONALDI & SORTI:

Hier weist Salaìs Handschrift abermals Lücken auf. Die folgenden Seiten sind durch Wasser- und Feuchtigkeitsflecken stark beschädigt, es finden sich dort nur noch wenige lesbare Bruchstücke:

offen gesprochen, Signior Papst, ohne unbescheiden sein zu wollen, mein Kopf funktioniert nicht schlecht, und gewisse Dinge begreife ich im Nu, darum werdet Ihr sehr gut verstehen, warum ich auf die Überweisung der Summe dränge, wo ich und Euer Nunzius in Teutschland vereinbart haben, nemlich auch deshalb weil ich das mörderische Risiko eingegangen bin, abgemurkst zu werden, weil ich all diese Geheimnisse von Luther und seinen Freunden und seinen Weibern erfahren habe, außerdem noch dazu diese andren Dinge, wo er vielleicht besser nic und da hat Bianca zu mir gesagt, Du bist wirklich ein Trottel, mein Schatz, denn du hättest von Anfang an wissen können, dass die Sache gefährlich war, und jetzt bist du zwar mit dem Geld zurückgekommen, aber praktisch schon mit abgeschnittenem Kopf, und was fange ich mit einem reichen aber toten Ehemann an? Weißt du was, für mich wär's fast besser gewesen, ich hätte einen steinreichen alten Knacker geheiratet, der wäre wenigstens eines natürli

denn bei allem Respekt, Heiligkeit, auch Ihr habt doch schon längst genau erkannt, dass die beiden bewaffneten Männer wo mich hier in Mailand Tag und Nacht verfolgen, garantiert von Luther geschickt wurden, welcher sehr wohl in der Lage is

und ich sag zu ihr, Meine Güte Bianca, du bist wohl krank im Hirn, ich ga-ran-ti-re dir dass ich dir mit keiner einzigen Teutschen Hörner aufgesetzt hab, wie käme ich denn dazu, denn unter andrem haben diese teutschen Weiber ganz kleine Tit

Verabredung für morgen, die ich aber nicht ablehnen kann, weil es geht darum, innerhalb einer Woche heimlich aus Mailand rauszukommen und nach Venedig zu fliehen, wo man

ganz Mailand vom frantzösischen Heer besetzt und die Flucht ist sehr gefährlich, aber es lohnt den Vers da hab ich zu ihm gesagt, Junge, verpiss dich bitte dahin wo der Pfeffer wächst und kapier endlich, dass ich nicht mit nach La Verna komme, und hör auf mit dem Gerede, das würde mir Unglück bringen, denn dieses abergläubische Zeug ist mir völlig schnurz, da kannst du mir noch so gut beweis

HINWEIS VON MONALDI & SORTI:

Das Manuskript endet mit einer kurzen Notiz von unbekannter Hand:

Heute wurde Salài, der Ziehsohn und Gehilfe des berühmten Lionardo da Vinci, tot in Mailand aufgefunden. Er erlag seinen schweren Verletzungen durch Schüsse aus einer Arkebuse. Laut Aussagen von Zeugen hörte man zwei Männer schreien: Halt, ergib dich! und dann Salàis Stimme, die rief: Ihr teutschen Hunde, Verräter, ihr habt mich in eine Falle gelockt, aber ihr werdet mich nicht kriegen, fahrt zur Hölle ihr beiden und dieser Trottel Luther dazu!

Einer der beiden Männer erwiderte: Welcher Luther? Wir sind Soldaten des Königs von Frankreich! Unser König hat uns geschickt wegen der schönen Gemälde von Lionardo, die du ihm verkauft hast, und die ihm sehr gefallen haben. Schade nur, dass unser König sie später von Melzi, dem Schüler Lionardos, hat untersuchen lassen und dabei herausgekommen ist, dass sie ein bisschen gefälscht sind. Der König von Frankreich dankt dir und lässt dich grüßen!

Dann fielen die Schüsse.[70]

70 ANMERKUNG VON MONALDI & SORTI: Salaì wurde tatsächlich einige Zeit vor dem 10. März 1523 durch Schüsse aus einer Arkebuse getötet (vgl. J.Shell / G.Sironi, *Salaì and Leonardo's legacy*, in: The Burlington Magazine, 1991, S. 95–108). Grund und Umstände des Mordes sind bis heute nicht bekannt. Wie man sieht, liefert das wertvolle Tagebuch von Salaì in diesem Punkt klärende Einzelheiten. Als vor etwa 20 Jahren das Verzeichnis von Salaìs Nachlassenschaft aufgefunden wurde, entdeckte man, dass der junge Maler in den letzten Jahren seines Lebens plötzlich zu großem Reichtum gekommen war, der unter seinen Schwestern einen erbitterten Streit um die Erbschaft auslöste. Im Verzeichnis von Salaìs Nachlass fanden sich unter anderem Edelsteine, wertvolle Gegenstände und vor allem die Titel einiger bedeutender Werke Leonardos, neben denen ein sehr hoher Verkaufswert vermerkt war (vgl. J.Shell / G.Sironi, *Salaì and the inventary of his Estate*, in: Raccolta Vinciana, XXIV–1992, S. 109–153), darunter eine »Leda« (Leda und der Schwan von Leonardo, zunächst in Fontainebleau, heute verloren), eine »Heilige Anna« (heute im Louvre) und das »La Gioconda« genannte Gemälde (Louvre). Einige Jahre später wurde in französischen Archiven ein neues Dokument entdeckt (vgl. B.Jestaz, *François Ier, Salaì et les tableaux de Léonard*, in: Revue de l'Art, 1991 (1), S. 68–72), das ein wichtiges Geschäft zwischen Salaì und König Franz I. ein Jahr vor Leonardos Tod belegte: einige nicht identifizierte Gemälde gingen für die ungeheure Summe von über 2600 Torneser *livres* von Leonardos ehemaligem Lehrling in den Besitz des Königs von Frankreich über. Zum Vergleich: In denselben Jahren erhielt ein renommierter Künstler wie Andrea del Sarto 225 *livres* als Jahresgehalt. Leonardo hatte von König Franz I. eine jährliche Pension von 2000 *livres* bezogen und erhielt in Mailand unter Louis XII. nur 400 *livres*. Was mögen die kostbaren, bedeutenden Gegenstände gewesen sein, die der listige Salaì dem französischen König verkaufte? Und was verbirgt sich hinter seinem ungeklärten Tod? Salaìs Tagebuch gibt endlich eine Antwort auf diese Fragen.

Postscriptum

Luther war verrückt. Im Laufe von Jahrhunderten hat sich eine kritische Forschungstradition entwickelt, die die schweren psychischen Krankheiten des Reformators und ihren Einfluss auf sein ganzes Werk untersucht.

Luther ist nach Jesus die historische Persönlichkeit, über die am meisten geschrieben wurde. Das Gesamtwerk des Propheten aus Wittenberg ist mit seinen über 80 000 Seiten der größte Textkorpus der deutschen Literatur – und auch der unergründlichste, da er zur Hälfte auf Latein geschrieben wurde.

Hinter der ungeheuren Masse an Schriften von und über Luther nahezu unsichtbar, riss der rote Faden der kritischen Beschäftigung mit dem Reformator, die seinen Wahnsinn offenlegte, zwar nie ab, blieb aber dem großen Publikum unbekannt. Das wird sich bis zum Jahr 2017 nicht ändern, wenn fünfhundert Jahre Reformation gefeiert werden – beginnend mit jenem Anschlag von 95 Thesen an das Portal der Schlosskirche zu Wittenberg, welcher höchstwahrscheinlich nicht stattfand. Auch dass es den Ablasshandel in den von Luther angeprangerten Formen nie gab, ist bereits überzeugend nachgewiesen worden, doch vergeblich. Die reformatorische Vulgata ist dank der Mediengesellschaft (wo, wie McLuhan lehrte, die bloße Wiederholung schon Beweiskraft hat), inzwischen unangreifbar.

Die Absurdität dieser Geschichte, die nichts von einem Heldenepos hat, verdiente also keinen seriösen Roman, sondern das pikareske Szenario eines Schelmenromans, wo Absurditäten, Trivialitäten, Übertreibungen, Paradoxa und *political unfairness* freie Bahn haben. Luther predigte mit zügelloser, vulgärer Derbheit, ihm gebührt die zügellose, vulgäre Derbheit des Schelmenromans. Nicht, damit Rache geübt wird, sondern damit alles gerecht und mit gleicher Münze heimgezahlt wird, wie Salomon wollte.

Darum hat Professor Reiter (der über Luthers Wahnsinn schrieb) niemals eine Handschrift von Salaì gefunden. Sie ist eine Erfindung der Autoren. Auch hat Salaì niemals in Deutschland nach Nachttöpfen gesucht. Doch Luthers Worte über religiöse Themen, über die Sünde und die Heilige Schrift sind tragischerweise authentisch, ebenso das klinische Bild von Luthers Geisteszustand, das neben Professor Reiter zahlreiche Psychiater zeichneten.

Historisch verbürgt sind auch die für Luthers Persönlichkeit so aufschlussreichen Episoden, wie die Entführung der Nonnen aus dem Kloster Nimbschen, die ungeschickte Eheschließung mit Katharina von Bora, die vermeintlichen Begegnungen mit dem Teufel, die paranoiden Zwangsvorstellungen und die Koprolalie. Echt sind die in den Fußnoten gegebenen bibliographischen Hinweise, sie sind für jene gedacht, die sich über den Wahnsinn des Reformators informieren und wundern wollen.

Ähnlich wie die Zeitgenossen (allen voran sein Freund Melanchthon) von Luthers geistiger Zerrüttung wussten, sie aber nicht sehen wollten, kennen, aber ignorieren auch heutige Historiker und Medienforscher die Werke von Fachleuten wie Reiter, der Luthers Psychose eine eindrucksvolle Forschungsarbeit in zwei Bänden widmete. Die Arbeiten und erstaunlichen Zeugnisse von Ulenberg, Cochlaeus, Seckendorf, Forstmann, Berkhan, Erikson, Grisar, Dalbiez und anderen (einige sogar Freunde von Luther) liefern überreichlich Material für jeden, der dieses Thema vertiefen möchte. Das zu erzählen, was andere beschlossen haben zu verschweigen, sei daher den Romanschriftstellern mit ihren besonderen Mitteln erlaubt.

Eine letzte Anmerkung. Manch ein Leser könnte sich fragen, ob wir bei dieser Geschichte über Leonardo da Vinci der Phantasie und besonders dem Humor nicht allzu viel Freiraum gewährt haben. Wäre es nicht besser, seine Zeit ernsteren Dingen zu widmen, dem gelehrten Aufsatz eines großen Leonardo-Experten zum Beispiel, als einem frechen Schelmenroman?

Wir möchten mit einer kleinen Anekdote antworten. Bekanntlich ist einer der weltweit angesehensten Fachleute für Leonardo ein Landsmann von uns, Professor Carlo Pedretti, seit langer Zeit ein geschätzter Gast in den *USA*, wo er an der California University lehrt und Direktor des Hammer Institute for Leonardo-Studies ist. Nun gut. Wie die italienische Presse berichtet, wurde

1998 in einer Ausstellung in Camaiore (Toskana) ein Gemälde gezeigt, das Leonardo zugeschrieben wird. Die Expertise, die jenes Gemälde (die Gestalt eines Soldaten zu Pferde) dem großen Künstler aus Vinci zuschrieb, hatte Professor Pedretti verfasst. Unter den Besuchern der Ausstellung befand sich auch der bekannte Maler Riccardo Tommasi Ferroni, der in Camaiore wohnt und ein Vertreter der sogenannten Neuen Bildlichkeit ist (die sich an den großen Meistern der Renaissance und des Barock inspiriert). Als Tommasi Ferroni vor dem vermeintlichen Leonardo steht, traut er seinen Augen nicht: Dieses Gemälde habe ich selbst gemalt, ruft er aus, als ich jung war! Es folgt ein Gerichtsverfahren, die Beschlagnahme des Werks, seine Identifizierung als ein Gemälde aus neuerer Zeit und die Rückgabe an den Besitzer, der es zwanzig Jahre zuvor direkt von Tommasi Ferroni erworben hatte.

Dass der weltweit bedeutendste Leonardo-Experte zur Hauptfigur eines so köstlichen Fauxpas werden konnte, hat uns einerseits belustigt und andererseits ermutigt, diesen neuen Roman der Reihe über Salaì ohne allzu hemmende Minderwertigkeitsgefühle gegenüber der sogenannten akademischen Welt zu schreiben. Manchmal ist die Literatur, um von Clausewitz zu paraphrasieren, die Fortsetzung der Geschichte mit anderen Mitteln.

Quellen

http://ricerca.repubblica.it/repubblica/archivio/repubblica/2001/02/05/troppi-errori-in-quella-mostra.html

http://archiviostorico.corriere.it/2005/novembre/19/Due_allievi_non_fanno_Leonardo_co_9_051119093.shtml

http://www.adnkronos.com/Archivio/AdnAgenzia/2000/02/23/Cultura/*PITTORI-ADDIO-A-TOMMASI-FERRONI-ERA-CAPOFILA-DEI-NEOFIGURATIVI*_114600.php

»Salaì ist ein Mann aus dem Volk und das Schreiben ist wie eine Herde Schafe hüten«

Zur Übersetzung der Salaì-Romane

Ich möchte kurz erzählen, was ich mir überlegen musste, bevor ich mit der Übersetzung beginnen konnte. Eins war mir nach der Lektüre des Originals sofort klar: Zu dieser wunderbaren, philologisch fundierten Spracherfindung mit ihrem florentinischen Dialekt, ihren Anleihen aus dem Spanischen und Lateinischen, ihren sehr individuellen orthographischen Fehlern, ihrem gesprochenen Rhythmus und ihren volkstümlichen Derbheiten kann es keine deutsche Entsprechung geben.

Ich nenne die Sprache dieses Buches bewusst eine »Erfindung«, denn es gibt wohl kaum schriftliche Zeugnisse – außer Gerichtsprotokollen vielleicht – dieser sehr lebendigen, aber durch und durch mündlichen Sprachtradition.

Und das ist beim Deutschen noch entscheidender: Als »Frühneuhochdeutsch« bezeichnen Sprachhistoriker den Entwicklungsstand der deutschen Sprache von 1450–1650, und in die Mitte dieses Zeitraums fällt die Lutherbibel (1522). Sie ist die Geburtsstunde des modernen Deutsch. Aber Luther war als Übersetzer ein hochgradig bewusster Stilist. Zwar hat er »dem Volk aufs Maul geschaut«, doch was er verwendete, hat er stilistisch veredelt und literarisiert.

Also auch dies ein schriftsprachlicher Text und kein

mögliches Vorbild für den deutschen Salaì. 1668 erschien der »Simplicissimus Teutsch«, der mir wegen der Gattung des Schelmenromans und der Hauptfigur – ein Simpel, ein reiner Tor, der mit seinem gesunden Menschenverstand Heuchelei und Lüge entlarvt – vergleichbar erschien. Doch auch dies ist ein literarisches Deutsch, keine gesprochene Sprache.

Salaìs Briefe dagegen sind wirklich – bis hin zu durchgestrichenen Worten, Tintenklecksen und chaotischer Orthographie und Interpunktion – glaubwürdige Zeugnisse eines völlig ungebildeten, quasi analphabetischen, aber höchst phantasievollen Lümmels. Kaum einen Gedanken führt er zu Ende, er folgt jedem neuen Einfall, fällt sich selbst ins Wort, assoziiert völlig planlos – und schreibt immer so, als befände er sich im direkten Gespräch mit seinem Adressaten. Das musste im Deutschen genauso lebhaft und mitreißend bleiben. Und um dieses Hauptziels willen habe ich die ersten Versionen der Übersetzung immer stärker geglättet. Anfangs hatte ich allerlei altertümliche Elemente eingebaut: viele doppelte FF, viele H, viele Y statt I, CK statt K usw. Dann wurde mir klar, dass dies wiederum Elemente aus dem alten Schriftdeutsch sind. Salaì ist aber keiner, der Bücher gelesen hat. Er schreibt, wie er spricht, er schreibt nach Gehör. Also habe ich eine akustische oder phonetische Fehlerstrategie angewendet, z.B. oft nur I statt IE oder kein H, wo eigentlich eines sein müsste. Hinzu kommt die Syntax. Der komplizierte Aufbau des deutschen Nebensatzes bringt noch heute Deutschlernende zur Verzweiflung – wie sollte ein Salaì ihn beherrschen? Also kennt er keine Inversion: »... weil ich komm aus dem Volk.« Und weil er aus dem Volk kommt, sind Salaì die derbsten Flüche und vulgärsten Wendungen wohlvertraut. Besonders an diesen Stellen habe ich Anachronismen wie z. B. »wichsen« nicht gescheut – altertümelnde Ausdrücke hätten lächerlich gewirkt. Generell glaube ich, dass eine um philologische, um historische Korrektheit bemühte Übersetzung deutschen Lesern das Vergnügen vorenthalten hätte, das das Original bereitet. Lustig und rasant musste sich das auch im Deutschen lesen. An diesen Imperativ habe ich mich gehalten – und darum munter Altes (»Jungfer«, »teutsch«, »mich dünkt«) und Neues (»Schwein haben«, »Mordsspaß«, »vögeln«) gemischt.

Eine sprachliche Fiktion also – wie das italienische Original.

Annette Kopetzki, 2008